筑城

芦转萍 著

上海文艺出版社
Shanghai Literature & Art Publishing House

图书在版编目（CIP）数据

筑城 / 芦转萍著 . -- 上海 : 上海文艺出版社 ,2023（2024.3 重印）
ISBN 978-7-5321-8371-5

Ⅰ . ①筑… Ⅱ . ①芦… Ⅲ . ①长篇历史小说－中国－当代 Ⅳ. ①I247.5

中国版本图书馆 CIP 数据核字 (2022) 第 150268 号

发 行 人：毕　胜
策 划 人：杨　婷
责任编辑：李　平　程方洁
封面设计：悟阅文化
图文制作：悟阅文化

书　　名：筑　城
作　　者：芦转萍
出　　版：上海世纪出版集团　上海文艺出版社
地　　址：上海市闵行区号景路 159 弄 A 座 2 楼
发　　行：上海文艺出版社发行中心发行
上海市闵行区号景路 159 弄 A 座 2 楼 206 室　201101　www.ewen.co
印　　刷：三河市嵩川印刷有限公司
开　　本：787 × 1092　1/16
印　　张：20
字　　数：349 千
印　　次：2023 年 1 月第 1 版　2024 年 3 月第 2 次印刷
I S B N：978-7-5321-8371-5
定　　价：59.00 元

告读者：如发现本书有质量问题请与印刷厂质量科联系　T：13932608211

目录
CONTENTS

筑城
ZHUCHENG

引子　晋王守边　郡王就藩

洪武二十五年，春节一过，晋恭王就带着诸王子出府巡游。

作为边王，该让儿子们知道为明王朝抵御外敌的重任，作为晋藩，他希望诸子了解封地山西的表里山河。

四子朱济炫对此并不在意，出门游玩才是期待许久的事。正月十六在汾州，是他最开心的一天，以至父亲催促离开时还恋恋不舍。“不想走了，我要住在这儿。”父亲愣了一下。济炫再有两年就满十岁，依《皇明祖训》，亲王的儿子除嫡长子外均封郡王，十岁便可以请封。这次出行还有一个目的，即为济炫选择就藩之地，但行前未跟儿子明说，济炫的话让他感到奇怪。

回到太原，晋恭王请来山西有名的堪舆（风水）大师，他要了解一下汾州。

大师问：“敢问王爷，为何单想了解汾州呢？”

晋王道：“择吉地为四子开府。”接着又问：“风水好坏，从何知晓？”

大师说：“先看星野。”

“愿闻其详。”晋王道。

大师指着一张星象图讲：“上天以洛书昭示，天上地下，均按八卦九宫排列。天上分九野，地上分九州，地上九州和天上九野一一对应，互相感应。天上木星者，岁星也，岁星十二年绕行黄道一周，每年运行一个区间，这个区间叫作‘次’。汾州属冀州，按洛书中的九宫方位来讲，冀州所对天上的分野为‘玄天’，依十二次的关系来讲，对应天上的星次是‘实沈’。”

“大师博闻多识，但我还是不明白。”

“‘玄天’和‘实沈’所指范围较大，具体到汾州，须看它与二十八宿哪一宿对应才行。”

“汾州对应哪个宿？”

“对应二十八宿中的参宿，内含福、禄、寿三星。”

这一句亲王听懂了，他点点头。

大师又道："依星野来看，宜于开府。"

"此外，还看什么？"晋王问。

大师说："还要看山川、地势、城郭方向。"

晋王觉得从这几处讲自己更能听明白。

大师接着说："汾州城西北靠山，以子夏山为龙头，东北西南走向，绵延起伏，龙脉隐现；城东南汾水奔流而过，水量充沛，河道安然，城池靠山而不临山，临水而不近水；城邑四周土地肥沃，宜耕易种，边远村寨红山黏土，便于烧制砖瓦；城池依地势而建，坐西北向东南，在'二十四山向'中叫'乾山巽向'。乾为天，巽为风，龙从云，虎从风。汾州上应福禄寿三星，下属龙盘虎踞之地，乃宝地也。"

经大师从星野和风水角度解读，晋王觉得济炫说"我想住这儿"仿佛是冥冥中有神人指点。

两年后为济炫请封的文书报至宗人府，太祖御览请封奏折之时，有宫人近前，提醒皇上移驾庆成殿，皇上随手写下"庆成"二字作为济炫的封号，并允准汾州为其藩地。当时汾州直隶山西布政司，辖平遥、介休、孝义三县，晋王四子朱济炫成为众亲王郡王中唯一不以封地为号之王。

转眼，济炫年近二十，到了可以就府的年龄，其父晋恭王已过世五年，世子袭封，新晋王在汾州为其弟选地择址兴建府第。

王府建于城西北，府邸既有王宫的威严气派，也有民居的精巧雅致。汾州城百姓等待着皇家人到来共享民珍国瑞，州县官员也期待着王室让汾州的钟灵毓秀更为名副其实。然而庆成王并未来汾就藩。

燕王发动靖难之役，攻陷南京，马皇后死于大火，皇帝不知所终，朱棣登基称帝。新帝以强藩起事而入继大统，削藩在他看来非常重要，晋藩作为边王必遭疑忌。庆成王被贬山西潞州，汾州城豪华气派的朱家府第门可罗雀。

庆成王在潞州的十年，朱棣内修政事，外御强敌，朝政进入正轨，而今江山已固，各藩府归顺之心众目昭彰。依"亲亲之义"之祖训，安抚藩宗顺理成章，庆成王被召回太原，即将返府汾州。

庆成王打算带人去汾州看看，他点一队亲兵，从太原出发，前往藩府。过了文水永安铺，一条大道直通汾州。春风习习，阳光正好，轻骑出行，心情甚悦。接近小相铺，忽见前方一匹白马款款而行，马上骑士长发飘飘，仙风侠骨，庆成王手中的缰绳并未拉紧，胯下的坐骑却离开大道，跟着白马而去。亲兵指着正路，大声提醒王爷，王爷听而不闻，抬手示意他们停下，然后随白马来到一座寺院，庙门上悬匾额，镌刻“灵岩古刹”四个大字。

他把坐骑与白马拴在一起，随骑士进了二院。这里五进院落，殿宇恢宏，有七层宝塔耸立院中。骑士登上宝塔，王爷也拾级而上。僧人走来，骑士目视远方问道：“城内最大的院落是佛家的寺院还是道家的宫观？”僧人答：“最大的院落是朱氏王府，只是十年一直空置。”王爷想跟骑士搭话，刚上前两步，忽闻院中两匹马一阵嘶鸣，他低头望去，却不见刚才的白马，只有一头毛驴与他的马拴在一起，有黑衣道士正牵驴离开，再回头，白衣骑士已无踪影。

离开灵岩古刹，上了大道直奔汾州。入了城门，王爷下马，他想走走，看看将要居住一生的地方。八岁那年随父亲来过一次，十八岁第二次到汾州却只关注了建府之事。今天想各处逛逛，可一转眼，仿佛已到王府附近。

他问随行亲兵：“我们走到哪儿了？”“已在‘到府巷’口。”亲兵答道。王爷记得门口的那条巷子叫“豆腐巷”，听说巷子里有个磨豆腐的人家，他家祖祖辈辈做豆腐，人好豆腐也好，时间久了，他家所在的那条巷子就被叫成“豆腐巷”。可刚才明明听到亲兵说的是“到府巷”，“王府建成后，这条巷子就改称‘到府巷’，已叫了十年。”王爷释然。

王府大门漆已斑驳，铜钉长了绿锈，钉上落了灰尘，石狮底座缝里长出几株小草，他弯下腰用手指碰了碰那嫩绿的叶子。大门缓缓打开，家丁下跪行礼，然后把王爷迎进大门。在头道院站了片刻，朱济炫示意家丁和亲兵原地停下，一个人朝二门走去，推开二进院大门，只见满院老鼠乱窜，大大小小数以千计，他倒吸一口凉气，不由得向门口退去，脚下却踩着一只老鼠，老鼠发出一声尖声，远处便有一只巨鼠朝他扑来。他大叫一声睁眼醒来，原来是一场噩梦。

第二天一早他便去找大哥晋定王，恰好六弟济烺在，他先把昨夜的梦境说给大哥，接着道：“这个梦有一种不祥的预感，让我没了前去就藩的愿望。”晋王说：“皇上允准之事不便推辞，也别为一个梦而心生疑窦。”六弟接言：“不如让我随四哥前去汾州，相互有个照应，也能早晚共同服侍母亲。”晋王欣然同意，对于父亲的嫔妃，兄弟们若能悉心照料，也算对先王有个交代。

但问题是六弟已由户部拟定分封永和，经先帝御批，已入玉牒。永和县地处吕梁腹地，西临黄河，土地贫瘠，济烺一直推诿未去就藩。皇上是否会允准此事？大家心中没底，晋王说：“当今圣上秉承先祖以孝治天下之祖训，若以服侍生母为由请求建府于汾州，事成可能性极大。”

晋王府终于等来了皇帝诏书：“敕侄庆成王济炫、永和王济烺，朕念尔父

骨肉，同气至亲，前令尔兄弟往汾州权住。”

晋恭王生有七子，七子皆已分封，但封地仅为他们食邑，至今无一人愿往封地就藩，只有济炫、济烺自愿前往汾州。晋定王作为兄长，要为两位弟弟安排好府第、食禄、车马行辇等等。

亲王从应天府请回一位堪舆大师。此人曾为太祖在中都凤阳选址筑府，深得皇室信赖。

两位郡王带大师去汾州，请他看已建成的庆成王府，并选一吉地兴建永和王府。过文水入汾州，小相村灵岩寺佛塔进入大师视线，他希望去寺院稍做停留。庆成王想起梦中之事便迟疑不定，大师说：“登塔凭空，瞭望四野，所见必有所得。”

灵岩寺始建于唐代之前，盛名于元代，时有法名为海潮的住持，严律自身，扶贫救苦，解人心惑，救人疾病，仙逝火化得舍利子百余，由其师弟主持建此七级舍利佛塔。

庆成王没有登塔，他在拴马桩旁，回想梦中情景，眼前总是浮现白衣骑士和黑衣道士的变换。大师告诉永和王：“灵岩佛塔往西南方向行至汾州城，必有一庙寺与之遥遥相对，此处百丈定是吉祥之地。”离城还有三十里，西南方有无寺庙不得而知，永和王半信半疑。

进城后大师仰望一座佛塔，他建议先到此处，于是来到塔院。大师问住持：“此塔始建于何时，又为何建塔？”住持道：“宋代善昭禅师的舍利佛塔，为七级实心浮屠。”大师问：“此塔正南正北方向上可有香火旺盛的寺院？”住持说：“善昭佛塔北向有一座关帝庙，香火极旺。”大师问：“怎么走？”住持道：“汾州城正街主道非正南正北，就顺着大道走！”

至关帝庙附近，大师前后左右看了个遍，然后对庆成王说：“此处地善苗旺，立府宅吉人荣。”

言罢，大师沉思良久，然后对永和王说：“如此说来，汾州城必有一座寺院与它正北的灵岩佛塔相对。”兄弟二人一头雾水，不知所云。大师又说：“从北门入城，顺着正道走，必见一处庙宇，其周边即为龙穴所在。”永和王恍然大悟，他与亲兵沿着正道前行，果然得见三皇庙。

巧的是关帝庙不远处就是汾州州署所在地，而三皇庙附近有汾州守御千户所。地方军政要害衙署分属两处，难怪此地物华天宝人杰地灵，这让兄弟二人对大师的话深信不疑。

行至王府，庆成王先行下马，朝门口的石狮看去，底座石缝中有几株小草，恰如梦中所见，他便不想再进府院。大师在门外踱步观望，他说：“此处文脉极旺，若在此建得文庙或设立书院，必得人才济世。”

庆成王决定放弃旧府，在大师所指的两处吉地兴建王府。

郡王提出的要求，让知州非常为难。汾州为直隶州，岳牧为知州，官级从五品，而庆成王、永和王作为郡王其冠服视二品，地方官与之相遇要行跪拜之礼。自古以来客不修店，官不修衙，明代地方官任期三年，任内修衙者甚少。此外，地方税粮除了“起运”部分外，“存留”部分用于官员俸禄、生员廪米及社会赈恤等，年年都是捉襟见肘，倘若新修州衙和千户所，户部及兵部不会拨付现银。兴建王府的丁役也需地方提供，这些人力物力会让百姓穷困潦倒。

即使如此，知州还是遵从了郡王之意，州衙和千户所移署，庆成王、永和王汾州开府。

一年后，庆成王入驻东府，永和王入驻西府，从此，朱氏人在汾州扎下了龙根。

庆成王府人丁兴旺，据《皇朝盛事录》记载，第三代庆成王生子四十七人，生女四十四人，王府年节宴饮，合家一处，众兄弟姐妹互不相识，即便父亲也叫不全所有儿女的名字。

到了明中叶，朱氏已在汾州生活一百多年，当年四哥六弟的后人，已繁衍至第五代，添丁加口不再是新鲜事。朱氏子孙，请名请封后，朝廷便让地方支出一份禄粮。嘉靖年间，城里住户七成都是朱姓，汾州城几乎就成了一座王城。普通百姓住在东南西北四郭，东郭的商贾最多，生意也好。

汾州税粮最大支出就是宗室禄粮，此项支出年年递增，直到倾尽汾州之物力，再也供养不起王族生生不息之后裔。

第一章　清欠禄粮　平息风波

嘉靖十九年是个少有的好年景，夏税麦已足额收缴，秋庄稼长势喜人，秋粮米入库指日可待。知州王炫与庆成王爷商议，确定了解决王府宗人禄粮的方法。官府松了一口气，王府、百姓也觉得今年的日子好过。

可八月出了大事，蒙古俺答汗兵士过雁门、破宁武、入兴县、抢太原，一路南下。抵达汾州后，途经的村寨遭到不同程度损毁。蒙古俺答汗兵士虽未进汾州城，但商贸发达的东郭、南郭，庐舍焚毁，商铺被抢，人畜死伤甚众。汾州地面人心惶惶，年景虽好，却遇兵灾，官府无奈，百姓无辜，王府宗人禄粮之事只好搁置一旁。

庆成王府教授田成仁，其职责虽为以德义迪王，但多少年来为府上管理杂事显得更为重要。他派出五路人马察看兵祸。三路看庄田，一路看祖坟，一路去荣村庄园看酒坊，自己陪世子朱知爀去看织坊和店铺。刚出府门，见一妇人携子跪地啼哭不已。世子扫了一眼，目光转到朱表梃脸上，表梃上前问过妇人，转身回话："是辅国中尉的宜人，姓李。"

"有什么事，她男人咋不来？"

"男人早死了，有个小叔子，怪人一个，世子爷记得不？"

"父亲有几十个兄弟，我有几十个爷爷，奇怪，我能记得住几千口人谁是谁吗？"

"他们家男人是个中尉，有两个儿子，均未请名，大儿子前天在东郭被蒙古俺答汗人打死了。"朱知爀唉了一声，让田成仁处理妇人之事，自己与朱表梃向东而去。

田成仁带着女人和孩子返回府院议事堂，走到书案旁，尚未落座，李宜人又扑通跪地，小儿子立在母亲身边，眼睛四下打望。田成仁回身："快快起来，王爷和世子没在，我一个王府管事万万不可受此大礼。"他让儿子把母亲扶起，请她坐了说话。

“昨天是夫君的忌日，大武出城为父亲上坟，回来时城门已关。守城兵明知他是朱家人，可没为他开城门。大武绕到东门，没想到遇到俺答汗所率军队杀人抢劫，他与众人奋力抵抗，身中数刀，当场毙命，可怜我儿才十四岁。我想见王爷，面禀大武在东郭的事。”李宜人语气沉重，满脸是泪。

小儿子用手背替母亲擦去泪珠，抬头望着田成仁：“哥哥像打虎的英雄，他用铺子里的顶门棍打了一个蒙古俺答汗，蒙古俺答汗用弯刀砍伤了他。师傅，你一定要把哥哥的事说给王爷，让王爷把哥哥的事告诉皇帝爷爷，好让皇帝爷爷给他赐名。”

田成仁看着这个聪慧的男孩，不禁感慨，如果不是帝王之胄，这样的兄弟也许是安邦治国的人才，可身在朱门，不仅没有世人眼中的富贵，就连个名儿都得不到，多多少少有点不公。

“你叫什么名字，今年多大？”

“回师傅，我今年八岁，未请名。别人都叫我二武，反过来就是武二。”

田成仁有点喜欢这个男孩，“你没入得宗学，为何叫我师傅？”

“妈妈让我先识字，识得了字，能把四书五经读出来，就能入宗学，到时候您就是我的师傅了。”

李宜人拉了儿子一把，示意他停下。田教授本想问他怎么知道武二这个人，抬头看了他母亲一眼也就罢了。“你儿子的事我会禀告王爷，得到王爷首肯就提报太原亲王府，由长史官上奏皇上。”

李宜人起身道谢，田成仁又问了一句：“这几日城门一直关着，你儿子是怎么出了城的？”

“那天是夫君祭日，大武要给他父亲上坟，太阳出山前，就提了供品等在城门口，他说已经打听过，前两日每天都有从卫所出城的军兵，城门会打开一会儿，他跟在军兵后面出了城。”

“孝心难得！”田教授微微点头道，妇人又流下泪来。

王爷在议事堂侧屋的炕上喝茶，外面的对话他听得清清楚楚。母子二人走后，他出了侧屋，坐在议事堂的圈椅上，丫鬟端上茶来，田成仁上前斟满茶杯。王爷随口问道：“这家人境况如何？”

田成仁回道：“禀王爷，中尉过世之前曾将长子生辰报过郡王府，但当年请名之人过多，故而未曾上报亲王府。李氏念过些书，娘家有些田产，但父母过世后，接济便少了。”

“看来她教子有方，能冒死上坟，这份孝心倒是太祖爷成祖爷以孝治天下的范本。也难为他们母子了。”

“李氏没提任何要求，王爷您看这事如何处理？”

“回头你跟知爜商量着办吧。”

田成仁退出议事堂，王爷舒了口气，他走到院子里，停在花台前。花盆里一株石榴，树冠不大却结了不少果儿，石榴沉甸甸红艳艳的。院子里一定要种石榴和葡萄，这是个老规矩。但他独喜欢石榴，在他看来，石榴花开灿若烟霞，石榴挂果风情绰约。除了弄花，他还喜欢养蜂，后院的花房也是蜂房，看蜂采花是他一个喜好。他年过花甲数载，一生看遍花开，但仍有工蜂的嗜好，也有百子百福的期望。

这次蒙古俺答汗兵士南下突袭，人数虽不多，但所到之处如入无人之境，官衙、卫所、王府措手不及。所幸儿孙安然无恙，田产店铺有些损毁也不打紧，身外之物多些少些又如何。只是这场灾难，让他与官府商定好的禄粮清欠难以实现了。

“父亲，我回来了。”知爜走了进来，他像普通人家的儿子一样跟父亲说话。虽然皇家规矩多，但就藩汾州，不仅远离京都，而且远离太原的亲王府，规矩相对少些。众多的兄弟中，他不是最聪明也不是最能干的，但他是世子，他要时时处处表现得比别人更出色，也总想表现出讨父亲喜欢的一面。

父子俩回到议事堂侧屋，分坐炕桌两边。丫鬟进来倒茶，王爷小啜一口。知爜跟他讲东郭的情况：“绸缎铺有两个伙计受了刀伤，没有性命之忧，绸、布被抢去半数；珍宝店基本没有损失；小潞绸织坊生丝库被烧，成品和织机没有损毁，有女工被糟蹋。”

丫鬟进来续茶，王爷挥手让她出去。他自己端起茶壶，儿子伸手去接，他没理会，给自己续了水，也给儿子加满，抬眼示意儿子喝茶。

朱知爜继续说道：“绸缎铺那儿打了起来，有个叫大武的孩子帮着伙计们出手，被当场砍死。”

“朱大武？”

“是的。”

“哦，原来是这样，还是出点银子厚葬他吧，给他家里贴补些钱粮。”

田成仁面带喜色从外面进来，拱手行礼后开口说话：“恭喜王爷，恭喜世子爷。”

“强虏杀掠，能有何喜？即便没有损失，也徒增惊惧，让人心不安。”王爷没有抬头，端着茶杯说。

田成仁面向知爜道：“南郭差人来报，王府又得麒麟贵子。”

王爷抬起头来，他一时没有反应过来，以为去年纳的小妾生了，看到儿子眼上的笑意才咂摸过味来。南郭差人来报喜，说的是知爍养在外面的女人生了。因是个乐户，便没有过门。王爷曾劝儿子，让他放弃这个女人，可一向遵从父命的世子恳请父亲让他将乐女养在府外，如有生育便将孩子接回王府。第一个孩子生下当天便接了回来，已满三岁，眼下第二个孩子又出生了。朱知爍三十八岁了，已有九个孩子，可听到南郭的消息，还是掩藏不住心头的喜悦。老王爷看在眼里，心中却不是滋味。

朱知爍转头跟田成仁说话："朱大武在东郭店铺被砍杀，算是个重情义的孩子。到衙署跟知州协商，差人办理坟地动土之事，去阴阳学请典术，无须知州委派。"言罢即起身告退，田成仁跟了出来。

在王爷眼里，世子一向鲁莽缺乏睿智，方才几句话却说得利落干脆，他不免心下宽慰，刚才少许不快也就烟消云散了。

走到院子里，田成仁想到知爍要去南郭，便道："我让人给你备轿。"知爍道："也好。"仿佛是经田成仁提醒他才想起要轿子，其实他匆匆离开父亲就是想去南郭。

田成仁抬眼望向朱知爍，欲言又止，朱知爍问："还有事吗？"他立马道："朱大武还有个弟弟，也到了请名年龄，我看那小孩天资聪慧，是个可塑之才，不如为他请名，一则让朱姓人等感念王爷振穷恤贫，二则为世子爷贮备不同年齿的才俊，日后您需要左膀右臂，需要人鞍前马后。"为王府考虑，为世子的将来着想，话说得滴水不漏。知爍问："今年有多少人要求请名？""报到府上二十六个，有七个经核实报至太原亲王府。""好，我知道了！"

出了府门，两人分道而行，朱知爍叮嘱："朱大武的事，你上心些。一定要请到石先生，根据他测定的墓穴位置和划定的线印破土，确保不偏不倚。"

田成仁答应道："我先到州衙见知州王炫，回头去找石先生。"

汾州直隶山西布政使司，属冀南道，领平遥、介休、孝义三县。汾州一地，有一十二万七千余人。知州从五品，田教授属于王府官员，从九品，品位悬殊，但王炫对久居汾州的王府官丝毫没有官大一级的优越感，那种敬重里多少有些不自然，不过彼此已经习惯。知州任期不过三年，而王府虎踞汾州已历百载，庆成王朱表栾已是第五代王爷，王府官几乎一生不会离任。强龙不压地头蛇，这个小道理大家心知肚明。

"阴阳学那边我就不去了，有劳知州大人差人告知，还是请石先生亲自去一下，王爷说停灵已三天，不能再拖了，请太尊一定上心。"

"请田教授转告王爷，丧事我会安排妥帖，墓地不会出任何差错。近期我

要过府与王爷再商议清欠宗室禄粮之事，王爷哪天方便，差人告知即是，我随时恭候。”

关于禄粮之事，田成仁清楚王炫所谓再做商议的意思，一准儿是对之前议定的清欠反悔了，王爷不会同意的。

“经了这场劫难，我看衙署上上下下都在忙，安民抚恤之事一定不少，不如让世子爷来与您协调。事情既已商定，实施就不劳您和王爷费心，我会协助世子爷具体操办。”田成仁先替王爷堵上了王炫的半张嘴。

对于田成仁这个芝麻小官，王炫打心里看不起，但他既是王府官员，也算王府半个管家，朱知爔信任他，这样的身份地位，让人不得不对他客气有加。但今天王炫觉得他有些过分，说话竟自做主张。“还是我到府与王爷面议更妥当些，顺便也给王爷问个安。”

王炫口气坚决，田成仁只好附和：“成仁听命，王爷定下时间，我便亲自来请。”

州府年年拖欠宗室禄粮，这是个老大难问题。夏初，有人纠集朱氏穷宗冲击衙门讨禄。衙役阻挡驱遣不成反被殴打。知州清楚事情闹大的后果，所以平息事态，既要维护官府的尊严，又要给宗室一个交代。他去庆成王府拜见朱表栾，请王爷出面调停化解风波。

讨禄之事最先闹到王府，数人跪地数念家道赤贫，住房有限，粮米不足，请求王爷为他们讨禄。对于这些宗人，王爷知道如何安抚、如何利用。他从郡王府库拿出部分粮米分发给众人，并答应他们将尽快与官府商议。然后差知爔到州府见王炫，请知州在夏税收齐后解决结欠宗室禄粮之事。知爔与田教授去了知府，没有强硬要求，和颜悦色简单告知，王炫并未在意。

田成仁把知爔去见王炫的事，绘声绘色地说给宗室讨禄的人。并顺带告诉他们，夏税收完，州府除了要支付常规的官员薪俸、卫所粮米、驿铺开销等，今年边关吃紧，蒙古俺答汗不断犯边，估计会增加三边粮草供应。关于宗粮他没有更多提及，但讨禄的人听明白了，如果不去强硬争讨，那丰年和歉年一样拿不到粮米，州府不会把朱家人当回事的。

不出王爷所料，他们去了衙署，还大打出手。

让宗人自行去大闹州府，王爷有两重意思：闹一闹也起个督促作用，宗室确有穷困之人，甚至有揭不开锅的人家；一旦闹起来，王炫明白事态轻重，会请自己收拾局面，这会让王炫欠着自己一个人情，好似一张银票存在了他那里，可以随用随取。

事后他们长谈一次，又经数次争议，最终议定：趁着今年收成好，把历年所欠粮按两成发放了事，而本年夏秋两季禄粮需足额支付。王爷费了口舌说服各宗人，他们才签字画押确认。

夏粮如期分发到宗人手上，眼看秋收在望，却遭蒙古俺答汗劫掠，造成的损伤近乎天灾。王炫料定，九边加征粮草的公文不久将到，他只好登门与王爷重议禄粮之事。

出了衙署，田成仁没有直接回府，他想去朱大武家看看是个什么景况，那个让孩子在家读四书的女人如何支撑一个家。

这个独门小院是租来的民居，上房三间，东屋两间，朱大武的棺木停在东屋。院子里静静的，没有乐户，没有人声，棺木前也没有供品，只有一炷香燃着。田成仁进了院子，朱二武和一男人从东屋出来，见是田成仁，二武开口便叫师傅。那个面无表情的人是二武的叔叔，大名朱知烘，他认识王府的田教授，田成仁知道他是汾州城的怪人，朱知烘拱拱手，扬长而去，二武把田成仁带到上屋见母亲。

"大武的义举，我已禀报王爷，墓地的事，官府会派差役动土，出殡之事我会着人安排妥当，宜人大可放心。"

"大武十四岁，未得名，能进得祖坟，得谢教授和王爷。走的走了，只盼二武能早得赐名，不敢希望以后的享禄之事，能念书倒是第一要着。"李宜人不卑不亢提出了要求。

田教授点点头道："我要知道大武的生辰八字，给石先生用。"

李宜人拿纸笔把大武的生辰写好，双手递给田成仁，两人的目光碰到了一起，刹那就闪开。

皇族朱姓男子五岁请名，这是太祖定下的规矩。但明王朝经过一百多年后，宗室人口剧增，请名、请封、请婚之事多不能如期办理。而且一层层上报，关节之多，经手人之众，底层宗室多因拿不出费用打点，请名请封拖延数载或不请不婚之人甚众。

朱二武不曾请名，大武出事，宜人提出这个要求实不为过，但数百两银子的费用她们母子是断然拿不出的。田成仁把这事装在心里，他要慢慢筹划。

"宜人所提之事，田某会放在心上，为生者着想，请节哀顺变。"田成仁告辞，他抬眼从宜人脸上划过，女人神态淡然，低眉顺目，却感觉到了田成仁投来的一瞥。

王炫一接到三关催粮文书，立即去找王爷，小书房里两人分坐方桌两侧，桌上一盘红橘，两杯清茶。

“王爷院里的石榴长得饱满丰艳，真乃贵地出吉物。”

“石榴在汾州平常不过，没什么稀奇，倒是这红橘从四川而来，文耀不妨尝尝，甜中有酸，汾州人觉得可口，不知合不合你王咸阳的口味。”

“入乡随俗，在一个地方住久了，习俗就成了习惯。习惯一旦养成，人就受它控制。我现在吃碗面没醋都不行，酒就更别说了，感觉还是汾州的好。”

“那待会儿让人再送些酒到你府上，足期五年陈酿。”

“不敢，不敢，商定好的事没法落实，我是来谢罪的，怎么敢再喝王爷的酒。”

“是秋米和宗禄的事吗？”

“夏粮算是兑现了，可秋米还没收上来，三关增派军粮的文书已经到了。卫所的军粮催得也急，两处都不好应付。”王炫说完，端起茶杯等王爷的话。

王爷停顿少时说道：“足食，足兵，民信之矣！这话你比我懂。”

“去兵，去粮，民无信不立，这我也懂。”王炫接口道。

“可眼下去粮，民则不信！是不是这个道理？”王爷问道。

“是的，说好了秋米兑现，可眼看承诺落空，失信的事我难以启齿。”说着，王炫站起身来，深作一揖。王爷未起身，只是摆摆手。

“如果不能兑现秋米，那清欠的事也就告吹了，到时候又生出什么事端，我也不好再跟宗人解释，让你为难，我又于心不忍。”

这话亦真亦假，王爷说得不轻不重，王炫语塞。为藩宗供奉禄粮是官府分内之事，不能足额给付，宗人便闹事，可刑名不加宗室，王炫为难在此，所以下情话还得说给王爷。

“此事还得王爷出面，今秋先把上面的事应付过去，明年再把议案实施下来。该付的秋粮先支一半，一定不能让王府宗人锅里没米。”

本想诚意表达，可话出了口，仿佛又觉得不对劲。

王爷脸上的笑变得有点冷了：“文耀此言差也，郡王府的禄粮从太原亲王府支取，汾州府支不支，支多支少，与我庆成王府关系不大。你支少了我去跟大伙儿解释，只怕他们说我饱汉不知饿汉饥，弄不好得有人骂我站着说话不腰疼。”

“没有王爷襄助，汾州哪有王炫的立锥之地！想的是上不负社稷，下不亏生民，可事情又不好拿捏。王爷帮我把这事按住，我懂得感念，投我以木瓜，报之以琼琚，王炫当与王爷永以为好。”说完又是一揖。

王爷的脸又温和起来："又差矣，城垣内编氓（编入户籍的人）过万，朱家人十之七八，管好他们也是我分内之事。这事容我再做思量，周到行事，以保万全，你让我很为难哦！"

话虽如此，王爷心里却有三分欣喜：敲定议案是一份人情，推翻议案重来又是一份人情。在这块地盘上，遇事离不开我。王爷要这种不显山不露水的威望。

第二章　外室添子　初议筑城

朱知熑一走进南郭韩家巷小院，就听到上房里婴儿的啼哭。他快步进屋，杨鹂连忙起身行礼，知熑按住了她。

“早产了，可孩子没事，朱家人命大。”女人语气轻松，仿佛早产并不是件痛苦或不幸的事，又仿佛这事不是发生在自己身上。朱知熑喜欢她这种宠辱不惊、诸事淡然的心态。

论长相她并非花容月貌，论年纪早过二八妙龄，可这个女人总有股说不上的劲儿让人另眼相看。不便接她进府，才置了这个小院，选在千户所附近，也是为她安危着想，不承想蒙古俺答汗兵士劫掠，还是让她受了惊吓，导致孩子早产。

知熑看了看熟睡中的婴儿，那么小，粉嘟嘟的，想摸摸，伸出手又收回去，心中万般疼惜。知熑也感觉有些对不住这个女人，他说：“我今天就把你和孩子都接回府去，谁知道蒙古兵士什么时候又来？”

“蒙古兵士不会年年来。住在外面，我有风险；搬进府去，是你有风险。我的风险你可化解，你有风险，我就麻烦了，还是住南郭好。”女人识大体，这才是男人看重的。

杨鹂看看身边的孩子，接着说：“孩子早产不好带，交给奶娘不放心，我的奶水也下来了，不如就让孩子先在南郭，我带些时日，找补回胎里的不足再回府，爷你看行不？”知熑看了女人一眼，点头同意了她的要求。

第一个孩子生了就抱回东府，对外称是世子妃生的，这对孩子有好处，将来请名请封一切顺理成章，杨鹂深谙此理。然而身为母亲，她非常希望把孩子留在身边。再次有了身孕，她盼着是个女孩，这样就可以跟世子商量，请他允许把女孩留下让自己抚养。孩子早产了，仍是个男孩，她不加思索提出把孩子留在身边的要求，没想到知熑点头就同意了。

“我从府里差几个下人过来供你使唤，有事让她们回府上找我，好吗？”

杨鹂心里一阵感激，“有事我会去东郭找姑母，又近又方便。”顿了一下，她又问：“去姑母那儿看过没有？没什么事吧？”她跟姑母的交往多，感觉东郭孔家的人要比王府的人亲。

“我一会儿就去。孔府人丁多，防卫也好，应该没什么问题。回头还要去西府问个安，事情多，表梃还等着，我就先走了。”

杨鹂又准备起身，知燫按住她的手，顺势握了握：“鹂娘好生歇着。”

知燫不想去东郭姑母家，一是不想见表弟孔天胤，二是觉得该孔府的人来报平安或到王府请安，没有世子爷去看他们的道理。父亲不计较王爷和孔府地位高低，也不在乎谁看谁的礼体，他几次催促儿子去问问情况好让自己安心，知燫知道推诿不过。杨鹂刚才又提及此事，去就去吧，他这样想着。

出了小院，他又问表梃：“你说，孔府和西府，我们先去哪儿？”

表梃聪明过人，从辈分上讲，他是知燫的叔，因是远房，又小知燫三岁，所以他们倒像是兄弟。“先去西府吧，久没接受知王爷训导了。”说完他狡黠一笑。

“好，就去西府！”

汾州城有两座郡王府，庆成王府人称东府，永和王府人称西府，人们都说东府富，西府贵。

西府王爷朱知㸅，在位已经一十八年，年龄大知燫一轮儿。别人都认为他性格古怪，但知燫感觉这个哥跟同胞长兄相差无几。私下里，他们互相叫对方知王爷、知世子。表梃常说西府王爷跟东府世子对脾性，知燫知道，西府王爷跟自己亲近，那还是为他儿子着想。

总有一天，两个老王爷要走的，将来汾州的天下是下一代的。西府世子朱新�童斯文有余而杀伐不足，朱知㸅认为儿子将来少不了要知燫协助，就算不能相互抬协，各自为王，知燫若能记着老王爷的好，不难为儿子也算自己没有枉费心思。感情这东西需要积攒，临时抱佛脚是来不及的。

新壇娶了亲王府左长史的小姐为正室，这让朱知㸅心下安慰，将来即使新壇和知燫相处不太好，有这层关系，知燫也会僧面佛面顾全，现在已经看出来了，东府对西府的礼节越发周全。

知燫过府问安，知王爷是想到了的。

该有的礼仪不能少，世子进门，行礼问安，朱知㸅放下手中的书，示意他入座。

“王爷还在《三国演义》和《三国志》里悠游？”知燫看了看案几上的书问道。

“合府上下，包括东府，也只有你一个人敢这样问我。”知燠跟堂弟也很随意。

“上回你说三顾茅庐纯属罗氏虚构，可我查过，《三国志》里还是有记载，虽只有‘凡三往，乃见’五个字，但毕竟是个事实。”

知燠没想到上次随口聊的三国故事，他还当一回事翻了书。

“《九州春秋》和《魏略》上都记有刘玄德和诸葛孔明相遇之事，不过并非刘备三顾茅庐，而是诸葛亮登门自荐。”知王爷道。

知熑明白王爷求证此事的心理，刘备乃皇室之后，匡扶汉室、成就霸业，师出有名，诸葛亮纵有经天纬地之才，不遇到刘玄德，他的才能也派不上用处。中山靖王之后怎能为一谋臣屈尊纡贵呢？他想听听知燠是不是会这样说，于是便问：

“刘备四十六岁时，曹操已平定了北方，他还在感慨不能横刀立马，致髀肉复生，不就是因为他身边只有猛将而没有谋臣吗？”

“非也。刘玄德缺地，他没有自己安身立命的地盘。”

知熑本想说没有诸葛亮，刘备永远不会有占荆州图巴蜀的雄才大略，可话到嘴边又咽了下去，没有必要因这些小事上的言语计较让他不悦，不如继续听他说。

“地盘重要，守地盘更重要。这次蒙古俺答汗来侵，如果他们杀进城来，我们如何保全城内这几千口朱姓人呢？”知燠把话从三国拉回到现实中来，知熑这才想起来西府的目的，于是便问：

“庄田有损毁，影响大吗？”

“两成收入没了。”

“打发人去田村了吗？”

“报回来了，祖坟安然。”

“长春观呢？”

“观院也没什么事，但村上有人畜伤亡。听说里甲商议建堡墙，到时少不了为他们出点银子。”

“长城，城墙，堡墙，建来建去还是拦不住蒙古俺答汗。”知熑感慨。

“怎么说拦不住呢？亏得有城墙，我们才安然无恙。想跟你父亲一起给州府衙门提个建议，加高老城墙，增加窝铺，还需给城墙包砖。”

“官府的事，我们管多了会落下话柄，何必呢！”

“这不是官府的事，汾州城是朱家的地盘，我们祖祖辈辈在这儿生根结果，官府的事可以不管，自己地盘上的事得自己做主！”

很少有人能看到永和爷这么霸气的一面，别人只知他养生炼丹好读书，却忘了他是太祖三子朱㭎之后，太祖当年让三子朱㭎、四子朱棣就藩边地，就是因为他们彪悍有节，勇猛过人。知㸅清楚王爷的脾性，但他没想到王爷会有筑城这么个高远的设想。心中虽有敬佩，但没有表露。

"筑城事大，需要人力财力，官府能否负担得起？"

"官府像香油坊，轧榨就出油。"

知㸅又听到一句让他吃惊的话，看来西府王爷一点也不比父亲逊色，自己只有学着的份儿。

"你把我的意思转达给你父亲，先听听他的想法，回头我去东府问安，到时你与新壋一起参与合计，我们须众志成城。"

出了西府，知㸅绕着城墙根儿走了半圈儿，朱表梃这次可没猜到世子爷为啥要这样走，他问了两次，知㸅都把话岔开。

回府后，知㸅把朱知㸅的想法说给父亲，也说了自己的猜测："看来筑城之事，他并非随口一说，也许早有想法，蒙古俺答汗抢掠后，正好提出来。"庆成爷目视前方，琢磨儿子的话，他打心里佩服朱知㸅，提出筑城的设想，正是时候！转念又想，官府拿得出钱粮吗？

片刻，他回过神来，"西府庄田、坟地都没什么事吧？"

"没出什么大事，哦，对了，他还说田村在商议建堡墙之事，西府祖坟在那儿，少不了出点钱粮。"

"建堡墙？"王爷双手背后，眼睑下垂，踱着步琢磨修长城、筑城墙和建堡墙之事，良久不语。

下人来报："东郭孔府来人问安，在二堂等候。"

"何人？"知㸅问。

"孔举人，孔二爷。"下人报了孔举人，又加了个二爷。

东郭孔府有两个儿子，大公子孔天胤小知㸅三岁，打小一起念书，知㸅总是屈居其后。即便如此，世子也从不把孔天胤放在眼里，认为自己生来就高人一头。嘉靖十一年孔天胤被皇上点了榜眼，这让朱知㸅心里不是滋味。后来二公子孔天禛也得中举人，但他没有入朝做官，一直在府上打理生意。他跟知㸅走得近，王府的人知道世子爷的心事，避讳在他面前说榜眼、叫举人。

王爷收回目光，望向儿子，"你去看看，问问姑母的情况，受损的作坊铺店得赶快恢复起来。"

知㸅出去，王爷的思绪又回到城墙和堡墙的事上。如果州府有财力，与其增高加固旧城垣，不如新筑东郭城墙。想到这儿，他一拍桌子，"好！"下人不知发生了什么事，赶忙从外面进来，“王爷要茶吗？”他还是那两个字，“好！好！”下人退出，很快送上一壶新茶来。

给宗室清欠禄粮的事终究没法兑现，秋收后分发禄粮前，王炫请王爷出面。王爷答应的事就不会反悔，恩威并施，平息了风波。王炫想报答王爷，但一时想不出该怎么去还那份人情。

起运的秋粮上了路，增收的军粮也送走了。山西巡抚一道文书送到了衙署：巡抚陈中丞有令，鉴于汾州城池四方，外无山河之险，内寡藩垣之固，盖有覆车之戒，唇齿之虞，缮墙筑城毋缓。

文书是冀南道分守贺肃贺子穆遣人送来的，当天午后，王炫便到分守道衙门来找贺肃商议此事。

“中丞大人一纸文书下来，我这儿左右为难，倒是请贺大人给拿个主意。”王炫开门见山。

“无论是修缮旧城还是四郭筑新城，都耗资巨大啊！”贺肃感慨道。

王炫接口：“可布政使司会支出费用？还是要州府自行解决？没说！”

“没说，就是要你州府自行解决。”

“银子匮乏，丁役紧缺。”顿了一下，王炫接着道，“为筑长城，大同镇要人，偏关镇要人，北直隶要人，这都成了常例，我都恨不能让役夫变出三头六臂来。”

“《西游记》看多了吧？”贺肃打趣他。

王炫仍是一脸严肃：“对了，缺粮少人，还要新建王府花园，你倒是帮我想想，怎么办？”

面对王炫焦急的提问，贺肃笑了笑才答话：“蒙古俺答汗无岁不侵大同，几次南下得逞后，他们还会不断犯边，外修长城，内筑城墙，一样重要的。”

“关节不在此，如何修？用什么修？”

“用人，用钱，用粮。”贺肃打哈哈。

“对，用土，用砖，用沙石，用木材。这些还用你说吗？”

王炫与贺肃是同年举人，关系自然近些，说话也没那么多讲究。

“事情不是你一人能想周全的，请来大伙儿商议，把上面的文书，州府的打算及难处一并说出来。请卫所、王府还有四廓的乡绅都想想办法，这不该是你一个人的事。”

王炫点头：“请大家商议之前，我先上笺巡抚衙门，要求拨付银两，即使不可，或许还能减免赋粮，哪怕减少部分丁役也行。”

贺肃笑道：“文耀兄真是百姓的祖父母，不过此事你还是死马当活马医吧。”

王炫按照贺肃的建议，邀请分守道、察院、卫所及东西两府商议筑城缮墙之事。打定主意便让段昭下请帖，段昭问他去哪儿议事，他脱口道：“就来衙署！”

“可他们……”段昭没把话说完。

王炫这才想起受邀的官员都比他品秩高，不便到州府议事。他略做思索道：“去先师庙州学吧！”

“好的，大人。那两府王爷是您去请还是我去？”

根据祖制，大明分封诸王，但分王而不赐土，列爵而不临民，食禄而不治事。王府的人不能公开参与州府议事，需要他们协作，那得有合适的理由，并需郑重邀请。

王炫认为王爷会对筑城的事上心，无论谁去他们都会来，便吩咐道：“就你去吧，但要把话说得中听些！”

州学的明伦堂面阔五楹，平日摆放的诏书、诰仪暂时推到大堂两侧，一张书案在大堂中央靠左摆着，东西两张大条案，后放一排官帽椅。先到的人，在两侧的方桌前用茶。

王炫担心东府庆成爷不来，送去请柬后，又派首领官再次上门邀请。此刻王爷正在棂星门下轿，朱知爔骑马跟在后头，巡按御史马钟谕下马看到王爷，拱手行礼道：“给王爷请安，您看上去精神矍铄健旺，大家的福气啊！”

“哪里话，垂垂老矣，只是丝毫不敢懈怠。”

两人一前一后走进门，王爷声音爽朗地对马钟谕说：“楠竹啊，你我一同出入棂星门，这忘年之契又加同窗之谊了。”

“王爷说笑了，承蒙您看得起，卑职才好在汾州做事，照应好数千宗人，让您颐养天年，是我该做的事。”

“这是圣上的恩宠，有你，我省心多了。”

王爷打心里不喜欢这个巡按御史为正七品巡按。但御史代天子巡狩，他们考察地方文武官员、审理罪囚、断理冤狱、考察民情；在汾州地面上，还对宗室成员及王府官员实行监控；虽然郡王爷不在其监控范围内，但奏报王府重大事项是职责所在。他们的奏报，直接影响亲王府和宫里对郡王的评判，故而王爷对马御史有礼有节又不失亲切。

上了泮池的石桥，朱知爔跨步上前扶父亲，走到马钟谕旁边，两人有了说

话的机会。

“泮池谓之学海，可这海里的水少而混浊，鲤鱼如何跃龙门呢？”马钟谕面向朱知熑说道。

“学子们登科举士，跃龙门而出，多是一去不复返；里面研经学史的，又顾不上圣贤书之外的事。儒学外的人才在意学宫修造，之前父亲就想过，引活水入泮池，并在泮池筑台建个亭子，名儿我都想好了。”

“什么名儿？”马钟谕问。

知熑看了看父亲，父亲低头小心走路，嘴角一丝笑意。

“聚奎亭。”他又回头看了看父亲，王爷仍是笑而不语。

“好，聚奎二字好！亭子建成后，我们先来坐坐。”马钟谕说完朝泮池看了看，好像那里现在就有个亭子似的。

过了大成门就是明伦堂，三人进来，大家起身迎接。王爷年龄最大，御史位高权重，他们身份地位特殊，习惯了被别人抬着捧着。

王爷没到茶桌那边，直接坐到长案末端的椅子上。王炫近前请他上坐，王爷摆摆手，“我就坐这儿，你们议事，我只是听听。坐下座好，靠门的地方通风。”他不往上坐，西府永和爷也只好靠下而坐。

王炫坐在正前方的书案旁，左右两侧分坐巡按御史马钟谕、分守贺肃、指挥史安悌、州府的同知魏植和首领官段昭以及东西王府王爷、世子爷。

知州起身道：“诸位能够应邀而来，王某不胜感激。请大家到州学来，有两件事，一是通报巡抚大中丞缮墙筑城令，二是把汾州夏税秋米收入支出明细公告于众。两件事是连在一起的，大家清楚当下境况后再议我们该做什么，怎么做。”

同知魏植把巡抚的文书传给大伙看，首领官段昭把两个大账册排开在长案上。大家起身，书办把椅子拉后以便走着细看。

走着看了一圈，重新落座，没人说话，大堂里安安静静。

“咳！咳！”贺肃清了清嗓子先开了口，“劳烦首领官把本年的收支综述一下。”

段昭看向王炫，王炫点头。

“嘉靖一十九年，岁丰，夏税收一万六千一百六十石，秋粮收三万二千四百五十石，丁徭银，商税银，盐课银，酒课银计……”

指挥史安悌打断了他：

“全折银计，简单些说，别把人听糊涂了。”

段昭从头再来：“嘉靖一十九年，地粮、丁徭加额外课税共收五万九千八百八十两，起运户部项下、解布政司银三万七千八百六十两，存支项下……”

安悌又发话，“简单些，以整数计。”

“收银五万九，起运三万七，存留二万二。”

“春、夏、秋三季支出情况如何？”贺肃问。

“大宗支出有三：王室宗禄、官吏俸禄、卫所兵费。其他修理衙舍，大造黄册，走运马料，生员盘缠……”

“别念流水账，简单概述。”安悌皱眉。

“到今天为止，实际支出近二万两。”

“大宗支出都给付完了？”贺肃问。

“王宗禄粮一年分两季付，夏季足付，秋粮只支了三成，官吏俸禄付至本月，卫所足额支付。”

“余额部分足以支应后三月开支吗？”贺肃问。

“回大人，递铺年节开销增大，这是惯例，蒙古俺答汗劫掠，需要抚恤的民众增多，这是特例，余额不足以应付。”

“还有三个月的商税银，盐课银，酒课银没收上来，是吗？”这回是安悌问。

“全年的额外课税约一万二千两，每季三千两左右，蒙古俺答汗事后，兵部、工部及山西布政使司均派人来汾，已提前征缴完毕。”

大堂里寂静了片刻，田赋税银的话题就此打住。

“汾州城和四郭各有多少人？”马钟谕又开了口。作为御史，他巡按汾州时间不长，夏初处理宗室武力请粮，他才奉命长住，至此不过半年。

同知魏植马上作答：“回大人，城内一万左右，东郭三万有余，南郭四千多，西郭和北郭各有两千多。”

“这次东郭的损失最大，死伤二百多人，被焚商铺数百间，被劫财货一时难以实计。”朱知爀把自己从孔府听来的数字一口气说了出来。

“汾州城垣最后一次大修是什么时间？”马钟谕又问。

安悌抢先道：“这个我最清楚，七年前大雨，城墙西北角坍塌，城门垮掉。修缮之时，有人提出就势将土墙加高，还有人提议最好包了砖，不过，最终还是只将坍塌和损毁部分修缮了事。”

官员三年一换，七年前的事，其他人不明白，王府的人永久居住汾州，但官府的事未必知晓，安悌袭汾州指挥史已近十年，这些事他当然知道。

“城墙上的几个窝铺，年久失修，恐怕已经不能再存放火器了吧？”朱知

燠望向对面的安悌问道。

维护城墙，卫所固然应该出力，但事情不归卫所管。常规做法是州府出面，卫所出力，作为地方最高的军事长官，他又何尝不希望城池固若金汤。安悌面有不豫，他看向朱知燠道："如若我有办法，倒愿意把七年前的提议落实了。加高加固城墙，增加窝铺，并增置火炮火铳，确保城内安全无虞。"

"东郭人口多，商铺稠密，我倒觉得筑东郭城墙为当下首要之事。"马钟谕说话的时候仍在思索。

"如果只修东郭，那南郭……"朱知爒还想继续说下去，但话被他父亲打断。

"新筑也重要，修缮也应该，动手就需要银子，工部和兵部出吗？边患迭兴，狼烟四起，布政使司银钱也吃紧，估计也添不来分厘。"

王炫接口道："王爷说得是，上面有令筑城，但费用要地方想办法，这才是问题所在。"

贺肃道："费用来源，无非有三，上面拨付、州府自筹以及民间募捐，现在看来只有最后一条道了。"

朱知燠道："虽然王府日子也每况愈下，但如果为修城垣，永和府愿意捐银，哪怕划粥断齑也在所不惜。"

王炫赶紧堆出笑脸接话："王府出粮周济宗室，这是朱家人的福气，再出资修缮城垣，那就是城内所有人的幸运。"

庆成爷反感朱知燠这番假惺惺的话，永和王府的庄田到底有多少，外人不知具体数目，但采邑跨出汾州延伸至孝义县和文水县人尽皆知。无论是宫里还是晋王府的赏赐，永和王府哪次不是第一份？心里虽这么想，但他还是微笑着，不紧不慢地说："知燠不计得失，心里装着半城人。可东郭是汾州人口密集之地，东郭住户的安危，官府更应该关注。"

世子朱新墑在他父亲耳旁嘀咕："怕是关注他们府上在东郭的店铺买卖和织坊生意吧。"

朱知燠用脚踢了一下儿子，朱新墑便住了嘴。

"新筑东郭城，所需费用估计比修旧城还要多，银子可是硬通货。"王炫道。

"如果知州大人有令，我倒愿意牵头募捐，自己先垫个底儿，东郭商人多，凭这张老脸，应该有人应和。"

"如此，就两处开工，随后再谋南郭和西郭北郭之事。"安悌性急，他看到了希望便想马上敲定。

“孝兼核计过两处开工需要多少人力吗？你卫所能出多少军兵？”庆成王爷和颜悦色地一问，安悌就不再说话了，卫所里多少兵力，此事不宜在此议论。

“两处开工确实不现实，为生民计，先筑东郭城垣最为合理。”贺肃道。

“如此，我们就初步议定，先筑东郭城，开工时间视募捐情况而定。”王炫总结时目光扫过朱知燠的脸，见他面无表情，便说：“如果今冬明春能起了东郭墙，那明年我们就图谋加固旧城之事，一件一件来。州府张罗，各衙署出力，事儿总能成。”

贺肃抬头道：“问句题外话，冬三月灯油火耗，年节祭祀，官吏俸禄，孤老冬衣都有解决的法子吗？”

王炫声音有些沉重：“汾州领平遥、介休、孝义三县，三县受蒙古俺答汗之祸较轻，且夏秋皆丰。汾州暂缺银两，可从三县腾挪转借，以度年关。”

众人揣度王炫的话以及段昭报出的数字，看法各不相同。每个人的谋划不同，嘴上说的和心里想的也不甚一致。

第三章　王爷出力　东郭起城

“庆成爷走好！”棂星门前，马钟谕与王爷道别。

“楠竹啊，抬头走路，稍不留神脚下就会摔了跟头。州府的事本不该我们插手，我要张罗呢，事成的可能性就大些，可做多了事，又难免生出麻烦。”

“王爷放手做就是，东郭三万居民，就是汾州三成人，修池筑城，是为他们的安危着想，王爷功莫大焉。”

“有你这句话，我就不会畏首畏尾。说句实心话，我一母同胞的妹妹住在东郭，筑东郭城墙，也有份私心在里头。”

“割不断的是血缘亲情，王爷的话倒让我想起四川老家的父母，虽无衣食之忧，但家父年过古稀，身边没人照顾，常让我心有不安。”

“舍妹在东郭有座织坊，听说在四川阆中采办生丝，每年都去，你老家在什么地方？离阆中多远？”

“不远！改日我登门问安，再叙老家之事。”马钟谕马上拱手作别。

庆成爷从马钟谕话中听出了热切，对父母的牵挂让马钟谕的心变得柔软，只要心里有柔软的地方，就好从这儿下手。访友探亲路不长，无论他的老家在哪儿，无论离阆中有多远，没有去不了的地方！

回了府上，下人伺候王爷更衣，朱知爜端着茶杯听父亲说话。

“引活水进泮池，再筑台建亭，还把亭子名都想好了？什么时候想好的？”王爷问道。

“有一次聊天，孔天胤说过。”

“你嘴倒是快啊！”王爷微笑道。

“这不正好知道嘛！”朱知爜听出了父亲话里的赞同。

王爷瞟了儿子一眼，假意愠怒：“你说一句话了事，亭子好修，引水进来，那不是一两句话的事。”

“我知道，引水进王府，您是同意的。虽不在当下，但终究要办，要办就得有个由头，这不正好吗？”

“朱表梃的点子多，前脚落实一个，后脚就生成一个，让他跟着你，总有花银子的新鲜事。”

“我知道甄别，不靠谱的事不会理他。”

“引水不急，北郭起花园的事不能再缓了，东郭城墙修起来，就得跟他们提修园子，明年夏天一定要完工。不过眼下还是东郭城墙要紧，以后随时都防备着，不能任蒙古俺答汗劫掠了。”

此刻，永和王府，朱新[illegible]也和父亲谈论明伦堂所议之事，他的语气里有些抱怨，“你提出加固城墙，东府偏要新筑东郭城，你倒是争一争嘛。什么事他们都占上风，让官府的人看低西府，终究不是好事。”

“争什么争？争了他们就会认为东西府不是一体的，争了又没争赢，又让他们觉得东府比西府强势。”

“本来就不是一体的，所谓同根同源，早就花开两枝了。”

“就是争水分、争养料也得在地底下，表面上还得相互映衬着。”

“那你争一争，也许那些流水官就听您的了。”

“凡事还有个公理嘛，东郭修城也是当务之急，那儿不是也有永和府下朱氏宗室的府第吗？”

“东府住那儿的人更多，不过，庆成爷在意的是他家的店铺和作坊。”朱新墌又把这句话说了一遍。

“这话以后不要再提，一则于事无补，二则让人觉得你艳羡东府的家资买卖。”

“买卖何足挂齿，西府恪守祖训，不屑做贩夫走卒之事。”

“话也别这么说，若有守规制又能赚银子的买卖，我倒愿意你试一试。”

这句话让朱新墌有所感触，他暗暗记住父亲的话。

早饭后，东府王爷便吩咐下人备轿，并准备暖盆，他要去东郭关帝庙。下人想了想，今儿不是主祀日，不知王爷去东郭何事，还是得问清楚，免得耽误了爷的大事。

“王爷，要不要准备香蜡供品？”

“不要！”王爷的口气又冷又硬。

关帝庙每年正月十二、五月十三两大主祀日，每到这两天，地方缙绅、里甲巨贾组成庙祭商合会集体祭祀，一般由庆成爷主持。主祀结束，他会到后院北大殿单祀，这儿的祭祀，对于他来说才是最重要的。后院北大殿为文王夫妇寝宫，文王曾生育一百个儿子，故尊为床神。北殿寝宫后墙彩绘床神壁画，相

传为周文王夫妇的原形。关公被称为爷、被尊为帝，但仍是文王之后，文王夫妇故而被尊为本宫上神。

王爷不愿别人提及关帝庙主祀、单祀之事，而且今天官府召集众人到此，要议筑城之事，与关公、上神无关，与祭祀无关。

东郭人口众多，市井繁华，仅从西到东一条正街就有商铺上百家，正街东端北侧的关帝庙，庙基高于街面，一对高大铁狮雄居庙门两侧。从外望去，庙宇大气磅礴，彰显关公忠孝节义的气度。门前落轿，王爷大步跨进庙门，神清气爽。

大伙见面，自然说到蒙古俺答汗劫掠造成的人员伤亡与财产损失。正街上受损最严重的是武记铁铺，铺面的掌柜伙计被杀，后院铁砧上的匠人和烧火的被弯刀砍头，铺子里的铁锅全被劫走。兴隆泉酒铺与铁铺为邻，酒铺内院的烧锅被毁，所幸没有人口伤亡，是因为酒铺为蒙古俺答汗准备了酒水饭菜，让他们吃了个酒足饭饱。众人你一言我一语传递消息，谈论兵祸，发泄愤怒。

王炫责成段昭打理东郭筑城事宜，第一件事就是募捐。王爷答应由他来牵头，但他来了关帝庙，却坐在配殿小屋里喝茶，任那些人在卷棚下聊天，时不时朝外打望一下。卷棚连接戏台与大殿，红柱支撑，夹扇代墙，两头向北可以看见大殿香烛灯蜡，向南可聆听戏台上锣鼓板乐。这时卷棚下的人们只谈蒙古俺答汗之祸，个个悲愤难按。

段昭进来请王爷出去说几句话，王爷只嗯了一声，段昭悻悻退了出去，第二次又进来请，王爷看了他一眼说不要着急。

王爷心里有谱，先让大伙聊着，各自倒一倒苦水，等大家的情绪被相互调动起来后再提募捐之事，那就容易多了。

半个时辰过去，王爷从西配殿移步卷棚下，面色温和朝大家问话："武记铁匠铺今天来人了没？"

大家相互看看，有人回答："没人来，他们家受损最严重，一时缓不过气来。"

然后他又道："蒙古俺答汗为什么对他家下手最狠呀。"似问非问。

然后边落座，边解释这个问题："朝廷严禁铜铁流入漠北，只怕他们用铜铁制兵器，蒙古俺答汗生活因此深受影响。没有铁针，得用兽骨缝制毛皮衣服，没有铁锅，只能用皮囊烧水，想一想，能方便吗？到了铁匠铺看到那么多铁锅，杀人是报复、泄愤，抢东西是需要。"

"这样大肆劫掠，商家一时半会儿恢复不了元气。"有人说道。

"是啊，养伤得有个过程，只怕旧伤未愈，又来一刀。"

王爷的话刚一出口，大伙便焦急地纷纷议论起来。

“还会来吗？”

“还没抢够吗？”

“这可如何是好？”

王爷接着道：“太祖爷立国前把蒙古兵士赶回了漠北，但习惯了中原生活的蒙古人，需要内地的丝绸棉麻、铜铁器具等。大明与蒙古的朝贡中断近三十年了，他们不断有此要求，得不到许可便连年入寇中原，以此泄愤并威胁，同时也取得其必要的生活用品。而入贡之事，朝廷以为其情多诈，不可轻信，因难察其真伪，故而短期内估计不会应允，所以防寇之事得从长计议。”

“别说商家，就是卫所的官军也难敌他们铁马弯刀，百姓只能坐以待毙。”一位年轻的东家起身说道。

“我们只有防和守！”王爷点到了话题上。

“恕我说句不敬的话，城里的人四面有垣，城门一关，蒙古俺答汗的马飞不过城墙去，如果要防，那东郭得筑城墙。”一位年长的掌柜说话。

王爷接道：“我正是来跟大伙商议此事的。筑城，筑东郭城墙，照着汾州城的规格筑，把咱这儿的三万人包在城墙里，以期安全无虞。”

“那得是个多大的事啊？耗千金都未必能成。”

“官府给钱吗？”

“说不定还得动民户军户的宅地，能行吗？”

“得多少劳力呢？东郭民壮少，卫所出人吗？”

大家七嘴八舌，几乎把能想到的问题都提出来了。

“这位是咱汾州官府的首领官段大人，请他给大家说说州衙的打算和先期的筹划。”王爷把段昭请了出来。

段昭便跟大伙讲规划好的城垣规模，包括周长、高度、宽度，又讲城门的尺寸大小，以及筑城所需的土方、石块、水沙、石灰和木料，还有需要投入的人力。听完这些，大伙更关心钱物来源的问题了。段昭再做解释：

“别说东郭新修城垣，就是州县治所筑城，上面也不会有钱粮拨付，我们自己的事只能靠自己来想办法。”

“才遭劫掠，家家都有损失，再拿银子出来，恐怕生意都难以为继了。”有人说。

“如果再有一次抢劫，如果死伤的厄运降临到自己头上，就不如我们防患于未然了。”段昭道。

关帝庙住持进来，说王府有事，世子爷打发人来请王爷回府。王爷起身发话：“我住城里，这个大伙都知道。舍妹府第在东郭，这是我说服知州大老爷放弃修缮旧城墙，投入人力物力筑东郭新墙的原因。可这件事只靠官府不行，靠一家一户更不行，需要群策群力。我先拿五百两银子出来，算尽一份责任，你们再想想，再议议。”说完告退。

段昭把王爷送到庙门口，随口问道：“东府有事，需不需要小的过去帮忙？”

王爷道：“府上有事，只是个托词，道理都讲清楚了，多说无益，人们反感劝捐，让他们自愿出银子才行。”

事实确实如此，平时，人们对捐钱出役极不情愿，但遭了此次兵灾，自然明白两害相权取其轻的道理。再加上王爷带了头，大家就不再嚷嚷，各自盘算该出多少银子，或出多少劳力。

两个时辰后，捐资出役的事就议定了，段昭舒了口气。

几天后，东郭关帝庙对面照壁上贴出了各商户捐款名录，共募得白银五千三百二十两。如果不计工费，这些银两勉强够置办沙石木料等。王爷交代朱知嫌：“到州衙告知王炫，请他下令开工。”

开工前，管事的人都集中在关帝庙东院，朱知嫌让朱表梃跟随段昭全程参与。从确定墙基走向开始，朱表梃倾心尽力，仿佛是为自家起宅院。他清楚自己必须实心用事，如果跟着世子爷只为他出点子，那总有一天会被嫌弃；如果没有王爷和世子爷赏识，那他将和其他宗人一样，不可能这样衣食无忧。

各项工作陆续开始，采石、伐木和烧石灰的人都派出去了，人手远远不够。好在首期开挖地基所需人力不多，四批人马从东西南北四个方位同时开工。

开工头一天，西边一组来人报，开挖处发现有旧屋根基，第二天南边的人回来报，顺着开挖方向有丈许旧基，旧基皆为石砌，深度和宽度都超过现在确定的新基尺寸。朱表梃觉得蹊跷，便到现场察看，他让人顺着旧基铲去上面二尺多厚的活土，想看会延伸多长，一直走了数丈仍不到头。

“是有神仙在帮忙吗？”他自言自语，琢磨这地基的由来。

“先有东郭，后有县治。”听说过这句话，莫非东郭原是县治所在？

这事只有一个人能弄得清楚，他让役夫停了工，自己上马朝西府走去。

永和爷在书房看书，下人报东府朱表梃求见王爷，王爷问：“一个人？”下人称是。王爷思忖一个人来，能是啥事呢？

朱表梃进门，大礼参拜，“说吧，什么事，别弄虚的。”王爷摸不着头脑直接问。

“想跟王爷请教点学问。”

“你还用得着请教我？花花肠子里不都是学问吗？”

“若能有王爷十之一二的学问，那我……”

“那你怎样？你就成管仲、乐毅还是卧龙、凤雏了？”

“我哪敢呀，如果我多读些书，就敢思谋给您或新�童世子爷打下手了，没学问只怕你们觉得碍眼。”

“有事说事，没工夫听你贫嘴！”

朱表梃向前走了几步，现出一本正经的样子，“王爷以前说过，先有东郭，后有县治是个啥意思呢？”

“你问这个干什么？”

“东郭城墙开挖了，在踩好的地基线下发现了旧基，我感觉是旧城城基，但也不好确定，特来请教王爷。”

“不是旧房的根基？”

“不像，两处发现，宽度和深度一致，呈带状。”

“多长？”

“南边一处有七八丈，也没见到头。”

王爷有些兴奋，冲外边大喊：“备轿！”

朱表梃没想到，发现的旧基会让永和爷如此兴奋。筑东郭城，王爷不赞成也不反对，如何筑、筑哪儿，他也没有参与谋划，兴奋啥呢？

到了工役处，朱知燠便没了做王爷的诸多讲究。他弯腰捡起碎砖端详，蹲下身子用石块敲击旧基，顺着墙基走过来、走过去，看了又看，徘徊了近半个时辰。他跟表梃道：“明天前晌到府上，我给你个准确说法。”然后上轿离去。

朱表梃这样想：如果旧城的根基都在，或有多一半在，那就沿着旧基筑城墙，这样就省了很大一笔开销。庆成爷会高兴的，而且王爷世子爷会对我另眼相看。

第二天前晌，表梃和知燫一同来到西府，王爷的小书房里，卷帙浩繁，书案上文山书海，显然是翻阅查找过。王爷坐在书案后，知燫坐在左侧椅子上，表梃立在旁边。

“困扰了我十几年的问题终于有了答案。”王爷开口说话。

“是古城墙的问题？”知燫问。

“是西晋以后至唐中期，本地县治在哪儿的问题。”

“就在东郭附近？”朱表梃问。

“之前你就知道有古城墙？”没等王爷作答，知燫又问了一句。

“之前我一直想弄清古汾州作为郡治县治的位置所在。为此，我遍翻古籍、查看碑文，收集民间传说，得知现在州治所在的城邑有新城之说，那意味

着此外还有旧城。但具体在哪儿，我只能从古书的片言只语中猜测，发现旧城墙，这倒是个直接证据。”

“王爷把汾州历史的郡县变迁、治所位置弄得清清楚楚，然后写成文章留给后人，让朱氏人明白我们世代生活的汾州在各朝代的名称及归属，倒是一件有趣又有意义之事。”知[illegible]道。

“王爷把汾州的历史写成书，刊刻出来，我第一个读。”朱表梃的话也真也假。

这句话倒给永和爷提了个醒，真该做这事。

他回头看了表梃一眼道：“旧城的城垣规格不会小，我相信老地基十之八九还在，顺着旧基起墙，省了人工，省了沙石，还能确保不会下沉，你立功了。”

开挖几天后，情况彻底明白了，果如永和爷所言，那埋在地下几百年的旧基就是史上汾州郡的城墙根基。旧基大部分找到后，众人发现城墙并非方方正正，而是呈五面刀状。经测量，城周九里，只比现今州治城墙少十三步。朱表梃把数字报给了永和爷，这个事实让王爷觉得自己学问好，在后辈人面前很有权威。而朱表梃也希望永和爷知道，他虽学问不大，智慧不少。有了王爷的认同，等于给自己备了一双布鞋，万一走湿了鞋底，或者走丢了鞋子，那就不用光着脚了。

在旧基上起墙，所需砖石相应就少了，王炫让段昭通告下面，减少烧砖和采石数目。

王炫心里着急，开工几天了，人工的事还没完全落实，东郭有部分民夫，但人数不足。按规制，卫所军有义务参与筑城，他去跟安悌交涉，安悌说：“王大人呀，卫所现在没人。”

“没人？一卫五千六百人，你汾州卫至少也该有五千军兵，人呢？”王炫有些不高兴。

“营兵制，你该知道吧？边关重镇的督抚、总兵所领之兵谓之营兵，营兵来自各卫所，而且只要精壮之士，所以各卫所把最具作战能力的军兵送至边地做营兵。”

王炫看了他一眼没有说话。

“如果这个不知，总该知道卫所兵接连不断地逃亡吧，全国卫所一概如此，就逃亡人数和总人数的比例看，汾州卫算轻的，但逃亡人数说出来我脸上都有些挂不住。”

“不是要派人到原籍勾丁吗？”

“补回来再逃，逃了再勾，卫所就忙着干这些事了。”

王炫有些急了，“安大人，卫所的粮我可是咬着牙如数拨给了你。”

“今年情况特别，秋粮分发之前蒙古俺答汗来侵，否则哪能这样痛快呢？”

“没那么多人，却要那么多粮，安大人，这事怎么也说不过去吧？”

安悌立刻站了起来，“王知州可以找马御史参我，发我边关也行，发我烟瘴地也行，我早就不想在卫所不死不活地待着了。”

安悌世袭指挥史，正三品，跟王炫说话自然不会恭谦。

“孝兼兄，话说到哪儿了，我心里着急就出言无状，万望海涵。”见安悌抬眼看向他，王炫接着道，“孝兼兄，千万不能因为官府的事伤了你我兄弟的和气。”

这话又把安悌的气理顺了些。

“跟你要粮，不仅是为军兵饱腹，卫所还要募兵，这个费用兵部不会支出，但兵源却要我们确保。”

“募兵不会逃亡吧？”

“募兵比卫所军的待遇好，大部分不会逃亡，可他们的存在又让卫所军的逃亡越发增多。我没有办法，我看别的卫所一样没有办法。”

“每个千户所总还有些人吧？五个千户所的人合一块儿也不会少。”

“是有些人，怎么也得留着守卫人员。”

“安大人，你卫所到底有多少人？”

“我的王大人啊，卫所兵调遣，我不能跟你细说。能跟你说的就是卫所留守人员不多。王府北郭建园子，那儿有几十个。”

王炫长叹一声，安悌说把他发配烟瘴之地也行，看来这话不是气话，也许他也很难。

巡抚的急递文书，放在王炫书案上，敦促筑城缮墙之事，并告知将有专事山西城垣的新御史巡按汾州。他坐在椅子上琢磨人工的事，民夫不足、工匠也少，得想法子，工役必须加紧了。

段昭提议用大牢里关押的罪犯做苦役，并说这种做法许多地方都用，只是监管上麻烦些。王炫不想这样做，大牢里关的犯人，杀人越货，偷鸡摸狗的，什么人都有，放到工役处，总不能戴上镣铐干活吧。筑城为保平安，可为筑城又生出事来，那叫得不偿失。起了城垣，东郭是安全了，可自己头上的乌纱却有了危机，还是得小心不出大乱。

他让段昭到王府，先跟朱知爔小心试探着商量，看看他们能有什么办法。

朱知爔也认为用罪犯做工不妥。卫所没人，民夫有限，他也想不出个办法。段昭提醒世子爷，王府北郭园子还有些卫所军。朱知爔一听此话，勃然大怒，“北郭的园子两年前就该完工了，皇上御批，王府出钱，州府卫所就出点人力，还那么难。今天有丁，明天没兵，就是来人也是胳膊来了腿不来。王爷说官府也难，不让我催促，只说什么时候起了算什么时候吧，可我们越是这样，你们倒越是拿王府不当回事，干脆，把建起来的也拆了吧，这园子不建也罢。”他的声音极高，脖子上青筋暴起，越说越激动，越说越生气。

王爷从内院出来，儿子的话他听到几句，大概知道是为啥了，走到议事堂，他先跟朱知爔说话：“有什么大不了的事，不能坐下来好好商量吗？段首领是官府的人，说话要讲究礼节。”

“段大人想把园子里的卫所军抽去筑墙，我说这园子干脆拆了吧。”

“说话不能赌气，园子是奉旨而建，是你说拆就拆的？”王爷貌似教训儿子，段昭却听出话里对他的责备。还说什么呢？

“我也只是跟世子爷提了一下，并无他意。王大人差小的来，是想就调用民夫之事，讨王爷和世子爷的示下。”

“回去禀明王知州，后天关帝庙小庙会，让他找几十个衙役兵丁扮成农商去城役处，把看到的人和事传到庙会，尽量让更多的人知道。”

“敢问王爷，城役处会有什么事？”

“到时候你也去，去了就看到了。”

三天后，巳时到午时，小庙会上人们都在传，庆成王爷率王府十五岁以上五十岁以下的男子在城役处做工；商铺人们也在议论，东郭孔府的男丁都在城役处。有人去看，确有其事，而且孔府内眷还将茶水送至城役处。

下午，城役处陆续有人来报名，要求加入做工，第二天还有，王炫派人在城役处贴了招告，半是请求，半是要求：恳请住在东郭的男丁，无论农商，无论军户乐户，一律出工十天。

东郭人没有怨言，没有推诿，其积极性是王爷也没想到的。出工人数最多时，城役处有四千多人。

两月零十天，仲冬之初，东郭城墙完工。

年前，孔天胤回乡，王爷让人去请他。知爔问父亲：“有啥事吗？”

“让天胤作文记之。”

“这等讴功颂德之事，孔榜眼最在行。”

“别这么说话，榜眼那是皇上点的，文章写得好，也不是人家自吹的。”

第四章　敲山震虎　管家收心

大武停灵到出殡这些天，田成仁往李宜人家跑了好几趟，忙前忙后，一手操办，直到把这男孩送到朱家坟地，再去跟朱知㸂复命，顺便提出二武读书的事。

“连名儿都没有，读什么书呢？”

“我看那男孩长得平头正脸，聪慧过人，与人过话不怯不慌，是块好料。现在读些书，长大后再打磨打磨，将来定能为咱东府所用。”

“黄口小儿，能看出什么来呢？”

“老话讲三岁看大，七岁看老。”

“就算是块好料，也得先请名再读书。不能让先生叫毛蛋儿、狗蛋吧，这事儿得跟王爷说说。”

朱知㸂心里明白，为他发现并培养可用之才，田教授是真心实意的。王府官员的一生几乎都与王府联系在一起，王府安宁兴盛，他官运平稳。若王爷、世子及各将军身边有了奸佞之人，影响他们做出过头之事，那他必受株连，所受惩罚一定大于当事人。

田成仁到上屋见王爷，还说二武读书的事。

“让那孩子入宗学读些书，再调教几年，日后为王府效力，将是最好不过的人选。可世子爷说，连名号都没有，不便入宗学。若府上能为他办妥请名之事，那他心存感念，追随王爷和世子爷，一定心无旁骛。”

“大武的事儿，他母亲没再提什么要求吗？”

“没，没有。”田成仁略微停顿了一下，说话有点结巴，王爷看他时，他低下了头。

“把那母子一并请来，我见见他们。”

“是！”田成仁退出上屋。

李宜人虽然还在丧子的悲痛中，但要去见王爷，还是打起精神，更衣净面，略做打理。她在浅色的小衫和褶裙外罩了一件对襟小袖褙子，细细地盘了头，发髻上插了一支银簪，簪头镶着的一块白玉，嵌在乌黑的发髻旁边，她跪在议事堂，王爷一眼便看到那点不经意间带着的白色。

“李氏见过王爷。”

“起身说话。”

“谢王爷！”

“数年前大武请名，是我一时不周，落下步数，让孩子遗憾终身。”

“王爷别这么说，一切都是命数，大武能进了朱家祖坟是他的造化，李氏在这里谢过王爷。”说着深深地道了个万福。

李宜人嘴里虽是感激之辞，脸上却没有笑意，语气里也没有一丝谄媚，她跟府里其他女人不同，也是王爷少见的。回想上次她陈述儿子去世经过，看得出暗自伤神，肝肠寸断，却没在王府哭天抹泪，更没有呼天抢地，王爷不禁对她另眼相看。

“田教授说朱二武已认了不少字，能读四书了，是你教的？”

“回王爷，我在娘家时跟着家父识了些字，深知读书的重要。将军在世时，也希望孩子们能识文断字，他走了，我记着他的话，尽量让孩子们识字念书。无论穷富，要活成个明事理的人。”

“如果朱二武喜欢读书，那就让他到宗学来，正儿八经念书吧！”

“可他还未得名，须先有了名号，读书再让他开了心智，才算谷成粟，米成饭。”

“说得好！我给他请名，古话说才饱身自贵，巷荒门岂贫。王爷我喜欢……喜欢二武这样的孩子。”

李宜人跪地谢了王爷，却没有抬头。

田成仁道：“既然这样，下月初就把孩子送到学堂，我先说与宗学的先生，让他有个照应。”

田成仁给朱二武准备了书本和笔墨纸砚一套学堂用具，还带了一本《绣像水浒传》，一并送到李宜人家。二武兴奋得忘记了礼仪，翻着书看图，大人们的话没听到，只觉得他们说话的声音妨碍了自己，抱着书往门外走，母亲叫住了，要他行礼谢先生。他扭过头来，脸上有一丝羞涩，往回走几步，大声谢过师傅，急匆匆出门去了。他想找到有武松画像的图页。

“田大人这样照拂二武，我们母子无以为报，只盼他长大成人、活出个样子，也不枉大人一片心意。”

“客气了，我本王府官员，为朱家人做事乃是本分。庆成王府数千人，除了王爷主事，一辈一辈人还需些领头的，带着大队人马走正道。二武具备这样的天赋禀性，是个可塑之才，需要我们合力打磨。”

“学堂里用的东西都为他准备停当，谢谢田大人这样费心。”

“桌子和凳子不要准备，我已安排妥当，两个孩子合用一桌，同桌的孩子品性极好。”

李宜人千恩万谢。

安排得如此妥帖，这是王爷的意思还是田大人的想法，这个问题她没弄明白，也不好张口问。

第二天，田成仁又敲响了二武家的街门。他带来一匹蓝色松江棉布，让李宜人为儿子做身新装，以便去学堂穿戴。李宜人弄明白了，为二武做的所有安排都是田教授的意思。

“棉布说什么也不能收，昨天的书本和笔墨纸砚，已让我心里过意不去。过年的新衣才穿过两水，上学堂时穿上即可，不会太寒酸。再说，就是穿了旧衣也不会落下笑柄，家里是什么境况也由不得我们。”

“话虽如此，但一个学堂里几十个孩子，还没开始读书之前，别让二武心里感觉低人一等，孩子们不懂事，怕别人的眼光和言辞让他失了自信。”

李宜人眼圈发红，同是朱家人，可家家的活法不同，这方面的担忧她着实没有考虑到。难为人家一个外姓人替他们想得这么周全。

她带着两个孩子过日子，可以说尝尽了世态炎凉。汾州城里那么多朱家人，没有一个人为他母子着想。丈夫过世后，就只剩下一个叔叔算是跟孩子们亲近的人了。

叔叔朱知烘是个爱读书的人，早年父母给他娶过媳妇，那女人没留下一男半女就病死了。父母过世后，朱知烘跟大哥一家同住一个院子。哥哥去世后，他有跟嫂子与孩子们一起过的想法，李宜人婉转地拒绝了。他是个爱面子的人，嫂子的拒绝让他很难堪，出来进去，尽量躲着嫂子。随后他提出分家，这样可以避免低头不见抬头见的尴尬。李宜人当即应诺，表示愿意带着孩子们搬出去住，并要他答应，除了院子，其他家产和田地要一分为四，他们母子占三，叔叔占一。这种按人头分家产的做法尽管少有，但他还是答应了，这让他心里感觉好一些。

朱知烘敏感多疑，疏于人情世故，人们都当他是怪人。去年宗人去官府讨禄他也去了，站在人群后面不开口也不动手，别人催他上前，他站定不动，领头的骂他百无一用窝囊废，他掉头就走。回家后便写下数千字的奏表，打定主意上北京。几天后，他背了褡裢出现在城门口。守城人问他姓啥名谁，他把

名字倒过来报出，人家问他干啥去，他说上坟。放走他好一阵子，守军回过神来，想起来他可能是城里的怪人朱知烘，随即报了庆成王府。朱知爀立即派人把他追了回来，从他身上搜出写好的奏表。王爷气得满脸通红，斥责道：“你以为自己是书生狷介，砭清激浊？纯属无知的胆大妄为！”朱知烘立马回嘴，痛陈王府、官府之罪，仿佛受了的委屈，都是王爷造成的，王爷让人把他捆了关起来。

根据祖制，王府男丁不许私自出城，不经邀请不能私自上京。王府宗人有事上奏必须通过郡王府报亲王府，再由亲王府上报朝廷。越关奏扰是大罪，不仅要治当事人之罪，王爷和王府官员也会因此而受牵连。

王爷还在生气，愤愤道：“这种人只要他活着，指不定会干出什么事儿来，遇事不知轻重，做事不想后果。”

朱知爀的火也给引着了，“该死的家伙，一顿鞭子打死了事。”

“休得胡说，就算他是罪宗，处置也是皇上的事，再大的罪也不过送到凤阳高墙内。打死了本宗，你觉得在汾州城好听？再说，宗人大闹府衙之事后，巡按御史一定会到，弄不好还会有厂卫的人，等着瞧吧。”

二武去宗学念书去了，李宜人从丧子的悲痛中走了出来，她的脸上开始有了笑容。

田成仁几次来到小院，起先带些吃食，说是给孩子的，还说长身子的时候不能亏了，否则以后都补不上来，宜人就收下了。

没多久他带来两匹小潞绸，李宜人说什么也不收。

“小潞绸就是咱汾州东郭织的，算不上金贵的东西。王妃、夫人都穿大潞绸，不过这色泽和花纹都好，咱不比王府的人，但一个女人总得有几件像样的衣服。”

“一个寡妇，不需要这些，我现在什么也不想，只要孩子好，我的日子里就有亮光。”

“宜人别这么讲，在田某看来，你就是一道亮光。”

李宜人听到，面颊飞红，她转身走向外屋，“我去给先生倒杯茶来。”

“我给你买个丫头来，得有个人帮你干些粗活。”

“先生千万别，一来家里的活儿我习惯自己干，再则，突然买个丫头回来，招惹了闲话对谁也不好，先生脸面要紧。只要二武上进，我过得好点次点都不打紧。”

“二武的事，我上心即是。王爷有话，打通各个关节的银两府上出，这样，事情就好办多了。得名之后接着就请封，只要二武得了封地，你们母子的日子就好过了。”

“请封之事还得先生上心，但愿这孩子能有出息，将来跟着先生，为王府效力。”

田教授端起茶杯喝了一口，宜人续水，两人离得很近，他看到她眼眸里一抹温和的亮光闪过。

田成仁隔三岔五会来，常是在午后，小院的街门仍像以前一样白天晚上都关着，但白天没上门栓，推门便可进去。

此事早有人报了庆成爷，王爷没有表现出惊奇。田成仁请求让二武入宗学之时，他已想到这个可能，只是没想到，田成仁的步子迈得这么快。

李宜人三十出头，虽已不是青春妙龄，但她身上有着一种别样的风情。不是靡衣珠饰装扮出的妍资艳质，而是成熟女人不骄不媚的平静安详。头一次因痛失大武，她在王府说事，柔中带刚；第二次因二武入学，头上一支水滴玉簪让她看上去梨花带雨。王爷不觉对这个女人多了几分在意，他让下人打听这家人，得知其夫与朱知烘是兄弟，更对这个带着孩子离开祖屋的女人有了三分同情。生育了两个孩子的女人，怎么可以在男人过世后离开老院，单门独户过呢？这个叔叔不仅不近人情，简直有些恶毒。想到此，王爷对朱知烘的厌恶又多了一层。

朱知烘在街对面的铺子里买盐，巧遇王府里做事的二豁子。他和二豁子原来住一条街，打小就认识，但朱知烘看不起这些非朱姓的穷人家孩子，也从不跟他们搭腔，但今天二豁子的话却引起了他的注意。

“掌柜，以后你的铺子腾出一块地方卖书吧，这生意一定赚钱。”

朱知烘回头看了一眼，二豁子便跟他说话：

“将军大人你现在还闹书荒不？你知道吗？西府的书坊建起来了，刊印书籍方便，以后汾州城就不再缺书了，拿银子就可以买得到。”

“在哪儿可以买得到？”

“现在还没有，我说以后，但会很快，我去过西府刻书的地方。”

“以后的事，现在说来何用？远水不解近渴。”

“现在我也知道哪儿有书？只要你愿意张口去借。”

“哪儿？”

“你二武家，二武入了学堂，先生知他喜欢读书，便送了许多书到家，让他慢慢看，听说有好多是从南方带回来的坊刻本。”

“二武才识几个字，怎看得了许多书呢？”

“这个我不知道，你要想看，就去借呗。”

朱知烘拿起食盐出了铺子，二豁子回府复命。他已在这个小铺子等了好几天，今天终于等到了朱知烘。

朱知燫给了他一两碎银子，二豁子连忙揣到身上。

“谢过世子爷！”

“这事……”

“小事一桩！”他有点自得。但看到世子爷脸色变了，他马上补了一句：“这事烂我肚子里也不会出口一个字。”

王爷吩咐朱知燫：“到察院找到马钟谕，跟他讲最近发现有王府官员行为诡异，频繁出入朱氏寡妇人家，虽未作奸犯科，只怕牵扯是非，失了朱家颜面。请御史大人留意一下朱二武家，若有官员出入，可敲打警示，控制事态。”

说完，朱知燫转身就要离去，御史又问：“这人是谁？你是不是知道？”

“拖下脚时为甲首，伸出头来不自由。”

马钟谕会意。

“要脸要面的人，父亲怕他脸上挂不住，才要你敲打一下。”

第二天一早，王爷吩咐田教授去一趟荣村酒庄，督促运往大同代王府的酒，一定要在代王寿诞前三天送到。

午后，马御史的手下着了便衣在朱二武家门口巡看，二武出门后，大门一直关着，不多时果真有人来敲门，来人是朱知烘。

拍了两下，才发现门没上栓，他推门进院，径直向上屋走去，李宜人迎了出来，把二叔让进屋里。

“二叔来家，有事吗？”

“也没什么事，听说学堂的先生送给二武许多书，我想借来看看。”

李宜人的脸红到耳根，声音变得有些结巴。

“只不过是几本二武到学堂用的课本，另外有本《水浒传》。”

“嫂嫂不要瞒我，事情我知道，书又不是馒头，吃了就没了，看完我就还回来，不会少了一个角。”

“二叔你不要这样说话，我瞒你什么了？你又知道什么事儿呢？分家门另家过，我们母子的事你知道不知道一样。”

“我没有别的意思，只不过想借了书读，你这样说话，倒像我有什么不是。”

“那是我有什么不是吗？带着两个孩子窜房檐，大武还没了，这些年我也难到头了，你就别再找我不是了。”

“不住祖屋是你自己愿意的，现在又何必提起？”

“所有事都是我愿意的，你也别说三道四。”李宜人流出了泪。

这时，从院子里冲进两个人来，其中一位拿出个黑色布袋套在朱知烘头上，另一个麻利地将他的两手倒后捆上，揪着他出了上屋，跨出街门。李宜人看傻了眼，一时没反应过来到底是怎么回事。

“你一句话也不要说，一说话可能就没命了，我们不想让你死，你自己知趣点。”两个衙吏警告他。

押到察院，带他到了大堂，没让他坐也没让他跪，马钟谕示意旁人退下，上来跟他说话。

“头上的套子我也不摘，你也不用开口说话。带你回来，只让你知道，欲人勿知，莫若勿为。自古道鳏夫房顶炊烟少，寡妇门前是非多，得好自为之。”马钟谕踱着步，转身接着说道：

“读书不易，求官更难，王府做官几乎是一生一世。作为巡按，我代皇上巡狩，有权力治不法行为，但权衡利弊，为王府留住官员，为朱家留住面子，也是我分内之事。听完我的话，只当我们从没见过，天黑你就离开察院，但从此不许再有非分之想，再被发现，另当处治，我言出法随。”

“我是朱知烘，李宜人是我的嫂嫂。”黑口袋里发出声音。

“来人！”马钟谕大叫。

衙吏闻声进来。

“摘掉头套！”

衙吏一把揪下头套，不是田成仁，马钟谕瞪大眼睛，“怎么回事？”他向两个衙吏问道。

“我们进去时，他正跟女人争吵，女人很生气，他确有不轨行为。”

“扣下，录了口供，并到王府查明此人，弄清他跟族人的关系，打听一下品性和平日所作所为。”

几个衙吏立刻出发，分头打听，一个时辰后，陆续回报。打探的结果基本一致：早年长兄过世，朱知烘对长嫂图谋不轨，李宜人为人正派，为避其骚扰，带着两个孩子离开祖院，典屋居住，其人不仅不接济孤儿寡母，还时不时找机会为难李宜人母子，一直以来，贼心不死。朱姓人等、街坊邻里，人尽皆知。

衙吏的话都是当了朱知烘的面说的，而关于他一个人越关上奏之事，宗人不知晓，王府只字未提。

朱知烘气得脸都发了紫，当初自己是有过一丁点想法，但不曾纠缠过嫂嫂，把祖院留给自己，那是两相商议定下的事，前提是把祖上的家产一分为四。何来贼心？又怎么贼心不死呢？这比说他百无一用，说他不自量力更伤人、更丢脸。他大喊大叫，没了朱家人的尊贵，没了读书人的斯文。

马钟谕不动声色说道：“如果将军觉得冤枉，那就将你桩桩件件事，连同我的作为都写成奏表，你签字画押，我带回京禀明皇上，或者你报亲王府，让亲王府转京城宗人府，呈于皇上定夺。”

朱知烘担心他出城上京的事被知晓，朝廷三令五申严禁越关奏扰，他想了想，不能强硬到底。

对于王府宗人，马钟谕明白应该以规劝、恫吓为主，将事情弄明了，把该说的话说了便放人。

朱知烘出了察院直奔王府而去，到府门口，被门子拦下。他便大声叫喊要见王爷，很快围了许多人来，门子问过，放他进去。进了府门他就大声叫嚷，要王爷找到欺了他嫂嫂的官员。府里的主人、下人、护卫、仆役都出来看，打问是谁，到底出了什么事。护卫把他带到议事堂，王爷看他张牙舞爪，情绪激动，让人把他绑了，命他跪在地上说话。

“马大人把我当成王府的官员，对官员的恶行，只说了些规劝的话就了事，摘了头套才知是我，倒当我是罪人审问。我是王室将军，就算咽下这口气，也得替朱家讨个公道，是谁对我嫂嫂动了贼心，王爷要秉公惩罚恶人。”

“你满嘴胡言乱语，恶人先告状，自己图谋不轨还拉上人垫背。王府的人只有田教授去过你嫂嫂家，那是我指派的。为葬你的侄儿大武，还为二武读书的事，这有什么错？就是有错，那也是我的错，你把我杀了，你来做王爷吧！”

这么大声讲话，半个王府都听得到。田成仁已从荣村回来了，本想到上屋复命，见府院内聚着许多人正在交头接耳议论什么，又听见王爷在上屋大声呵斥，便停住脚步，在远处竖起耳朵，听王爷发难。

“你出城上京，怕被上面知晓，治罪于你，我给你压下。此事若被究查，所有人都得跟你遭殃，可你知恩不报，遇事倒怪罪到我的头上来了。怎么样？要我做主，把长嫂送入你的房间？不懂伦常，没有人性。”王爷气极了，从桌上端起茶碗，狠狠地摔在朱知烘面前，然后挥手示意让他离去。“以后别让我看见你！”王爷说完，转过身子，不再看朱知烘。

朱知烘回到家，一骨碌躺下睡了很久，掌灯时分醒来，心里烦躁不安，找出烟杆，想抽几口，才想起昨天已经没有了烟丝，他跌跌撞撞出门，向街对面的小铺子走去。

二豁子仍在铺子里跟其他人扯闲篇，见他进来其他人便嘀嘀咕咕，时不时还抬眼看他，发现他注意，便都停住不再说话。

“二豁子，说啥呢？”他问道。

“我跟大伙说，我俩一条街上住着，知根知底，你是读书人，不会干那些拈酸吃醋、鸡鸣狗盗之事。”

朱知烘没答话，向店主要了烟丝，低头出了铺子。二豁子在小铺子那儿待了很长时间，时不时伸长脖子，朝朱知烘的院子里张望，竖起耳朵听里面的动静，很晚才回到王府，去跟世子爷汇报，“朱知烘家里一直没有点灯，也没有一点声音。”

田成仁整个晚上辗转反侧，王爷真是高明，如此敲山镇虎，做得滴水不漏，既保全了我的面子，又维护了李宜人的名声，不仅照顾到二武将来的形象，也给他本人要走的路扫除了障碍。田教授想了又想，跟那母子俩的事不能不承认，也不能承认。

第二天一早，他早早地就到王爷书房外等着。他知道王爷有晨读习惯，等到王爷吟诵结束，他走了进去复命：“昨天从荣村回来，没来得及跟您禀报酒庄的事儿。”王爷示意他坐了说话，田成仁怯怯地从怀里掏出一张纸递给王爷，上面八个字：“成仁知罪，将功赎过。”王爷顺手把那纸扔进笔洗，清水慢慢地化开了纸上的墨，淡淡的像变动着的水墨画。

“没有什么罪，我从来都认为王府与王府官该同舟共济。”

“成仁当为王爷……”

话音未落，下人进来报：“昨天朱知烘悬梁自尽了。”

田成仁心中咯噔一下。

“知道了。”王爷面无表情道。

没想到王爷听到这个死讯会出奇地平静，仿佛一切都在他预料之中。

“说说酒庄的情况，送代王府的酒，备齐了没有？”

田成仁的脑袋上冒出了汗珠，点着头说：“齐了，齐了。”

王爷坐了轿子去察院找马钟谕，马御史已得知朱知烘的死讯，料定王爷会为此事而来。

“楠竹啊，咋会出了这事儿呢？手下的人是不是给他什么压力了？”王爷坐定后开门见山问道。

“从他进来到放出去，我都在场，也没太难为他。”

“他还算是个有胆儿的人，心里也装得住事，按理也不会这样自寻短见。我都不想跟你提，去年宗人闹事，他写了奏表，要上京面圣，请求如期发放禄粮，被拉了回来，我警告了他，他倒没觉得事情有多严重可怕。可这点小事却让他走上不归路，你们出手重了吧。”王爷把话拉得长长的，既道出了埋怨，又不咄咄逼人。

马钟谕感觉到了事态的严重，死去的人姓朱，是在宗人府入了玉牒的将军，平常日子，将军不过是一个封号，节衣缩食过日子，想读本书都找不到。一旦出了人命，就显出帝王之后的尊贵了，因自己的过失而让朱姓人走投无路，悬梁自尽，那轻则失官，重则丢命。

“按理，我作为宗人之首，该为朱家人讨个说法。但事情原委比较明了，我也不想为一个宗人为难你。你是朝廷命官，维护你就是维护朝廷，就是维护皇上的面子。”

马钟谕立马跪地抬手：“多谢王爷！王爷宅心仁厚，大局为重，钟谕唯王爷马首是瞻，非肝脑涂地，无以为报。”

“楠竹言重了，快快起来，我们协商处理后事要紧。”

发送走朱知烘后，王爷让人把祖屋的房契拿给李宜人，吩咐她保管好了，等烧了百日纸就搬回去住。随后又请天宁寺僧人作了两场法事，免得李氏母子住进去后心中有阴影。

田成仁从此再没踏进那院门一步，也没再跟李宜人说过一句话。

第五章　蒙古俺答汗来犯　南郭遭灾

一匹快马从北而来，进了城门朝西府方向而去，穿过街前牌坊，直奔至府门。汾州人都知晓，那座牌坊旁有一块御赐下马碑，文武官员、寻常百姓路经此地必须下马。可这一骑人马穿过牌坊，人没下马，马未停蹄。看此情形，若非下旨便是传递军情要事。

信使从太原亲王府而来，带着王府左长史令狐蒙亲笔书信一封。朱知燠打开信看着看着，手都颤抖起来。

“鞑靼遣使求贡，大同巡抚诱捕其使。蒙古俺答汗大怒，纠结各部大举入侵山西，精兵俱戴浮屠，战马皆披铠甲，可谓金戈铁马。昨日抵太原大掠，屠戮居民万余，尚未停手。观其态势，南下汾州已是必然。望永和王早做筹划，防范有备，临危方可泰然。切切！”

这封信显然不是公文，所报军情是左长史作为儿女亲家给王爷的告知。太原的城池都破了，汾州又如何守得住？朱知燠的心突突地跳。

“蒙古俺答汗用什么方法破了城？”王爷问信使。

“他们把一排铁钩飞到城墙，数人并列攀爬。据说上墙者都是酋首，身手敏捷，不惧生死。城就这样破了。”

“你出城没遇到蒙古俺答汗？”

“远远看到了，只要不抵抗，也可以从他们刀下溜走，但想想都后怕。”

作为王爷，朱知燠即便心里有一百个畏惧，表现出来的只能是镇定。即便有一百个不情愿，仍得从容应对。他想，什么时候才能风平浪静，才能安心斋醮炼丹（斋醮：道教设坛祭祷的一种仪式），吟诗读史啊！如果新壇能有东府朱知爜一半的果敢，自己也无须事必躬亲了。

现在必须马上召集府上官员、男丁及管事到大堂议事。他把令狐蒙信中所说的情况告知大伙，众人大惊，神色慌张，议论纷纷。此时的王爷反倒显得沉着淡定，他提出要求，要府上人等严格执行：家中女眷从今日起白天不许出府

门，夜晚必须和衣而眠；王府官跟外面保持联系，衙门动态、卫所反应必须知晓；增加护兵把守府门，增派兵壮巡视府墙；仆役总管需尽快购进油盐、碾米磨面、储柴蓄水、备置单棉。如此全面细致的安排反而让大伙更加紧张，看来大难临头了。

新壈拿了信到东府告知情况，他口称爷爷，行过礼才掏出信来。朱表栾看过后，把信反扣在桌上，抬头跟他说话。

“信是什么时候送来的？”

“差不多正午的时候。”

“你父亲想好如何防范了吗？”

“我来之前他交代了一些事，上上下下都在分头准备。”

“准备什么？如果让他们入了城，准备了什么都无用，别说王府护卫，就是卫所军兵也抵挡不住他们杀人。从大同一路杀到太原，他们都杀红眼了，问题的关键是不能让他们破了城。”

新壈听他说得在理，慌乱中自己也这么想来着，不能让蒙古俺答汗进了城，这才是最重要的。但父亲周密地布置府内之事，自己的思路也就退回到王府了。

朱表栾接着说：“官衙和卫所很快就会得到消息，回去跟你父亲说，王府要跟他们合力用事，确保蒙古俺答汗不能进城。”

果如王爷所料，军情急递午后就到了州衙。王炫又急又气，知汾三年，两头遇到蒙古俺答汗南侵祸事。前年劫掠的后患去年才刚刚抚平，今年又来。别说造福一方百姓，就是自己的脑袋能不能长在脖子上都未可知。汾州如此宝地，民珍国瑞没享到，在东西两府受气的感觉倒是体会了不少，布政使司压着，巡按御史管着，加之强虏之祸，这官做得那叫个累。但无论如何，这个时候只能是用心力把各方力量凝聚起来，共同对付蒙古俺答汗。

王炫，安悌，贺肃及两位王爷一起商议守城事宜。安悌说城墙上军兵搭配，保证弓箭手、投枪手时刻在位，要增派火器保管的值守，还需要增派人手运石头和滚木上城；王炫答应协助安排民壮；庆成爷愿意抽调王府守护加入守城；永和王说他出银子给城墙上防守的军兵以资鼓励。

王炫道：“城外也得安排伏兵，除了东郭、南郭，北郭和西郭还有数千居民没有防护，不能将他们的性命置于蒙古俺答汗刀枪之下。”

安悌面有难色，声音沉重：“且不说人手多少，单说马匹和铠甲，我们就远不是他们的对手，咱的战马虽然也是从蒙古人那儿换回来的，但那些马是他们觉得不能奔袭，无法作战的驽货。咱们兵士的铠甲只不过是两层布中间加了些铁片而已，有的夹的还是纸片，无法跟他们的铁浮屠相比。”

一片沉默，没人再发声。

汾州人不好战，但不得不待战，一时全城人无论男女、不分老幼皆以守城抗虏为第一要事。人心惴惴、忐忑不安。

三天过去了，五天过去了，七天过去了，汾州官衙没有接到任何军情报告。直到第九天，汾州卫接到平遥千户所报：蒙古俺答汗破城而入，军兵奋力抵抗，最终不敌，居民死伤上千。天黑后他们朝介休方向去了。又过了两天，介休传来消息：城破，死伤人数待查。看来蒙古俺答汗刹那就会转到汾州。

安悌上城训话，王炫安排供给，军兵做好了应战准备。蒙古俺答汗果然从介休朝汾州方向杀来，但所有人都没料到，他们经汾州、上古道、奔永宁，然后过黄河返北而去。

所有人都一声长吁，有惊无险，总算躲过一劫。

准备投入战斗的军兵撤回了卫所，东府的护卫回了王府。石头和滚木堆在城墙上，火铳和仅有的一台佛郎机收进窝铺，火药怕湿怕潮，所以全部下城入库。汾州城归于平静。

不断有传闻：太原死了四万多人，平遥、介休死了两千多人。太原是省府，平遥、介休归属汾州，灾难擦肩而过，汾州城何其幸矣！

七月，天气转热，瓜果上市，早上城门一开，便有推着小车卖西瓜的、挑着担子卖菜的进城。虚惊一场后，人们放松了心情，城里越发热闹。出门购货的人多，闲逛游玩的人也多，商贩生意自然也好。有惊无险的经历，让人倍感和平安闲的可贵。

初九，王炫接汾州与永宁交界处的向阳汛报：“蒙古俺答汗昨天在永宁大掠……”不多时，守城兵报回卫所：“蒙古俺答汗已至城下。”安悌旋即起身道：“上城！”

城门已关，但城内已是一片混乱。六月返，七月来，蒙古俺答汗行踪诡谲，让人措手不及。据说他们的作战计划由几个统领制定，其他人并不知晓。临近出征，才由几名亲信快马知会各部首领。出征前夜才由首领达知各酋长，由酋长组织手下人马。他们行军作战，马比人多，无须粮草供应。马累了换一匹骑，饿了就赶到庄稼地里，人饿了去抢，没人烟处就宰了马吃，故而纵深穿插速度极快，其战马日行数百里，经阵七八日，战斗力不减。

此刻他们就像旋风一样，兵临汾州城下。城内，安悌调遣火器手、弓箭手火速上城，召集军兵搬运火药及火铳就位，命令民壮抱薪柴上城烧开油锅。一时城上城下官兵手忙脚乱。

城外，黑压压一片蒙古兵，有的持长枪，有的拿弯刀，有的背弓箭。安悌知道他们的作战方法，一般三人为一组，三种武器配合，远近兼顾。近距离与他们交战，几无获胜的可能。

他们仍用老办法攻城，飞抓钩上墙，然后顺着抓钩攀爬，速度极快。第一排十几个人，有一半因城墙土坯松软，抓钩脱落而坠，有一半被城上的弓箭手射下。城上的军兵还没完全到位，有的地方无人把守，情况万分危急。很快，第二批抓钩又飞了上来，缘绳而上的人攀爬不到一丈，上面大块土坯坍塌，十几个人同时坠地。接着，第三批抓钩又飞了上去，城上的石头砸了下来，三四个人被砸中，一排人同时掉入城壕。战马上的首领从远处观察，看出城墙墙体松动，不利攀爬，他下令让兵马转到城楼，改攻城门。

城墙上的军兵已经基本到位，火铳也摆好了位置，可惜火药受潮，火铳成了摆设，安悌急得又跺脚又骂人。他不明白蒙古俺答汗为何不再攀爬城墙，仍命令军兵各就各位，分人分段，盯住下方，严防死守。自己转到城楼督战。

一个多时辰过去了，城门久攻不下。城上的石头滚木基本上没起什么作用，箭也快用完了，城下的蒙古人似乎不砸开城门决不罢休。王炫在城墙根处，东府朱知爀和朱表梃出来打探情况，王炫把上面的情形说给他们，这时安悌从城墙的坡道走了下来，冲着他们说话。

"蒙古俺答汗现在后退了约十丈，就地休息，弓箭用不上了，如果用火铳一准儿能干掉他们。"

王炫道："别说火药一时还没法干透，就是现在能用，你的火铳射一膛就得停一炷香，得多长时间才能打完那几百人，还得保证他们原地不动等着。"话虽难听，却是事实。

"我有一个办法退敌。"朱表梃抬眼看看安悌又看看世子爷。

"什么办法？"王炫问。

"这可不是儿戏，别卖弄你的小聪明。"朱知爀道。

"真能退敌！"朱表梃强调。

"痛快点，有办法先说出来听听，行就行，不行拉倒！"安悌着急道。

"用蜜蜂蛰他们！"

"去一边，哪部兵书上有这一计？"朱知爀道。

"不妨试试！不过哪儿有蜜蜂？"安悌半信半疑，但眼下没有更好的办法，只好一试。

朱表梃转头看向世子爷，小声道："王爷养蜂。"

朱知爀瞪了朱表梃一眼，想说那是王爷的最爱，怎么能……可话没出口。

“果真能退敌，王爷得奖挹你大将军。”王炫口气变得轻松起来。

“王爷养了蜜蜂？”安悌问。

朱知熑点点头：“如果需要，我这就回府！”

“好，我派人跟你一起去。”安悌马上做了决定。

他俩急走远去，朱表梃和王炫在后面，朱表梃对王炫说：“大人，还得准备一百个馒头。”

“这事不用你管。”王炫以为他是为城上军兵的肚子考虑。

“还得找来两罐蜂蜜，用馒头蘸了扔到蒙古俺答汗身上，蜜蜂就会被引过去，他们的长枪短刀奈何不了这些小东西。”

听到这儿王炫才觉得这个主意可行。

蒙古人弄不清楚为何从城墙上扔下来许多馒头，有人捡起来看了看想吃，立即被别人制止，也许有毒。

少顷，成群成片的蜜蜂嗡嗡而至，落在他们脸上手上，挥不开、赶不走。他们原地叫着跳着，马左右甩着尾巴，不停嘶鸣。有人把手伸进饮马的水桶里，有人用手在脸上拍打着，这让他们有力无处使，全然不知如何是好。

首领当机立断，“收拾东西，上马，撤！”

马蹄踏起的尘土遮天蔽日，扬尘散尽，城墙上的军兵才从惊恐中缓过神来。蒙古俺答汗退兵了。

朱表梃回府跟王爷报退兵情形，说得绘声绘色。

“这下你露脸了吧？”王爷面带微笑似问非问。

“王爷的主意高，小蜜蜂办了大事。”

“小儿伎俩，这事算你的功劳，无论对谁都别说是我的主意！”

“小的记下了。”朱表梃行礼退出。

真是万幸！假如等蒙古兵缓过劲来，用不了多大工夫就会把城门撞开，因为门枢已经开裂。假如他们分散人马多处攀爬，也许就有人能进得城来，因为汾州城周九里十三步，把守不可能密不透风。惊险之极！

城里生灵无虞，东郭安然无恙，南郭却惨遭涂炭，死伤数百人。幸亏有一位姓贾的东家让人各处周知，提醒大家放弃财物，不做抵抗。否则为保财物而付出性命的人还会更多。

不久，由这位贾先生牵头，南郭几十位商户参与，拟就一份请求筑城书送至州衙。王炫看毕，长叹一声：“这三年都在抗虏筑城，我这州官变成边将了。如果没有蒙古俺答汗南侵，自己汾州三年任期将满，平安离任，再图别处高就。可现在看来，还得再谋事，劳心费力不怕，只怕有什么闪失，绊了马

腿，误了前程。”

前年东郭筑城，是布政使司有令，今年南郭筑城，是地方上的要求。东郭筑城，庆成王爷出了大力，事隔一年，不能再指望王府了，还是老问题：银子从何而来。

仍是召集大伙，仍在老地方，仍是那些人，安悌、贺肃、段昭、两位王爷及南郭贾先生。

王炫开门见山：“今年的兵难主要在南郭，汾州地面除了州治城和东郭，南郭就是人口最密集的地方，筑城势在必行。炫知汾州，能在任上为汾人筑两处廓城，是我的荣幸，只是心有余而力不足。今年总算是把拖欠宗室的禄粮结清了，也算是为圣上分忧。夏税秋粮有限，官府再无能力为南郭筑城了。”

安静片刻，永和王开口说话：

“为防蒙古俺答汗，南郭应该筑城，西郭和北郭应该筑城，乡村也该修堡墙。虽然我们不知税粮收支如何，但估摸官府也拿不出那么多银两修城筑寨，至于该先修何处，我倒觉得无须商酌。”

众人的目光转向他，他接着道：

“安大人知道，蒙古俺答汗攻城时，抓钩都钩塌几处土坯，如果不是经了雨水使得墙体松软，那三丈二尺高的城垣，他们不费吹灰之力就攀爬到顶了，所以加高汾州城墙并给土墙包砖刻不容缓。”

安悌没有思索，马上接话：“确是如此，几帮人攀爬都因墙体塌落而坠地，否则在军兵就位前他们就入城了。”

“这还因祸得福了？”庆成王爷轻声却轻蔑地回他。

“那倒也不是，城墙是该包砖。”安悌自觉失言，赶紧补充道。

“我听说城门门枢开裂，蒙古俺答汗如果再撞几下，就会破了城，是不是呢？”永和王接着问，但没有指向谁。

又是沉默，众人或低头、或目无所视，不再做交流。

王炫打破僵局：“汾州城垣年久失修，土墙需要包砖，坡道有待铺沙，风吹雨淋已使门楼、角楼的木件朽腐，上面的窝铺已不足以防雨御寒，我知之甚细。”

“作为汾州卫指挥史，我何尝不想让城池固若金汤。”安悌还在为刚才的失言而辩解。

这时，久没吭声的贺肃开腔了：

“上下都难啊！去年皇家宗庙发生火患，为重建太庙，大工采兴，公私财力俱耗。所以无论修城还是筑城，工部、兵部绝无银两下拨。”

王炫接着道：“上面拨付没有可能，汾州税粮年年都是捉襟见肘，即便有盈余，我区区一介州官也不敢私自动用。”

“那我们今天来议啥呀？”庆成王爷低头，声音仍然很低。

“我说两句行吗？”贾先生看向王炫，王炫点点头。

“古者有城必有郭，城以卫民，郭以卫城。起东郭城、起南郭城皆是卫主城之举。东郭起城，庆成王爷亲力亲为，才有大伙众志成城，南郭仍可循此法而筑城。”

庆成王爷淡淡一笑道：“这次就请永和王为南郭城而振臂疾呼吧。”

永和王没想到庆成王爷一下就把自己推到阵前，结巴了一个字：“我……我……”他还没想好要说什么。

贺肃起身说话，打破了尴尬：“这次蒙古俺答汗兴兵南犯后，都察院毛伯温提出修筑北京外城的议案，他说北京南郭的居民稠密，多屯财货，修外城不容再缓。皇上也有意修城，但一则庙工方兴，二则并力筑城会让官民俱匮，所以降旨，等庙工完毕再议。汾州修南郭城与北京修南郭外城相类，我们还需三思而后行。”

贾先生接着说：“如果各位大人愿意为南郭修城倡议呼吁，那贾佑成就有办法聚民心民力。起城之事无须国帑，也不劳王府大人费心，只要办妥准筑文书，我保证一月内开工，三月内起城。”

“好！”庆成王爷伸出大拇指。

众人交口称赞，无论事成与否，贾佑成的豪气已让大伙折服。

议定了南郭的事，王炫感觉该收场了，再议修州城，最终又得绕到银子上。能把东郭、南郭城在自己任内筑起，已算功德无量。至于州城嘛，只要任满离去，还与我何干。无力修城并不是州官的原因，人们也只会记我的功劳。

于是他赶紧发话：“如果南郭之事议定，那就先着手此事，旧城加高与包砖需从长计议。只要我们心里有这事，总会想到办法，也不急这一时半会儿的。”

永和王狠狠地看了王炫一眼，不满都写在脸上。王炫没有觉察，但庆成爷看得清清楚楚。

议定散场，朱知燠第一个起身，快步出了明伦堂，朝棂星门走去。上轿坐定，听得后面庆成王爷喊道：“知燠，一起到东府吧，我有件东西给你看。”

对外都是王爷，但关起门来，按朱家的辈分论，两个王爷是两代人，朱知燠开口必称王叔。

“王叔，你说今天议个啥呀？”

老王爷鼻子里哼了一声。

朱知燠接着道："我看王炫根本就是敷衍，压根就没成事的打算，若不是那个贾佑成拍胸脯，我们纯粹就是被吆喝着陪他们玩。"

"知燠，关于修城之事，以前我也想过，稍做思索就放一边了。你今天郑重提起，我才觉得是该好好谋划一下。指望知汾三年的州官替咱着想，那是痴人说梦。"

"也是的，且不说他们迁转快，任期短，就算有心用事，也是权限不足，经费匮乏。而兴修之资不来自于官则出自民，出自官上疑，出自民下谤，所以对他们来说，多一事不如少一事。"

"哦？既知晓此理，又何必动怒？"朱表栾笑道。

被王叔看出他的心绪，朱知燠有点不好意思。随即收拾情绪，调整表情道："之前得到太原报信，我一着急就下令增加守护，又备粮草，又备衣衫。后来一琢磨，城门才是朱家的头道防线，不把街门只守卧房，非明智之举。修城多半是朱家人的事，官府指望不上，那些将军、那些中尉指望得上？都是些蝗虫！故而此事还得你我叔侄用心。"

朱表栾道："姓贾的敢那样说话，一定成竹在胸，估计呈报筑城请求之前，他们已认真核计过。"

"王叔说得对，有前年东郭起城的经验，他们知道筑城所需费用，也许连人力、土木、沙石都算计过，说不准连需要多少匹砖都核计清了。"

"这个我不惊奇，倒是那些商人的财富让我诧异。我们两个王爷守着几千号朱家人，怕他们温饱有问题，怕他们违禁犯律，想修城墙、保族人安宁，竟不敢拍了胸脯说'我来'。商人能做成的事，我们倒缩了脖子，像个穷亲戚到了官老爷家，有事想说，还得小心翼翼，看人脸色，心里真不是滋味。"

"王叔的意思？"朱知燠的语气中带着好奇和疑问。

"庆成、永和王离皇上血脉越来越远。我们这样的郡王，指望王田禄粮，只能吃饱肚子。官府不姓朱，更指望不上，咱们得自己想办法谋买卖赚银子。看不出来吗？这世道，士农工商，次序颠倒了，有了银子，难题迎刃而解，什么'君子喻于义，小人喻于利'，重义轻利过时了。"

朱知燠接口道："古人说先义而后利者荣，我看不是荣不荣的问题，而是人非利不生。"

"对，知燠呀，看这情形，我们得放开手脚谋事。少读些书，少去几趟长春观吧。"

说着朱表栾转身从书架上取出一本书，反扣在桌上，问"书坊的事如何？

停当了没？”

“基本上妥了。雕版的枣梨，印书的纸张，套色的彩墨，以及装书的细麻绳，所有物件都备齐了。雕版匠和印书工从亲王府抽调，装线工是印书工的儿子，下旬一齐来。亲家令狐大人会照应的。”

“你打算印啥？”

“还能印啥？亲王府需要啥就刻啥印啥。”

朱表栾把桌子上的书翻过来递给朱知爂，朱知爂接过书扫了一眼封面，惊讶道：“啊！王叔，你居然有这书？”年近五旬的侄子惊奇得像个孩子一样张大了嘴。

第六章　调整买卖　增加商屯

两王爷平时来往很少，两府拜天祭祖见个面，宗人婚丧嫁娶吃顿饭，年节走动都是礼节性地坐一会儿。像今天叔侄二人推心置腹的交谈是少之又少的，若不是在修缮城墙的问题上不谋而合，又对南郭商贾有同样的感慨，也不会引出刻书谋利这个话题。

谈商言利，本不该是郡王爷在意的。食禄而不治事，这是打太祖那儿就订下的规矩。可时过境迁，大明走过一百七十多年后，祖训大多已束之高阁。不过王爷们的违制比起官员来，那是小巫见大巫。

朱知燠拿起桌上的书，看了看封面后又扣到桌上，“王叔，书是从哪儿来的？”

“你看嘛，上面写了的，福建建阳。”庆成爷指了指桌子上的书。

“我是说，您怎么得来的？”

“这不重要，给你看它，是要你知道，这些书才是世人喜欢的。”

“听说有手抄本，还真不知道被印成了书，还有绣像。”

“除了这些市井书，听说还有志书、公案、神魔小说风靡得很。”

“具体是些什么书？”

“我不很清楚，估计有《大宋志传》《包龙图判百家公案》《三遂平妖传》这些。”

“一定还有《三国演义》《水浒传》，哦，对，《水浒传》是禁书。”

“知燠你不知，《水浒传》不许印，人家就印《英雄谱》，把三国和水浒合在一起。”

“经史子集还是重头戏吧？”

“错了，眼下是‘卖古书不如卖时文，卖时文不如卖小说’。”

“您老是如何知晓这些的呢？”

“古话不说是，秀才不出门……”朱表栾没把话说完。

朱知燠听着王叔的话，突然感觉自己像个井底之蛙。世道变得真快，小书房和长春观让自己不知有汉了。

“设书坊是令狐左长史提议的，目的是替亲王府分担一部分刻印之事。虽为儿女亲家，但他从没跟我提到这些。掏心窝子的话只有王叔才会跟我讲，同宗同脉的骨肉亲情更靠得住。”朱知燠感慨道。

话虽如此，可他转念又想：我有必要在这些事上劳神费心吗？长春观的丹药炼成后，进献给皇上，能让皇上龙精虎猛，安康享国，那自己还愁啥呀！再者，亲王府年年都有赏赐，大到王田，小到藏书，这个源头活水不会断的。想归想，说归说。

“王叔的话，让我心里有了底。”朱知燠诚恳道。

“让你开办书坊，兴许你的令狐亲家也有此意，只是还未与你细谈，否则他也不会凭空派你事做。郡王府没有义务要帮亲王府刻书，亲王府要刻多少书，添人加物即可，断无做不过来之理。”

“这我倒没想，新墇好读书，以为他岳父投其所好，才委以此事。王叔的话开我茅塞，以后还得多听您教诲，等书坊开刻的时候，您一定到场赐教。”

朱知燠离开东府时，庆成王爷让他把扣在桌上的《金瓶梅》装盒带上。朱知熑从外回来，在府门口跟朱知燠打了个照面，相互问候一声，朱知燠上轿离去。

朱知熑进了上房，他问父亲：“看到西府下人抱了个盒子，是什么东西？”

“孔天禛从南边带回来的书。”

“朱知燠与朱知烘一样，也缺书看？”朱知熑问。

“西府的书坊要开刻了，我给他提个醒儿，该刻些什么书。”

“他能不知道？在你面前，他一定装傻。”

“手边有福建建阳刻的书，给他做个参照，他的书坊能赚钱最好，等到修城需要出银子的时候，他就不会推三阻四，说什么年景不好，收成甚微之类的话了。”

“父亲，今天议修城之事，什么结果呢？”

“没有结果。知燠和我倒是想一块儿了，可惜东西府两王爷都腰杆不硬，英雄气短。不说这事了，明天到东郭把孔天禛和何掌柜请来，我们好好议议生意上的事。”

王府统管汾州城内的朱姓人，常做些修桥补路、建庙供佛之事。城里人都知道东郭孔府老夫人是王爷的胞妹，两府走动多、关系好。但外人绝不知晓孔府二爷经管的那些买卖，有多一半是朱家的。

第二天上午，王府议事堂。王爷坐在上方的太师椅上，孔天禛和何掌柜坐下方右侧，朱知燫从外面进来，在门口他吩咐下人，“王爷议事，任何人不得进入。”然后靠左而坐。

王爷表情温和，开口先跟孔天禛说话：“天禛，近日你父亲的身子如何？”

“回舅王爷，入夏以来好多了，之前吃的药不太管用，还是太原亲王府太医开的药起了效，再服一段时间，估计就无大碍了。”

“有病要养，买卖上的事你多上心，各处都打理停当，自然就不用他劳心费力了，病才好得快。”

“二爷做事上心，前年经了蒙古俺答汗，织坊受损。去年一年恢复，今年到现在出绸量已比前年多出两成。”何掌柜趁机报上织坊情况。生意上的事，拿主意的是二爷，但没有一件不是自己具体操办的。

天禛接着道：“大同的麻烦事多些，本打算八月初我去一趟，不承想蒙古俺答汗又来，耽误了计划。”

“说说你的计划。”王爷道。

“我还是先说说大同的情况吧。”

王爷点头。

“大同三个铺子，绸缎庄的生意最好，这也是我今年要加织小潞绸的起因。除了经销咱家的货，该到江浙贩绸以增加品种，这事我已跟知燫兄合计过，但还得舅王爷拿主意。杂货铺的买卖也比去年强，铁制品出货最多，能绕开官府的管制，也有赖于为耕种屯田而来往不断的民夫。米粮店的生意差强人意，粮食销量不大，不知什么原因，我正要了解一下。”

“没有销量就关门大吉，把屯粮的银子拿到阆中贩丝、湖州贩绸，赢利还快一些。”朱知燫干脆而痛快地说。

“天禛你的意思呢？”王爷问。

“如果只从眼前看，知燫的想法是对的。但我认为买卖和庄稼不同，不能只看一年一季，还要往后看。不过我也不知如何才能把粮食生意盘活。”

“何掌柜经事多，眼光也老辣，你看呢？”

“王爷过誉了。起先我也为这个铺子头疼过。大同的掌柜觉得买卖不好，一年到头不见红利，对不住东家，想撤了。我琢磨再三，铺子还是留着对。大同有屯田，有铺子，让官家觉得咱生意大，敢跟咱做买卖。边关粮食政策一年一个样，不管上面用什么样的办法采办军粮，有一条不能变，就是得让人家知道，咱们有信誉、有实力。”

“好！说得好！何掌柜真是老成谋国。”王爷声若洪钟，“天禛再说说屯田的事。”

“这事也比较麻烦，近三年，俺答部犯边的次数越来越多，住在大同的人觉得那边不安全，出工干活提心吊胆，一部分人偷偷地回来了。留下的人，也是干一天算一天，随时都有逃走的可能。今年秋收就是个问题，抢收的时候还得借人，这又增加了支出。”

“回来的人要严加制裁！走的时候都有契约，说好的时间和工钱，耽误了的事还得他们赔偿。”知熑气愤地说。

“别这么说，蒙古俺答汗什么样儿你不知道吗？害怕是正常的，谁不惜命呀？回来的人照样发给他们约定的粮食。”王爷道。

知熑和天禛面面相觑，何掌柜接着道：

“发给他们粮食，让他们少谈或不谈大同那边的状况，因为以后还得有人去种田。”

王爷点点头，朱知熑这才明白了父亲的用意：“那就恩威并施！”

“再说说其他屯商的情况，他们是不是也有民夫流失的问题？”王爷冲着天禛问道。

回话的却是何掌柜：“近几年草原上雨水少，蒙古人的日子也不好过。今年他们大肆南侵，弄得整个山西人心惶惶，大同种地的民夫走了一大半。有的屯商今年就没下种，地都荒着；还有的种了没管，天又干旱，不浇不锄，种子都浪费了；我们还算好，有几分收成，但盈余是没指望了，只能保住种地的本儿。”

王爷沉思片刻，起身道：“天禛你不要着急出发，先打发朱表梃带两个人去大同打探消息，做这些事，他比你在行。去了解几个大屯商这两年的种植和收成状况，如果情况跟何掌柜说的差不多，那我们下一步就着手在大同买田。”

“买田？”朱知熑惊愕地睁大了眼，“别的屯商不想种，民夫安不下心，这田买来合适不？”

“蒙古俺答汗屡屡犯边，这样大开杀戒的劫掠让九边战事吃紧，增派军兵，重修长城，加强防守势在必行。增兵后一定需要增加粮食供给，也许还要用粮食给军兵发饷。所以往后看，大同的地不能不种，而且还要多种。现在抓住这个时机把地买下，哪怕就是荒两年，又怎么着？这会儿买地，那就是白菜价买米，卖米的还求你。”

孔天禛在胸前竖起大拇指，何掌柜点头称是，朱知熑接话：“那米粮店也别关，如果眼下生意差，就兼卖别的好了，不亏或少亏就行。”

“大同的生意何掌柜用心即是，天禛你要把生丝采买的事办好。”王爷道。

朱知熑赶紧接话：“生丝采买我和天禛商议过了，今年我想跑一趟阆中，潞绸生意好，原料一定要跟得上，不能让生丝拖了出绸的步子。据说阆中是个好地方，我也想入川看看。”

“出城，还要出远门的事，你不要有这打算，巡按御史今天不在，明天不在，说不定后天就到了。即使他不在，说不准也留了耳目。再说，王府的世子爷遵祖制才能树威仪。”

朱知熑低头不语，孔天禛接话：“可我还是对四川的事不放心。”

王爷问：“啥事不放心呢？”

孔天禛道：“之前采办生丝，现银现货，只关注货品优劣和价格高低即可。去年就在我们常年收丝的地方，给马钟谕家买了田，农田易了主，但还是原来的人耕作，桑农蚕户都没变。为了保证租户先给马府缴田租，就答应优先采买他们的生丝。因为确定了买家，所以我担心丝户偷工减料而影响生丝品质。”

“想到这些是对的，但蜀道艰难，货品出川入川不易，买卖不比江浙，估计丝户不会图一次小利，失了稳定的主顾。还有马家父兄在当地，想必也是举足轻重的人物，他的租户会顾及这些面子。”

天禛道：“舅王爷说的极是，决千金之货者，不争铢两之价。”

朱知熑看向孔二爷，给了他一个不满的眼神，又说“那还有增加生丝，添置织机的事。”

“天禛你说说，有没有必要增加织机？”

“原来和知熑协商过此事，认为绸走得好，增加织机理所当然。可舅王爷这么一问，反而不知如何作答。”

何掌柜道：“去年和今年小潞绸在大同走得好，这可能与徽商撤走，关了不少店铺有关。可孝义、平遥、介休三县和汾州的销量不比前年，尤其是汾州，今年卖得着实不好。”

“所以暂不考虑增加织机。”王爷果断地下了结论。然后起身说话，显然，接下来要说的话比较重要。

“自古道：商不通无用之物，工不作无用之器。九边如果增加兵力，除了米粮，棉布棉花的需要也会增多。粮食充足，那以粮发饷，如果粮食供给跟不上，那一定会以棉充饷。边地断然不会发胡椒苏木。再加战功奖赏和军需储备，棉布棉花的需要量将大为增加。我们需看准时务，调剂买卖。”

何掌柜接了话说："蒙古人也并非全靠劫掠过活，以物换物是他们一直期待的。虽然跟朝廷求贡多年不成，但私底下的买卖从没中断过。咱家的伙计一直跟他们保持了友好的买卖关系，生意也可以扩大。毕竟棉花棉布是大多数人的日常必需品。"

王爷道："朝廷禁忌的事，还是要小心，千万不能马失前蹄，不过富贵险中求，利在胆边生。"

孔天禛低头，嘴角上扬，露出一丝笑意，古人讲，富贵险中求，恶向胆边生，舅王爷古话新解，却意义明确。他接了话道："朝廷禁忌互市，鼓励商屯，但这两件事之于我们是紧紧联系在一起的。可以让每年三月去往大同的民夫，尽量多带农具铁器，随行农妇铁锅铁铲都带齐。出去换成马，秋后回乡只拉马匹。如果增加商屯，那出去的农夫多。以此为由，还可以为上路运货的人，从官府开具路引。这样，即便眼下土地的收成差些，也能找补回些损失。"

王爷道："具体如何做，你们商量。何掌柜性情沉稳、思虑周全。过头的事，想不到的事，有你平衡，我就放心。不激进不保守，买卖方可长久。"

朱知爔还想说说南方贩棉贩布的事，可父亲的话显然已在收尾了，他只好收起想说的话。

同样说生意，父子俩的着眼点和出发点却大不相同。

王爷想的是有了大把的银子，让自己腰粗气壮，把城墙修葺一新，既能保全朱家子孙，又能让众人对自己崇敬有加。

朱知爔希望增加织机，打的是自己的小九九。他一心想着出去走走。几十年一直在汾州，没去过太原，没去过大同，更别说南直隶、北直隶。偶尔去去汾州其他三县，还得偷偷摸摸。听父亲的话，因将来要做王爷，任何事都不能有差池，不能让人抓住小辫。可时时事事遵祖训、循法度，人都要给憋屈死了。近来跟孔天禛聊了几次外出的事，心就一直安不下来，想出去开开眼界，看来美梦难成。

议完事，朱知爔把孔天禛和何掌柜送到门口。一回头，见朱表梃急匆匆从王府官的值房出来朝他走来。

"爷，我都等你半天了，有件事，着急得很。"

"啥事这么急？到屋里去说。"

"昨晚我手下的一只'鸽子'来报，发现一块'熟肉'，今天将运出城去。我不能确信，派另一只'鸽子'到城门外盯着，今早城门开启不久，果然有人押货出城。"

“什么人的货？”

“王知州王大人的货。”

“哦！”朱知爀有些惊奇。王炫任期将满，如果是正常年景，三年为官，不同渠道、不同来向的银子总会有些存攒，离任之前先行运走也算正常。但王炫知汾这三年，两头遇蒙古俺答汗，中间一年收成欠佳。头一年要修东郭城，招来大伙把汾州的底细交代了个清楚。大河没水小河干，朱表梃说的“熟肉”又从何而来？

“你的‘鸽子’常常谎报军情。”

“这次不会，‘肉’一定有，大小未知。”

“货往哪个方向去了？”

“上了秦晋官道，但马车不会太快，估计今天出不了汾州地界，明天才会进石州。”

朱知爀并非鼠窃狗偷之辈，也没有杀富济贫之心，协助父亲管理城里的这几千朱家人是他们的义务，而这些远远近近的本家人，有时让他觉得厌恶，有时又让人同情。不稼不穑，不狩不猎，让他们有时间有精力吟诗作赋、念经修佛，有的一生无所事事，闲着无聊便花招迭出。“鸽子群”就是由一帮生计艰难又游手好闲的宗人结成的帮派。所说的“肉”是指官员们手上的银子和贵重物品，虎口夺食不仅让他们有事可干，还贴补生活，让逢年过节真正有肉可吃。

他们不敢公然在王爷和世子爷管辖的汾州犯上作乱，否则王府有权施行制裁，所以无论盯上谁，想叼哪块肉，一定得让世子爷知晓。多年来他们与朱知爀之间已经形成一种默契。世子爷不参与也不打探，如若得手，他们知道孝敬。朱知爀不在意他们孝不孝敬，多数时候还拒绝吃他们的“肉”。如若败露，王府也不替他们担当，出了什么事都得自己兜着。

这一次朱知爀不太相信王炫有“肥肉”外运，“鸽子”愿意去试一把，他得了解一下情况。

“就一辆车吗？几个人跟着？”

“车上两人，另有一人骑马。”

“汾州人还是外地人？”

“车上两个是外地口音，骑马的不知道。”

“只许叼‘肉’，不许弄出人命来。”

“好的，世子爷！”

“鸽子”只叼“肉”，不伤人，一般是在汾州边界的客栈下手。官员的财物失窃，一般不会声张，也不会明目张胆寻找，哑巴吃黄连时居多。

禀明世子爷后，朱表梃给了“鸽子头”令：可以出门了。

四匹马从东门和北门错开时间出了城，走出二三里路后汇合，然后快速上了官道。之前已摸清了车子的去向，赶上他们只是时间问题。弄清晚上他们在哪儿落脚又不被发现，这才是要事。只要跟他们住进一个客栈，那得手就轻而易举了。

秦晋官道上，出汾州城三十里向阳铺有客栈，估计他们中午就能赶到那儿。下一个客栈离向阳铺又有三十里，叫黄芦岭，这儿基本就是汾州的边界，车匹马夫在此过夜的可能性极大。他们四人商定，两人策马直达黄芦岭，两人赶上带“肉”的人紧随其后，跟着他们住店。

打前站的一位叫朱新垛，一位叫朱八，他俩直奔黄芦岭住店。到店后进了客房就没再露面，人在屋里，不断从窗口朝外看，等着带“肉”的车马到来。

天擦黑时分，他们等的车马到店了，朱新垛和朱八在暗处盯着，看从马车上卸什么东西。有些奇怪，他们只从车上搬下一个坛子，像个酒坛。

朱八说：“这种伪装，简直就是小儿伎俩，只要搬进屋里就是‘肉’。”

四个人坐屋里喝茶说话，等夜深了下手。

到了子时，估计带货的人已躺下，朱新垛把他们带来的一炷香，悄悄地放在两扇木门的门缝里。一炷香燃完，那三个人就沉睡不醒了。四人进了他们的房间，打开密封的坛子，又是闻又是尝，看了又看，摇了又摇，最后把胳膊伸进坛子，坛壁、底部都摸过，没有什么机关，还真是一坛子酒，根本不是想象中的“肉”。搜了那些人随身带的东西，有几匹汾州产的小潞绸，其余就是些碎银两，估摸只够路上吃饭住店。晦气！

回房间睡觉，天亮回城吧。

朱新垛嗜酒，出来又折回去，舀了一碗回到屋里喝。没“肉”可叼，喝点酒也算。朱八骂他：“说了出来不喝酒，若让‘鸽子王’知道了，有事再也不会让你上手了。”朱新垛放下碗，和衣躺了，睡了半个时辰醒来，闻到酒香又想喝，一喝就不知喝到什么时候了。其他人第二天天不亮起身，却怎么也叫不醒那家伙，一看，昨晚舀回来的一碗酒全喝了。只好把他留下，等他醒来自己回城。

回到城里，朱八跟鸽子头和朱表梃禀明情况。听完陈述，朱表梃生气道：“这些事以后做仔细点，别见风就是雨，什么事都报世子爷，劳而无功与出了差错没啥两样！是哪只‘鸽子’传的信儿？该训练一下了。”

无论什么结果，朱表梃都得把情况上报给世子爷。朱知燫倒没有对鸽子们的冒失行为不满，只觉得自己未卜先知：王炫这三年算是清水衙门，走背运了。

第七章　杀人越货　送画了结

朱新垛一觉醒来，已是巳时正牌。他一骨碌爬起来，发现其他人不在了，赶紧出门，看他们的马还在不在。客栈小二跟他说："你的伴儿走了，留了话，让你身子缓过来自己回家。"他哦了一声，回到屋里倒头又睡，身上软绵绵的，那酒可能是头锅，劲大得很。一直睡到晌午，他打算去吃点东西然后回城。

客栈饭堂里，他坐在靠墙的小桌边，要了一盅炉钵肉、一碗肉丝面。小二给他盛来一碗面汤，他喝了一大口，感觉很舒服，吃点肉算犒劳自己吧。

饭堂的小门连着客房，打小门进来三个人，朱新垛抬眼一看，哦！是他们，他赶紧把头低下喝汤。又一想，昨天四个人出来，跟在他们后面的，估计互相认了脸，自己先到客栈，没跟他们碰面，晚上进屋摸"肉"之前，他们已经昏昏不省人事，再进去舀酒，三人没有一丝响动，所以他们根本不知自己是谁。想到此，朱新垛脸上的表情放松了，夹了一块肉放嘴里，细细品着。小二端上面，他吩咐再来一碗汤。

那三人要了面，说着话等着。年老的剥着蒜头，年轻的用手支着脑袋，另一个壮汉显得无精打采。

"头还疼吗？"年老的问年轻的。

"像是喝醉后刚醒来，没事，虽疼点但脑袋还在。"

"王大人不是说了吗，他们只要银子，不要人命。"壮汉说。

年老的道："这是必经的一劫，否则大人也不会给……"他顿时了一下，才把后面的话说出了口，而且声音压得很低，"否则，王大人也不会给这么多银子做酬劳。"

一老一少是外地口音，壮汉像是平遥人。朱新垛隐隐约约听到那人小声说出的银子及酬劳。他寻思，一老一少应该是王炫靠得住的人，壮汉骑着马，像走镖的。可从山西拉一坛酒到陕西，怎么还要镖师护送？这里面定有蹊跷。他慢慢地吃着面，品着肉，竖着耳朵听那三人说话。

“吃完面再睡一觉，明天上路就彻底缓过劲来了。”年老的说。

“不知东西后晌几时能到？”年轻的问。

“应该不会太晚，太阳落山前一准儿会到。明天上路就好了，我走过两趟，都没出差错。”壮汉回道。

“东西没到之前麻烦事多，东西到了事儿就少了，王大人是算准了的。”年轻人说话时脸上表情自如，仿佛昏睡一晚天下太平了。

“东西没到”“东西到了”，朱新垛反复琢磨他们话里的意思，看来王炫知道汾州的“鸽子”会对他的“肉”下手。

看来“鸽子”打探到的信儿是对的，怎奈王炫老谋深算还知己知彼，先走一坛酒，等“鸽子”发现没“肉”飞走后，再走黄白货。朱新垛听明白也想明白了。

他三口两口扫光碗里的面，付银子走人，得赶快回城报信儿！

他把情况说给鸽子头，鸽子头把事情说给朱表梃，朱表梃大声道：“老滑头！”鸽子头骂道：“妈的！”

朱表梃把事情说给朱知爀，朱知爀一拍桌子：“混蛋！”

朱表梃又瞥了朱知爀一眼，小声道：“你还说衙门里清汤寡水，这下知道了吧，故意叫穷！”

这句话激怒了朱知爀，他起身冲着朱表梃嚎叫：“劫了他！”

朱表梃出了王府，直接去找鸽子王，这块“肉”非吃不可了。

他让鸽子王把朱新垛、朱八叫来商量如何出手。也许那三个运货的人已放松了警惕，也许昨晚被熏了迷药，今天会更加警觉。鸽子王说今晚用老法子再动手，朱新垛说如果黄白货到了，估计他们今晚会坐着等天亮，鸽子王说坐着也能让他睡着。

朱表梃低头踱步自语：“是一辆车，一匹马，一老一少一壮汉……”少顷，停下步子又道：“老法子不能再用了，我跟你们一起走，天黑前出城，今晚到向阳镇，明天天亮前我们在黄芦岭至石州的路上等他们。”

“路上如何下手？”鸽子头问。

朱表梃道：“你，我，朱八，朱新垛我们四个人上路，你跟朱新垛埋伏在道路左侧，朱八带上弹弓和铁丸，埋伏在右边的山坡上。他们经过时，朱八先用弹弓射马，马受惊急驰，壮汉或在马上，或去追马。后面只剩两人，朱八再用铁丸射那年轻的，只能射腿。年轻人受伤后，年老的必来关照，这时我就从后面赶来，搭手帮他们忙，以吸引他俩的注意力。你和朱新垛快速从车上卸货，分装，上马。朱八你要认真观察，如若年老的发现年轻的受伤或者发现有人劫货而大叫，这时你就再射那老的一弹弓，还是只能射腿。等鸽头和新垛带货离开，你赶快下山追上他们。我会见机行事，佯做恐惧，掉头返回。”

朱新垛说：“他们会认出你。”

朱表梃道：“没见过面的人脸生，我头戴凉帽，慌乱中他们也不会看清我的脸。”

“我们在什么地方埋伏？”朱新垛问。

“这还用问吗？在最窄的路段上，否则距离太远，朱八弹弓里的铁丸都射不到马身上。”

“路窄难行，旁边就不会有其他的行脚人碍事。”朱新垛说。

“对！”

鸽子头说：“好主意，要不以后你来做鸽头吧！”

朱表梃说：“若不是……我才不跟你做这些烂事。”

没人明白他“若不是”后面是什么话，又是什么意思。

第二天，鸡叫过一遍，他们便从向阳镇出发，到黄芦岭镇时天上的星星还闪着，在离镇四五里的地方找好位置，埋伏下来时天刚蒙蒙亮。四个人在三个不同位置等着马车、马匹和那三个人通过。几队人马过去了，没有他们的影子，一直等到太阳老高仍然没有看到他们等待的车马行人。

连续过去几头驮货骡子，朱表梃看着看着，忽然醒悟了，跺着脚叹道：“等什么马车呀，哎，他们早过去了。”接着打了个口哨把那三人叫到路边。

他问：“新垛，昨天看清了吗？是两头牲口三个人？”

“肯定是！”

“被你两个鸟人说的一车一马误导，差点耽误了事，等了半天有马车通过吗？”朱表梃生气地反问。

“哦，此路不通马车，坏了，放跑他们了。”朱新垛也明白过来。

“确定是一老一少一壮汉？”朱表梃看着朱八问。

朱表梃这么一问，朱八张大了嘴，回答道：“啊，之前过去三个人，我心里也恍惚了一下。”

“追！赶紧追！”朱八骂骂咧咧上了马。

朱表梃一把拉住他，生气地发问：“追上怎么办？打？弄出人命来，你想去凤阳高墙？”

鸽头道：“你说怎么做，我们照办！”

朱表梃马上有了计策：“现在看来，三人步行，黄白货估计分别由两头牲口驮着，追上他们后一定要等到前后没人时动手。先给年轻人腿上一弹弓，年老的必会上前照看。朱八你再给壮汉一弹弓，让他吃颗铁丸，出手可以狠些。然后你们三人合力用麻袋套了此人的头，塞了嘴，绑了手脚，扔路边树丛中。这个时候，我上前与那两人周旋，劝其舍货保命，赶紧上路，你们顺货走人，动作要麻利。”

事情没有按朱表梃设计好的方案进行。追上他们后，先让壮汉后脑勺吃了一颗铁丸，那人顿时血流如注，朱八又瞄准年轻的发了铁丸，结果没打中，慌乱中他也没看清。三人冲到路上先对壮汉套头、塞嘴、绑手，然后朱新垛和朱八麻利地把他拖出大路，扔到路边的小树林里。年轻人惊恐万分，僵尸般站在原地，一动不动。年老的大喊救命，鸽头前后看看，担心他的声音招来其他人，这个时候，老者又叫一声，鸽头回手从腰间拔出小刀，用力刺向他的胸口。年轻的跪地求饶，磕头如捣蒜。朱八他们快速把骡马背上的东西卸下，弄到路边林子里。这时，朱表梃从后面上前，走近年轻人说：“小兄弟，遇到强人了，快上马走，否则他们还会来要你的命。”

年轻人一听，赶紧上马，但腿脚发软，朱表梃扶了一把，他还在回头，只见躺地上的老者，挣扎着喊了一声“快跑”，朱表梃使劲拍了一把马屁股，然后上马急驰跟上。跑了约两里路，朱表梃看着前面的马远去，缓下来掉头返回原地。

壮汉流血过多死了，朱八他们已把两具尸体拖到树林深处，上面覆了树枝树叶。朱表梃叹了口气，鸽头冲朱八和朱新垛叫道：“牵上那匹骡子回城。”

一匹骡子三匹马，拉回四千两银子。朱表梃拿了两千两来见朱知熑。

“果真有货？”

“共得手四千两银子。”

“想不到，王炫米糠里也能榨出油来。”

“这不是头一次运银子，押货的人说都走过两趟了。”

“该死！”

“他们诡计多端，确实该死！”

“怎么？真弄出人命来了？”

朱表梃把经过细报给世子爷，并把没打算要他们命，但事情不得不如此处理的理由说得非常充分。

“谁让你们这么蛮干？把银子给我弄走，出了什么事，别来找我。”

“银子你留着，没事则好，有事绝不连累世子爷。”

“蠢材，你说不连累就不连累吗？谁让你们去干的？”

“你说劫的嘛。”朱表梃小声说道。

“滚！”

朱表梃退出屋子，匆匆向二门走去，迎面碰到王爷，来不及躲闪，撞了个满怀。

“站住，看你脸色，有什么大事了吧？”王爷语气平和而犀利。

“回来说事！”朱知熑从屋里出来。

进了王爷小书房，朱表梃怯色怯气又把事情的经过说了一遍。

“王炫太狡猾，这样的年景都能搜刮出民脂民膏，又有办法一而再再而三运走，真是大明的人才。”朱知熑气愤地说道。

王爷思索片刻，看着朱表梃问道：

“那两具尸体在汾州地界还是石州的地界？”

朱表梃道：“应该没过界，还在汾州。”

“听好了，出了黄芦岭走一段后有一块界碑，上书汾州两字，再往前走半里还有一块界碑，上书石州，你再找一个靠得住的人，太阳落山前出城，夜里把尸体拖到两块界碑中间的地段掩埋。明天不要一早就回来，等中午路上的人多了起来再进城。记住了吗？”

“为何要埋在两块界碑中间？”朱知熑问。

“万一案发，这个地段两边都不管，事情才有可能不了了之。”

朱表梃也跟着“哦”了一声。

“上马走了的年轻人，看到你的脸了吗？”王爷问。

“他当时吓得慌了手脚，我跟他过了话，看着他走远了。”

“妇人之仁！”朱知熑骂道。

“去把你们的鸽子头还有那俩不识时务者叫来。”王爷心平气和吩咐，同时摆手示意他们离去。

对鸽子们的事，王爷从来都是睁一只眼闭一只眼，知道朱知熑会跟他们理弄。现在出了人命，事情弄大了，王爷过问，看来是要责罚了。他们三人带着剩下的两千两银子来了王府等待发落，其实王爷不会见他们，下令让他们来，就是要他们知道事情的严重，具体处理还是得世子。

年轻人走出去十几里路，越想越不对，父亲受了伤，也许不会死，得回去看他，不能就这样走了。他掉转马头返回出事地点，人没了，路面上洒了土，连血迹也没了。想了想，还是回汾州近，他打定主意返城，正午时候已在王炫家里了。

喝了一大碗水，他把头天晚上被迷香熏倒昏睡一宿，以及第二天整晚开窗静坐到天亮，再到三人上路遇劫被害的事说了一遍。

王炫在心里道：朱家的“鸽子”也太狠了。

“可怜我爹，我返回来，连尸首也没找着。”其实年轻人返至出事地点，只在路边看了看，根本没到旁边的树丛中细找。

“杀人越货，毁尸灭迹，看来他们是老手。你得听我的，你爹不会白死，我会把事情弄个水落石出。今天先不说了，你吃点东西睡个觉先压压惊，我派人出去寻找尸体。”

父子俩是王炫的远房亲戚，对外称来汾州贩绸。壮汉以前给王炫走过单，私底下的交易，再无外人知道。王炫没打算急着出去找人，他要想想如何对付这群朱家“鸽子”，和“鸽子”背后的王府。

这三年汾州为官，谨言慎行还得忍气吞声。一城两王府，强龙不压地头蛇，自己夹着尾巴做人，时时如履薄冰。满指望三年到头，平安离去，没想到临了还出了人命大事。那点银子算什么呀，大明官员上至一品宰辅，下至九品教授，宫中十万太监，边关卫所守将总兵，哪儿有不贪之人。千里为官，不为银子还为啥呀。可“鸽子”们为了区区四千两白银，却要了两条人命，这口气实在咽不下去。

他来王府找王爷，随从提了一个食盒。

他在二堂坐了好一会儿，喝了两盅茶，才有人进来请他到王爷书房。他伸手去提食盒，下人说我来替大人拿着，他抬手示意不需要。下人心里便琢磨，堂堂知州，提了东西进府，府里收下即可，为何还要亲手提到王爷的书房，有点奇怪。

“他们也不通报是你来了，饭后小睡一会儿，这习惯越老越改不了了，让你久等，失敬！”

王爷明白王炫上门的用意，故意让他在二堂久坐，得让他明白，庆成王府并非城隍庙的庙会，不是什么人都能去，买什么都由自己做主。

“王爷懂得养生，佚劳适度，美意延年！”

“人老了，衽席之上，饮食之间，都不念了。”王爷笑着自嘲。王炫说的是客套话，王爷却仿佛是朋友之间的随意调侃，这让王炫感觉可以与他说事了，他把食盒打开。

“这是什么？”

“老家咸阳的糖点，陕西人叫他僚花糖，王爷享用过南北各色珍馐美馔，不知尝过这点心没有？”

“哦，这是点心啊，不细看，还以为你提来一盒子白花花的银子。”

“王爷说笑了，点心外裹了糖粉和白芝麻仁，吃起来才酥、脆、香、甜，用我们咸阳话说叫‘僚得太’。”

“远隔千乡百里，这糖果如何来得？”

“有远房亲戚从老家来汾。说来话长，哎！”他叹了口气接着说：“亲戚到石州贩药，听我说过咱汾州有绸，质地不比南方的差，价钱却比潞安的低，故来察看，不料在返乡的路上遭了歹人，父子俩一人被杀，一人逃回，找到我这儿，我正愁不知如何是好？”

“哦？有这事？在咱汾州地面上还有这等事？”

“我不想让亲戚把事情抖搂出去，在自己治下发生这事，简直就是打自己的脸。再者，这等公案，能不能结都会涂黑汾州，汾州既是官府的，也是咱王府的。”

“若有线索可以破了案，就让你亲戚登堂击鼓。扬善惩恶本是你为官的责任，别的你无须顾忌。”

“线索倒是有，可查起来有点麻烦，我那亲戚说，他父亲被杀后有人劝他快跑，后来才反应过来，那人与杀人犯是一伙的。”

王爷怔了一下，这个细微的表情王炫觉察到了。

“接了这个案子，也许会转到按察使那儿，也许巡按御史会插手。”王炫紧逼了一句。

“是得治治了，就让他们接手来查，把事情弄个水落石出。失了的银子也许都能找回来，这年头，弄点银子不容易。”王爷的语气里有了杀机。

“是啊，我的王爷，执掌本地刑名钱谷，这三年并无寸功，东郭南郭修城，也多亏有王爷你鼎力支持。三年考满在即，贴不上金，也不能给自己脸上抹黑吧。”王炫的话又软了回来。

“朝觐考察，打点的人事（礼物）准备好了？”王爷像个长者又像同年（同一年中榜的人）、乡谊一般亲切地问道。

话说到此，王炫也只好当他是友人。

“现在的人事不好准备，俗了人家看不上眼，要雅呢？不仅银子得跟得上，还得投其所好。”

“说到此，我想起来了，新近得了一幅字，我请西府知燠来看过，他喜欢得不得了，虽然他的鉴赏力不低，不过还请文耀给掌掌眼。”

“听说西府王爷是这方面的行家里手。”

“往往是行业的大方之家，才出诳语。”

王炫听了大笑。

王爷让人找出字幅，轻轻地摊开在书案上。

近看这幅字，纵七寸有余，横约尺一，草书，七十多字，是王羲之的《瞻近龙保帖》，为唐人临摹本。细看字体，行笔流畅，笔法遒劲，只可惜上端有残。

王炫琢磨王爷让他看此字幅的真实意图，他想，王爷以此作为补偿，也不失为一良策。可惜自己这方面懂得甚少，掂量不出这幅字价值几何。

见王炫有意画作，王爷便道："这世道乱象丛生，人事、雅贿之需，以及世人长物之好，让这些饥不当食，冷不御寒的东西身价飞涨。古董商不惜舟车劳顿，竟从南方不远万里来汾州，居然找到王府来了。"

"哦，没想到这幅字是远道而来的珍宝！"

"是啊！用去两千两银子。"

王爷给出价儿了，两千两银子，王炫想，我搭了两条人命，蚀了四千两银子，不能让他用这相当于两千两银子的一幅字就打发掉。更何况，号称两千两，是不是真值两千两呢？

"王爷你识货，只是这摹本，不知出自何人之手，让人有种揣摩不清的遗憾。"

"文耀所言极是，我再给你看一幅，怀素的草书。"

怀素的《自叙帖》摊开在书案上时，王炫一眼就相中了。这幅字纵八寸五分，横两丈有余，内容为书者自述写草书的经历和经验，以及当时名人士大夫对他作品的评价。通篇狂草，笔势雄健狂纵，变化莫测。

"如若相较，我更喜欢怀素的字。"

"你若看得上眼，说明这幅字与你有缘，说实话，我还真不太喜欢它。你把它请走，或自己保有，或另做它用，都是你与它的缘分。"

"怎么能夺人所好呢？"

"货与识家，也是对宝物的一种尊重。你要成全我才对。"王爷有意放低身段。

"多谢王爷美意，可惜我一时拿不出资费，要是这僚花糖能变成白花花的银子就好了。"

王爷大笑道："文耀，我只当这盒咸阳点心就是雪花银。日后你加官晋爵，升任宰辅，回汾州来看我这个出不了城门的老朽，我就知足了。"

"王爷与我荣辱与共，什么时候我都不敢忘记你，无论日后走到哪儿，我都会记着汾州，记着汾州城内枝繁叶茂的朱家人。"

怀素的字归了王炫，卷好包妥，出门带走。

王炫前脚出门，朱知燫后脚就进了书房，他急于想知道，王炫因何事而来，和父亲谈了些什么。

“下面的那些人，你看管着点，以后再惹出麻烦事来，决不再轻饶他们。”

“父亲教训得极是，孩儿一定照办！”朱知燫疑惑，他问，“父亲是怎么把王炫打发走的？”

“一幅字堵上他的嘴！”王爷捋了捋胡子接着道，“一幅画不算什么事，只是还得跟他打哈哈，他简直不配。”

“哪幅字？”

“怀素的《自叙帖》。原打算给他唐摹本《瞻近龙保帖》，他没看上，这人也没那么精明嘛，《自叙帖》只花了八百两银子，他要这个，正好给他了事。”

王炫虽然觉得有点亏，但能得到这个宝物，也就不再计较了，正愁上京没有拿得出手的物件，有时候就是因祸得福。

远房亲戚那儿好说，让他相信自己在全力寻赃探证，缉捕罪犯即可。无论将来在哪儿做官，身边总得有人，就把这亲戚带上，让他永远有口饭吃，也算仁至义尽。

第八章　炼丹入魔　削塔增楼

王炫已做好了离汾的准备，没料想一道文书从山西布政使司传到冀南道分守道衙门，很快就到了一街之隔的汾州州衙，王炫留汾继任知州。什么原因呢？事情得从马御史巡按汾州，而后回京复命讲起。

马御史因宗人在衙门闹事而来汾，待了一段时间，便对当地有了比较全面的了解。他直接对皇上负责，掌握的情况必须及时跟圣上禀明，针对问题还需提出解决的办法。

王炫在蒙古俺答汗大肆南下之时，尽心竭力保一方平安，事后安恤也至善至悉，无须表彰也无可指责。王府是强势了些，可王爷对自己不薄，还说啥呀，再者，皇家人嘛，总是比平民百姓要尊贵些。宗人冲击官衙，事虽恶劣，但官府拖欠禄粮在先，宗人不能锦衣玉食也得糊口保命吧。再说此等事，大明两京一十三省，遍地宗藩，汾州宗人不是第一个闹事的，也绝不会是最后一个。因禄粮而产生的矛盾，皇上也不会在意。

马钟谕一到北京，便把写好的密疏，火漆封印，递到通政使司。密疏与一般奏书不同，通政使只可转呈，不可拆阅。之所以要以密疏上奏，因陈奏之事，只能说与皇上，不便让其他六部九卿知晓，估计皇上也不想说与内阁、司礼监那几个常在身边的人。

“汾州王气太重。”嘉靖对马钟谕奏折中的这句话，当真是在意的。弘治年间，山西巡抚官上奏：晋府的庆成王朱钟镒，妃妻二十人，生子四十四，子女有百人，皆长成，孙一百六十，曾孙五百一十，多不相识。此等无限生育之事，虽发生在前朝，却也不过四十几年。如此这般无限制地生育下去，那庆成王一支就能成一个小朝廷。况且，王气太重的说法，还是马钟谕请了堪舆大师看过后给出的结论。在嘉靖心中，巡按官不会玩忽职守，遇事很少敷衍塞责，所以密奏中讲到的化解之法该认真考虑，并严肃对待。马钟谕还建议，王炫知汾三年，两次修城，实施“散王气”之事还需他主持。皇上觉得在理。

朱表栾得知王炫留任有些吃惊，是什么原因，也不便打听。

怪事接二连三，西府传出来的消息，更让他吃惊：龙雏凤种的西府王爷到底是怎么了？

如果不炼丹不服药，那朱知爂博学近思，仁在其中。可近年与长春观道士过从甚密，着实让他改变不少。用他的话说，炼丹不仅为自己延年益寿，更是为江山社稷着想。嘉靖之前的历代皇帝，除了太祖年过古稀，成祖寿满花甲外，其他均不过五十岁，多数在三十岁就撒手人寰。当今圣上龙体康健，是臣民之福。作为朱家后人，不能为皇上治国安邦，也该做点力所能及的事以保天子万年。供宝献瑞，设醮祷祀，炼制丹药，王爷都做过。尤其是近两年，炼成的丹药亲自尝试，他相信总会有成功之时。到时进献给皇上，管别人说什么邀欢固宠，只要皇上觉得有用即好。

服食丹铅总出现异常的情况，不过这种异常在他看来是丹药效力强。他有信心，只要调节配方、控制火候、掌握时间，总能把丹药炼成贡品。然而过程漫长，最近试服，总是让他红光满面，血脉偾张，白天精力充沛，夜晚精力健旺，仿佛回到春秋鼎盛之年。

“王爷简直就是疯了。”府里的丫鬟奴仆都这样说。平日里妃妾争宠，这个时候你躲我闪，真正是招惹不起。王爷连屋里的丫头婢女都不放过，一晚上十几个女孩被他折腾，玩得高兴时还鞭打女孩，听她们尖叫，又让他兴奋不已。

王妃屋里的婢女桃榴榴晚上服侍王爷起居，一连数日被迫与之苟合，背部、臀部被抽打受伤。白天屋里做事，神情沮丧，动作迟缓。王妃斥责她，骂她狐媚骚人才让王爷穿花蛱蝶。婢女羞愤交加，饭后王爷午眠消停的时候，她一根绳子把自己吊在了他的书房。这个六两银子买来的丫头，八岁进府，至今六年了，当年瘦骨嶙峋的小女孩，出落得水葱一样，人也灵性，看王爷和王妃的眼色行事，颇为大家喜欢。

朱新�童早就想把她收到房里，跟母亲提过，母亲微微一笑算默许，担心令狐妃不悦，想找个合适的机会再提。话还没说，人就没了。

女孩是悄悄拉出去埋了的，府里没几个人知道。出了这事让朱新�童心里不是滋味，且不说女孩是他喜欢的丫头，只说父亲的怪异行为，让人脸上抹不开。他吩咐家丁仆役，此事不可外传，如果有人走漏了风声，一经查出，王府家法论处。

事后，朱知爂多日没再服药，他与长春观道士调整配方，重新炼制，药效应该有所降低了。日服一丹，连服三日，身体未出现燥热亢奋。但没有效果，服之何用？他加大剂量，日服两丹，三日后，状况又像先前了。他把自己禁锢在书房里强行写字，或者前院练剑，但全不见章法套路。

一日下午，王爷跑到后院柴房，见下人劈柴，上前要过斧子，让人把一截截圆木立在墩子上，他抡起胳膊一口气劈了几十根。下人觉得奇怪，不知如何是好。房里的仆人找不到主子，急得团团转，府门上问过门子，门子说下午王爷一定没有出门。朱新�童跟大伙说，各自回房吧，我一个人去找。走到后院门口，听到里面有声音，进去一看，只见父亲挥汗如雨，儿子进来他也没停手。朱新�童突然又觉得父亲有些可怜，贵为王爷，却锁不住体内的恶魔。

朱新壇跟令狐妃说父亲后院劈柴，世子妃听出了儿子对父亲的怜惜，当晚熬了甘麦大枣汤，打算晚饭后让丫鬟喜儿送至王爷书房。汤入罐中，喜儿说，还有两样点心是太原亲王府送来的，也一并带上吧。这个从小跟令狐妃一起长大，一起来到汾州的贴身丫鬟，说话做事替主子着想，现在遇事也替世子爷着想，有她，令狐妃觉得自己多了一根拴住世子爷的绳索，而且这根绳子也拴在自己的腰上。

王爷的丫头把喜儿带进书房，她把食篮放在桌上，端出汤罐，拿出食盒，说："小姐亲自炖了甘麦大枣汤让奴婢送来，王爷趁热喝下，小点心你也尝尝，果馅糕甜而不腻，枣泥酥皮松馅香，这些都是将养调息身体的。"王爷抬头看她一眼，两只拳头紧紧攥在一起，想压住自己胸中燃起的火。可他抬眼看着喜儿把小点心一块块摆出来的时候，喜儿一双白白嫩嫩的小手让他再也压不住体内的魔鬼了，他起身一把将她抱住。书房里的丫头见势悄悄溜走，顺手把门带上。汤罐打翻了，点心掉了一地，喜儿大喊大叫，王爷抓起食篮上的盖布塞进她嘴里，把她按倒在地上。

好半天不见人回来，令狐妃觉得事情不对，差了两个小丫头到正院找喜儿。王爷的丫鬟立在书房门口，小丫头上前跟她说话，她却将手指立在嘴上，示意她们别出声。三个女孩站了一小会儿，听到里屋开门的声音，一起进了书房。喜儿衣衫不整，头发凌乱，嘴角还有血。王爷摆摆手，要她们出去，两个小丫头扶着喜儿出了书房，王爷的丫鬟赶紧收拾打碎的汤罐和地上的点心。

正院到偏院有一小段距离，走了一半，喜儿对小丫头说，我要去小解。小丫头放开她的手，她提了口气，然后快步朝井台跑去。小丫头感觉事态不妙，撒腿就追，刚追出几步，就听到咚的一声，喜儿跳了下去。

令狐妃哭得伤心，朱新壇哭也不是，气也不是。时间不长，府里闹出两条人命，他着实没了办法。

"你说，这事若宣扬出去，那王爷的脸面和王府的声誉往哪里放？"朱新

墱无可奈何地问。

“找人来规劝规劝父亲，让他别再弄那些丹药了。”令狐妃说。

“找谁呢？找东府老王爷？”朱新墱问。

“找我父亲试试怎么样？”

这个建议让朱新墱顿时看到了希望：“可以的，就找你父亲！他最合适，我这就修书于他老人家。”

接到女婿的信，令狐长史琢磨了好些日子，才想出个办法。事情起因是为皇上，了结也得皇上。于是他以王府官之名上了一道奏疏，言汾州永和郡王为皇上斋醮祈福心诚，烧炼丹药亲尝亲试，该受褒奖，但言辞中又透露，圣上对此应该稍加制止，即便是藩王宗亲，也该各司其职，各尽其责。皇上深以为然，联想之前马钟谕密折所奏之事，他要把这两件事合起来一并处理。

司礼监遣宋公公到汾州宣诏，永和王接皇帝口谕：汾州位于山西腹地，地处吕梁山东麓，人杰地灵，但非道教圣地，不宜祈祀、炼丹，暂停设坛斋醮事宜。朱知燠虽不情愿，但也不再去长春观了。

知州王炫接到山西布政使司通过冀南道转来的文书，要求年内加高汾州西门和北门城楼，并削低城内的善昭塔。文书中透露，汾州城西北的道观做法事，影响了当地风水。他便想，汾州城西北的道观那一定是长春观，而常在那儿活动的只有西府的永和王。小小的汾州，会让皇上放在心上？王炫百思不得其解。

无论什么原因吧，遵命即是，该干的加紧干，不该说的绝口不提，这样便不会出什么差错。

朱表梃骑马从荣村回来，路上发现有数辆拉木料的车，上前打问木料拉到哪儿，赶车人只说拉到城门口。他估计这么多木料应该是为王府在北郭建园子用的，回城就将此事说与朱知燫，朱知燫再把此事说给父亲，朱表梃的猜测在他嘴里就变成事实了：“官府拉了几大车木料回来，北郭的园子有指望了。”

王爷想，王炫留任，还记着这个建了数年仍在进行的园子，若能尽快把这园子建完，那王府也得给人家点好处。别的事做不到，为他日后擢升提供点便利，应该是手到擒来之事。园子建好后，自己就让汾州缙绅联名上表，赞其急吏缓民，上勤下顺，临政无阿，廉洁奉公，以期圣上以誉为赏。

几天后朱表梃又报来信儿，木料全部堆放在西门和北门的瓮城里，匠户已召集到那儿，原来是要加高城门楼。王爷听了有些失望，但更多的是奇怪，这王炫的葫芦里卖的是什么药呢？

嘉靖十九年，蒙古兵士南下扰城，东郭死伤惨重，当年就起了东郭城墙。嘉靖二十一年，蒙古兵士再来，汾州城差点沦陷，这一年又起了南郭城。这几年，多次提请修缮老城墙，却总是因为银钱的事没能实施。这会儿谁也没提，却倒自己修起城门楼来了，既然增高城门楼，那一准会增高城墙，或者还就势包了砖。但银子呢？就有了？从何而来呢？是布政使司还是兵部工部的大人们开恩了？王炫没来通报，他也不去打问，就等着瞧呗。

原北门、西门城楼三楹，现改为五楹，城墙没动，门楼增高加成重楼。朱表栾站在王府院子里向西北望去，隐隐看到北门楼上的匠人上下作业，他皱眉一想，这样一来，王府不是让城楼上的人尽收眼底了吗？不行，这事还必须跟王炫当面锣对面鼓说说。

王炫的脸上浮着微笑，话里透着恭敬，但绵里藏针："重修城门楼的草图是工部画的，照图起楼，银子是布政使司拨的，有几个匠人还是从京城来的。我只是把银子和人管好用对即可。"

"那上面为何会有此举？"王爷问。

"布政司的文书落款处写了个'密'，你懂，这是需要保密的事。但对王爷，我知道的都会说，一则信得过你，二则汾州是你的，凡事得让你知道才行。"

"话可别这么说，天下是皇上的，汾州也是皇上的，普天之下，莫非王土。"

"对嘛，苍天之下，皆天子辖地，四海之内，都是朱姓王臣。"

王爷笑道："不说这么大，只说我俩的交谊即可。"

"西府出了两档人命案，虽不为外人所知，但事情还是被上面知晓了，皇上口谕让其停了长春观里的所有崇道行为，并加高城楼以修补汾州被他弄坏了的风水。"

"唉！"王爷长叹一声，然后感叹，"朱知爂呀，凡事过犹不及。"

稍顿片刻，他接着道："如果借此机会把城墙好好修整一下，倒也不失为一件好事。"

王炫只摇摇头，王爷便补充："无米难为炊，是吧？"

"知我者王爷你。"

"文耀你跟分守道、卫所他们联手提个加高城墙的请求，争取一下，也许布政使司就一并把修城的银子拨下来了。"

"我的好王爷，我差点就要给他们下跪了。"

王爷一听，便有些愤慨："大明朝历经一百七十多年，年年修长城，岁岁

防蒙古兵士，山西边境又是内城墙，又是外城墙，可仍没防住蒙古俺答汗。外边防不住，各地就大肆修城筑墙，以期自保，汾州城垣几十年都是小修小补，山西布政司领四府四州，哪个州府的城墙不比汾州的坚固结实？”

“我知道，汾州城内十之七八都是朱家人，你比谁都在意城墙。”

“难道州署衙门，冀南道分守衙门不都在城内？察院的抚案，卫所的指挥不都生活在城里？筑城单是我朱家的事？”

“王爷别生气，如果银钱宽裕，我何尝不想修城，满指望我跨出汾州城南门的那一天，你能领着百姓夹道欢送，让王某享受一次为官一任，造福一方的自豪。”

“文耀呀，我们都为难。不过，修城之事，即使官府不主张，我也决不放弃。汾州城一触即溃，危如累卵，我睡不好觉。”

“你是朱姓人的王爷，也是汾州人的王爷。”王炫的话里有了敷衍的成分，王爷收回了话题。

“现在只说城门楼的事吧，等会儿你到院子里去看看，抬头向西北就看到城楼了，换个位置看，我的王府尽在城楼军兵的眼里，毫无私密。”

王炫道：“哦，这个我没有考虑到。”

“工部的图，可不可以改？”王爷问。

王炫为难道：“王爷，工部的图我没权力改，不过可以提上去，请他们议。也许会改，也许我们的意见，京城的大人一句话就否决了，也许停下来一拖，就把事情拖黄了。”

王爷叹了口气道：“哎！想个万全之策吧。”

王炫接口道：“没有急事，禁止守城的军兵上重楼。”

王爷道：“蒙古俺答汗不来，什么事都不算急事。”

王炫道：“那就下道文书，除非有军情，否则禁上重楼。”

布政使司交付的两件事，一件是增高城门楼，另一件是削低善昭塔。增高城门楼虽然与增加城墙的愿望有出入，但也不矛盾。第二件事，王炫觉得一定会出麻烦，跟朱表栾谈城楼时，他只字未提。他不知道如何解释，拆庙毁塔的事，不好开口。

朱知熑从外面回来，急匆匆把削塔之事报给朱表栾，王爷义愤填膺，怒不可遏道：“走，出去看看，再不出门，下一步人家就来拆王府了。”坐在轿子里，他细想此事，王炫知汾州三年，虽没泽被黎民之功，也无祸害百姓之举，削塔不会是他突发奇想，自作主张之事。西府朱知熜的行为怪异，不就是跟斋醮炼丹有关吗？如何就动了风水？就算动了汾州风水，不已有了补救之法？削塔增楼到底是谁的主意？

王爷的轿子在离善昭塔三四十丈处停下，他打开轿帘向外望，塔院外人头攒动，卫所军兵、州署衙吏、各寺观的僧人道士，还有看热闹的商贩居民，把塔院前的那条路围得水泄不通。下轿步行进院，走近塔基处，只见绕塔一圈围了约五十个僧人，个个双手合十立于胸前，微闭双目盘腿而坐。没人注意到王爷到来，走了一圈返到轿子旁，他吩咐轿夫："到东郭天宁寺！"

汾州的僧正司设在天宁寺，僧正司执掌地方寺庙僧人，王爷到来的时候，僧正司僧正和天宁寺的住持正面对面坐着商议此事，束手无策。

"事多烦扰，不知王爷到来，有失远迎。"住持道。

"不必客气，先说说削塔之事缘何而起？"

住持给王爷倒茶，僧正拱手道："禀王爷，州署遣人来，只口头告知要拆塔，没说原因，也不做商议。"

"善昭塔建于宋代，至今已历五百余年，洪武十四年大加修建，此后几经修缮，这几百年不易呀。"住持感叹道。

"这我知道，永乐年先祖就藩汾州时，就有高人指点，此塔庇佑城民，保本地人稠物穰。"

"可官府要拆，连个说法也没有，僧人们愿意以身护塔，就由他们去。"僧正道。

"我来就是要告诉你们，善昭塔是天宁寺的，也是王府的，只要是为了护塔，怎么做我都支持。回头我让教授送些银两来，该怎么用，你们商量着办；出了什么事，有我朱表栾在后面给你们撑着。"

王爷的话让僧正和住持有了底气，心想就这样护着，守一段时间，事儿就不了了之了。

朱知燠心里也不是滋味，接了上谕让他停止炼丹，官府暗示说他坏了汾州城的风水，增高城门补救算是个法子，可因此削塔倒让他心里万分愧疚，他想听听东府王爷的说法。

去了东府，坐在朱表栾的小书房里，朱知燠开口道："善昭塔那儿僧人们已经坐了三天，听说今早卫所的兵要进去，想着拆完走人。王炫要他们等僧人散去再拆，那些军兵似乎也不听知州大人的，卫所安悌把人交给王炫就再不出面了，我看非得酿出大祸不可。"

朱表栾半天没说话，朱知燠猜测老头一定是生他的气。

"王叔，事儿因我而起，是我做事过了头，不过我左思右想，拆庙削塔不关弥补风水之事。"

“我也在琢磨，到底是为什么呢？王炫这个滑头既不解释也不露面。”顿了一下，他又问道，“宋公公传圣上口谕，还说了什么？”

“就那两句话，语焉不详。”

“我看这事与你炼丹关系不大，我们想办法弄清楚。”

“王叔你说，什么办法？”

“让你府上护兵换上便装，明早和东府的护兵集结到善昭塔院，去五十人就够。到那儿后只动口不动手，说些谩骂官府的话，塔院里的衙吏和军兵必定会动手，要他们只准认打，不准还手。然后让人到王府找我，要求为民请命，这样王府跟官府、跟上边就有了说话的权利，我们不仅要保住古塔，还要弄清事情的真相。”

然而事情并没有按朱表栾的计划进行，东西府两边五十多个人进了塔院，四下分散开后就冲着衙吏和军兵大骂，衙吏和军兵不还口也不出手。

相持一阵后，军兵队官下了一道令，卫所的人就朝古塔奔去，没等坐着的僧人反应过来，军兵的铁钩已甩上了塔身。铁钩抓在第二层和第三层塔檐上，军兵顺着绳子往上爬，有人停在第二层，有人停在第三层。善昭塔是八角七层实心塔，高约六丈，四周无门，攀爬上塔极为困难。每层塔身上有四个佛阁，坐有琉璃生肖和小佛像，塔尖上有绿色琉璃圆顶。队官命令军兵，取下琉璃塔顶及佛阁内的生肖佛像，然后拆掉上面四层塔身。

飞钩上去的几个人挪动脚步到每个佛阁旁，小心取出琉璃生肖。

第三层上的一人顺着砖檐小心挪动，在佛阁旁边，面朝塔，背朝外，一手抠着塔砖砖缝，另一只手伸进佛阁，四下里摸琉璃生肖。佛阁是空的，里面仿佛挖了洞，突然从里面飞出一只鸟，他一躲闪，脚下一滑，便从第三层塔檐上坠了下来。僧人们站了起来，军兵围了上来，地上一摊血，人再也没动了。可怜这个不过二十岁的年轻人，手上还捏着琉璃老虎的一条腿。

“活该！”人群中有人叫道，这话惹怒了旁边的一个卫所兵，他挥拳砸向说话的人，很快，塔院里打成了一片。突然有人高叫一声：“官兵打了人，走，到东府找王爷替我们做主。”

几十个人跪在王府大门外，还有衙吏和看热闹的人跟来许多。府门打开，王爷出门，刚要跟跪着的人说话，只见马钟谕从远处策马而来，走近府门，他急匆匆把马交给下人，拉了王爷返回内院。

“怎么？出事了？”王爷心平气和地问。

“先把外面的护兵们打发了，让他们各自回府，然后我再跟王爷说话。”

朱表栾想，他怎么知道外面跪着的是王府的护兵呢？但他话都说得这么肯定，自己就别再说其他了。他下令给旁边的人：“让他们散了。”

马钟谕这才开口说道：

“王爷您听我一句，千万别再闹了，善昭塔那儿已死了一名卫所兵，事儿再闹大，那上面就不只是加高城楼削低塔的事了。”

“平白无故拆庙毁塔，这算什么？他们要护塔，我也没法阻拦。”

“你知道上面怎么看藩宗的这些行为吗？”马钟谕的语气里满是真诚。见王爷低头不语，他接着道：“他们以为汾州王气太重！”

王爷呆了，如果这样，那事儿就大了。他问马钟谕：“这叫削王气吗？”

“他们叫散王气！”

王爷叹了口气，没了下文。

马钟谕接着道：“王爷，问句我不该问的话，针对宗藩的祖训和规制，很多条目都是限制王室的，你说这是为什么？”

王爷声音微弱：“唯恐诸王有了问鼎两京的想法和态势。”

马钟谕道：“江西宁王和宁夏安化王之乱，让朝廷的警觉异常敏锐，如若出现此类迹象，那肃灭的手段常是快刀斩乱麻。”

王爷又问：“汾州王气重了？”

“重不重难以衡量，若上面觉得王气太重那就麻烦，如果拆庙削塔能散一散，总比其他办法好吧？”

王爷点点头：“楠竹啊，谢谢你提醒老夫！”

“还说什么谢呢，王爷在我心中什么位置，你清楚，我早该来给你提个醒儿！”

王爷没再说话，把茶续上，往马钟谕坐着的方向推了推。

善昭塔被削去四层，一切又恢复了平静。

第九章　疫灾行善　请赐王田

杨鹂的孩子腹疾三天，请了惠民药局的医官把脉开方子，吃了两剂也没管用，今天状况越发不好。本不想惊动世子爷，可孩子是皇家的骨血，有了差池，不好跟王府交代，打发下人到城里找世子。朱知㸅一听便急了："怎么不早说呢？"他责怪下人，并立马遣人上太原，到亲王府良医所请太医。

太医是第二天到的，来了汾州他先去了医学，跟典科打问最近是否有疫情。惠民药局就在医学隔壁，他又去药局跟医官了解近些天来什么样的病人居多。问明情况，并见了两个病人后，他便证实了自己的猜想：汾州闹瘟疫了。

瘟疫是从东郭开始的，起先得病的都是孩子，接着有了年迈体弱者，后来年轻体壮的人也被传染。

杨鹂后悔当初搬到东郭来住，闹蒙古俺答汗后第二年，东郭起了城墙，世子觉得把他们母子安顿到东郭更安全些，就置了房，让她从南郭搬了过来。

东郭陆续有人死去，孩子居多，城里也有人死去，乡下不断传来噩耗，周边三县也开始有了病人。汾州被瘟疫席卷了。

杨鹂的孩子没了，她觉得东郭的这房子实在不吉利。

东府也有孩子得了病，西府更麻烦些。朱新墡打发人到东府，想问问有没有好的法子，东府也无计可施。

类似的疾疫以前有过，都没这次势头猛，开出的方子不一，均没疗效。

朱知㸅在书房里遍翻医书，并把相关论述记录在册。《伤寒论》《金匮要略》称此病为"下利"，治疾方剂叫白头翁汤，一直为后世沿用。《千金要方》称本病为"滞下"。《丹溪心法》言此疫具有流行性、传染性，要防一方一家，上下相染。

朱新墡一反常态，对父亲生硬地说："你能从书上找到的，太医、医官能不知道？方子试过不少，均不起效，这是老天惩罚汾州人。"

这句话提醒了朱知燠。削了天宁寺的善昭塔，瘟疫就从东郭而起，若不祭祀神灵，这灾难还不知肆虐到何时。

“明天就去长春观。”王爷语气坚定地说。

“去哪儿？”儿子不太相信自己的耳朵。

“去长春观设坛祈禳！我这就去写表文。”

“父亲，这可是抗旨、掉脑袋的事。”

“燃灯稽首，香赞礼表，何罪之有？祭告苍天，消灾祈福，我为的是朱氏后人及汾州黎民。”

“如果有心向神，你去三皇庙即可。”

“那是官府的事！”王爷头也不回道。

事实上，官府已经联合医学和道正司在西郭三皇庙行过法事。

而这些天来，三皇庙正殿东西两侧的窑洞里，天天都跪满了人，他们求三皇配享的十位医官消灾免疫。

惠民药局在庙院里设了两个施药点，一处用大锅熬了汤药，盛在陶碗里，摆在桌上让人取用，汤汁药效轻，有预防作用。另一处免费施草药给病人。

三皇庙不可久留，尤其是身染恶疾之人，但这里出出进进的人太多了，早晨开门前山门外就等了人，太阳落山前关庙门，里面的人好半天才能送出去。

朱知燠还是去了长春观，他的斋醮持续了七天。

城里乡下不断有人生病，不断有人死去。别说外面的孩子，就是东府、西府千防万保还是有孩子不治而亡。

官府发了告示，让人走街串巷鸣锣告知，禁止将肮脏秽物弃之于道，粪便要及时入茅厕。

朱表梃从荣村回来，打算进府跟王爷禀报酒坊的情况。府墙外碰到敲锣宣告示的人，他突然想到一件事，边走边琢磨，进了府院便先去找了世子爷。

“官府不让往街道上弃掷秽物，不让人们随地小便，我倒有了个想法，内急之时得让人有去处呀，城里人稠地窄，尤其东郭，三万人挤在那里，一天得拉出多少地宝呀？”

“去，少提这些恶心事。”

“世子爷，有人清理就不恶心了，爷你想想，城里、郭里，茅厕很少，大部分人家都用马桶，等瘟疫过去，我们盖它一批茅厕，方便了住户还干净了街面。”

“你这见识可以当个县丞、县尉哟！”朱知熑虽是调侃却有三分认同。

"到时候，我们两边收银子，他们两边都乐意。"

朱知𤇥问："官府也会乐意？"

"若算上官府，那就是三方都乐意了。我们在乡下选固定的出粪人，旁人不许染指。"朱表梃越说越觉得事儿能成，自己很快就能变成个粪官。

"先别说以后的事，王爷让你去荣村，那边怎么样啊？"

"情况不好，村里死人太多了。去跟王爷细说吧。"

朱表栾以为荣村的情况会比城郭里要好，但事实并非如此。朱表梃说："烧锅已停，酒坊里的人都回了家。村里染病的人很多，虽然周边的坐医、行医都挺卖力，秀才也出门帮人看病，可仍有人不断死去。村民们怕传染，不想去埋死人，有的人家死了人到处祷告求人，田埂水道都能看到死尸。"

王爷皱眉问："水没被污了吧？"

朱表梃摇摇头，不置可否。

庆成王府的酒好，省内三个亲王府、二十多个郡王府都用汾州佳酿。而荣村的酒好，一半原因是原公河的水好，没有这一股从马跑神泉流出的清泉水，再好的黍麦，再高的手艺也烧不出这绝世佳酿。王爷深谙此理，原公水绝对不能被污染，他决定护水。

"知𤇥今天你随表梃出城去荣村，在离水道较远的地方辟一块地做坟场，把村里死了的人集中掩埋，以保水道干净。"

"村里没染病的，不太情愿帮人。"表梃加了一句。

"掩埋一具尸体，给四百文钱，这钱我出！"王爷立刻表态。

"爹？！"

"去！赶紧去！"

荣村人大多租种王田，这种租种并非三年五年，有的祖祖辈辈都租种。土地属王府所有，如果不是管庄田的王府官常常言语不逊，村民倒觉得种了人家的地，该感激王爷才对。朱知𤇥和朱表梃把起坟和出钱雇人的事说给里甲，大家无不为王爷的义举而感动。

五十亩地作了坟，四百文钱雇人，村里再无尸体。

有邻村人将尸体抬到荣村坟地里，想得钱。非本村人，管事的有些为难，只好往上报，朱表梃报给朱知𤇥，朱知𤇥报给王爷。王爷想了又想，索性把这桩义事做到底，事情做大了，得益的反倒是自己。

"原公水从源头到荣村有几个村子？"王爷问。

"三四个。"知𤇥答。

"四个。"表梃同时答。

“不管三个还是四个，这条线上再辟一块坟地，掩埋这几个村里死了的人，仍是埋一人给四百文钱。”

朱知爒有点急了：“爹？这人可就多了。”

王爷没回儿子话，继续问：“荣村周边有四个还是五个村子？”

“五个。”两人同时答道。

“这五个村子里再辟一块坟地，把尸首抬到这儿的人还是得四百文钱。”

“爹，这是干什么呀？你就是菩萨也得有自己的道场，只需管自己地盘上的事吧。”

“鼠目寸光！”

王爷的想法，朱知爒没参透，朱表梃也没想明白。

时间一天天过去，染病的渐渐少了，已染上的也在慢慢恢复，大疫终于过去了。

州衙、分守衙署同时收到几个里长甲首写来的条陈，要求旌表庆成王爷的义举。

王炫比对着看了又看，这是不是王爷的自说自话呢？他偷偷想。弄不明白，便去找分守道商量。说了近一个时辰，他们决定将此事正式书面报于察院，请求旌表庆成爷。如若王爷有此意思，那合了他的心意，他当然高兴；如果确是村民的愿望，那旌表之事由巡按御史报与朝廷，也省了州府财物表彰。这场瘟疫又给汾州人带来了灾难，需要抚恤的家庭很多。

马钟谕是在瘟疫后回到汾州的，王炫还没来得及跟他提王爷辟地买田作义冢之事，他已到州衙来说茅厕之事了。

“手下的人回来报，南郭东郭到处都在修茅厕，是工房起的事？”马钟谕开门见山。

“是东府朱知爒起的，他来跟我商量，要在城内大街小巷辟出地方修茅厕，以改变城里的卫生状况。听起来这个想法不错，但去年动了塔，今年又要四处修茅厕，随意动土只怕给汾州人带来不利，他们愿意先在东郭南郭试，我就同意了。”

“是王爷的主意吧？”

“我想应该是，这次瘟疫，他出了力，王府也折损了孩子和老人，所以灾后他们才想办法保全这座城池。”王炫道。

修茅厕是朱表梃的主意，王爷同意。朱知爒跟王炫商量后，决定先在南郭和东郭搞，王爷也同意。另外王爷主张，在州城里开辟垃圾堆放场地，与修茅

厕一并开工。

很快，城里所有街巷都辟出了地方，堆放院子里倒出的垃圾，并由专人或挑或拉运出城。东郭南郭大街小巷增添了许多茅厕，也由专人将粪便挑拉出城。夏秋三日一出，春冬五日一出。挑拉垃圾的叫采花人，挑拉粪便的叫采蜜人。

住户按人头出钱，商户按铺面大小支付银两，公平合理。采花人和采蜜人把挑拉出去的东西卖给庄稼人得铜板，从住户和商户那儿收上的银两也给他们一部分。一时间，做采花人、采蜜人在汾州倒成了一件得抢先的事儿。

马钟谕打算去东府见见王爷，恰好王爷派人送来请柬，邀他冬月初六在王府一聚，那就等初六见吧。

初六来了王府，见王炫和安悌也到了，到场他才知道，今天是王爷的寿诞。

只有一桌人，东西王府王爷世子爷还有他们三位。

四个着衣裤的丫鬟双手托盘送至席间，然后退去；再由四个着衣裙的丫鬟摆至桌上，然后她们便立在旁边随时斟酒端菜。四个凉菜上齐，又上了两盘热菜，王爷端酒起身，马钟谕随即道："请王爷坐着说话。"王爷朝他面露微笑，重新落座。

"冬月初六是老夫的生辰，虽非整寿，但儿子们还是想让我过一过。我琢磨再三，今年灾难多，别说其他宗室，就是王府也消耗巨大，所以驳了他们。什么生辰寿诞，不过！可回头又一想，不如趁此请诸位来聚聚，咱们今天也大开荤腥，犒劳一下自己。都不容易呀，你们当地为官，也为汾州人耗尽心血了。"

王爷起身道："我们先干了这杯。"大家一饮而尽。

马钟谕开口道："如此说来，汾州大疫期间，我在别处巡察，现在享受美酒珍肴岂不问心有愧？"

王炫赶紧接话："楠竹兄说哪里话呀，大疫之后更需要你上传灾情民意，若能减免明年的夏税，百姓便可以缓一口气。"

王爷又端起酒杯说："疫期我没出城，也没到村里去看过，他们回来说的情况，着实让人心酸。腹痢疾疫自古及今都有，可为何降临到咱汾州百姓身上就来得这么狠呢？"

朱知爂接着道："所以我才冒天下之大不韪，去长春观斋醮七日，御史大人如若觉得这样有违上命，得问罪于我，我也甘心领受。"

"王爷此话差矣，大灾大难面前，我们勠力同心，无论怎么做，无论做什么，只要有益于汾州生民，都是善举！”王炫道。

“庆成爷辟了王田，买了民田掩埋死者，善莫大焉！”马钟谕道。

“不值一提，不值一提。”王爷又举起酒杯，“第三杯酒，我们敬那些不顾自身安危，施药救人的坐医行医和相互救助的普通百姓。”

朱新�童半天没说话，这个话题让他来了兴致：“保护水源，这是疫期的头等大事，为保原公河不被污染，知燫叔马不停蹄巡了好些日子，沿河用水的村民都不知道谁在为他们护着保命的水。”

朱知燫接话：“出点力不打紧，银子散出去也值，但愿老天睁眼，明年风调雨顺，乡下人日子好过，禄粮也能收上来。”

说到禄粮，朱新�童马上接话：“知燫叔手上的王田不多，所以比别人更盼农户的收成好，也更关注农户的生死，他的善行应该让皇上知道。”

朱知燠瞪了儿子一眼，西府自从请乞得了交城县与祁县的八十八顷军屯闲地后，拥有的庄田比东府多了若干，这个场合说起庄田的事，又让东府人不高兴，但他明白儿子话里对东府的讨好。

庆成王爷道：“新�童，今日宴请诸位，不谈功劳苦劳，也不讲那些苦啊难啊，我们喝酒！”

庆成爷觉得新壇有心计，远比他父亲有城府，是个做大事的料。

马钟谕明白了，灾难来了，东府花钱做事，捐田出地，用意明确。等一切都平息后，再请大家来喝酒，希望得到皇上的首肯，并以赐田的方式回报王府。

王炫想把庆成王的事往上推，便讲起抚恤之事：“汾州一万三千余户，总人口一十二万多，初步统算，近一成人染过病，数千户人家有人口死亡。有过病患的农户匠户，每户给五到六分银子，或者再少点，也是笔大开销，再加上疫期草药开支，今年又是紧日子。”

几杯酒下肚，安悌急起来了，他说话干脆不绕圈子，不仅因为官级品位高，也是性格使然，他对马钟谕说：“马大人，你就把这事据实上奏，庆成爷的义举在全国众多的亲王郡王里都是数得着的，请皇上开恩，赏赐金银田地都不为过。”

“安大人越说越差了，在我这儿喝酒，不能这样强人所难！来来来，吃菜，这道菜，是咱这三八八席的坐底菜。”

话都说到这个份上了，马钟谕只能顺着大家的意思往下说：“我马某作为巡按御史，虽说品秩卑下，但察吏安民是我的本分，赈济灾荒，存恤孤老，旌表义孝之事我会酌情行权。”

坟地和茅厕的事，让王府和王爷名声大噪，采花人和采蜜人就是流动的传声筒，荣村的赞誉在原公河流经的地方一传十，十传百。

请赐王田须有名正言顺的土地，或是荒田野地，或是闲置的军屯田，或是绝户之地，只要说法合理，请赐一般都会得到批准。御史已将请求赏赐的文书递了上去，户部也有了批复。但汾州人稠地窄，一时还找不到合适的土地，在汾州辖下的三县找，需要一个过程。

这期间，和美里里长到王府来说土地投献之事，田教授见了他，含糊其词应付着，几十亩地的事，没太当回事，也没打算告知王爷。

送走里长，随后一连又来了三个投献土地的人，田成仁才觉得事情得跟王爷说说了。

“农户愿意把土地出让给王府，对于他们来说，虽然卖价低些，但得了钱，便可做些小本买卖。然后他们继续租种土地，交王府的田租和交官府的田赋相差无几。”田教授道。

“看来官府的田赋让他们吃不消了。”王爷道。

“就是，田赋年年增，七捐八税，尤其是火耗银，征得有点过头。他们肯定估算过，投献土地给王府后，交王府地租比交官府田赋划算，最重要的是没了土地就不用承担徭役了。”

“你说这几天来了几个人？”

“三个，不过土地数目都不大。”

“集腋成裘嘛！只是不合祖制，要不还是算了吧。”最后一句话王爷说得很慢，府上为官这么多年，田成仁懂得他话里的意思。

“这事能办妥！”田成仁口气坚决。

官员一旦入了王府，一般再无升迁。作为教授，对宗人辅导训诲是首要任务，但田成仁似乎更像个王府管家。只要王府不出事，他就可以安然享乐，他深知自己跟王爷、世子爷休戚与共，祸福同享。

“我听听，怎样办？”王爷问道。

“根据祖制，王府庄田要由官府统一租佃，地产子粒也不许王府自行收受。所以我们绕开官府，直接与佃户接洽，土地转到王府名下即可。官府的田赋收入少了，我们给王炫些好处，让他睁一只眼闭一只眼了事。”

“我的田大人呀，我问你，三年一次的京察，评定地方官员最重要的标准是什么？”

“应该是田赋是否足额收齐。”

“官府田赋变成王府地租，官家收入减少，影响的是王炫头上的乌纱，他会这样干吗？即使他干，我们得落个多大的人情？我看收回来的地租未必还得上这份人情。”

“王爷，黄册和鱼鳞册十年一造，明年即是造册之年。现在不比从前，黄册上登载的乡贯、姓名、年龄、丁口、田宅等，走通一两个管事的人，都能改，只要一改，大家均不担干系。”

“教授你想复杂了，庆成爷不做这等不敬圣上，愧对百姓之事。”

“王爷的意思呢？”田教授问。

“王府的禄粮不走汾州府，所以土地不能以王府的名义购买，以东府下面的将军、中尉之名买地，合理合法把买来的土地交给州衙，让他们除了正常发放的禄粮外，将军中尉自购土地所得子粒如数发放。”

“王炫会这样做吗？”

“只要我向他承诺，这样发放禄粮后，宗人不再去找官府麻烦。他当然会。”

“那我们忙乎半天，为得个啥呀？”教授有些不解。

“你呀！”王爷有点不耐烦他了。

停顿了一下，教授恍然大悟：“我明白了！”

“明白啥了？”

“用将军和中尉之名跟田主立契，契约在我们手上，以将军和中尉之名领地租，子粒也在我们手上。对王炫来说，只要他不担干系，只要王府与官府相安无事便好，其他都不重要。”

王爷没再回话，提起茶壶给教授倒了一杯，说：“请吧！”

田成仁从他的语气中听出了认同，或者说赞许，王爷倒的茶，得喝，他小心地端起了茶杯。

有了具体的对策，在接受土地投献的事上他做得格外卖力。

里长第二次进府，坐在田成仁书案的对面。

“这些土地，是十几个农户的，大伙都知道王府乐善好施，跟你们打交道心里踏实，托我来说事，我也就应承下来了。”

“那你能做得了这么多人的主吗？”

“可以的，都是乡里乡亲，彼此知根知底，相互也信任。”

“土地是农户的命根，君子成人之美，小人夺人所爱，王爷在汾州，从不做愧对民众的事。”

“哪里的话呀，这是老百姓请王爷帮衬，田赋重，徭役多，农户过得不

易。”

“王府也不易，修城建庙、赈灾恤贫、迎送上官、犒慰军兵都得使银子。”

田成仁的这句话出口时只是个闲篇，里长听了却觉得人家是在压低土地的价格。

“农户的要求也不高，王府给个价，比行情低些，他们都认。”

“给低了，让人觉得王府恃强凌弱，以大欺小也不好。”

“这事，你知我知，农户知晓便可。”

“是啊，有的事就是需要缄口不言，言多必失啊。”

事情就这样谈成了，田成仁没想到会这么容易，看来王爷好名在外只是原因之一，农户需要依人门户、傍人篱壁才是重要原因。

田成仁以为这事做得顺手，而且也算满意，没想到朱知㸅却不那么认为。

“使银子去买地，不如去四川买丝，去松江买布。丝绸布匹运到大同，运到三关，得益将三五倍于土地收入。”

“世子爷和孔二爷经管买卖，懂得生意赚钱，下官只知道土地不长腿，总在咱府上。”

“不使银子能得到地，那才是你的本事。”朱知㸅脱口道。

世子爷随口一句埋怨话，让田成仁有了新想法。他眉头一皱，计上心来。

又有人来谈投献之事。田教授尊他为先生。

“去年冬天有雪，麦子长势不错，估计今年是个好年景，村民把土地出让了，会后悔的。”田成仁以退为进。

“说句实在话，如遇天干雨涝，那土地更卖不上价钱去。”被称为先生的是个实诚人。

“这年头，农户、匠户日子艰难，大家都难，官府缺钱就加征田赋，王府只能划粥断齑，节衣缩食。说起来外面的人都不信，去年遭灾后，王爷寿诞只摆了一桌席，府里的乐户都没用，清清淡淡一餐了事。”

先生哦了一声，感觉这位体面的王府官不会乱说话，这样的事实，他还是头一次知晓。“那这土地的事？”他试探着问。

“你们看得起王府，王爷就觉得不能凉了别人的心，即便拿不出银子，也得替你们着想。”田成仁又扯了个闲篇等下文。

“村民倒是信得过王府，先立个约过户，等王府有了银子，付给农户后，再让他们呈上地契。这样双方都放心。”

“先生的想法倒是妥当，只是地租的多少不好确定。回头我跟府上商量一下，有了说法让人知会你，到时劳烦你再来一趟。”

田成仁心中本是有谱的，没有支付地银就收了土地，按理说地租不能高，农户按田赋数额出地租也算合理。但他一拖再拖，农户觉得投献无望，便让先生主动过府说合。

行为上的主动，协商时便成了被动。谈定的地租，略高于田赋，田教授私底下也觉得有失公允。不过，他明白，事情虽欠合理，但世子爷会满意，王爷也不会不高兴。

第十章　服丹乱性　增高佛塔

头一年夏秋之交的疫痢让人心有余悸，偏偏第二年初夏，西府又有孩子得了腹疾。头疼脑热、肠胃不适，本是稀松平常之事，永和王生怕瘟疫余波又起，他让人赶紧去请程道长。

长春观的程道长与西府王爷过从甚密，他知道如何贴着王爷的心意行事，取信于王，也得益于王。

朱新墇不喜欢此人，炼丹有他参与，斋醮更离不了他。如果没有他，父亲不至于那样沉迷丹铅不能自已，也不至于让皇上不悦。削低善昭塔，事情因他而起，圣上没有降罪，他倒觉得自己毫无过错。

王爷希望做一次法事，请来程道长商量法器、科仪之事，道长不希望疫疾再起，但他更希望有事可做。

见道长进了二院，又被人领进小客堂，朱新墇便进了侧屋的书房，打开琴盒，拿出古琴。

王爷提壶续茶，茶水落杯的声音伴着隐隐的丝竹之音。侧耳细听，果然是琴声，这会儿谁在弹琴呢？管他呢，继续说撰写表文的事。

声音渐次增大，王爷心里不悦，希望它赶紧停了。可琴声就是不停，反复弹奏一曲《玉树后庭花》。这种靡靡之音为一般文人雅士所不耻，琴声一遍又一遍响起，王爷便知是儿子朱新墇在弹，也知其用意所在了。他把门口的丫鬟叫进来吩咐："去找世子，让他帮我拿来卧房条几上的那本《道赞》。"女孩重复"道赞"两个字，唯恐出门忘了。不多会儿，朱新墇进了小客堂，把书放在父亲面前。程道士抬眼一看，却是一本《临川集》。

王爷要的那本《道赞》是写表文的蓝本，《临川集》是王安石的大作。程道士学问不多，但想来也不是一回事。王爷没有翻书，脸上却露出了会意的笑。

朱新墇退出，程道士感觉王爷跟他说话，明显在敷衍，说两句就端起茶盅小抿一口，程道士明白了王爷送客的茶语，起身告辞。但他始终没弄明白，世子拿来那本《临川集》，王爷便送客，到底是什么意思？

其实王爷听到朱新墥反复弹《玉树后庭花》，也没完全明白那曲子的意思，看到王安石的书他才彻底明白了儿子的用意。

原来有个典故，颜渊问孔子治国之道，孔子曰：“放郑声，远佞人。郑声淫，佞人殆。”

王安石为相，重用小人吕惠卿，一日，吕惠卿来府与王安石商讨政事，其弟王安国在外面吹笛子，王安石朝外面大喊：“停此郑声如何？”弟弟王安国应声回敬道：“远此佞人如何？”

朱新墥不知孔子所言郑声是啥曲子，只知《玉树后庭花》为亡国之音，朱知燠看到《临川集》想起这个典故，没因儿子的行为生气，反倒因他巧用古人之事的劝诫而会心一笑。

王爷打消了再次斋醮的念头。

数日后，程道士带着一位出家人来到府上。王爷觉得奇怪便问：“佛道一家了？”

“不，不是一家，但有一个共同的目的，那就是为汾州谋福祉。”程道士解释。

“你们如何相识的？”

“我俩从小在一个村里长大。那年遭了灾无法糊口，我去长春观出家，他到了灵岩寺修行，一晃都几十年了，他在灵岩寺做住持也十几年了。他有个想法要说给王爷，我便领了来。”

“什么想法？”

“初次见面便跟王爷说事，多有冒犯。不过事关汾州百姓，我就不讲究了。”

“请吧！”王爷不知他葫芦里装的什么药。

“想请王爷牵头，增高小相村灵岩寺的佛塔。”

王爷问：“是什么理由？”

程道士说：“请住持细细说与王爷。”

住持道：“削低善昭塔之弊，大家心知肚明，不必妄议，只说补救之法。”

程道士插话：“补救之说也不妥，朝廷抑或宫里，巡抚或者知州，无论做什么事，其初衷皆为保一方百姓平安，我们该深信不疑。”

王爷道："题外的不议，先说灵岩寺的佛塔本不是程神仙你该关注的，再说小相村离城三十里，又如何与汾州城的风水相关？"

"与风水不甚相关。"程道士说。

王爷用疑惑的眼光看了看他。

住持接了话说："前朝武宗喜佛，番僧行恶，种种不法，令识者忧虑。当今皇上圣明，革前朝之弊，恢复太祖之制，发给僧道度牒，控制冒滥现象，又令州府县仅保存寺观各一。灵岩寺是汾州始建最早的寺庙，是为本寺住持潮公舍利佛塔，当属汾州第一寺。且潮公博学善医，治病行医都有记载，'迷者得道、病者得药'，这八个字是刻入碑文，立在寺中的，舍利塔庇佑百姓的说法有据可依。若能增高佛塔，惠及远方，那是功德无量之举。冒昧说与王爷，即便有不妥之处，也是出家人的良苦用心，还请王爷海涵。"

"增高佛塔，惠及远方。"王爷捋了捋胡子重复道。

程道长把佛寺住持带到王府，住持还大胆提出设想，他猜度王爷的想法，一时不明就里。但他知道王爷的脾性，遇事不必多劝，说多了他会心生疑窦，想明白的事会义无反顾地去做，花时间、银子都不在乎。话已至此，他便请求告退。

这件事，朱知㸅万不能擅做决定，别说是佛家寺庙，就是长春观之事，如有大举措，他一定得跟东府商量。

朱表栾听了几句，便有些不耐烦地说："凡事都有轻重缓急，眼下最重要的是修城补墙。你知道蒙古俺答汗哪天会来？到时候杀进城来，刀子架到你我脖子上，那才叫哭天天不应，叫地地不灵，或者一刀下去，万事皆休。"

"修城本是官府卫所之事，他们推三阻四，虚与委蛇，该逼他们才是。"朱知㸅在王叔面前不拘谨，话语里还有点晚辈的随意。

"没逼过吗？威胁利诱均不管用，谋事在人，成事在钱，他们也有难处，还不能一味指责。知㸅啊！你我祖祖辈辈生活在这儿，事情还得我们自己想办法。"

朱知㸅听得出朱表栾话里的真心，便也吐露实意："如果咬咬牙，拿出三五万两银子大修城垣也难不到哪儿去，但下面几千朱姓人该怎么看呢？我们只好缓修，对外讲需要积攒银子，等些时日，我们再拿出银子，那些将军、中尉也就没话可讲了。"

"这话在理，但东府内囊比不上你西府，外面以为我这儿贯朽粟腐，其实很多时候都是打肿脸充胖子，所以不瞒侄儿，真要修墙，还得跟东郭孔府张口。"

朱知燠觉得此话只能信一半，对东府王叔他永远捉摸不透。

他抬眼看了看朱表栾道：“修塔建庙本不该我来提，但善昭之事因我而起。去年大疫，两府减人太多。不做补救，我心里老是疙疙瘩瘩的，只怕还有灾难降临。”

“灵岩寺的舍利塔我略知一二，前朝香火极旺。当今圣上崇道，全国佛寺多被整肃，甚至被打压，它也未能幸免。数百年的善昭塔被削，不也是下面的人揣摩圣意所为？否则，汾州一塔，又怎在皇上关注的范围之内？你有意补救，还不能明言，否则会被以为忤逆上意。事儿可以参与，但不能由你主张，你说呢？”

关于散王气的说法，朱表栾没有露出半点口风，这话轻易不能讲，朱知燠一直以为善昭是因他而削。

“王叔所言极是，蒙古俺答汗来不来，那是明面上的事，可以大张旗鼓防范，可天灾横祸我们防不胜防。为子孙计，还是做些补救之事，这跟花银子筑城一个道理。”

“既然如此，就默许他们去做，银钱上我们贴补就是。要跟他们讲明，一定要禀明僧正司，得到允准才能动手。”

随后几日，住持将请示增高佛塔的条陈递到僧正司，僧正一时拿不定主意。他虽是个不入流、不享俸的官儿，但遇事上传下达，也尽职尽责。拿了条陈，他去道正司与道正协商，到阴阳学与典术商量，这两人的意见比较接近：兴建佛寺、庙塔之事还是要慎重。北京的皇姑寺，多少皇亲国戚以及大内太监都布施钱财，皇上要关寺，两宫皇太后也没拦住。灵岩小庙与皇姑寺以小比大，所以多一事不如少一事。

僧正把条陈收起，把事情按下，没有上报，也没回复住持。

住持去找程道长想办法，程道长说：

“增高佛塔，重修殿宇，必使寺院香火更旺，所以不要看一时得失。先用香客布施的银两打点僧正，他若同意，必将设法得到上面的准许。到时我们再请西府王爷到僧正司说情，给僧正一个面子，也给他个台阶，事情就圆满了。”

果如程道士所言，银子十分好使，僧正愿意冒险把条陈递上去，以期允准。并且他还建议增高后要改塔名，舍利塔不能再用了，改为药师塔，模糊掉舍利之词，容易得到京都僧录司的认可。

僧录司派左觉义来汾州，左觉义是个从八品小官，但僧正还是呈报了王

炫，并对左觉义做了礼数周全的接待。当一张银票递到他手上时，左觉义说愿为此事跋山涉水，只要事儿能成，便在所不辞。事后，王炫在州衙大骂：被淫僧恶寺养坏了的伪善之徒，放太祖手上，该受剥皮楦草之刑。

事儿还是成了，小相灵岩寺佛塔准备重建。

旧舍利塔为七层空心，削去宝顶后余六层，在其上面增建了六层，使原来的七层舍利塔变成十三层药师塔，成了汾州境内最高建筑。塔身共有佛龛窗十二个，塔身外壁有七个佛阁，塔顶有黄绿琉璃莲座为底的三彩佛阁，极顶饰风磨铜宝盖。有人说天气晴朗的时候，汾州城还可看到塔顶的铜盖反光。

请石匠雕了一对石狮，准备放在寺庙山门两侧。寺庙住持特意吩咐，要把庆成王和永和王的大名刻在底座上，而且要醒目。

石匠是个耿直人，他说："使了银子的庆成王、永和王被镌刻在石碣上，石碣嵌在塔身一层外墙上，够了，这完全够了。"

站在住持旁边的小和尚连忙接口道："人家王府使了银子修塔就应该把名字刻在塔身上，再使银子刻石狮那就应该把名字刻在狮子上。"

石匠又道："到处都是朱家人的名号，也不好吧！"

住持抬眼看了看这个粗犷多嘴的老人，觉得他的话也在理，不过，还不能顺着他的思路来，便说："两位王爷积善求福，也是为汾州人着想的。"

小和尚道："你就按我们的要求刻了吧，没什么不妥！"

石匠看向住持，住持冲他露出一丁点微笑，老人便退了出去。

朱知燠相信，药师会庇护汾州城里的朱家人，西府将因此而安好。

落成开光，西府王爷被请至灵岩寺，仪式完成后，住持领来一位匠户见他。匠户说他曾在北直隶建过木塔，因见汾州城里的善昭塔被削去一半，煞是难看，不如建一个小型木塔，坐于原塔之上，既非恢复原塔，也免得光秃秃三节塔有碍观瞻。

这个建议正合王爷心意，他一听便觉得可行，但他没马上答复，只说先考虑一下。又过了几日，灵岩寺住持登门求见，他带来了木匠新制的小型塔模。小塔高近两尺，木檐、门窗、斗拱、插飞样样俱全，塔身中间为一根木轴，只要插在下方基石的孔中便可直立。王爷左看右看，反复琢磨，觉得模型和方案都成，便答应了此事，随即给了木料银子。

没跟任何人提及，也没跟任何人商议，朱知燠觉得这个小事，自己做主即可。七尺多高的一个小木塔拉到善昭塔处，只用了一个下午就固定到原来的实心塔上。太阳即将落下，木匠和灵岩寺的僧人仰头望着夕阳中木塔渐渐变成了金色，真乃佛光吉照。

突然一阵马蹄声由远及近，随后是一队衙役，没等人们反应过来犯了什么事，在场的匠户和僧人便全被带到了察院。

马钟谕非常生气，这些人胆大妄为，公然抗命，真是不想要脑袋了。除了东西两府，在汾州地面，上至州官下至平民，触犯大明律者，马御史都可以行使权力、裁定惩处。这次他要杀杀本州的邪气了。

木塔立刻拆毁，匠户杖五十，汾州僧正罚银十两、削职为民，并行文京城僧录司，要求免去灵岩寺现住持职务，另选高僧就任。

朱知㸅要找马钟谕去理论，这到底犯了哪门子王法？大明律哪一条哪一款规定，旧塔之上不能坐个小木塔？朱新壥不让父亲出门，他知道巡按御史不会给王爷定罪，但得罪此人终究不是好事。

他到东府找老王爷，请他劝说父亲。

朱表栾笑了笑，根本没打算过西府劝说朱知㸅。不食丹药时，永和王算聪慧之人，是那种一点即通的，哪需要劝说。

他取出一个鼎形香炉，推到朱新壥面前，说："把这个香炉带给你父亲，告诉他不要问是什么意思。只说这是我送与他的物件，他便明白了。"

朱新壥用疑惑的眼光望着王爷，王爷扫了他一眼道："你也不要问！如若不懂，慢慢去想。"

回府的路上，朱新壥细细琢磨：在古代，鼎乃国之重器，代表至高无上的权力，东府王爷送西府王爷一个鼎形香炉，却不让问什么意思，哦，原来是别问鼎！不是东府王爷不让问鼎，而是上面担心汾州京都问鼎！

想到这儿，他打马快速回府，这事得赶紧说给父亲。

夏秋过去，再没疫情，孩子偶有腹疾，大人也就不再提心吊胆了。府上人多，各房很快就添了子嗣。

朱知㸅仍和程道士在长春观炼制丹药，他们调节铅丹和砒霜的使用比例，增加了参茸的使用量，程道长还建议加入灵芝，朱知㸅有些犹豫。两三年前，皇上在宫内扶乩，乩语称"服芝可以延年"，民间献灵瑞者纷纷，王爷也曾给宫里敬贡过。虽然现在皇上不太热衷于此，但指不定什么时候又有需要，所藏灵芝还是替皇上留着。宫里用得着用不着都得替皇上想着，这是做人臣的本分。

程道长说："炼制丹药不也是为了皇上吗？我们做的是陶仲文不能完成的事。"

"能让龙颜大悦，臣子做什么都是应该的。"王爷补充道。

道长说："陶仲文也不见得替圣上试服，药效只有服食后才能明白，而且还需把每次服用后的情况记录下，与之前的药效相比，这才是细微关键之处。"

王爷要在长春观住三天，服药并比对药效。

头一天服药后，王爷一大早便带了两个下人，朝长春观东北的崖畔去。那儿的鹤鸣古洞，是古汾州八景之一，古洞曲径幽深，内蓄玄意，击掌回音，似鹤悠鸣。三人进去，王爷仿佛得了仙气，脚下生风，在幽暗的洞中，疾走如飞，还不停击掌。两个小厮跟在后面，你看看我，我看看你，有些害怕。不敢说话，也不敢看旁边，只是紧跟在王爷身后。没有鹤鸣，只有脚步声和掌声回音，二人不觉一身冷汗。

第二天王爷要练剑，而且要去井台上练。长春观只有一口水井，深约丈五，水质甘甜，井台上立有数块石碑。两个小厮一人拿剑，一人拿汗巾、提茶壶来到井台。王爷练剑，他们在旁边小心伺候着，两个套路后，王爷要他们从井里打一桶水上来，以为他要洗手净面，可没带面盆，只好将就用井台上的水桶了。没想到，汲上水来，王爷上前低头贴在水面上，狂饮一气，然后撩水到脸上，嘴里还道："爽快！"这哪里是平日的王爷呢？锦衣玉食养出的尔雅温文此刻荡然无存。

程道长对王爷的观察比王爷对药效的体验更细致，他深知服药后身体燥热难耐的感觉，也许再服一丹，王爷就熬不住了。

第三天接近晌午，程道长进了王爷屋里对他说："要不你今天还是回府吧！"

"无须，回了府上一时难以自持，倒不利于感觉和观察自己。"

"要不就悄悄带人上来？"他小心试探。

"不，不，长春观是你们全真派的山西祖地，在这儿我就守这儿的规矩。"

程道长听出王爷口气里的不坚决，不能这样让王爷身受煎熬。他出了山门，打算去村里找个道姑。

长春观属于田村，离村二里路。田村还有一处香火极旺的寺庙，俗称娘娘庙，十里八乡来求子的人很多。说不上是因为长春观而让娘娘庙香火鼎盛，还是娘娘庙让鹤鸣洞名扬州郡。

住在东郭的杨鹂失了孩子，指望着能再添一子，否则空荡荡的院子里静得都有些吓人。但世子爷多日没来了，这让她恼也不是，气也不是。东府人多事杂，王爷年近七十，虽然身心俱健，但府内府外诸多事还得世子亲力亲为。世子不会在外买笑追欢，可府上妾媵何止三四，自己不过是个乐户，如今儿子没了，只怕与世子的关系难以维系。

这天天气晴好，她带了一个婆子，雇了一匹驴子来娘娘庙上香，就在寺庙门口，碰到了从长春观下来的程道长。程道长正跟近旁的村民说话，声音很大很亮：“如有来求子的，烦劳你们转达一下，长春观请了大师，做三天法事，求子祈福，只三天。”

杨鹂让婆子上前问长春观有多远，法事几时做，道长仔细作答。她一直看道长耐心回话，而道长始终没抬头朝她这边打望，感觉此人可信。其实杨鹂从东而来，道长在寺庙门口早把驴背上的她看得清清楚楚：这个女人有点模样。

杨鹂骑上驴背，婆子跟在后面，往长春观走去。

程道长不仅看清了杨鹂的年龄长相，也对女人做了个估量：只带一个婆子就出门，算不上豪门贵妇，听说做法事就敢前去，一定见过世面，而来求子说明子嗣不旺。诸多考虑后，他觉得这个女人可以带给王爷。

他赶在两个女人之前回了观院，安排一个老道姑接引杨鹂。杨鹂被领进客堂小院，婆子被另一个道姑带到她们的住处，并由道姑陪着她说话。

客堂小院，老道姑拿出一条红色绸布，让杨鹂捂着眼睛拴在脑后，杨鹂担心弄掉珠箍、乱了发髻。道姑说：“道长这么吩咐的，就难为你了，如若乱了头发，给你找个篦头人即是。”杨鹂感觉有些奇怪，这是什么法事呢？管他呢！既然来了，就顺势而为吧。

随后她被带进一间屋子，其他人便退了出去。屋里的陈设与西府书房相差无几，里面既有卧房的床榻，又有书房的案几，屏帏笔砚都有。她没看到这一切，但隐隐中闻到一股异同寻常的味儿，这味儿让她兴奋，朱知燠脸面通红，急急地向她走来。

第十一章　诵读女训　施计占庙

出乎王爷的意料，女人没有任何反抗，起先小心温顺，而后山鸣谷应。直到她双颊飞红暗皱眉时，王爷才看清这个女人肤如凝脂，手如柔荑，真真就是一美人。惊雷骤雨后，她先把红色的绸布系在脑后，蒙上了自己的眼睛。

王爷回头惊奇道："你不想看见我？"

"我只是来上香，从没见过老爷。"声音清晰而柔美。

"知道我是谁吗？"

"飞龙在天。"她略略犹豫后道。

这句话让朱知熿对她顿生好感。《周易》有"飞龙在天，利见大人"的爻辞，这九五之爻在八卦中是大贵大吉之位。不知她随口答来的话，是不是有这层意思，便问：

"哦，读过书？"

"识得几个字。"

"今夜能否留下？我用《周易》给你推算前程命运。"

"多谢老爷，前程命运，天已注定，既不能改变，又何必知道。"

"哦？！永和王府会改变你的命运。"

"绸布遮了眼，也挡了耳朵，听不清老爷您的话。"

跟着杨鹂来的婆子，左等右等不见主子出来，心头便有些着急。程道长也不知女人几时会出来，他让道姑送茶水点心给婆子，婆子心中疑惑。当道姑把一两碎银子给到她手上的时候，她明白了，不问不说，装聋作哑，银子就得了。

从长春观出来，主子只说了一句："快快起身，太阳落山前一定要回了城里。"

杨鹂骑在驴背上，婆子跟在后面，进了田村，又穿村而过。出了东门，没走多远，后面赶来一个骑驴的小厮，上前跟她们说话："道长怕你们路上走得慢，太阳落山前赶不到城门口，让我来送你们。”说着他从驴背上下来，让婆子骑上，然后自己跟在后面，大步流星走起来。杨鹂在前，两匹驴子拉开了一点距离，小厮便跟婆子搭话，问清了她们要进东郭城门，也弄清了她们住东郭的哪条街。

打发小厮相送，其实是朱知燠想知道这个女人是哪个庙里的娘娘。小厮打问到的情况让他大吃一惊，听说过朱知爃在外养了个乐女，可怎么就撞到自己的手上！

世子的女人居然敢这样，那府上其他的女人又怎么？若不约束教化，以后会怎样？得想个办法！得在她们心里筑一道墙。

王爷从长春观回到府上第一件事就是让朱新�童去找一本叫《女训》的书。朱新�童奇怪，是哪位神仙又指点了父亲呢？

“我没注意过有这本书。”他冷冷地回道。

“肯定有。”

“年年六月初六晒书，我从没见过这书。”

“嘉靖十年，府上女眷都学此书，你应该记得。”

“我对女眷的事向来不留心，何况十几年了。”

“能找到最好，找不到就去东府问问。若东府也没有，就跟亲王府要一本，照着刊印一些出来。”

“到底是本什么书？找一本不够，还要刊印？”

“是一部讲解女子应该如何奉行女德和闺范的书。嘉靖十年、十一年，宫里和各王府女眷都学，宫中有女官记诵，讲给皇后及众嫔妃。王府也请识文断字、德行周正的女人领女眷诵记，并予讲解。每月初六、十六、二十六，府里上至王妃，下至厨娘，分坐几室，或听或读。是个修养德行的法子。”

“哪位圣人写的书？”

“是太后，蒋太后所著。”

“难怪！”

“什么难怪，这种不忠不孝的言辞不要出了口。蒋太后是当今圣上的生母，她是可以与太祖的高皇后，成祖的文皇后比肩的仁孝慈圣之人。”

“你是不是想让府上的女人们再学？”

“是的。”

“为什么呢？”

“古人云，树德如滋，去疾如尽。”

朱新�童想不明白，父亲要让女眷树怎样的德行，去哪些毛病，到底是什么人什么事触动了他，按理说在长春观多日，不会有人跟他提这方面的事。但再多问他该生气了，毕竟不是个多大的事，照做就是了。

朱新[illegible]淡淡道：“知道了！”

“哦，对了，还有两本也一并找来。”

“哪两本？”

“一本《孝慈皇后传》，一本《内训》。”

“这又是什么？”

“《孝慈皇后传》，记述太祖的高皇后马氏，从太祖备历艰难，赞成大业，母仪天下，慈德昭彰。《内训》由成祖的文皇后徐氏所著，言女性德性、修身、谨言、慎行等。这两本也一并找来，一起刊印。”

朱新壿连忙答应了退出屋，唯恐父亲一会儿又想起其他书，要一并刊印。

朱新壿把事情提到亲王府，令狐长史觉得女婿的要求有点奇怪，但仔细一想，这个想法很有新意，若想博得圣心，没有比这更好的创意了。大明走过一百多年，一切都与开国之初不同了。太祖在灾荒年与后妃同食粗黍野蔬，成祖怒斥宦官用米喂鸡。而今百官常是佳肴鼎食，王府也难免暴殄天物。以前服饰遵循礼度，贵贱有别、望而知之，而今自上而下越礼逾制，服无不锦绮。而居舍的奢僭之风更甚，器用侈靡也相当惊人。这些事与妇人紧密相关，故而修养女人心性，矫正其生活习惯也许是整治世风的一个法子。

令狐长史以女婿的名义上了一道折子，上书两件事，一件略陈现今社会风尚，提出从王府开始，由内而外的治理方略，让女眷懂规矩明事理，相夫教子，必有成效。为此倡议各府重学《女训》《内训》《孝慈皇后传》三本书。第二件事，请求内府赐书若干。

奏章变成内阁的票拟，票拟被批红，随后宗人府的文书便走铺递到了两京一十三省所有的亲王、郡王府。时隔十几年后，《女训》又走进朱氏女眷的生活中。

永和王府接到文书，还接到御赐四书五经纂注各一部。书是宫里的周公公送来的，朱知㷇自然知道厚礼孝敬。周公公便提示，御赐的书，应该有个地方放着：“圣上看重宗室的藏书，辽府光泽王积书万卷，皇上钦赐堂名‘博文’，若有藏书之所，或有个像样的书院，再有御赐匾额，那最好不过了。”

周公公的金玉良言，朱知㷇和朱新壿都记在了心里。

朱新壿跟父亲道：“东西王府有那么多藏书，归并在一起，建一个藏书堂不难，咱自己有刻书坊，随时可以给藏书堂增加新书。有了藏书堂，再办一个书院，补社学、州学及官府书院之不足，汾州仕宦及廪生必以为然。”

“圣上以为然最重要！”朱知燠纠正道。

“父亲所言极是！宗室不问农政，不事四业，读书做学问是圣上对朱姓宗人的希望。”

“这事可以从长计议，眼下最重要的是印书，先把那三本书印出来。”

“儿子知道了！”

以前刊印书籍，版心上都刻有标志晋府书坊的“宝贤堂”，故而每一张书页上都能隐隐看得到这三个字，同时在每本书的前序后跋或每卷后面都印有“宝贤堂校正重刊”的字样。有了建书院的打算，朱知燠就琢磨以后刻书去掉宝贤堂，把书院名刻到版心上，让书院和书一同流传于世。不过书院名称还没想好，在哪儿建书院，也得跟东府商量。

朱新�童想了好几个名称，朱知燠觉得“崇文书院”不错，于是便决定先把崇文两字刻了版。

雕版匠想问世子爷为何要刻这两个字，又不敢多嘴，便随口来了一句：“好，好，崇文宣武都好！”朱新壇想笑，又说：“天下书院书坊多多，估计没有用宣武二字命名的吧？”

“我们的刻书坊以后就叫崇文坊，对吗？世子爷。”

“对，你以后就是崇文书院刻书坊的人。”

“崇文书院，崇文书坊。我记下了。”

朱新壇把刻好的《女训》《内训》《孝慈皇后传》三本书送至东府交给田教授，又带了一本《女训》来见朱表栾，并把建书院的设想说给了王爷。

“因为着急刻书，我就把想好的书坊名刻了上去，崇文二字，王爷觉得如何？”

“新壇学问好，你父亲和我都比不了，知㷑更是望尘莫及，你想好的名称用就行，错不了。”

朱新壇听出王爷话里的不悦，赶紧递话缓和：

“我们早该建一个自己的书院，把两府的藏书归并在一起，再跟亲王府讨要些，以后书坊陆续刻书充实，这才是王府该有的文人气象。”

“打算在哪儿建书院呢？”

“这正是父亲要新壇来请王爷定夺之事。”

“我老了，从蒙古俺答汗扰掠后，诸事纷繁，难以照应，你们看好就办吧，不必在意我。”

“没有王爷做主心骨，心里不踏实。群龙无首，各自为战，终成不了气候。”

“要成什么气候？能太平无虞，上下相安就谢天谢地了。哦，对了，如果有识字还能讲书的女人，给我这边指派一个，东府没个像样的人能胜任此事。”

新墇把东府王爷的话说给父亲，朱知燠叹了口气：

“蒙古俺答汗虽然年年犯境，但这三年也没有大规模南下，他还是念念不忘修城。修城虽也重要，但也不必时刻记挂着，因而耽误了其他事。”

朱新墇道：“嘉靖二十年后，大同和三边增派了人马，又加固内外长城。虽然耗银翻倍，但各州府省了修城筑寨的银两。我们也就无须悬心吊胆，终日惶惶了。”

“也非如此，就此事来看，靠朝廷不如靠州府，修长城不如修城墙。”朱知燠把话又拐了回来，其实他打心里还是觉得朱表栾的担心并非多余。他一直有打算，修城之事如果东府主张，他出钱便是。

西府女眷由王妃带着开始学《女训》，东府一直没找到合适的人，田教授跟王爷商量：

“要不就让朱新增的母亲来给王妃和夫人们讲书吧。”

“谁的母亲？”王爷问。

田教授感觉王爷知道他说的是谁，是有意这样问的。他面无表情答道：

“李宜人，朱二武的母亲。”

“朱二武的大名请下来了？”

“请到了，朱新增。”

“哦，如果你觉得合适就试试。”

“是！”

田教授低着头退出。

他让朱新增带话给母亲，说王爷打算请她到府给王妃和各房夫人们讲书，看她愿意不愿意。他希望她说不愿意，可既然是王爷希望，李宜人当然会愿意。二武请名的事亏得有王爷关照，否则上上下下打点的费用他们母子连个零头也出不起。再说还有请封之事，这更重要，二武念了书，再有了禄粮，以后的日子就好过了。

李宜人到府上去见田教授，给大家念什么书，还要讲些什么，她心里得有谱，这些事必须跟田教授说。自从小叔子过世后，她与田成仁再无来往，共处一室两人都有点尴尬，田教授知道说话的分寸和礼体，交代清楚后，把她带到王爷的书房。

王爷打量着李宜人，面无表情，“都交代清楚了？”他冲着田成仁问。

“三本书上该念该讲的都说了。”

“对你来说，这事不太难吧？”王爷转向李宜人问。

“回王爷，我会用心的。”李宜人先道了个万福，然后回话。

这个礼体是做给田教授看的，田成仁在心中哼了一声，有必要这样吗？

“和女眷们在一起，还要讲书，需裁几身衣裙，置些头面，这事田教授你关照一下。”王爷大声吩咐道。

“谢过王爷！”

随后，田教授差人给李宜人送去两匹小潞绸，然后去报王爷。

王爷说：“不是说好置些头面吗？”

田成仁面有难色：“这……”

“算了，回头我让王妃给她准备几样吧。”

头一天去讲书，李宜人收拾停当出门，王爷遣人送来的头饰她没有戴，衣裙也很朴素。她知道自己的身份等级，在王妃和众夫人这些金丝鸟面前，自己只能是一只麻雀。她念书的时候，王爷进来过一次，没说话，她也没起身行礼。一个时辰到了，她合上书，女人们舒展四肢，仿佛松了刑一般，各自回屋休息准备饭后再来。这时一个小丫鬟来到李宜人旁边，小声道：“王爷在书房等你，要问问你讲书的情况。”

一个女眷注意到进来说话的丫鬟，眼神随着李宜人出门，看着远去的她撇了撇嘴，回头正与另一个女人的目光相遇。两人的嘴角同时浮上一丝笑，笑得很复杂，知情、不屑、无奈，也许还有其他。

朱知燠有时就想，天下事不可料，因为那个东郭的女人，因为她与东府的联系，自己才萌生了让女眷学《女训》的念头。可最该学的女人却不在府中，而重学《女训》的倡议又让皇上记着了汾州还有个朱新�童，真是天意。既然女眷们有得可学，那合府众多将军中尉闲暇无事，也应该读点什么书。

“爹，你就不要再说什么读书明理，知耻向善的事了，这年头，谁还能埋头书中呢！”

“越是世道纷乱，人心不古，越需要读书。”

“读什么？宗学里读太祖的《皇明祖训》，都要把人读傻了，成祖的《孝顺事实》稍好，还不都是些说教吗？”

“书里所记都是事实，怎么还能叫说教呢？”王爷有点不悦。

“《御制大诰》也是事实，每户必有一本，家有此书，犯法便可罪减一等，可后来还是没人再读了。”朱新�童嘟哝道。

“那个年头，大诰也有过一定的作用。”王爷看过此书，没读完。

朱新墇根本没看过，只知道与它有关的事实，他道："听说太祖爷时，可以上京去听大诰讲读，如果现在还讲，那我第一个报名去。"

"不如我写两本书，让他们来读，若能以此教化宗室子弟，那也算为圣上分忧。"朱知烟突然萌生了这样的念头。

朱新墇想，如果为了写书，从此不在丹药上用心，那倒是件好事，于是脱口赞道："父亲所言极是，围绕忠孝行文纪事，您肯定能写出好文章。"

跟儿子聊过，朱知烟决定潜心写书。

朱新墇却一直惦记着书院的事，无论在哪儿办书院，东府不同意是万万不行的。

城里官府衙门、寺庙宫观、街面店铺、巷里住户，朱知熑对这些最清楚，这事得先跟他商量。选中了合适的地方，再去跟庆成王爷说，王爷就不会反对了。

朱新墇把设想说给朱知熑，朱知熑出口就反对："城里不是有书院吗？那么有名的仰高书院，能同榜中举五人，全山西能有几个？还建书院干啥？"

"仰高书院那是儒学生员研学经典的地方，是官府为开科取士而设，我们要建的书院不同，保管御赐书籍，并校正重刊，或吟诗赏画，或讲学论道，不为出仕入仕，只为陶冶心性。"朱新墇耐心地讲。

"前些年朝廷不是禁止私设书院吗？"

"只禁那些有违典制、耗费民财的。"

朱知熑还想再问什么，可一时想不起来要问什么，朱新墇加紧鼓动：

"叔你路子宽，手头上事多。我弄个刻书坊，好歹得有个名堂，就算叔帮我，让我也有事可做。我还能忘了叔的好？你要是不帮我，我还指望谁呀？"

同为世子，朱新墇辈分小，年龄也小，这样说话，让朱知熑感觉没有不帮他的道理。

"这又不是个多大的事，你认为哪儿合适，去看看，若能相中，定下来就是了，——需要多大的地方？"

"得有一个院子，藏书的地方要大。书坊要有雕版间、油印屋、装订室，印出来的书还得有堆放的屋子。此外还得有写字作画的桌案，喝茶闲聊的桌椅。最好还带一个花园，晨诵午读有个去处，再说，雪中雨后走走，有花有树才能激发诗意。"

"新墇啊，得给你现盖，哪有这么合适的去处！"

"应该有，现成又合适的莫过于寺庙之类的地方。"

"那就先去文昌帝君庙看看，经你这么一说，我倒觉得这庙最适合开书院。"

“对，王叔想得周全，书院办到关帝庙、黑龙庙总有点不伦不类的。”

“那倒不见得，仰高书院不是在狄公庙吗？狄青多智会用兵，做官再大也是个武将嘛。”

“世人都知道范仲淹授之《左氏春秋》，他读过书。”

“那也是在军中读的，并非书院。”朱知㸅不想往下聊了，说起汾州的人和事，西府的父子们一样，从古到今，如数家珍，而且还没完没了。

“话题扯远了，如果你感觉文昌帝君庙行，我们就去看看。”

“好，好，听王叔的。”

文昌帝君庙在城西北，占地有十亩，正院分前后两院，供奉魁星文昌帝君，另有一个西院供奉吕祖和关圣，也竖木主祭孔，西院后面是一块菜地，地里有几棵花椒树。

叔侄二人进庙察看一圈，没想到就有这么个非常合适的小院，位置好，大小适中，后面的菜地可以改成花园，天赐一般。

朱新墇喜上眉梢道：“王叔，你就是福将，才走第一处就遇到合适的地方，一眼便能相中，有你就什么事都好办。”

“别说那好听的，找到个合适的地方，又不是金山银山，值得你这么高兴？”

“山西晋府、代府、沈府三府藏书多，刻书精良，亲王郡王诸多饱学之士，你我设个书院装点一下，别让人笑话咱汾州人粗鄙无知。”

“没有书院，别人也不会看低咱汾州王府的人吧？现今重利轻名，从商立业已成风尚，拥资百万，富甲一方，无论官民，谁还会小觑？”

“我的亲叔，你我是王世子，不临四民之业，切不可……”

话没说完，朱知㸅便笑着打住了他：“对，我们是得敬贤礼士，对谁都彬彬然才行。”他拍了一下朱新墇的肩膀道：“走，去找道长。”

道长姓张，四十多岁，中等身材，阔面方口，脸色红润，须发乌黑，青色道袍，十方布鞋。二位世子进了小客堂，朱新墇说明了来意。张道长马上在心中权衡利弊：若让他们来办书院，那就得请走西偏院供奉的三位神，祭孔的人不多，影响不大；给关圣大帝和吕祖上香的人不少，改成书院势必要少了一部分香火钱。但书院如果办得好，也许会扩大文昌庙的影响，世人会以为王爷世子爷看中的地方，必是求道问仙的好去处，香客会跟风而来。再一想，王府声势大，来了这里，区区一个道长不是得随叫随到？稍有不周或许还会惹火上身。答应他们好说，如果拒绝，会如何呢？张道长想试试这两人的口风。

“在文昌庙办个书院是好事，咱汾州下辖三县，仅本地就十几万人口，有

个民间书院供读书人研学经典，纵论时政，是件好事。可惜这儿庙小，供奉文昌武圣诸神已显窄迫……”

朱新�童道：“文昌帝君为天下读书人崇祀，本庙应专供一神，把其他请到专祀之庙观更好。”

“人们上香有个习惯，比如有人就只愿来文昌庙供关帝爷，有的人拜文昌也祭孔。再说，人多就杂乱，要办书院，需选个清静之地才好。”

“这个无须道长考虑，再多的文人儒士来祭拜他们的文昌星也都在正院，我们只用西院，互不影响。”朱知爊正色道。

“依老道管见，书院多办在清幽寂静之处，街市的喧闹会影响文人墨客吟诗作画的雅兴……”

道长的话还没说完，朱知爊已经听出他的拒绝之意，他马上接言道：“道长言之有理，如不方便我们另寻他处，就不再打扰了。”

朱新�童觉得西偏院如此合适，后面的菜园跟院子连在一起，筑个圆门从书院通到后花园非常好，他都琢磨圆门额上该刻两个什么字了。朱知爊该进一步跟道长商量啊，哪怕给他点好处或者说两句硬气的话都行的嘛。

出了文昌庙，朱新�童回头张望，山门上方的官额是先帝代宗敕赐，已历上百年，可见此庙地位不同凡响。且不说房舍大小及方位合适，仅此匾额，足以让王府书院因沐先帝隆恩而彰显皇家贵气。

朱知爊看出他留恋不舍，问：“怎么样啊？喜欢这个地方？”

“我确信，再找不出比这儿更合适办书院的地方了。”

“果真如此？”

“汾州城你比我更熟悉，你想想，哪儿更合适？”

朱知爊不想为此事费神，朱新�童认为合适，就让他在这儿办吧。

“你若确实喜欢这个地方，那就这儿了，我来想办法，到时候他得自动找上门来让我们去开办书院。”

“相信王叔有办法！”

“那你回去等我的信儿吧。”

朱新壇没问他用什么办法，其实这个时候朱知爊也没想好具体怎么做，这种事找朱表梃即可，他在行。

朱知爊让人把朱表梃叫到王府，二堂说话。

“是世子爷你想办书院还是西府……”

“有区别吗？不都是王府吗？”

朱表梃明白了，得尽心力去办，便对朱知爊说：“这种人最鬼，他们心里想的和嘴上说的不是一回事，白天的面孔和晚上的行为大相径庭，找他们的毛病太容易了，我放‘鸽子’出去，一定会抓住他的命门，世子爷等我回话吧。”

等了五六天，朱表梃也没来回话，朱知熑找他问话：“‘鸽子’呢？给人家炖了？”

“好几个人打听回来的消息都一致，这人真还没什么劣迹，不仅没有家小，平日住庙，从不沾女人，如有这等事，我们抓他小辫子那一抓一个准儿。别的方面有没有瑕疵，还需再打听。”

“现在还真有这样的道士？”朱知熑不太相信，他一向认为，僧道之秽乱，言传都让人不好意思。

又过了些时日，“鸽子”们还真打探到有用的消息。

“文昌庙的一个年轻道士，口音跟张道长相像，道号与数年前仙逝的一位本地道士一致，感觉这里面有猫腻。打听过方知，确定是个冒名顶替的货。”

“为啥要顶替？”朱知熑问。

“出家做道士要度牒，度牒要上京就考方可获得。考试三年举行一次，且不说想出家的人掏不起盘缠脚费，就算上得京城，也未必考得到度牒，所以张道长的乡谊一定是冒名货。”

“隔乡差县，张道长的乡谊躲至汾州，指不定在原籍还犯了什么事呢！”朱知熑道。

“即便他没犯什么事，离开原籍，逃避徭役已是大罪。”

“如若此事当真，那张道长罪责难逃！”

朱表梃接着道：“无论真假，我先让人匿名上书道正司，道正与各宫观道长定有往来，他必定知会张道长。张道长也是一等一的人精，他会知晓事情的起因，也不难猜出匿名者是何人。他若心急，那这事就好办了。”

“咳，咳！”侧屋传出了王爷的声音。

朱表梃不知里面有人，自觉话多了，抬眼看向侧屋，停了言语。

朱知熑抬手示意让朱表梃等一下，自己快步进了侧屋，片刻又出来，接着道：“不，不能坏了张道长的事，更不要把主宰权给了道正司的牛鼻子。匿名信抬头收尾按写给道正司的格式走，写好塞进张道长的住处，他自然明白。”

朱表梃竖起大拇指，连称世子爷高明。朱知熑摇摇头，不置可否。

匿名信送出的第三天，便有小道士拿了张道长的书信来到王府门外。他跟门子说，想求见世子爷，跟世子爷禀明自己的身世经历。如若不行，请把道长的书信交与世子。道长及诸道人恭候世子到文昌庙西院办书院。门子听他口音，不像是汾州人。

第十二章　联办书院　御赐崇文

朱新�童想，地方都找好了，东府王爷该不会再有异议了吧！但朱表栾心里还是不踏实，削善昭塔铲王气，让人心有余悸。削塔离削脑袋并不远，遇事还得小心才是。

他想了想，还是用老办法吧，于是遣人去请马钟谕来王府喝茶。

马钟谕进屋时，王爷的茶具已在桌上摆好，红漆盘里放了镶银雕漆茶壶茶盅，茶叶罐的银盖顶镶了一颗绿色玉石，银茶匙上端的绿玉很小，两件东西看上去很是精美。还有两碟茶点、两碟干果装在高脚细瓷盘子里。

请客人就座，王爷随即道："得了些杭州来的雀舌芽，请你来尝。雀舌芽是龙井中的上品，早春采的细嫩茶芽，香味淡淡的。"

"我只知道香茶名贵，饮完唇舌生香，王爷说淡淡的香味是更好的？"

王爷笑而不语，马御史有点不好意思："马某粗人，王爷好茶好酒，只怕享受不来。"

"此话差矣，楠竹饱读诗书，经明行修，乃栋梁之材，怎能说是粗人呢？"

"缺了点棋琴书画烟酒茶的雅趣！"

王爷和颜悦色道："那我们今天就喝点好茶，看幅好画，玩点雅的！"

"您老得了谁的画？"

王爷把茶往马钟谕手边推了推道："新得了一幅《袁安卧雪图》，请楠竹给掌掌眼。"

"莫不是得了王维的画作吧？"

"楠竹高看我，且不说王维的画不易到手，就是放到跟前儿，那我也收不起。"王爷说着，扬手示意下人把画拿出来。"自古以来，画袁安卧雪的人多，我都想不明白这其中的缘由。"说着他起身朝书案走去。

马钟谕跟了过来，走到书案前，他低头看画，王爷看他的表情。

“哦，是文徵明的。”

“本朝本代的画家，虽也有名气，但价位还是我承受得起的。”王爷道。

“袁安卧雪图，好！”

王爷盯着他的脸，听他继续道：“袁安卧雪的典故被广泛引用，作文绘画都有，历代至少有二十人画过这个题材，这一幅妙！”

马钟谕一面埋头看画，一面点头称妙，随后又抬头问道：“高士袁安早年生活虽清贫，但有操守，诸多画者借以言志。估摸王爷也是因此而购画吧？”

“但我不是很喜欢文徵明的画作。”王爷说。

摊在书案上的横幅，高约八寸，长有四尺，上有真书几十行，字画俱佳。

“文徵明诗、文、书、画无一不精，也算是个全才。”马钟谕道。

“绘画我不很懂，购画纯属附庸风雅。”

“以王爷的才情，何需文人画匠的东西装点？”

“楠竹啊，确实需要，你应该比我懂。这不，朱知熑和朱新墇他们要建个藏书堂，也是想装点门面，还希望以藏书堂为根基建书院，我说我不能拿这主意，还得听听马御史你的意见。”

王爷说话的时候，马钟谕的目光一直停留在画上，朱表栾嘴角上扬，脸上有了一点微笑，瞬间便消失了，他完全读懂了马御史的心思。

“王府藏书不乏精品，是该有个地方妥善保管。”

“这卧雪图你若喜欢，我让人送到你那儿去，字画与收藏的人也讲究缘分。”

马钟谕笑着道：“你若舍得，那我也不推辞，王爷什么价得来什么价给我，就别赚我的钱了。”

“就这么一幅画，还谈赚不赚你的钱，老弟你这样是瞧不上我，十几两银子的事，值得一提吗？我手上字画不多，但府上书多，若有看得上眼的，拿走即是。”

“哦，刚才说到要建藏书堂，这是个好事呀！”

“好不好，圣上说了才算。”王爷说话的时候双手拱前一拜。

“建藏书堂是好事，嘉靖十三年，京城建了皇史宬，匾额三个字都是圣上手书。”马钟谕道。

“皇史宬里存放圣训、实录和玉牒，也算藏书楼？”

“王爷有所不知了，我朝皇皇巨著《永乐大典》，正本在文渊阁，副本就在皇史宬。”

“如此说来，建成藏书堂，说不准还能请得皇上的赐额。”

“那要看我们如何争取了。”

“以藏书堂和刻书坊为根基再办书院，算不算顺理成章？”王爷又问。

其实两位世子早将办书院的风险利弊都跟他讲清楚了，他也觉得办个书院不会有什么风险，现在之所以这样做，目的在于事前让御史知晓，并让他感觉，是经他允许后才动手的，这样看重并抬高他，事儿办起来便会更顺手。

“办书院不耗民资，不作伪乱学，官府不倡导也无禁忌，以王府之名办个书院，没什么不妥。”

“这就好，有你这话，我就心宽了，只怕他们考虑不周全，做事没轻重，凭空惹出麻烦来。”

马钟谕口头许可后，事情就算定下来了。朱新�童急着改造西院，他又来找朱知㷿。

“王叔，如果没什么妨碍，咱们就动手吧，西院得修缮后方能使用，请匠户、民夫之事还得你跟知州商议。”

“这事我可以去，只是房舍改造需要的砖石木料等，得我们出银子去买，不瞒你说，最近买卖上银两周转，让手头有些紧，要不就过些日子再说。”

朱新壇犹豫了一下，他没想到，朱知㷿在这事上原来是不想出银子的。但事已至此，他只好继续：“我先垫上吧，想好的事，就不用再等了，迟迟不动手，万一张道长反悔了，岂不麻烦？”

“新壇啊，书坊以后多刻些书，这是个无本得利的买卖，书院和书坊的事我不参与。除此之外，东西府各划几十顷院田，以供书院日常开销。你估算一下，包括山长束脩，监院膳食，役夫薪水以及日常灯油纸耗，还有春秋两祭，一年需要多少银子。有个数字，我好确定划多少地给书院。回去跟你父亲商量一下，如果你们觉得合适，就给书院找个山长，把书院交给一人打理，你也乐得逍遥。”

“我琢磨过此事，现在还是我跟王叔一起做更合适，等书院有了眉目再请山长。”

“你知道我胸无点墨，这几年跟孔二爷学了些买卖上的事，对这些更感兴趣些，虽然明面上不能说自己是个商人，但心里觉得经管生意更合我意。”

“越是这样，才越要让人觉得人在书院，心在书中。书院一定要你来牵头，你还得常来，哪怕就只写写字，也得做个样子。”

“这话也在理，所以书院的事，我会管，若需要人，我给你指派一个。”

“初建事儿多，有合适的人派一个来也行。”

朱新增被指派至西院帮助朱新墱筹建书院。

十六岁的朱新增已经不是几年前的朱二武了，他个子高挑，身板结实。本就聪颖，读了几年书，又在宗学做了两年杂事，说话办事已显出智慧。田教授常跟朱知㸂夸他，意在表明是他伯乐相马。朱知㸂想让二武跟自己学生意，但田教授说，还是先让他在府上跟着王爷，他眼活、手勤、说话也得体，王爷老了，更需要一个这样的人。不料还没指派给王爷，朱知㸂就先把他打发给朱新墱了。

朱新增来见朱新墱，几句话就让世子爷喜欢了他。

“我小名叫二武，许多人都知我是二武而不知我的大名，如果世子爷不觉得唤我小名不好，也叫我二武吧。”

“什么时候有了大名？”

“才几个月，所以不习惯。”

“如果我唤你小名，你也就不必叫我世子爷了，叫王兄或许更好。”

“这样的话，有什么事，我就可以直接跟王兄说了。”

朱新墱笑笑：“说吧，想说什么？”

“世子爷刚才说我们有很长时间会待在西院，我一听就有了一个想法。”

“说吧，尽管说，只是个想法，对不对没什么打紧。”

“这儿是王爷的地界，叫西院仿佛不太妥帖，不如改成‘西苑’，发音差不多，但意思不同，改个音，一个普通院落就变成藏书读书的地方了。”

“‘西苑’，名儿不错，但不能乱用，当今圣上住的地方就是这个名儿。”

“哦！世子爷知晓的事儿真多。”

朱新墱面露微笑。

二武接着道：“那咱就用文昌，把西院命名为‘文昌苑’行不？”

“好，‘文昌苑’也好，就听你的。”朱新墱满意地点点头。

出入文昌苑要走文昌庙的山门还是另开一门，朱新墱拿不定主意。他又去跟朱知㸂商量，朱知㸂不想操心此事，使随口说：“你自己拿主意，决定了让二武回来跟我说一声就行，或者你让二武帮着参考一下。”

朱知㸂的搪塞，到了朱新墱那儿就当了真，他还真就跟二武商量此事了。

二武说：“我也不太晓事，说得不对，王兄你别介意，只当我没说。”

“你就说吧，跟你商量我还更轻松些。”

“我觉得不要再开门，就走文昌庙山门出入，到庙里上香祭拜的人多，这样他们就都知道了里面的书坊和书院，我们把书坊刻出来的书摆在最显眼的地方，人们看了就会想买。”

“二武，别乱说，文昌苑是王府的，不能做买卖。”

“我们只告诉人们此处刻书，但这儿的书不卖，要买就到东郭的南方书肆里，这儿有的书那儿都有。”

“你是替东府想着生意呀？”

“不，王兄，你把崇文刻印的书放到东郭的南方书肆里，要不人们以为那儿都是卖南方运回来的书。”

“你这个精灵人啊，比我想得都多。”

二武的话让他有了一个主意：以后印书不必都加底字，也不必都写明是崇文刊印。

“所以我们就不另开一门了。”二武把话题拉了回来。

朱新壇点点头，他的思绪还在印书的底字上。

其实文昌苑开不开门，朱二武既不是为东府的生意考虑，也不是为书坊的买卖着想，真实的意图，现在不能直接跟世子爷说，等藏书堂办起来再说吧。

“要加高文昌庙与西院之间的隔墙。”朱新壇一说出口，二武就叫好，说王兄就是比他想得周全，文昌庙里祭拜的人多，香蜡纸烛难免引起火灾，万一那边有情况，有防火墙就能隔开明火。还说如果把那些太祖时候从南直隶带来的书给毁了，那罪过就大了。

“谁跟你说有太祖爷时的书？”

“田教授说，洪武年各位亲王就藩，太祖都赏赐了书，光词曲每府就有一千七百本。我觉得晋府的书一定会再赏赐给就藩汾州的先王，如有这些书，我们可得好好保管。”

“怎样好好保管，你琢磨出来了？”

“是的，我还去仰高书院看了他们如何藏书。”

“他们会让你进去？”

“我不是书院的人，又非县学州学廪生，起先他们不让我进去，后来我去找山长，说明来意，山长才让人领我进去，那人还不耐烦，跟我说，‘藏书有多难？装石棺石函都行。’”

朱新壇笑了笑，听二武接着说：“我想他说的也没错，我们在文昌苑后面的菜园里卷几眼窑洞，全用砖石，那不就是个大石函吗？即便着了火，里面的书也不会有事。”

“文昌苑后面不能再叫菜园了，那是花园。”

这回是二武笑了，他说："西院后面是菜园，文昌苑后面该是花园，我说错了。"

朱新壇认为卷几眼窑洞的想法也是对的，但不急，他沉思片刻道："眼下把书坊搬进来，把两府藏书搬来上架，还需要再买一些来补充。"

二武一听要买书，更庆幸世子爷把他打发到这儿来了。天天在书院做事，书院的藏书都跟自己的一样，只要有时间就可以看，若再买书，想必是买今人写的，小说、话本、词曲那就都有了。自己多幸运呀，得全心力做事才对。

书都搬来后，几乎是二武一个人上架的。他不要旁人参与，唯恐别人不小心弄坏了那些书，也怕乱上架后，自己不好整理。他把所有书先按经、史、子、集分类，然后又归纳出圣制、典故、理学、文、诗、经济、杂部等若干项。蝇头小楷记录在册，又拿出大纸往上面誊抄，这就让朱新壇不解了。

"我想把目录张贴在墙上，让来读书的人抬头便一目了然，一来省了他们乱翻乱找，二来也不用每个人都去翻目录书，如果看书的人多，目录书很快就翻烂了。"

"书院不像绸缎庄，里面的料子，买不买都可以翻一翻，摸一摸，况且看书的不会多。

"世子爷，书院的藏书，就让更多的人来看吧，不管他是不是姓朱，也不用管他是农是商，行不？"二武的眼神里满是期盼。称朱新壇世子爷，表明他说的话非常重要。

"为什么？天下没有这样的书院，书是为读书人准备的。"

二武道："我二叔就是个书疯子，如果有书读，他也许就不会死。"

"你二叔？"

"别人都说他是疯子，可我知道，他如果读书做学问，一定很出色，可惜他没书可读。"

"你二叔爱读书，但不是所有人都爱读书。"

"世子爷，我八岁那年，田教授给了我一本《水浒传》，咱朱姓的孩子们都来跟我借，还排队，我要他们读书时先洗手，几乎是每个人都能做到。书越翻越厚，我把它压在木板下，现在还是平平整整的。我是从小就会管理书籍的。"

朱新壇问他还管理了些什么书。

"就这一本！"

朱新壇笑出了声。

"我敢肯定，整个汾州城，我的这本《水浒传》，看的人最多。认识我的人来借，不认识的让认识的人带了来借，还有人让我收铜板，我没听，人家田师傅给我时也没要铜板。”

生活在一座城里，世子真还不了解底下的宗人有这么多读书的需求。原来他们不是只在乎禄粮的多少和折色的比例。

朱新�童把二武讲过的情况说给父亲，朱知燠脱口就说这个主意好。

“就把藏书堂办成开放式的，朱姓人都可以来看书，其他士农工商，只要看上去身体健康，衣着干净就可进去看书。”

“一段时间后，消息必定传至宫中，如此拴住人心，宗人不再围攻官府，不再越关奏扰，这是好事，也是大事。”朱新�童把父亲的话补充完整，也表明对外开放藏书，他俩是一致同意的。

王爷又问二武的情况，朱新壇把他知道的都说给了父亲。

“还没有请名之前，朱知㷲就让他在宗学里跟着念书，后来请了名还请了封，东府选出来的人尖子。”

“既然现在天天都跟着你，那他就是你的人，既然可用，就把他调教过来，人心都是肉长的，谁对他好，他就会回报谁。”

其实朱新壇早有此意，父亲这些年的言传身教，已让他与父亲的说话与行事风格非常相似了。朱知燠只担心儿子阳刚不足，遇事不能杀伐果断，这一点不如东府朱知㷲。

马御史陈奏不久，太原亲王府的折子也递了上去，两厢合力，很快就得到御批，皇上手书宝额，“崇文”二字正式归书院所有。两王爷在一起感叹：“遇事呀，东西府是得联手。”

宝书上匾之前，先要决定挂哪儿，以便确定尺寸大小。朱知㷲说就挂山门上，朱新壇认为挂到藏书堂更好，万一再禁开书院，也不影响藏书堂继续存在。两位世子说了半天，最终也没确定。

朱表栾带着一个人来到书院，二武看他年过不惑，身材伟岸，五官俊朗，虽身着便装，但行动言语的气度丝毫不逊世子爷，又感觉他对东府王爷毕恭毕敬，仿佛是个需要仰仗王爷的官员。他们四下里看的时候，二武便到书院上房找到朱新壇，他说东府王爷带着个巡按官或者是个巡抚来了。

朱新壇迎了出来一看，哪是什么巡抚、巡按官呀？王爷带着的是他外甥孔天胤。不过二武说的也没错，虽不是山西巡抚、汾州巡按，但论官职也不比这小，孔榜眼现任陕西布政使司左参政，从三品。

走近两人，朱新�童上前行礼。王爷说：“为筹办书院，新墥最近劳神了，做了不少事。”

“我能做的都是小事，王爷劳心，才有圣上的恩典。”

孔天胤道：“新墥你越发会说话了，打小就会讨大人喜欢，长大也变不了多少。”他们彼此了解，关系也融洽。

“会说话又怎样？你能出将入相，我只能刻个书消遣。”

“你是世子爷，天下第一姓。”孔天胤说笑着抱拳拱手。

“你孔姓才是天下第一。”朱新墥还礼。

朱表栾道：“别玩这些没用的，你跟知㸅商议牌匾挂哪儿，听听天胤的意见吧。”

“知㸅叔想把‘崇文’两字做书院名挂在山门上。”

“山门在哪儿呢？我们是从文昌庙进来的。”孔天胤问。

“只能从文昌庙进西院。”朱新墥道。

“那就不叫山门嘛，为什么不对外开个门呢？”

朱新墥没好意思说这是二武的主意，只说要开山门得请堪舆大师看过才好动手。

“开个山门，就在文昌庙庙门旁，开得大气讲究些，让读书人有仰视之感，才能对书院充满敬意。”

二武眨着眼睛想，还是这位先生说得对，他不禁心生敬佩。

“我的孔大人把方位都确定好了，还用风水先生吗？”朱知㸅道。

孔天胤忙答：“用啊，你说明意图，他会用道家说法做解释，目的就是让你放心满意。”

朱新墥在心里暗自赞叹，离开汾州的这些年，孔天胤的见识和能力，与自己和知㸅已不可同日而语。这个时候他就理解知㸅的妒意了，世子爷身在王府，阅历受限，浅闻薄识，能全怪自己吗？

“新墥啊，我看太原亲王府刻的书，底子上都有宝贤堂三个字，你书坊出来的书也应该有字。”

“王爷，你可能没注意，上次刻《女训》我已经把崇文两字刻上去了。”

“两字？人家不是三个字吗？”朱知㸅问。

“也加个堂或斋。”王爷道。

“舅舅说得对，就加个‘堂’，堂堂正正印上，堂堂正正卖出去。”孔天胤道。

“你成心不让我们爷孙过活吧？这是有违祖制的。”朱新墥笑着对孔天胤

说。

“开了山门，就在山门旁设个书肆，卖书坊刻的书，得来的钱用于书院，或购置书籍，或支付束脩，或接济儒生，谁也不能说这有违祖制。”

朱新[illegible]点头称是，他有过这样的设想，没提出来，是担心这个主意，会让东府放弃给书院划田的计划。他赶紧接话：“文昌苑就这么十亩地，遍撒谷种，又能打出多少米呢？”

“文昌苑？”

“文昌苑是新近才这么叫的。”

“书院、藏书楼，还有刻书坊都以崇文命之，方显龙恩浩荡。”孔天胤道。

“那讲书堂呢？”朱新壥问。

“还叫崇文堂！”

王爷点头。

“那圣上的宝额挂哪儿呢？”朱新壥有点着急。

“放讲书堂。”孔天胤道。

二武在旁边哦了一声，他觉得这人的想法就是高。

朱知熑撇了撇嘴。

王爷道：“讲书堂应该是书院最重要的地方。”

“王府的书院与官府的不同，无须生员苦读四书五经并练就八股作文，虽没有长年住下来的秀才、廪生，但每月设坛讲学是必要的，延请名儒大家谈经论道，才能让书院名震声扬。”孔天胤道。

“如此说来请个坐镇书院的山长倒显得很重要了。”朱新壥道。

“汾州及平遥、介休、孝义三县境内，我请知州帮忙物色一位。”王爷道。

孔天胤说：“有一人与我同年，现丁忧在家，不知他愿不愿来主持书院。”

“是谁？什么地方人？”朱新壥来了精神。

“赵世录，家在城西六里的田村，跟我在仰高书院读过书，同年中举。”

“赵世录，又是个天下第一姓，命里就该是为咱书院做事。”朱知熑笑着道。

第十三章　开放书堂　宜人捐银

赵世录字西田，户部任职，做广东司主事。继母过世，回乡守孝。

无论他在哪儿做官，邻里乡亲还当他是村上的人，遇事愿意去找他。村民间有矛盾需要调解，就到申明亭，解决不了的大事，需要告官，里长甲首也得过问，否则官府不接诉状。赵世录非常乐意和里长甲首一起为村民间的事断个公道，一个村里的人，少有解不开的疙瘩。

甲首年纪大，跟他说话也没当他是京官："在村上和我做这些事，真是大材小用，西田是做大事的人，治国平天下的料。"

赵世录说："读了书知的理儿多；做了官，经的事儿多。但也比别人高不到哪儿去，谈不到治国平天下。"

"哎，反正我觉得三年在家守孝耽误了你，也耽误了朝廷的事。"

"守孝三年是祖制，天下文官都得这样。"

"听说前朝只为父亲守孝三年，是这样的？"

"对的，到我大明才定了也为母亲守孝三年的祖制。"

"也有为继母守孝三年的规制？"

赵世录笑了，从汉代就提倡以孝治天下，明太祖更是将孝作为国本，以此教化子民，这种以德治国的方略收效甚好。于是民间真假孝子层出不穷，被旌表擢拔的不在少数，当然也不乏沽名钓誉、弄巧成拙者。当朝为官，夺情（为国家夺去了孝亲之情，可不必去职，以素服办公，不参加吉礼）会被看作大逆不孝。为继母守孝，不能不恭不敬，更不能有闲言碎语。

"懂老伯的意思，对我来说，守孝三年多读些书，把所思所想记下来，写成书留给后人，也是好事，我还得抓紧时间。"

赵世录埋头做事，没过多久，接到孔天胤遣人送来的信，请他进城到文昌庙一叙。

二武在文昌庙山门外等了好久，看到一顶小轿门口落下，下来一位身穿黑

衣，脚着白鞋的人，他一见便知是赵世录，将他领进书院，带到上屋，孔天胤和朱新[illegible]起身相迎。

“汝锡兄！”“西田兄！”孔天胤两人同时拱手作揖。

“赵大人光临，书院蓬荜生辉。”朱新�童也拱手笑道。

“世子爷过奖！”赵世录侧身向朱新壡还礼。

“请二位大人坐下说话。”朱新壡说着，示意下人把茶斟上。

“那年京都一别，天南地北，相见真难哪！这次上京途经汾州，没想到回来能见到你。”孔天胤道。

“看来你上京就没想到见我，这同年的情谊何在！”赵世录故意感慨。

“人在官场，身不由己，就是回来探望一下父母，也只能做数日停留。”

“什么时候走？”

“如果不是为了见你，我今天就上路了。”

“为何在这儿见面？这儿是……”赵世录四下看了看。

朱新壡解释：“书院。”

“这书院……看样子还没开山吧？”

“万事俱备，只欠东风！”孔天胤道。

朱新壡把书院兴办的情况说了一遍，着重说到御赐崇文宝额，又把他们请到藏书堂，让二武把所藏宋元书指给他们看。

孔天胤站在赵世录身边跟他说：“西府世子想请你做书院山长，不知你意下如何？”

赵世录已经想到了，他说：“容我想想。”

跟着他们进了雕版屋，只见匠工埋头做活，赵世录问：“正在刻的是什么书？”

雕版匠停下手上的活儿：“回大人，是唐人所撰《初学记》。”

“半页多少行？”

“每半页九行，每行十八字，白口。”

“版心下什么字？”

“崇文重刊。”雕版匠答着话，眼睛转向旧版书，小心翼翼地把书上的木屑拿掉。

赵世录环看屋内的木板，有的刚打磨平整，有的上了反字，有的已经刻好标了号。几百块板分门别类，堆放得整齐有序。版匠字样上板的手法，雕工一字排开的工具，都让他感到新奇，他还是第一次这样细看刻书。看来从制版雕刻到印刷装帧，成书也不容易，难怪书价高，难怪官府不收税银。

如果这些都是书院的产业，那做山长要管的事岂不太多？不如只为书院讲学，其他杂事让他们另请高明。他这样打定了主意。

“守孝三年，还有两年半的时间，家里七事八事都得上心，还想利用这段时间把这些年读书的心得写下来，时间紧了些。如果答应了汝锡兄经管书院而时间上又不允许，做不好如何对得起你的相托。不如我尽心做些讲书之类的事，也算为书院尽一份拙力。”

“这事不好勉强，尤其对于丁忧（遭逢父母丧事）在家的人。”孔天胤道。

朱新壋在旁边点头。

孔天胤跟他讲准备开放藏书堂的事，赵世录大加称道，并给出一个建议，书院放一个募捐盒，写文书贴旁边：来者可捐可不捐，捐额可多可少，不记名，不记账，所得银钱如数购书。

“有这个必要吗？”朱新壋认为得不到捐钱还担个名，仿佛开放藏书堂是为了收铜板。

“有必要！开放藏书堂在汾州前所未有，用这个法子看看人们对此事的态度。”孔天胤道。

朱新壋点头同意。

来看书的人很多，里面还有不识字的，遇了好几个。有一个朱姓的孩子，年龄不过八九岁，怯生生地来，问他要看什么书，他说什么都行，二武就知道他不认识字。这儿的书，即便识了些字，也不见得能看得懂。这孩子让二武萌生了一个大胆的想法，但他还没想好，该跟谁去说更合适。

来看书的人，有一半往募捐盒里放铜板，有的放一两个，有的会放五六个。二武在家里说起此事时眉飞色舞，仿佛自己就是书院山长，还夸出主意的赵先生是个了不起的人，说他人品好，学问好。

李宜人没在意是谁出了主意，但对捐钱的事很在意，一天上午，二武说要到东府给世子爷回话，她便带着两个银锭去了书院。

她不想被人看到，便先进了文昌庙，从小门入了西院，找到藏书堂，在门旁看到了二武说的募捐盒。盒子不大，一个投钱口只能放铜板进去，她带着的银锭，无论如何也放不进去。本不想被人知晓，可要把纹银留下就得找人了。她跟役夫打听赵先生在哪个屋，并请役夫带她去见先生。

赵先生很惊奇，一个妇人来捐银，还不愿说出自己是谁，上下打量，没有锦衣裹身，也没珠翠饰面，看不出陶朱之富。

赵先生说：“藏书堂旁边放个募捐盒，只想知道汾州人对开放书堂的看

法，没有要收钱的意思，过一段时间，就会撤掉，你拿两个银锭，四两银子，有点多了。”

“四两银子看放谁手上，也许够平头百姓吃一年，也许不够达官贵人吃一顿，对我来说也不是个小钱，但这银子你们能买了书或用于刻书，那就了了我一桩心事。我心里亏欠了人没法补偿，与其到坟头烧纸，不如把钱捐给藏书堂，买书或印书，九泉之下的人都会高兴。”

“我还是想知道你……”

“先生也别问我是谁，外面不是写着不记名不记账吗？我信得过你。”

送出李宜人，役夫跟赵世录说，是个朱家人。赵世录反复想她说的那几句话，生出些许感慨。

正是这些人的吉言善行，才使汾州更有人情味，更有了文化味，这样的女人该为她立个牌坊。自己以前看不惯王府人，认为他们不事四民之业，还要过锦衣玉食的日子，就像寄生虫。回头想，食禄而不作为，也不是他们的错，朱家人只能过那样的日子，一竿子打翻一船人的想法不对。朱新墥和朱二武都是朱家人，他们这样热心办书院，那些动不动就讲江山社稷、家国天下的人能做到吗？未必！还有西府王爷，听说他喜欢跟道士们一起炼丹服药，人嘛，别无所求，就只好求长生了。他上次还说自己在写书，分《忠行录》《孝行录》两册，希望得到我指正，婉拒了他有点不近人情，择个时间还是跟他聊聊此事。

在书院里见面，赵世录感觉比较自在。泡一壶茶说古论今，王爷变成了文人，这种清谈的雅兴很好。

“王爷的书，写得顺手吗？”

“博学之，审问之，慎思之，明辨之，笃行之，照着这个准则来，故而进展缓慢。”

“我的王爷呀，那是孟老夫子对读书人的要求！”

朱知燠感叹道：“说起来容易，做到皮毛都很难。”

“古今读书人，能做到的寥寥无几，王爷也不必太苛求自己。”

朱知燠道：“实例不少，甄别很难，把事讲圆活了还得下点功夫。”

“是啊！王爷。一部《孝经》，读了千年，始于事亲，中于事君，终于立身，这个要义常被人误读。元人的《二十四孝》妇孺皆知，我倒觉得那些故事未必诠释了《孝经》的真义。”

王爷连忙道：“确实如此，老莱娱亲，刻木事亲，愚且不真。郭巨埋儿，怀橘与亲，几乎就不成教化。”

“王爷的《孝行录》采录故事，一定慎重！”

“赵大人您说如何慎重？”

“依我看，选人录事一定要先树个准绳，不能像其他人那样，打着忠孝的旗子离经背道。”

“等我选出内容后请您过目，可以吗？”

“乐意效劳，到时候我们就在书院，请王纬他们一起研判。”

“好，遇到你，真是我的福分。我与城西的田村有缘！”

“王爷崇道，想必是与田村长春观有交往。”

“国初，长春观需王府供养，王府便与庵观有了交结，世世代代没断。”

“哦，由来已久！那现在长春观还需王府供养吗？”

“嘉靖初年，道长找出密藏于观的金液还丹火候之诀，借此设重丹会，让道观名声大振，道士和庙田增了许多，现在香火税都能供给卫所了。”

“金液还丹火候之诀？”赵世录问。

“此诀乃前朝真一大师出游名山遇异人所得。”

“哦！”赵世录对此一无所知，也非兴趣所在，他转了话题。

“田村还有一处娘娘庙，建庙要比长春观早，但现在损毁厉害，尤其是嘉靖二十一年被蒙古兵士侵扰过后。”

王爷来了兴致：“去长春观必经娘娘庙，进去过好几次，我是带着疑问去的。问问赵大人，你从小生活在田村，这娘娘庙供的到底是哪位娘娘？”

赵世录想了想说：“庙门上三个字，神母祠，人们口头上说娘娘庙，去上香的人大多为求子。”

“为弄清你们田村的娘娘庙，我翻书、看碑还找老辈人聊，理出个大致眉目。”

“请王爷赐教！”

“只是一家之言，有待证实。”

“说一说，让在下明白一二。”

“娘娘庙在唐宋应该是观音庙，有唐镌石幢和宋刻石碑为证，石幢石碑如今还都在庙里；元朝尊道，观音庙便改为神母祠，娘娘指西王母；有了长春观以后，西王母被请入观中供奉，同是全真教，这种做法也是常有，娘娘庙庙宇仍在，改祭后土娘娘。在乡民眼中，三位娘娘都会送子到民间，故而他们就不管朝代变化也不管哪尊娘娘享祭了。”

“有道理，王爷如此在意此庙，而我离它很近倒视而不见，惭愧！王爷该将这些考究记下来，以此为开端，把汾州城及周边庙观的历史渊源梳理一遍，深思慎取，记录在册，汇编成书，这是汾州的历史文化。”

“我也有此意，只是力不从心，身子骨每况愈下。”

赵世录想问问他丹药方面的事，却不知如何开口，最终没问，接口又说到田村的神母祠：“娘娘庙年久失修，里长甲首邀我商量修葺之事。这两年我该协助他们把这事儿办一办。”

“应该，应该！”王爷道。

赵世录有这么多的事要做，时间排得满满的。但六月底，突然接到户部急递文书，要他五日内返京。

俺答部入侵大同，总兵副总兵战死。新任总兵私下重金结盟蒙古俺答汗，蒙古俺答汗便率部撤离大同。京都收到谍报，说蒙古俺答汗兵士将向京师一带移动，京城告急，速招各部官员就位共同应敌。八月，蒙古俺答汗移兵向东，入古北口，明军一触即溃，蒙古俺答汗长驱直入，直抵怀柔、顺义。京师兵籍虚缺，战具甲仗极差，朝廷号令兵民及应举武生守城，战斗力很弱。赵世录经管守城之军的粮饷，余缺调剂，调度出纳，在大明京城最危急之时全力以赴尽一个文官的责任。

冬十二月回到汾州，无论是谁，只要跟他聊上一会儿，就会问到蒙古俺答汗兵临京都时的情况，有的话他都说过好几遍。汾州官府和仰高书院的人和他进一步探讨京都被围的原因，分析迎战与不迎战的利弊，私下也评价内阁大学士严嵩和大同宣化总兵仇鸾。他对仇鸾率两万大同镇军兵及时入卫很以为然，并对其跟蒙古俺答汗和谈退兵的行为大加赞赏。

赵世录跟东府王爷、知州及御史一起聊天，朱表栾又问到这个话题，赵世录说：“京师告急，圣上所重，唯仇鸾一人，各路勤王兵轻骑抵京，粮饷供应紧张，这个时候，我与仇将军结识并建立起互信关系，此真人才也，是皇城根下的金麒麟。”

可王爷只关心守城与城墙之事。

“京都城中套城，宫城、皇城、内城由里及外，三城都有城墙，守城的兵力是怎么分配的？”

“王爷这话倒把我问住了，通常说守城只说守内城，即九门内城。”

“北京内城墙比咱汾州城墙高吗？”

“目测应该差不多，只不过北京内城城墙是里外包砖的。”

“包砖不包砖守兵在上面有啥不一样吗？”

赵世录这才听出来，王爷问话，是想让知州和御史听答案。无论给谁听，他说最实际的情况。

“土木堡之后百年安定，近十年蒙古俺答汗年年犯边，岁岁求通贡，这次进犯京都，是大明之耻。如果没有城墙，那后果不堪设想。筑城以卫君，造郭以守民，古人之智慧。”

“赵大人言之有理，经了庚戌年的兵事，北方各州府该把筑城当作头等紧要事了。”

大家都附和，泛泛而谈，没有议到汾州，涉及不到银钱粮草。

朱知燠要请赵世录到府上用餐，朱新壋把父亲的意思转达给他，赵世录仍是婉言相拒：“请王爷带书稿来崇文堂，我跟他好好聊聊！”

王爷坐了小轿来，没带书稿，他也想知道京都的事。事关君臣，延及百姓，这等大事谁都会关注。

赵世录已经不想再陈述那些过程了。他把东府朱表栾绕着圈提到的筑城之事想了想，感觉他的想法是对的，无论谁住里边，汾州这座古老的城池不能让蒙古俺答汗的铁骑踏过。城不破，里面的人性命无虞，外面的人也有精神支撑，城破了，性命人心都没了。他想跟西府的王爷也聊聊此事。

“这次灾乱，负责供给守城人的粮饷，我才深刻体会到城墙的重要。经一事长一智啊。”

“赵大人你说，朝廷答应通贡后，蒙古俺答汗会有所收敛吗？”

“只怕朝廷的允诺也是权宜之计。‘贵中华、贱夷狄’的观念决定了通贡之事难以为继，而蒙古人必须依赖中原文明才得以生存。不通贡，他们痛感毡裘不耐夏热，没有铁锅，不得已以皮贮水煮肉，这些衣食之难不解决，他们便铁马弯刀南下抢掠。王爷你说，他们会不会收敛？”

朱知燠苦笑：“皇上都不知此刻的口谕会在哪一刻被另一道圣旨否定，而大臣们只知道皇上行文每遇‘夷狄’，必小字写之。通贡不会长久！”

“蒙古人会不断往南骚扰，修城筑寨不可怠慢。”赵世录道。

“是得动手了。”王爷自语。

“汾州城墙哪年做过大修？”赵世录常年在外，汾州的事他不甚清楚。

“年年都修，但小修小补，修了这儿，坏了那儿，远看还过得去，他们说上了城墙看，一片残破。”朱知燠没上过城墙，但上面的情况他还是清楚。

“只有包了砖才能防止风雨侵蚀，也会增加攀爬攻城的难度，包了雉堞，防守时放炮射箭投石都好操作。”

“州县城池包砖的多不？”久不出城的王爷，对外面的事知之甚少。

“不会多，北京的内城筑成时只包了外墙砖，八十年后才又包了内墙砖。”

“包砖之前先增高，大有必要！”王爷仍是自言自语。

跟赵世录谈过后，朱知燠下定决心修城，不管知州如何推脱，不管东府愿意出多少银子，哪怕西府多支些，也无所谓，如果性命不保，银子有何用？

朱知燠把东府朱表栾请到书院，这儿是个公共地界儿，在这儿谈事，仿佛都做王爷的叔侄就不再东高西低了。

“王叔，嘉靖十九年，东郭遭蒙古俺答汗侵扰，我们就商议加高城墙，结果那年修了东郭城。嘉靖二十一年，蒙古俺答汗又来，修了南郭城。一晃十年了，汾州城墙不仅没加高，而且一年比一年破败。现在看来，北京城他们都敢围，犯大同三边，抢山西陕西，对他们来说仿佛到后院摘个茄子。我们还是从头议起，说筑城的事吧。”

“怎么，受高人指点了？”

“王叔就是高人，我看这些年也只有你还惦记着修城的事。”

“居安思危，未雨绸缪，这不简单道理吗？更何况不修城根本就谈不上居安，蒙古俺答汗进犯，一而再，必有再而三，雨早下起来了，只是还没下到汾州。”

“汾州城是你我的老窝儿，没有人为我们谋划，凡事还得自己上心，这次下决心修，不指望官府给银子，我们自己张罗。”朱知燠难得这样痛快地说话。

“好，知燠你是想通了，西府地多，你多出些银子。也别计较东府的生意，那些鬼玩意多不靠谱。知爀喜欢，还当回事似的经营，我是看不上的。”

“王叔你怎么说我就怎么听，除了王府，各将军府也得出点，都生活在城里，得为自己的安危上心。请官府出个告示，一则让他们参与，二则还需他们调动工役及卫所军兵。”

“知燠看上去精神健旺，说话做事仿佛年轻了似的。”

“王叔这话是骂我吧？”朱知燠感觉朱表栾讥讽他服食丹药。

“知燠啊！你怎么认为都行。”王爷微笑道。

对于修城，卫所的安大人第一个表示赞同。守着汾州城，个人安危且不说，如果城被攻破，那才是一世的耻辱。加高城墙、增修敌楼，墙体包砖、增设窝铺，不仅增强了战斗力，还能让守城军兵免受寒冬酷暑之苦。修了城再增加火炮，这又加强了防御能力，汾州城池是得变变样了。

安悌去督促知州筹办，到东府跟王爷见面，并把卫所五个千户所的营兵人数核算了一遍，随时准备抽调上城。

州衙贴出告示，请所有住户，包括各将军府踊跃捐银。家有盈余，花银子保平安，才是一等一的事；如果着实困难，捐一两个铜板也算支持。

许多人围在州衙门口看告示并议论此事，这时，西府的教授急匆匆地进了衙门，他来通告知州，朱知燠昨晚没了。

第十四章　服丹丧命　守孝编书

谁也没想到朱知爂会死。前些日子咳嗽气喘，从太原亲王府请了太医，问过病，把过脉，留下些通气宣肺的丸药。服了一段时间，病症渐渐轻了。

这些日子他埋头写书，大部分时间都在书房。资料基本备齐，《孝行录》已经开始动笔，白天做两个时辰，晚上就疲惫不堪。想提起神来做事，他又开始服丹药。连服数日以后，精气神都来了，晚上还能在书房里坐一个时辰，或翻书阅读，或动笔书写，然而体内的躁动远不是书房里读书写字能化解了的。

府上的丫鬟们又开始担惊受怕，仆人们私下里又悄悄议论。朱新㙉觉得脸上挂不住，又恐父亲再生出什么事来，想不出应对的法子，又没法跟人商量，心中甚是焦急。

上次跟令狐妃提到父亲，女人煮了汤让喜儿送去，结果喜儿投了井。世子妃哭了好些天，喜儿是跟她一起长大的，名为婢女，实为姐妹。朱新㙉心里有苦没法说，喜儿是他的媵妾，因未得子嗣，还没给她个名分。

当初父亲给他定下太原王府长史家的亲事，八抬大轿娶进府，他才第一次看见令狐妃。入了洞房，小姐坐床沿，喜儿立旁边。蜡烛照亮喜儿的半张脸，她低着头微笑，鼻子显得高高的，下巴有点往上翘，整张脸轮廓分明，生动有趣。他掀开新娘盖头时，喜儿就把蜡烛吹灭，带上门退出洞房。第二天他才发现，小姐的左脸一大块红斑，上面还凸凹不平，他倒吸一口凉气。

提亲的时候，媒人没瞒王爷，事先说小姐脸上有红斑，并说如不嫌弃再相看。相亲时王爷和王妃坐在堂屋，小姐出来倒茶，王爷边说话边用余光扫视小姐，王妃看得目不转睛。女孩把乌纱额帕系在头顶左右侧的小发髻上，一寸多宽的两条带子垂下，遮挡着脸，看上去红斑也没那么明显。回到府上，王爷问王妃到底如何，王妃只说不打紧，王爷就打住了她的话，当机立断定下这门亲事。小姐长什么样不重要，重要的是令狐长史官。王爷知道，如果不出意外，长史官做二十年、三十年的可能都有，而郡王府诸多的事需要长史跟亲王疏通，所有呈递宗人府的文书和给朝廷的奏折，必经长史之手方可送达，能结这门亲是永和王府的幸事。

朱新�童为这事生过气，汾州一州三县，不乏官宦士绅之家，儒商巨贾也不在少数，从这些人家体体面面选个小姐做世子妃不难。哪怕退而求其次，选个抱朴含真的民间女子，也能享世间真趣。可父亲为自己选了令狐小姐，打洞房花烛开始，灭了灯他就把想象定格在喜儿的脸上。可喜儿走了，从井里捞上来时，她的脸上有伤，浸泡后的脸也变了形。打那以后，他不能再想起喜儿的脸，也不再想进令狐妃的屋。

其实他谁的屋也不想进了，喜儿死了，桃榴榴也死了。

朱新�童最反感家里人对父亲既怕又烦还要讨好他。王爷平时少言寡语，很少给人笑脸，没有人跟他说个不字，任他再怎么样，也没有一个人敢进言要他禁食丹药。

朱新壇比其他弟兄跟父亲见面多，说话也多。朱知燠对长子的态度也比对其他人和善，他知道对世子不能束缚太多。讷于言敏于行，君子要如此，做王爷更得如此，讷于言儿子能做到，敏于行要经磨炼才能达到。

朱知燠没想到，长子的修为已达到圣人对君子的要求，办事果敢决断，雷厉风行，毫不拖泥带水。

晚饭后朱知燠照例上书房，他让仆人把灯挑亮，把茶泡好，然后再研墨。王爷的一壶茶都喝完了，仆人还没研墨，因为连续几天都是一个路子，研好的墨都没上过笔尖，王爷就分心了，所以他没着急动手。王爷看他疲沓怠慢便生气，大声喊叫让他滚，仆人不生王爷的气，他知道那是药闹的。平时王爷待他好，不服药时不会这样。有一次打翻茶杯弄湿了书，拿到火上烤，书页一块一块碎了，王爷也没骂他一句。他立在门口没动，王爷看他还不动手，伸手拿起书案上的茶壶便朝他砸去。仆人躲闪，茶壶砸在推门而入的朱新壇身上，朱新壇吃了一惊，双手抱着茶壶，脸上身上全是茶水茶叶。

仆人拿帕子让世子爷擦脸，又帮他捡掉衣服上的茶叶。朱新壇伏身准备研墨，砚台边上放着的墨条只剩下很小的一截，他拉开平柜门取墨条。墨盒旁边还有一个锦盒，里面放了父亲的丹药，丹药一向都是父亲自己掌管，一日一丸，绝不能过量，这是他早知道的。朱新壇顺手拿了两丸，悄悄地藏在衣袖里。

“着急写书，也没必要熬更守夜，什么时候写成什么时候刊印，累坏了身子才不值。”朱新壇心平气和道。

“嗯，知道。”做父亲的，无论晚辈说得多对，即便要听，也不会满口答应，何况儿子并不知实情。

“我最近也没啥事，要不我来帮你吧，整理资料，誊抄书稿，或者校对文字，都行。这样做些事，刻版的时候障碍少，雕版工上板就快。”

朱知燠想了想，觉得有人帮忙，便能加快进展。这事做得吃力，赶紧把书稿整理完，了却一桩事，心里便可轻松宁静些时日。

“也好，如果你不参与，后期我跟雕版匠也得来来回回校对，这事太劳神。”

朱知燠把写好的书稿放什么地方，如何编号保管等，一一说给儿子。又把准备好的资料，指给他看，有的在某本书的某一页，有的需要两本或数本书对照着看，标志清清楚楚。看来父亲做了大量工作，而且离成书不远了。

交代过后，王爷便让儿子赶紧走，他已狂躁难耐。朱新墇还没走远，听到父亲大声叫喊仆人，说他要喝茶，要洗面，赶紧叫屋里的丫鬟过来服侍。

朱新墇叹了口气，回了小院，先到上房，跟令狐妃说拿了父亲的书稿今晚要看一下，然后就去了自己的书房，坐在椅子上想以前的事。

两年前八月十五，月亮升起来了，王府下人忙忙碌碌准备供品。他从母亲上房出来，丫鬟瑞雪端着月饼迎面走来，她侧身给世子爷行礼，朱新墇正好看到盘子里各种样式的月饼，放中间的一个有点特别，他指了指问：“这个叫什么？”

瑞雪莞尔一笑说：“看不出来吗？桃榴榴。”“为什么叫桃榴榴？”朱新墇是真不明白。“八月十五了，逃走的人回来和留下的人见了面，团圆了呗，你看嘛。”瑞雪指了指盘子里的月饼。朱新墇低头看那月饼，圆圆的身子带个嘴，一张嘴左边像桃子，右边像石榴。抬头再看瑞雪，笑的时候，那小嘴也好看得很。当晚，他就跟瑞雪说要给她改个名字，就叫桃榴榴，瑞雪羞羞地眨巴眼，那小嘴红嘟嘟的。第二天他去见母亲，说想把瑞雪收到房里，母亲说要找机会跟令狐妃商量一下。可还没来得及商量，瑞雪还没变成桃榴榴，她就化了。

朱新墇从椅子上站起来，感觉肚子有些饿了，想吃个月饼，吃个桃榴榴。这么晚了，回上房看看有什么点心吧。走出院子，隐隐听到正院有女人的哭声，可千万别又发生什么事。即便不出事，这天天大呼小叫的传出去也不好听，威仪扫地，又如何管束永和府府里府外那么多的朱家人呢？他摸了摸揣在身上的两颗丹药，出了小院大门朝正院走去。

父亲书房的灯还亮着，仆人远远地站在院子里，见他过来，忙上前说话：“没事了，世子爷不用担心，等会儿我就进去安顿王爷歇息。”

“里边还有人吗？”

“没有了，王爷会先在这儿睡会儿，再回卧房。”

“你先回上房候着，我陪他一会儿。”

朱新�童进去的时候，朱知燠正躺在罗汉床上酣然大睡。书案上墨已收汁，笔已半干，纸上有些字，单个不成型，半页没成行，他倒了一盅茶端着走到床边坐下。

隐隐约约听到有声音，朱知燠动了一下身子。

“父亲，父亲……”

朱知燠睁开眼，见是儿子，脱口便问：“有什么事吗？你来干啥？”

“没事，听你咳得厉害，母亲让我给你送药。”说着他拿出手上的丸药，递到父亲手上一丸，等他喝了水咽下，又递上去一丸，看着他又喝水把药服下。“你再躺会儿，就回上屋吧。”朱新�童起身说道，朱知燠摆摆手示意他离去。

他走到上屋门口，吩咐候在那儿的仆人：“到书房守着，把窗户关好，别让他着凉，醒了就带他回上屋去睡。”

“好的，世子爷，这么晚了，你就安心去息吧！”仆人送出朱新�童，把院门关好回到书房。

朱新壇回到偏院，上屋的灯还亮着，吩咐下人把所有门窗都关好，他径直回屋。躺下翻来覆去睡不着，辗转反侧到很晚。刚刚入睡，父亲的脸就浮现在眼前，父亲面颊通红，眼球暴突，双手卡着他的脖子，身子随之压了过来，他一躲闪，便醒了，然后就再也没睡着。

天还没亮，一阵急促的敲门声响起，他翻身起床，披衣下地，出了外间。丫鬟说王爷房里的仆人在外边等着，看样子焦急得很。仆人进来，扑通一声跪下哭道：“王爷不好，都是我的错……”

“走，过去看看！”朱新壇抓了件衣服出门，仆人跟在后面。

“人在书房还是上屋？”

“在书房。”

“怎么回事？”

“昨晚世子爷走后，王爷又起来，折腾了半夜，直到筋疲力尽，本想等他息一会儿，再扶他回上房，但后来就叫不醒了。”

朱知燠再也没醒来，朱新壇扑在父亲身上大哭，合府上下一片哀号。这个时候，还是老王妃提醒儿子：“你是世子，人已没了，得赶紧想着如何操办后事。”朱新壇回过神来，首先把周边的人吩咐结实了，王爷是因为咳嗽气短吐血而死的！然后派人请阴阳，报官府，并报丧至东府。

朱表栾简直不相信这是真的，前些天一起商议修城之事，他还红光满面，精神矍铄，偶尔咳嗽两声，也不至于命归于此，死得真不是时候，看来修城的事又得搁一边去了。“朱知爂呀，你咋就死了呢？五十八岁了，再坚持两年，活一甲子不行啊？”老王爷的感慨发自内心。

令狐长史坐在女儿房间，他问朱新�童：“愿不愿意为你父亲结庐守孝？”女儿看看父亲再看看男人，朱新壇犹豫，喉咙里发出嗯嗯的声音。岳父又讲：“在坟地起一简易住所，住里面守孝，一般说守孝三年，其实只守二十七个月。”

女儿道：“丧期本就有诸多礼俗，从七七到百日，从百日到周年，这样那样的祭奠，还不够吗？”

“这不该是王妃说的话啊，也就在我们俩面前，当了旁人，这话切不可说出口。”

“女儿知道，只是不想让世子受那份苦，遭那份罪。”

“我倒不怕吃苦受罪，只是父亲新丧，里里外外诸多事得有人拿主意，我就是在府上，也只怕有人不好管，有的事不好处理。”

“这话你说到点子上了，合府上下上百口人不好管，永和门下还有更多的眼盯着你，看着你。你用什么来拿住他们呢？德行！你的德行好，能有皇上认可，晋府也得高看于你，在汾州你才好服人。如何立德，怎么才能为圣上所知？一定得做出点事儿来，可圈可点都不行，得让人刮目相看。”

“结庐守孝自古就有，子贡为孔子守墓六年，这也不是什么让人肃然起敬的事。”朱新壇道。

岳父便问：“时隔两千年你还知道，如果不为人称道，又如何被后世念来念去呢？”

朱新壇点点头。

令狐妃问：“三年的时间，在那儿可干啥呀？”

朱新壇马上道：“正好利用这段时间，把父亲没写成的书整理完成，刊印出来，也算一种孝道。”

“对的，我的儿，那这本书就是你与令父合著的。”令狐长史有点激动，就把女婿叫我的儿。朱新壇也高兴岳父与他的亲近。

“不是一本，是《忠行录》和《孝行录》两本。”

“更好，如此，便有得可说，加上你办书院的事，我要让你得到皇上的旌表，要让官府给你立牌坊，让你在汾州说得起话，府里府外都能挺直了腰板。”

“谢谢爹！”女儿的欣喜来得更直接。朱新壜还重孝在身，不能表现出太多的欣喜。

坟地里的房子泥皮抹墙，茅草盖顶，远远看去，连一般的民舍都不如。除了朱新壜，常住的还有六个人。屋里家具不多，生活用品齐全，老王爷书房里的书搬来不少。天气转冷，便生火烧炕，又把地衣铺好，免得世子爷在书案前坐久了脚下生寒。炭是从孝义县拉来的，来的时候已成小块，每块都是拳头大小，用的时候方便，而且这种炭，燃起来火旺还不生黑烟。炕上硬垫、软褥、锦被、白绫卧单、缎帐、绣枕都是令狐妃准备好的。世子爱干净，面盆、面架、浴桶、脚桶俱全。靠西的一间房做灶屋，守孝期间不食荤腥，郡王府典膳官要关注世子爷的三餐，吃什么、怎么做，有专人料理。只要袭封的文书到了，世子爷就是新王爷，王爷就是王府至高无上的人，就是永和一支的朱姓人赖以仰仗的灵魂人物。

七八个月后，新书刊印成册，朱新壜如释重负，写书本不是他擅长之事，好在资料都是现成的，父亲已经做了九成的活儿。岳父不让他将书面世，起初他还不明白原委，后来一想，太早把书拿出来，别人会以为书是父亲写成的。

这一段时间还有诸多事要做，事情都是由岳父提议，然后两人商议决定的。第一件事：给极度贫困的穷宗以粮食接济，给没有生活能力的老人缝制冬衣、分发柴炭。第二件事：晓谕各将军府，以后到年龄需要请名请婚的，及时报郡王府教授，教授随时提请亲王府，决不能拖沓延后。第三是做谢孝之事：朱新壜乘素车，车张素盖，至州衙、分守道及卫所门，下车但不拜，只对知州、同知、分守及指挥史投帖致谢。这个习俗是民间百姓的，但王府世子这么做也不违制，人情孝道都做了表达。

久没去书院，朱新壜本希望赵世录在，结果只有二武，他问二武这些天书院有什么事没有？二武回答很干脆：“小事我就处理了，世子爷守孝不易，我也不忍再让你费心，只有一件事等爷回来再说不迟。”

“再有一年半才能回来，等得了这么长时间？”

“能行，反正之前一直都没做过的事，等一两年不算长。”

“什么事啊？说吧，看来你要做前人没做过的事？”

“世子爷，你说刻印一本书需要多少个钱？”

“你写书了？”

“哪儿会呢？我就问问这个，看看贵不？”

“你说吧，到底想怎样？”

“如果花不了多少钱，就刻印些学堂用的识字书吧，给那些入不了宗学和社学的孩子们看。”

“哦，你小时候曾有过这种渴望，是吗？”

二武点点头：“是的，世子爷，想读书的人如果有书，心里会很高兴，这事会让他们记一辈子。”

朱新�童来了兴致，他接着问：“这事你早想过？”

“崇文书坊刚搬来书院我就想过，后来书堂对外开放，有不识字的孩子来，我知道他们希望能识字看书，那时候想跟王爷提，可办书院花了不少银子，我就想，等等再说吧。”

“就听你的！我的新增弟。”

二武高兴，一时竟不知说什么好，世子称新增弟，自己可不敢说世子是他的新�童哥。

令狐长史对女婿刻印识字书的设想非常赞同：“凡事预则立，不预则废，刻印识字书没经筹划，但比筹划过的事意义更深远，更容易被人称道。”

令狐长史到书院见了二武，对他大加赞许：“你应该叫朱新增吧，为你请封之事，我专程去过一次宗人府，所以记得你的大名。”

“朱新增谢过大人！”二武的感激是发自内心的。有这份感激垫底，令狐大人便好开口要求他替世子爷做点事。

依令狐大人的吩咐，二武带头号令永和府下的镇国将军、辅国将军、奉国将军、镇国中尉、辅国中尉、奉国中尉一百二十多人，联名保举上疏，要求旌表朱新�童世子爷，并为他立牌坊。他们把奏折送至分守道衙门交给分守，请分守核实。又将奏折送至察院，请巡按大人查报。

二武心想：这些所谓的将军、中尉，不过是个叫法，只能表明他们请过封，并无任何权力，他们保举会起作用吗？

分守和御史在接了世子谢孝的帖子后，还没前去致谢，这倒是个机会。既然宗室推举，世子也确有益事善举，不如顺水推舟，还了人情。否则一张银票五百两银子总让人心里不安。

奏折转到知州处，知州和指挥史马上号令汾州儒学学正、道正司道正、僧正司僧正、医学典科、阴阳学的典术共同签字署名，最后让掌印官查看大明律的旌表条款，加以对应核实。经过如上规程后，结状上报了朝廷，这个过程前后不到三个月。

有这么多人保举，并有诸多事实为汾州人所共知，奏章随即得到批复，朝廷的圣旨很快到了王府。

“敕谕永和安简王长子新墥：尔嗜学好礼，敦彝睦族，居丧衰毁，贤孝可嘉。兹特降差官奖励表扬。尔家益新墥懋前修，以永终誉。”

有了这道圣旨，州府便决定为朱新墥立一座牌坊，以此响应朝廷，并为汾州树立一个楷模形象，让官员宗人做事时仿效，给平民百姓做人以参照。

牌坊立在西府大门对着的那条街上，叫“贤孝坊”。近处还有一座过街牌坊，那是嘉靖七年，为朱知燠立的嘉忠诚坊。到永和王府，必经这两座牌坊。

第十五章　摹刻诗石　修庙作画

贤孝坊建成，州衙要举行谢土仪式，便从阴阳学请了典术张罗此事。这位风水先生选出黄道吉日，列出所需物品，并要求在牌坊旁堆土设坛。州衙遣人筑坛，西府准备香蜡纸表等各种物品，包括五方厚土、五色神石、五方之水、五谷杂粮，还有七色彩纸、七色彩线、七色彩布等。供品是府上的厨娘蒸的，长莲花上点了红，十二个，满满一筐。

各衙门官员、东府王爷世子爷及宗室几十位将军中尉被请至现场，西府朱新墥盛装出席。未时正刻，典术开始烧香化裱，诵经祈告，接着是四面洒水撒土，然后将灵符贴在牌坊上，仪式完成。知州请东府朱表栾说几句，王爷上前施礼，说朱新墥是朱家人的修齐楷模，州衙以牌坊确认其贤孝行为，他代表宗人向各位大人致谢。朱新墥也上前行礼致谢。

没等官员们散去，朱知熑就离开了西府街，他想不明白，朱新墥何德何能，到底干了哪些事，值得为他树个牌坊？办书院是我出面找的地方，办书堂用的是东西两府藏书，让开放了藏书堂还印了些识字书，那都是二武的主意，他还干了些什么呢？就因为在坟地住了两年多？住哪儿不一样呢？什么事也没耽误嘛。朱知熑越想心里就越不服气，凭什么呢？不就凭个老岳丈吗？

回到府上，朱表栾把儿子叫来跟他说话，声音低缓，语气严肃："没有肚量、没有涵养，终究成不了大事，你也四十多岁的人了，脸面上的事要顺得下板来，抬人也自抬。"

"我只是心里不服！"

知熑这么一说，王爷脸上就现出了不悦。

"你不服谁？不服皇上吗？上有旌表的圣旨，州府才为他建牌坊，你有何不服？"

"他有多大建树？"

"只要做了事，大不大不重要，能不能让圣上知道，知道了又讨不讨皇上喜欢，这才是关键。”

“马御史说儒学泮池流水象征学海，亭台小桥隐喻人聚学问达，我便为儒学修泮池、筑亭台；瘟疫流行，我们出钱出力，救宗人于水火，掩亡者于地头，汾州城大大小小的事哪件离得了东府？皇上怎么就不知道呢？”

“怎么？你希望皇上什么都知道？东郭的织坊、三边的买卖、大同的屯田，还有城里的当铺，如果皇上都知道，你早在凤阳高墙安身了。”

“我只是觉得朱新壇这样好名远扬，以后汾州就是西府的了，谁还会再把东府当回事？”

“你又错了，太史公说：富相十则卑下之，百则畏惮之，千则役，万则仆。财富就是如此重要，你好好经管生意即可。”王爷顿了顿又道，“不过，我之前也忽略了邀功扬名这个策略，我们朝这个方向走走，不会太费力就能有收获。”

“如何走呢？”

“我要让官府也为你树一座牌坊！”

“你更有分量，汾州该为你树座牌坊。”

“既然已有分量，那还需要牌坊吗？”

朱知爀点点头。父亲袭封十五年了，汾州宗室说起东府王爷，三分敬七分惧。迎来送往五任州官，不亢不卑，应付自如。突然西府风头骤起，让他情以何堪。为儿子建一个牌坊，那是父亲要显示群龙之首的威风，那是雄狮的一声怒吼。

“从此，再不能对朱新壇表现出忌惮，而且要常去书院。”

“我去干什么呢？不如常去东郭织坊看看。”

王爷瞪了儿子一眼：“去书院写字！练练书法，一则让人知晓你人在书院，心在字里，另外也养养你的心性。”

买卖上的事，朱知爀比父亲懂得略多。但遇事全方位考虑，讲对策用谋略，万不及王爷，所以遇到大事，他对父亲言听计从。

之后，书院便常看到朱知爀的身影，写了一段时间的字，他发现自己还真喜欢上书法了。本来只想做做样子，越写越投入，一天不写仿佛就有什么事没完成似的。

书院山长王纬举人出身，写得一手好字，时不时来看看，还发表点评论。朱知爀喜欢听他讲苏黄米蔡的趣文逸事，但他不讲书法风格，也不做相互比较。他喜欢蔡体，记得有一次他跟赵世录讨论蔡到底是蔡京还是蔡襄，朱知爀在一旁听得津津有味。赵世录认为是蔡襄，他认为蔡襄的书法取法晋唐，讲究

古意与法度，而王纬认为是蔡京，蔡京的书法豪健痛快、柔媚沉着，更富新意。说着两人就开辩了。

赵世录说："蔡襄的书法在北宋前期就被推为当朝第一了。"

"北宋中期书法有了新风貌后，人们对蔡襄书法渐有微词。"王纬接话。

"但已经撼不动他的地位了。"赵世录马上跟了一句。

王纬又说："苏、黄、米的排列，年辈次序明显，蔡襄在他们之前，该排在第一才对呀。"

赵世录道："按平上去入顺着读就排成了苏、黄、米、蔡，这样上口。"

王纬说："因为蔡京被人称为六贼之首，才以蔡襄代之，做宰相和写书法是两条道上的事，不能混淆，这种做法我一百个不赞同。"

朱知烊分辨不出谁的话更有道理，但他觉得应该是蔡京。一个人即便罪恶无数，只一条字写得好，便可以雁过留名。倘若自己在书法上能有点建树，不也是一件让人刮目相看的事吗？看来还是父亲说得对！

他低头看了看自己正在临的《经略帖》，便转移了话题。

"米芾个性古怪，癫狂放浪，可他书法好，这就够了。"

王纬和赵世录停了辩论，话题转到米芾。

王纬看向朱知烊问："儒学里有四块诗石，临米芾的字，临得别有风味，你看过吧？"

"没看过，谁的字？"朱知烊诧异道。

"王庭筠的七言绝句四首，我有拓好的帖，拿来你看即是。"

"我居然不知咱汾州还有王庭筠手书的诗石，不临渊不知水深。还看什么拓片呀，去儒学看嘛。奇怪，咱汾州为何会有他的诗石？"

"这不奇怪，他父亲在汾州做官，他流寓汾州很正常。"王纬轻声道。

"王兄，这样跟你说吧，我临米芾有两个原因，字好是其二，更重要的他是太原人。"

"还讲故土情谊？"

"一辈子离不了汾州，我的眼光也出不了山西。"

"那王庭筠在你看来岂不更近？"

"管他流寓过几日，我当他汾州人便是。"

朱知烊去儒学看过诗石后，当即就决定摹刻新石。回到府上他先到上房找王爷说此事。

"儒学里有四块金刻石，上摹王庭筠绝句四诗，四五百年过去，石已开裂，有的字已模糊难辨，可惜了。”

“你去看了？”

“是的，在儒学藏经楼后边，我想请人摹刻新石。”

王爷低头思索片刻，抬眼道：“王庭筠虽然生不逢时，但不影响他成为大家。文采风流，书画上逼古人。有诗，有字，这石刻该流传后世。”

“我喜欢他的字！”朱知爀道。

“你喜欢不喜欢不打紧，重要的是摹刻好后，把诗石立在泮池那儿的聚奎亭，让去儒学的人都看见！”

“哦。”朱知爀明白了父亲话里的意思，有时候做事需要高调，自己不说谁会知道呢？立了诗石，这不让汾州人连泮池和聚奎亭都知道了吗？他们会说东府为汾州儒学做事不吝钱财！

果如王爷如料，诗石立起来，儒学教授、书院山长都对朱知爀大加称道，王爷当然满意。“做了事情，能得到赞同，还不会让人感觉是有意而为，要的就是这个火候。”王爷这样说。

父亲的赞许是朱知爀做事的最大动力，摹刻王庭筠的诗石启发了他。他想，若把汾州境内的碑碣全部拓下，汇编成册，然后再照此刻印成书，别人该对自己肃然起敬。

拓碑刻书可从长计议，趁这会儿父亲高兴，提另一件事，倒是最合适的机会。朱知爀走近父亲。

“杨鹂又生了儿子，之前她去田村的娘娘庙上香求子时许了愿，要为娘娘塑身。赵世录和王纬也一直想重修此庙。不如我们牵个头，号令香客，集资修葺，也是善事一桩。”

王爷心里不悦，杨鹂虽为朱家生了三个儿子，但她终究是个乐户，即使她不求名分，也免不了会给将来的王爷带来浮言，而做王爷万不能有什么执柄在人手上。

“不要听风就是雨，谋事不能太仓促，让人感觉急功近利。”

“赵世录的府第在田村，他离家赴任之前一直跟王纬念道此事，现在我们主张修缮，也算不上唐突。”

“赵世录在家三年，仅是念道，为何不着手干？”

“还是银钱的问题吧。”朱知爀猜测。

事实并非如此，赵世录听了朱知㷇对娘娘庙的追根探源，倒不好确定送子的娘娘该是现在供奉的后土，还是曾经的观音或者西王母了。这个不好确定，修缮的意义又何在。朱知爀不想这么多，管她是哪位娘娘，只要修了庙，平头百姓知道，巡按知州晓得即可。

王爷不反对修庙，只是不愿儿子把事情跟杨鹂扯上瓜葛，朱知熑再三提及，他最终还是点头同意了。

立了诗石三个月，朱知熑便开始筹措修庙。东府拿出八十两银子，然后又募集善款四十两，一百二十两银子到位后随即开工。加固寺庙院墙、更换正殿屋瓦、新筑钟楼鼓楼并重塑神母像，修缮工作需要很长一段时间。

王纬将此事写信告知在京的赵世录，赵世录回信说，他对东府世子的行为表示感激并大加赞赏。他让家人捐银百两，老父亲想不明白，为什么儿子会如此慷慨。

在朝做官，貌似风光无限，但其中的甘苦只有身在其中才能体会。京官六年一次的“京察”，名义上是要“黜贪存良”，实际上是上层官僚之间互相排挤打压的手段。即便京察过关，门生座主，同年乡谊，关系盘根错节，荣辱与共。不知道哪个人哪个时间会出了差错，株连别人或被别人株连随时都会发生，说不准今天还高高在上，明天就成阶下囚，故土老家才是最后的避风港。即使为官安然无事，致仕（退休）之后，告老还乡能够响当当地做人，提前铺路是必不可少的。花钱出银子，就在本村做这等事，顺理成章，既不显得有意为之，又会被村人念好，传到周边十里八乡，名声也好。他在信中提议用此银子为神母祠做壁画，以此确定后土神母的尊享地位。

赵世录之前跟朱知熑聊过神母祠中娘娘形象的演变，之后他翻书查阅，没有找到直接的记录，但前人的诗文中有几处文字提到此庙。他又跟村里的老人们聊天，收集关于寺庙和娘娘的传说，哪怕只言片语他也认真听取比对。禹门河离寺庙一里左右，古人为祈消水患而以神母立庙。而后土神母主管大地山川，中国人认为万物皆由天所生、地所养，神母为庇护一方的水土之神才对，故而可以基本确认娘娘为后土神母。

现在用壁画的形式确定其身份很有必要。

朱知熑担心这一百两银子会让赵世录抢了风头，老王爷说：“这怕什么？他人在京城，虽然出了钱，事情是由你操办，大不了刻石为他记一笔。皇上不会来看，本地人眼见的是你亲力亲为。”

“他的银子要用来做壁画，这倒让我为难了，画啥呢？”

“先延请画师，再商议壁画内容！”

请来两组画师，一组是介休的，算汾州本地人，另一组从晋南的平阳府来。

知爃分别跟画师班的头儿见面，把神母祠的历史渊源及现今祭拜求子盛况分别说给他们，又让朱表梃带了他们实地察看，要求他们据此画出壁画小样。画师要世子给出个大致的绘画意图及绘画风格，知爃一时也说不出个子丑寅卯。

那天晚上，朱知爃跟杨鹂说到此事，杨鹂脱口就说："就画神母到人间送子的情形，让进了庙的人一看就明白，送子娘娘在此，进供，叩拜，许愿，准有回应。"

"对，再画东关织坊的女工织天上的祥云，画宫中的妃嫔等待娘娘携子降临。"朱知爃道。

"织坊女工粗鄙，不足以陪衬神母，宫中女人多心计，个个只为一己私利，也不得入画。"

"那我让画师绘千里行商图，贩盐运粮，买丝卖绸，他们才是芸芸众生的神母。"

"你越说越远了，不如多画乐女，再画卤簿仪仗，既让绘画明丽好看，又能显出神母的威仪。"

"倒也有理，但不知画师见过多大的排场，能不能画出神母高高在上，享天庭富贵还记挂民间子嗣的双重含义。"

"那就带他们到王府看看，看王府宴享时的场面，他们心里有了底就好琢磨着如何构思了。"

"虽是画师，还不就是匠户？怎么能让他们进王府看王府宴饮呢？"

"哦。"杨鹂淡淡地应了一声。

朱知爃抬眼扫到女人的脸，她脸上的表情也淡淡的。他知道女人又想到了自己的乐户身份。

"要不就在你这儿举办一次大型宴饮，请画师入席，让他们身临其境看繁花、享美食，然后把王府的生活移植到神母娘娘的天庭，岂不一举两得？"

杨鹂的嘴角微微上扬，露出一丝微笑。

"世子爷你无须屈尊与他们共处一室同桌就餐。"

"我不参与，到时你是东家，朱表梃张罗，请你的姐妹和师兄弟们带了家伙什来，先吃先聊，然后吹拉弹奏，让他们看看乐女的姿容和娴熟的演奏。"

"那众姐妹不是都进了庙宇，入了画中？"

"也许你就成了神母的模子。"

"快别这样说，神会不乐意的。"

"神还有什么不乐意呢？东府花银子修寺庙，八十两银子，那是七品县令两年的俸禄。”

朱表梃把世子爷的意思说给两位画师，并以王府的口吻，以自己的名义下了宴请邀约。地点就在东郭。

明确了壁画的题材和风格，两组画师将完成画稿小样及位置小本。然后再由东府确定到底用哪一组画师完成壁画。小样和小本的绘制时间为一个月，无论以后用了哪组画师，制作小样要付银两。

介休画师央了陶窑的掌柜李厚天跟王爷说情，希望得到这个活儿。介休是三晋瓷都，洪山窑是介休数座陶窑里最大的，掌柜是汾州人，跟世子爷有交情。三年前经他手让东府的银子入到窑上，洪山窑加了拉坯人手，请了画师，还加盖了窑炉，出产的陶器不仅增了数量也提高了质地，东府的本钱很快就回来了，洪山的窑主也得益。最近窑上谋划再跟东府合作，事儿还在酝酿中。掌柜修书一封给世子爷，世子爷看了，鼻子里哼了一声，不就窑上一个管事的吗？修书荐人，有点抬高自己了，但信里还提到再谈洪山窑之事，朱知㸅问过孔天禛才知道这里面有稳赚的生意，也就不再厌恶他的举荐了。

平阳府的画师说他们参与过本府芮城县永乐宫壁画的修描补绘，自称其绘画风格有前朝朱好古的遗风。永乐宫壁画很有名，朱知㸅听西府朱知燠老王爷说过。仅凭这一点，他便认为这伙人行，转念又想，能够得到永乐宫的活，也许因为人在本地，近水楼台。画师说：“数年不间断地补绘，看着看着也就得了遗韵，如果小样出来世子爷不满意，我不收一个铜板，如果看得上眼，那我们确保绘上墙的壁画比小样更中看！”

两伙画师所做的小样出来后，着实让朱知㸅为难了，看不出哪组更好。平阳府的画作线条分明，人物美观大气，画面人物器物有一种富丽之感；介休人的画画面紧凑，人物多样有趣，各路神仙仿佛尘世的士绅官宦，神母让人联想到唐代的女皇。

朱知㸅拿了画稿到东郭让杨鹂看，他感觉女人在这方面更内行些，更何况这个女人原本比别的女人更聪慧一点。

杨鹂翻看了两册线装起来的绘画小样，没着急下结论，抬头问道：“你觉得哪本更中意呢？”

“我不懂，看了平阳府的画，只想起一句话。”

“什么话？”

“吴带当风。”

“啥意思呢？”

“吴道子画中人物的衣带宛若迎风飘动。”

“对，对，是有这种感觉。”杨鹂点头并以兴奋的表情对世子的解释表达了强烈的认同，“吴道子也是个壁画画师？”

“他是唐朝人，画卷轴也画壁画，我没见过卷轴真迹，只听过他在山西的故事。”

“世子爷将故事说于我听听吧。”

“画师的故事乐女也喜欢听？”

“长长见识又何妨。”

“说吴道子陪同唐玄宗泰山封禅，途经咱山西潞州，过城外金桥时，皇帝突发奇想，要画师将眼前旌旗蔽日，羽卫整肃，御路萦转的景况画下来，于是三名画师共同绘制了《金桥图》，时称三绝。”

“怎么绝呢？”

“我也没见过，不过称之为绝，那一定是登峰造极，前所未有的。”

“若平阳府的画师能画出吴道子的感觉，那就用他们得了。”杨鹂听世子爷的口风，顺势给了个结论。

“可介休人画儿里有众多的神仙，那才是真正的道教故事。”

“不是东、西、北三壁都要画吗？就让他们各画一壁，谁画得好，就将最后一壁留给谁。”

朱知爔原本是半躺在罗汉床上的，听她这么一说，便有了主意，坐起身来说话，杨鹂把茶给他斟上。

“这个办法好，就依你所说，让他们同时开工！”

神母祠三楹正殿，进门后从中间拉了一道草帘，两伙画师将分别在东西两旁作画，画稿经过统一后确定了三个壁面的内容，平阳府的人画东壁的《神母出宫》，介休人画西壁的《神母巡幸》，各自完成规定的画稿内容后，哪组画得好就继续完成北壁的《后宫迎驾》。

两组画师同时开工，先做泥皮，在砖墙上抹两层黄土麦秸泥，再涂掺了麻刀和砂子的细泥。等泥干燥的时间，画师便开始绘制粉本。粉本以小样为基础，大小与墙面相同。粉本制成后，真正需要保密的工作就开始了。

粉本上墙，介休画师时不时从草帘缝隙里悄悄看过来，原来平阳府人过谱子的办法与他们根本不同。他们习惯先将墙面颜色略微加深，粉本固定在墙面后用针沿墨线扎出小孔，再用白土粉包拍打小孔，墙上就留下点状连续的图案。而平阳府的画师在粉本背面涂刷了一层稀薄的水状物，将粉本覆于墙上，水状物风干后，图像就上墙了。到底涂刷了什么呢？等他们想再次探头看个明白的时候，草帘那边的人开腔了。

“匠人在士农之后，单就这两字来讲，我们还得把人字放在匠字之前，先做人，后做匠，西面的兄弟，你们说呢？”

介休人听出了人家话里的责备，但还是止不住想探看，瞄一眼便收回目光，嘴里还念叨：“是的，是的，各自的看家本领，不能失传，也不得外传。”

平阳府的人要求管事的甲首在大殿中间拉一个布帘子，甲首算了算，从屋顶落地拉一个麻布帘子，这铜板花了不值，他让人把原来的草帘加了麦秆，厚厚实实确保两边谁也看不到谁。

平阳府人过谱子比介休人快，但画线成图的速度还是介休人走先。重彩勾填以及沥粉贴金等工艺是主画师的看家本领，平阳府的画师用的捻子笔让他们的上色过程轻松快捷。

颜色的使用与绘画的内容相关，介休人画西壁多用石青、石黄；平阳府人画东壁多用朱砂，还用描金法，壁画看上去更富丽堂皇。

西墙的壁画中，除了巡幸中的神母，还有天兵天将和下界各路迎驾的神仙。天神缉拿的妇人虽然衣着艳丽，但因有罪在身，人物形象缺乏了女人的美感。金龙、天鼠、神马还有赤脚矮人虽也栩栩如生，但仙气有余而贵气不足。

东壁的绘画，神母雍容华贵，侍女们有的手托灵芝等祥瑞，有的怀抱婴儿。天将背后的红兜里也是孩子，稚气可掬。最有趣的是满满一车婴儿，有甜甜入梦的，有咧嘴憨笑的，有吮吸手指的，神态各异，细细数来，有七十八个。在东郭杨鹂家宴饮之时，朱表梃提到先祖曾生育了七十八个孩子，为一时之最。这一车婴儿既是画师对王府人丁兴旺的描绘，也代王府表达对送子娘娘的感激，还贴近制作壁画的主旨。

两边的画作完成后，朱知㷾带着杨鹂来到寺庙。杨鹂对东壁的画更感兴趣，她把马车和孩子们看了又看，尤其对画中的这一情节感兴趣：侍吏驾着的马车满载着婴儿，虽已拥挤不堪，但依旧有两个童子伸出手臂，试图将车厢外面的三个孩子拉上来，以便神母将他们送往人间。

“只可惜整面墙都没有画到乐人和乐器。”她感叹了一句。

“根据小样，北壁的《后宫迎驾》中就有诸多的乐人乐器，她们是乐人，也是仙女。”平阳府的画师道。

杨鹂朝画师点点头算回应，她心里认定该由这伙人来画北壁。他们不仅画技高超，而且知道谁喜欢什么，知道该画什么。

从宋代开始，人们越来越重视卷轴画，作卷轴画赚名博利，而绘制壁画很难赢来现实的名气和金银。壁画画师的日子也艰难，延揽活儿很不容易，得到捐资人认可更难，有时察言观色，揣摩人心比绘画本身还劳神费力。画匠除了上京应差能吃饱自己的肚子外，一家老老少少全得靠画笔养活。

北壁的画最终确定由平阳府的人完成。

北壁正中有神母的塑像，塑像靠前，壁画靠后。西侧的画面上有八名乐伎分别持琵琶、三弦、云板、琴瑟；卷棚处两名乐伎，一吹笛一吹笙；东侧画面回廊处有三名乐伎，持笛、弹弦、敲云板；正位上有六名引人注目的乐伎，以不同的姿态操各种乐器，其他仙官侍女若干，各司其职。面对壁画，仿佛声音都能从画中流出似的。

绘画完成，最满意的是杨鹂。

神母娘娘庙求子进香，还愿送鞋的人很多，看画的人却很少。偶有立于壁画前的人，也是被画中的仙山碧草、亭台琼楼及众多人物所吸引。至于与道教与神母有多大的关系，没人在意。

事成一年多后，赵世录从京城回乡，他对那三铺壁画的内容非常在意，在庙里看了近一个时辰。第二天，赵世录进城去了书院，跟王纬寒暄过后很快就谈到田村娘娘庙重修的事。

“我去神母祠走了一遭，重整庙宇、修葺大殿、新筑了钟鼓楼，里里外外焕然一新。”赵世录表情平淡地说。

“重修神母祠，对里甲乡民是好事。人常说举头三尺有神明，神母的庇佑对芸芸众生至关重要，生活艰难，造化弄人，人生需要抚慰。”王纬懂得寺庙在人们生活中的重要性。

“只可惜正殿里的壁画既没明确道教题材，也没确立神母身份，不知所云。”赵世录叹了口气。

“是吗？我没去看过，但完工后东府世子还夸平阳府的画师画得好，说田村神母祠的壁画在汾州地面上都是头一份！”

“是头一份，头一个把王府挥霍奢靡的生活画到墙上，头一个把朱家人生齿浩繁当荣幸记录。”

王纬盯着赵世录，微微摇头并用眼神示意：此话不当讲，二武就在外间，都知道他是东府朱知爦的人。

赵世录也觉得自己如此直言不讳与自己的身份不相吻合，但心中的不满被点燃了，对东府世子的怒火压也压不住。

第十六章 制作鸟铳 献图获利

朱知爕好些天都没到书院来。世子是不是病了，要不要去看看他，二武琢磨再三。王纬觉得那人写字的热情没了，心不在此。朱新壗最了解朱知爕，估计是遇到什么事了。能是什么事呢？他也不明白。

果如朱新壗所料，朱知爕遇到一件非常重要的事，事情要从朱表梃去大同说起。

朱表梃带人从汾州拉了铁器和小潞绸送往大同，去时五个人，他、三个车夫和一个准备到大同学买卖的小伙计。回程四个人，出了大同走了约三十里路，发现车马后面有个人影或隐或现，一会儿走在官道上，一会儿走进路边的庄稼地里，还探头探脑瞄他们。车上拉了些毛皮，虽然值不了多少银子，但遇到劫匪也是麻烦。朱表梃让车夫警觉些，自己骑在马上，背挺得直直的，马鞭紧握在手。他们不紧不慢又走了四五里路，那人一直跟着，看他那小心翼翼的样子，不像歹人。几个人小声商量后，决定喊他说话、问个究竟。

马车停下，三位车夫站成一排，不约而同把双臂交叉放在胸前，摆出一种要杀要打随便来的架势。朱表梃策马上前，那人见状，慌忙朝路旁的树丛跑去。朱表梃将鞭子甩到空中，身下的坐骑猛插到那人和树丛中间，缰绳一拉，马蹄腾空，一声嘶鸣然后前蹄落地，立在了那人面前。那人呆若木鸡，站在原地直愣愣地看着朱表梃。朱表梃拿着鞭子朝车夫的方向一指，并摆头示意让他往那边走。他抖了抖身上的土，迈步向马车走去，车夫们举起了鞭子，他仰着头跪地高呼："大人恕罪！"

朱表梃细看，此人年纪不过二十三四，灰头土脑，满脸疲惫，身型消瘦，衣不合体。"跟了我们许久，看你神色可疑，做何打算？"他厉声问道。

"请大人宽心，我没有不良企图。"

他说话的时候朱表梃发现此人两眼有神，毫不猥琐。

"有没有我们都不怕。"一位车夫不屑地说。

“跟了四五里路了，打算跟到哪儿？”另一车夫接话。

“想看看你们是什么人，是不是值得相交。”

车夫都笑，其中一位用嘲讽的口气问：“那看出来了吗？”

朱表梴摆手示意车夫住口，对那人说：“你该先观察一下我们愿不愿意跟你认识？”

“跟诸位聊聊，估计你们愿意与我认识。”他用汾州话说出这么一句，朱表梴和车夫都很吃惊。

“你是汾州人？是不是给商屯的人家种地？”车夫问。

“我是汾州军户。”他犹豫着慢吞吞地说。

朱表梴与车夫对视。

一车夫又问：“那咋不在军营？”毕竟是老乡，车夫问话不再生硬。

“三年前京操完毕后就来了大同镇，月前跟蒙古俺答汗打，晕在长城外，躺了两天。后被一个鞑靼老太太救了，她灌我马奶，我醒来发现自己的伤并不重，老太太夜里放我走，还给了我干马肉。混入关后，七拐八绕就上了这条官道，指望能遇上老乡结伴回汾。”

“原来你是逃兵。”车夫脸上现出鄙夷。

“是的，九边各镇到处都有逃兵，大同、宣府最多。边镇之苦，诸位大人也许不知。”

这句话让车夫动了恻隐之心。一车夫道：“就算是老乡，我们也不可能把你带回汾州。路上要经过若干关口，所有关口都要查路引的。”

“他是汾州卫所的，在汾州生活，但不是真正汾州人。”另一车夫道。

“如果你们能想法子带我回去，梁某一定重谢！”他说着向朱表梴深鞠一躬。

“拿什么谢？”车夫又露出嘲讽的笑。

“我心中有一图，卖与官家，值百金千金或许更多。”

“寻宝图？”一车夫揶揄道。

“如果有纸笔，我可以画给你看。”他没理会车夫的话，面向朱表梴道。

“你自称梁某，大名是啥？”朱表梴问。

“鄙人姓梁，名世贞。”

“今天我们不赶路了，再往前走几里就住店，你上第一辆车，到店再细说。”朱表梴吩咐。

车行四五里，到了一家小客栈，店主将他们安排在一间通铺大屋。

住下后，朱表梴找来笔墨，让梁世贞画那值百金千金的图。

一张纸上画了五个图。其中大图是一支弯把子长管铳子，另外四个小图是铳子的部件：弯把子、长管子及两个不知名的小物件。

梁世贞解释："这个东西叫鸟铳，比起九边卫所常用的小佛郎机和火铳好用多了，若有了它，跟蒙古俺答汗打，制胜的可能将大大提高。"

"这种东西现在还没制造出来？"

"西洋人先做出来传给了倭人，倭人改造后比原来的还好用。"

"你去过西洋还是见过倭人？你怎么知道的？"

"我没见过倭人，但大同镇我们那个窝堡里有从南方来的募兵，他们见过倭人，也见过鸟铳。南人把图画下来，天天和我琢磨。可惜他死了。"

"那他活着的时候为何不把图献出来做鸟铳打蒙古俺答汗。"

"南人想等合适的时候，请个大赏。"

"就这么几个图就想谋大赏？"朱表梃指着图上两个不知名的小物件说。

"你别小看这两个小东西，一个连在枪管上用来瞄准，另一个卡在木托上启动点火，起火快、打得准，别的火器比不了的。"

朱表梃不懂火器，但感觉这人的话不像编造的。他打算把他带回汾州，交给王府，由世子处置。倘若鸟铳果真实用，那可是一件意外收获；如若有诈，就把他交到汾州卫领赏。

第二天他便返回大同绸铺，跟小伙计要来汾州开出的路引，有了它便可入城过关将此人带回去。

回到汾州，朱表梃把梁世贞安顿到他的将军府，然后急火火去找朱知㸅。世子了解事情经过、看过草图，决定找个城上的火器兵打问些情况。火器兵说汾州卫的火器他都知道，但这种重量七八斤、点火板扣，瞄准打击的单兵铳子还没见过，他也不知道九边重镇是否有这种火器。世子拿不准梁世贞的话是真是假，去问问安悌吗？让他知晓好不好？一时想不明白，便去找王爷。

"无论真假现在都不能跟安悌说！"王爷断然道，"找来姓梁的，你细细问，我来听，真假都瞒不过我。"

梁世贞被带到王府门口，护兵盘问了几句便放他进了府院。在大院里他看到穿戴整洁的护兵，心生羡慕。这儿既安全又舒适，若能以鸟铳为条件，让自己留在王府那该有多好。

"梁世贞，这位是王府世子爷，有话问你。"朱表梃道。

梁世贞下跪施礼。

"起来说话！"

"谢世子爷！"

“说说你的鸟铳吧，怎么用？怎么打？”

“倭人的鸟铳用火药发射铁丸，三十到五十步内被击中，几无完物。”

“图是你凭空画的，可以照图做出实物吗？”

“回王爷，完全可以。”

“先做个样品，要几个人帮你？”

“一个木匠，三个铁匠！”

要三个铁匠，朱知㸅有些不解，但他没有再问询。

“物料有什么要求？”

“鸟铳的肩托要用枣木或核桃木，铁要八十斤。”

“造碗口铳吗？一把七八斤的鸟铳要八十斤铁，什么鸟啊！鸵鸟吗？”朱表梃口气带着点嘲讽。

梁世贞一本正经道：“在大同我跟南人偷偷做成过一支，所以敢打保票可以做成。只是枪管用的铁是普通的，打一枪就得停，怕爆裂了惹乱子。如果用精铁，那连发就没有问题。精铁需要好铁匠锻打，十斤粗铁出一斤精铁，所以做一支鸟铳就得八十斤粗铁。”

“用精铁做的铳管，可以连打几发？”

“单层铳管可以连发四五个弹丸。如果拉薄精铁做成双层的，那就能连发七八次。不过，双层的没做过，南人见过，我知道如何做，可以画出来，也可以说给铁匠，这都不难，最难的是打磨铳管内壁，打磨光滑发弹才无阻滞。”

“这有何难？”朱表梃问。

“铳管两尺半近三尺，从管口处插入四棱锥打磨，两头好上手，中间部分要用绳子来回拉锥，铁锥还需有足够的硬度。打磨光净一支铳管需要二十多天时间。”

朱知㸅听到里屋父亲茶杯落桌，然后指关节叩桌两声。这个声音只有他明白。王爷意在说明，事情靠谱，可以往下进行。

“先造一支看看，有什么需要，跟表梃将军讲。”

“如果造得出来，我可不可以长期做护兵为王府效力？”梁世贞趁机提出要求。

“造出来再说，王府不会亏待有功之臣。”

两个月后，一支鸟铳放在了王爷的书案上。

朱表栾让人送信给卫所安悌，约他三天后未时正刻在文湖边见。

“这老鬼葫芦里装的什么药呢？”安悌琢磨不透。

祖制规定，除了扫墓，各地王爷不得私自出城。但汾州远离两京，这条禁令拴不住朱表栾的腿。平日，他轻易不出城。不出城是因为他不愿出门，烈日、寒风，外面的吃食，乡下的茅厕都让他受不了。四季都在王府里，偶尔城里转转，惬意得很。北郭的园子盖起来了，也很少去，说起来都有点浪费，但王府得有这个做派，这是给别人看的。

文湖离城十里，是汾州最大的水域。这个季节，湖里的小岛上还有成群结队的鹳鸟。安悌先到一步，王爷远远就看到他手搭凉棚向湖心打望。王爷乘车而来，马车两侧，朱知爀和朱表梃骑马随行，后面还有护兵若干。

行过见面礼后，安悌急着问："王爷把我约到文湖，是来看鸟吗？"

"说对一半。"王爷轻松地笑着回答。

"还看风景？"

"古汾州八景，两个景致都在这儿，可惜隋炀帝的'汾水行宫'毁于兵火，'文湖渔唱'也不过是个说法，除了鹳鸟还真没什么可看。"

"知道要看鸟，该带个千里镜出来。"

"我的安大人呀，不用千里镜，今天来让你看个火器。"

朱表梃从背上的皮带子里取出鸟铳递给朱知爀，朱知爀递给安悌，安悌双手去接，朱知爀道："不重，安大人单手就可以托起。"

安悌看向王爷，王爷开口道："你看看，我不懂，他们说这东西比九边卫所所有的轻型铳子都好使，我不信，得让你看看。你懂，蒙不了你。"

安悌拿在手上看了半天后，只"哦"了一声。

朱知爀道："要不我们试试，这东西单看感觉不到好！"

"等等，这铳没有引信？"

"大人看，铳管靠近人身的这端有个小孔，用麻绳点着洞口的硝，扣动板扣把火逼到黑药上，弹丸一下就发射出去了。"

"来，来，来试试！"安悌将信将疑。

护兵麻利地把一个木杆儿插在远处，木杆儿顶端吊了一个双耳陶罐。朱表梃站在王爷和安大人不远处，一手持铳，瞄准前方，一手点火，扣动板扣，一声巨响，陶罐炸裂，木杆儿少了半截，这个过程用时极短。

安悌"啊"了一声，睁大了眼睛。

其实王爷也是第一次看它发射，虽也震惊，但他没有说话，脸上也没表情，过了一会儿才说："再试一次！"

安悌回头跟他的随从兵说话："抓只鹳鸟来试！"

"安大人不必着急，我们有准备的。"朱知爀道。

护兵又去远处插杆，这次杆头绑了一只活鸡，鸡倒吊着，扑棱着翅膀。

鸟铳再次响过后，王爷和安悌同时走到立杆前：三十几步远打过去，鸡已没有一块完整骨肉。

安悌抬眼看着空中飘动的褐色鸡毛，又是一个字："行！"

文湖远处小岛上的鹳鸟又被惊起，在湖面上空飞过，人在低处看它们的翅膀，一半黑，一半白。

安悌和王爷约好东府细谈鸟铳。

第二天，王爷刚刚吃过早饭，安悌就来了。

"孝兼好心急，早饭都没吃吧？"

"昨晚跟两位千户聊到很晚，他们曾在北直隶京操过，军器局和兵仗局制造的火器应该都见过，鸟铳确实没有。"

"有没有也不急一顿早饭的时辰，来，我们到书房，让他们给你端早餐来。"

四样小菜，几个包子还有一碗桂圆小米粥，安悌在王爷的书案上毫不客气地用餐。在汾州地面上，任何官员都没有安悌跟王爷共事时间长，他们的父辈打交道，他们的儿子也将继续打交道。

"王爷，鸟铳确是在汾州造出来的？"

"那还有假？"

"什么人造出来的？"

"几个人造的，各做一部分，谁也不知别人做了什么。"

"那是谁牵的头，谁的主意呢？"

"孝兼，喝口粥，慢点吃！"

"我是说，大明律载，除了弓箭刀枪等，凡火器，均不许生造，犯禁者，在京拿送法司，在外拿送巡按御史，王爷不可不知！"

"一大早来，喝了我的甜粥，还吓唬我，真有你的！"

"王爷别说笑，您打算怎么弄？"

"我没啥打算，把做好的铳和草图送给你，由你处置。"

"这可不是仨瓜俩枣的事，王爷有什么条件？"

"我一个老朽，别说上马击胡虏，下马草军书，就连城也出不得。鸟铳放我手上纯粹就是一个摆设，你若有了它，或者卫所自行打造，或者交到军器局，总会有用处的。将它配备给汾州守城兵，那跟筑了城一样，配备给九边兵，那就是加高了长城。"

"王爷说得极是，不过我想，这东西既不能在汾州卫所自行制造，也不能交到军器局。”

“为什么呢？说详细些我听听。”

“汾州卫自行打造，唯恐名不正言不顺。上面规定，卫所的火器三年分配一次，若有缺乏和急需，要到兵部请示奏明，准许后方可自造，而且只许造手把铜铳和城堡用的大将军炮。”

“军器局呢？送到那儿如何？”

“如果把鸟铳和图样送到军器局，那就要经过一系列的上报和讨论，最终要由他们造出样品，由兵部试验后才能成批制造，这个过程少说也得两年。”

“还有第三条路吧？”王爷的平静让安悌折服。

“我想把它送到三关的火器营造处，就在山西造！”

“三关造之前不需要走军器局吗？”

“不用，三关造铳是皇上批准了的，他们做双管枪，做小型佛郎机，现在造鸟铳，完全可以说成是旧火器改造。至于以后是不是要奏请兵部，那是他们的事。”

“对你有什么好处？”王爷问。

安悌略顿一下，王爷言下之意该是对他有什么好处。

“想听王爷的意见。”

“三关造的火器都在山西使用吗？”

“大部分是！”

“制造权和分配权都归他们？”

“是！”

“黑火药也归他们管？”

“应该是！”

“既帮他们做鸟铳，也帮他们做火药吧！”

安悌听明白了，朱表栾思路清，反应快，既有王爷的派头也有生意人的灵敏，不能不服。

“可以跟他们提要求，办成这事算回报王爷！”

“孝兼，这是我俩的事，没有你，鸟铳就烂在我手里了。”

三关镇也叫山西镇，属九边重镇之一，因偏关、雁门关和宁武关三关而得名。三关的火器营造处设在偏关，距汾州有七百多里路。

安悌带了草图和样铳赶到偏关火器营。营造处的管事是个介休人，安悌认识他，没打过交道。管事把样铳拿在手上端详半天，抬头问：“哪儿来的？”

“自己造出来的？”

“你？”

安悌点头。

“怎么造出来的？”

安悌没有回话，掏出几张纸，分两沓放案上，指了指左边的一沓道：“这是鸟铳的大图。”又指了指右边的一沓：“这是各部件的小图。”

管事伸手去拿大图，安悌赶紧道：“鸟铳都在手上了，大人还是先看小图吧。”

管事把刚刚拿起的大图放回去，发现大图下面压了一张银票，他装作没看见，问道：“小图几纸？”

“小图共四张，急急忙忙出门，少带了一张，还是一张最重要的，在驿铺，改天我带来。”

管事笑了笑，明白了他为啥就把最重要的一张给落到驿铺了。

“鸟铳试用过没？”

“试过若干遍！”

管事道：“这铳子操作简单，倘若真能造出来，那边兵人手一铳，募兵都可减少一半。”

“长城也不用越修越高了！”安悌边说边把案上的大图小图还有银票收一块儿，往书案里边推了推。

“如果做出来，先给汾州卫所配备！”管事不加思索道。

“那倒不急，捣鼓出这东西也不容易，上面愿意把这东西交你们营造，里面的条条道道想来你也明白。”安悌加上这一句，为提要求做铺垫。

“军器局知道？”

“没这么说啊，我的老兄！我为内府的人跑个腿。”安悌用模棱两可的话回答并解释模棱两可的话。

营造处的管事转着眼珠子琢磨安悌的话：又是军器局，又是内府，仿佛有点来头，看来这事必须跟总兵汇报并认真协商。

安悌在偏关住了七天，直到管事告知，可以由汾州孔记供给三边火器所用全部黑火药配料，他才把鸟铳板扣的那张草图拿出来，与前面四张合成一组完整的图谱。五张图一把铳，换来山西镇黑火药配料三年供应合约。

黑火药配料三种，硝、硫黄和木灰。木灰就地烧，硝和硫黄，需本省或外省购进。

偏关火器营造处开出商引，孔家的商队开始长途贩运。第一批硫黄送至偏

关后，孔府住偏关的掌柜听东家的吩咐，重金打点了营造处的管事。管事不再细问军器局为何把鸟铳留给偏关营造，也不再打听他们与宫里有啥关系。还答应给汾州卫配十支鸟铳，上报兵部时写明：以改造好的火铳补汾州卫。

王爷愿意由东府出银子再为城墙的守兵购置十支鸟铳。安悌修书偏关，并付一张汾州孔记当铺开的内部银票。银票可以在偏关汾州孔记的店铺里取出银子。银子是管事亲自去取的，一个人骑了马，天擦黑快要关店门时去，取了径直到家，回屋赶紧锁到自家炕柜儿里。

过了些时日，偏关火器营造处送到汾州卫十支鸟铳。鸟铳远比汾州匠人做得精细，精铁比汾州的好，铳管乌黑发亮，内壁打磨得非常光滑。世子喜欢这个东西，但朱家人不能拥有更不能使用火器。

鸟铳的事，朱表梃功不可没。朱知爔问他想要什么赏赐。他吞吞吐吐道：“那匹枣红马养着不骑，还得专门出去遛……”

“你知道枣红马怎么得来的吗？”

“你说过，是在大同马市用棉布换来的。”

“知道就行，马市没了，这样的好马很难再有了，即便有，那价钱也高得吓人。”

“世子爷的黑马比枣红马身架大，齿口小，汾州城都是头一个。”

朱知爔瞥了他一眼。朱表梃看到了世子脸上浮着的微笑便明白，枣红马是自己的了。

梁世贞知道守城的兵用上了鸟铳，看来自己不用再回边关、也不用去卫所了。就在王府做护兵，既无性命之忧，也无须忍饥受冻。世子答应了他的要求，让他在二院门上守着，里面有事就进去照应一下。

当初，王爷和安悌说鸟铳的事双方合作，利益共享。王爷言而有信。新火器交付使用一个月后，他让朱知爔把银子送到安悌府上。安悌迎世子到客厅，收了银子。双方寒暄几句后，朱知爔提出要到卫所看新火器的使用情况。

安悌领着朱知爔走到操习场，卫所兵刚刚操练完，正三三两两地坐在地上休息，见安悌领着一个陌生人过来，以为有什么事，都站了起来看着安悌和世子。安悌大声道：“你等手里的新火器，就是东府世子爷出钱造的，他今天来看看大家操练，大家把看家本领拿出来，让世子爷看看！”话音刚落，只见十个营兵拿起鸟铳，站成一排。五十步外，用水浸过的高粱秆捆绑成小人，一排排栽在土堆上。营兵装药、往鸟铳里塞铁丸。小头打了一个手势，奇数位置上的五个炮手立即瞄准点火。只听“轰！轰！轰！”几声巨响，秸秆人有的被拦腰打断，有的被打成丝丝缕缕。朱知爔还没来得及叫好，“轰！轰！轰！”又

是巨响，卫所内弥漫着硝烟。朱知爃冲着安悌喊道："安大人真是孙武再世，短短一个月，他们就运用得如此熟练。从今往后，何惧蒙古俺答汗再来！"

鸟铳不像将军炮一样是个摆设，也不像铜口铳那样赶不上性急，万一蒙古俺答汗来犯，抵挡他们就不再只用箭与石头瓦块了。城墙上的卫所兵使用了新火器后，安悌邀分巡、知州、同知以及儒学和商会的人上城墙，让他们看二十把鸟铳分前后四排轮番发射的状况。这件事后，汾州官员皂吏、庠生儒士、农户军户、贩夫走卒都知道了一种叫鸟铳的火器，并且是世子爷弄来的。

让世人知晓朱知爃，让儿子树立起自己的威望，王爷要这种效果，而且这件事比他当初想得更好。跟偏关火器营造处建立起来的关系他们会维护好，这条路上铺满了黄金白银。

第十七章　腊八邀功　家宴生事

转眼又到腊月，东府王爷下帖给州府、分守道、察院及卫所的官员，邀请大家在腊月初八参加王府的腊八家宴。虽有祖训禁止王室与官府私交，但经过正德到嘉靖年后，这些禁令就不那么严格了。再加上开府汾州的郡王总不像身处太原府、大同府的亲王那么易于被人关注，所以官员们接到请柬去赴宴，既给了王爷面子，也算是抬举自己。

赵世录也接到了王爷派人送来的帖子，去还是不去，他犹豫再三。自己丁忧在家，守孝期间不应宴饮娱乐。但王爷的人说，是府上腊八小宴，之所以邀请汾州地面上的头面人物和赵大人，一是以此缅念太祖，二是要聚一起议一议筑城之事。有了这两个原因，赵世录就没有不去的理由。再说年后就赴京就职，也趁此跟大家道个别。

赵世录没想到庆成府的家宴是这样的排场。整个王府的院子全部搭起临时顶篷，五进院里摆满了桌椅，正院客堂里有两桌是王爷陪着的主宾席位，其他地方都是王府家人。小孩穿上过年的新装，女人们绫罗裹身，珠翠贴面，一片绮丽。两组乐工，每组八人，前院声起，后院乐停，整个王府笼罩着一片祥乐气氛。

赵世录被下人领进王府大门，演奏的乐工吸引了他的视线。他不太明白王府使用乐工的规制，但知道男乐工只能戴绿巾，以红绢束腰，女乐工只能戴皂冠，穿皂褙子。而今天院里的乐工锦衣熠熠，裙带飘飘。他立马便想到田村神母祠壁画，原来画上的人物就在王府。他心中不悦，嘴唇绷得老紧。

午时将近，乐声骤停。田教授上前与王爷耳语，王爷起身道开场白："按旧礼，腊八是个拜神的节日，古人祈求五谷丰登，道家说五帝朝会，佛家说佛祖成道，对朱家来说是个祭祖的日子。相传太祖当年身陷囹圄，从老鼠洞中寻得小米绿豆红枣便一锅煮了吃，后来得了天下，便把救命的食儿让子民吃成了腊八粥。今天合府上下共聚，并有幸请到诸位大人，我们一起吃腊八粥，一起祭拜先帝，也一起说说咱汾州的事。”接着他与大家举杯共饮。

下人们穿梭来往，倒茶、上菜，斟酒，照应主客的各种需求。酒过三巡，菜走几道，腊八粥上桌。细瓷小碗，纯白羹勺，稠粥里除了粮食，还有桃仁、杏仁、桂圆、莲子，王爷特意吩咐过，要加百合，喻百家好合。

安悌吃了一口，抬头跟王爷道：“这粥香，比卫所的好！”

王爷道：“孝兼啊，卫所的军兵有粥可吃已经不错了。”

田教授抓住这句话，赶紧道：“今天咱汾州城各处都有粥可吃。”众人看向他，他看向王爷，王爷看向儿子道：“知熑你说说今天送粥、施粥的情况。”

朱知熑有点不知所措，田教授之前跟他说过此事，并且告诉他要在用饭时跟大伙做个告知，但他没当回事。他起身又看向身边的田教授，田教授低声给了他个提示：“世子爷你就说说送了哪些地方，具体如何送、数量多少我来补充。”

朱知熑清了清嗓子道：“城里各大寺院和宫观都送了粥，养济院送去的够吃三天，四个城门外都搭了粥棚。至于其他方面嘛，咳！咳！由田教授给大伙说吧！”

田教授站起来想补充，王爷挥手制止。本希望儿子开个屏让这些人看一看，可朱知熑那缩回去的秃尾巴让他顿生厌恶。

就在他摆手的时候，西府朱新墇不紧不慢站起来道：“东府王叔为汾州百姓做了许多事，他不张扬，不夸功，实属难得，总让西府主事的我望尘莫及。步他后尘，西府腾挪出银两米粮，为全县八十岁以上的人分发，进了腊月便派出人马，合州五坊、十二厢、七十八个里，估计到腊月二十三之前就送完了。另有七十岁以上的孤寡老人也会收到钱粮，在年关将近的时候，得让老人们感到些许暖意。哪怕不是腊八这一天，只要能喝到腊八粥，他们便会感念皇恩浩荡，便会知晓咱汾州王府官府诸位的爱民之心。”

安悌急忙道：“王爷行善，官府怎敢贪功。”

老王爷本想让儿子露脸，没想到反而给朱新墇搭了个台阶，人家借力行事，做得不留痕迹。朱表栾想要结束这个话题，便打住了安悌的话：“来，各位大人，还有里里外外咱全家人，我们以粥代酒，与汾州一十三万百姓一起喝腊八粥，追念先祖，祈求来年风调雨顺！”

赵世录听了两位王爷的话，心中暗自好笑。东府老王爷为儿子用心良苦，儿子却扶不上墙，日后朱知熑一定难与朱新墇比肩。一旦老王爷离世，西府统控汾州的格局很快就会形成，这并非坏事。汾州自古民性淳厚，俗尚勤俭，可

数代明宗，坐享禄福，日渐奢靡，百姓跟风效仿，王府影响力太大了。仅言这一点，治宗势在必行。朱知㸌明显不足以担当此任，倒是朱新㙉看上去有风范有手段，其身正，不令而行。风水轮流转，赵世录看好西府新王爷。

试用御史于敏顺与赵世录同桌，这个年轻的六品官在京与赵大人有过交往。三年前京察建立起的联系，那是真金白银打造的。御史给他的考语，在吏部起了至关重要的作用，此事彼此记着但绝不提起。于敏顺巡按汾州是皇上亲点的，但把他的名儿提到皇帝面前的是马钟谕。于敏顺虽对皇帝负责，但遇事会听马钟谕的，马御史与庆成爷交情深厚，于敏顺自然晓得。他与东府王爷的私交甚好，虽在年龄上是两代人，但王爷常说，忘年交无须八拜，神通也。对于王府，于敏顺知道奏报大事要用心斟酌，管控宗室成员以及王府官员必须着力而有效。作为巡按御史，既不能辜负天子，也不能不为自己。

朱新㙉说完话，于敏顺扭头问旁边的安悌："汾州有多少八十岁以上的老人？"

安悌摇摇头："估计不会多。"

"七十岁以上的应该不少。"于敏顺知道七十岁以上的人也不会多，他故意这样说，想引出安悌的感慨。

"年景不好吃不饱肚子，间或还有瘟疫。年景好点，蒙古兵士又骚扰，抢掠完了，边关卫所又要人要粮。你说，能活到古稀之年的，会多？"安悌小声说着，然后朝朱家人方向扬了扬下巴，"他们七十岁以上的，多！"话里话外满是嘲讽。

于敏顺接话："他们更不会多！"然后两人相视而笑。

事实上，山珍海味，四时鲜食，并没有让朱家人长寿，短命似乎是皇家不可破解的魔咒。朱表栾能活到七十六岁实属古稀，趁着自己现在身体康健，精力尚好，得为知㸌确立在汾州地面上的威望。虽然已感觉到儿子的种种不足，但知㸌是长子，只能扶他上马。精心准备腊八宴就是想让官府给知㸌一个认定，毕竟他也实实在在做了些事，能得到皇帝旌表最好不过，如若不能，州府能给他立个牌坊也是好事。

酒过三巡，老王爷开始切入话题："请诸位吃个腊八粥，该说些轻松愉悦的事，可心里搁着疑团，人就轻松不起来。坊间传闻，蒙古俺答汗又犯三关，只怕不是浮言。到底是怎么回事，安悌你给我们说说，这应该算不上妄议朝政吧。"

安悌顿了顿道："庚戌年后，朝廷答应了蒙古俺答汗通贡的请求，开了马市。按理说他们得到过日子必需的家什该消停了，可事隔一年，蒙古俺答汗又纠集人马犯边，八月扰大同，九月犯三关，两万多骑人马，数目不小啊。”

“边兵出战没？”朱知煉焦急地问。

“大同总兵拥兵观望，指挥史率部下死战，不敌而亡。”

“大将军仇鸾呢？”这句话是朱表栾问的。

“此事……我也不知当讲不当讲。”安悌犹豫着看向于敏顺。

“已是公开的事，无须忌言。”

“你跟大伙说说吧，知天命也得识时务哪！”王爷催促道。

“仇鸾本是败类……”

于敏顺这句话一出口，赵世录便现出满脸惊愕。这一年多潜心写书，朝廷的事都没怎么关注，一定有了什么大事。“仇鸾？是蒙古俺答汗兵临京师时最早进京勤王的仇鸾？”他问。

“仇鸾还能有几个！”朱知煉露出不屑的神色。

于敏顺接着道：“皇帝都被蒙在鼓里了。当初蒙古俺答汗犯大同，他以重金结不战之盟。蒙古俺答汗撤离大同移向京师。随后他入京勤王。皇上因他最早驰报敌情，又始终与敌军对峙，赐他蟒衣玉带，封他为大将军，统摄三大营。”

“哦，敢这样！”朱知煉表情夸张，语调惊异。

“结果如何呢？”赵世录想知道结果。王爷看出他脸上的惊愕与惶恐。

“结果他要么畏首畏尾不战，要么以伤亡数百人的代价取蒙古俺答汗部几颗头颅，再配上死伤民众的人头去报捷邀功。事情终归败露，剖棺戮尸也难消皇上之怒，传首边关仍不解将士之恨。”于敏顺道。

赵世录的脑子里“轰”的一下。他当初被急召回京时，京城一片混乱。各路勤王兵轻骑奔赴京师，均不及携带粮草，一时供给困难，便有军兵抢掠百姓粮食，仇鸾的大同军尤为严重。后来大同军被朝廷重用，皇帝只轻描淡写要求仇鸾约束部下。他到户部要粮，用银子疏通关系，粮草很快就得到解决。赵世录后悔当初收下他的银票，还收下他送的一对金麒麟。金麒麟虽不大，但父亲喜欢。怎么会出这样的事呢？仇鸾怎么会是这样的人？

“咳！”，“嗯！”王爷清了清嗓子准备说话，赵世录回过神来。

“仇鸾死了也就罢了，可蒙古俺答汗并不罢休，我们还得临深履薄地活着。安大人说二十支鸟铳齐发，恐怕城墙都得摇晃，我的担心也在这儿。孝兼你上次说的是玩笑话还是当真如此？”王爷问到城墙，又很自然地提到二十支鸟铳。虽然大家都知道鸟铳的来历，但再次提醒会增加人们对朱知煉的好感。

安悌道：“城墙确实该修了，可年年银钱紧，七差八错总不能动工。再不

包砖，真有一天需要二十支鸟铳齐发，会出问题的。”

“开春我们就好好把这事议议。”王爷收住了话题，他今天不是真要议修墙之事。即便议了，也议不出个什么结果。接着他说：“来，把酒都倒上，我们共同喝一杯。”

赵世录端起酒杯但没有沾唇，修城墙的话题让他想起当初从北京回来后，跟王爷聊到仇鸾，心中不禁又是一怔。

“赵大人，你请！”朱知爀从另一桌走了过来，朱表梃陪在他身边。

赵世录思绪不定，面无表情。他打心里不喜欢朱知爀，世子爷习惯居高临下，声音动作都让他感到厌烦。第一次认识朱知爀是在书院，那时他还是个秀才，他跟孔天胤一起研习功课，朱知爀来找表兄，为一点小事，劈头盖脸责骂，他上前劝阻，世子爷便对他也恶语相加，丝毫没有王府世子风范。从那时开始，他对世子便有了看法。

“赵大人请！”朱知爀又加了一句。

赵世录小口浅酌，算是回应。此时他还在回想之前跟王爷说过些什么话。

朱知爀心中不悦，在王府冷落主人，也有点过分了。他忍了忍没说话，回到自己的座位。

这时，乐声又起，前后院两组乐工同时演奏一支胡曲，声音起伏交融，前后呼应。大家凝神倾听，赵世录脸上却又现出厌恶的表情。

“赵大人，你喜欢什么曲子？点了报给乐工。”王爷已看到赵世录的不悦。今天要让请来的人都高兴，目的只有一个，在儿子受旌表或立牌坊的事上，让大伙给个面子。

赵世录还在仇鸾的事上思前想后，王爷的话没太听明白。他脱口就说：“礼乐用来教化王府宗人，以利家国之治，不能随了我的喜好来。”

“赵大人说得极是，听古人之乐，以强化尊卑，规范人伦，并非只为享乐愉悦。”王爷的表情严肃了起来。

“宴享该用古乐，俗乐和胡乐让教化变了味，乐工也就不能保全王府的体尊了。”赵世录并无恶意，他只想阐述一个道理。

不料想，这句话却让朱知爀很难堪，因为杨鹂，他忌讳人说乐户与王府的事，更不愿别人的话引起父亲的不悦。

赵世录话音未落，冷不防见一个酒杯飞至眼前，来不及看清楚从哪儿飞来，人已倒地。坐在旁边的于御史也只看到酒杯飞来，却不知是谁出了手。大家手忙脚乱上前扶救，只见他右眼眼眶半寸长的裂口不断往外冒血，伤口离眼球只有一柳叶宽的距离。这时赵世录还睁着眼，感觉后脑勺有点疼，伸手去摸，摸了一手血。他眼前一黑，双手立马耷拉下来，翻了个白眼晕了过去。

乐声停了，院子里的家人各自散去。赵世录被抬进小书房，躺在一张罗汉床上。医学的王典科及时赶到，给他敷了药，包好伤口，然后把了脉，开了方子，吩咐赶紧熬了给他灌下。赵世录一直没醒过来，这让人有点着急。

不用猜也不用问，王爷知道一定是朱知爦下的手。他坐在书房的太师椅上，瞪了儿子一眼，开口道："今天请人来，本想让你金甲战袍亮个相，你倒好，喝了自己的倒彩，这唱的是哪一出啊？"

"看不惯他傲慢的样子，给面子不要，冷眼看我也就罢了，还敢顶您的嘴，合着汾州城所有官员吏目，宗人族人，没人敢这样吧？"

"就让他说句不敬的话又如何，这样我就抬不起头，就折了翎子？倒是你该把外面的那些不长脸的事收拾一下，祖制那是硬邦邦的，上面要跟你计较，吃不了兜着走！"

"也轮不到他来说长道短，皇上的御史都视而不见。"

"你给我住嘴！"王爷生了气。

朱知爦不敢再开口了。

赵世录醒来，一句话也没说，王府派人把他送回家。第二天又让田教授带了礼物去探望，田教授回来说，人是醒着，但不张嘴，王爷觉得这事不对。果不其然，几天后赵世录一纸状子递到于御史手中，请求查明对他下手之人并做出公正裁处。另外还要于敏顺年前回京到户部替他告假，因为伤口没有愈合的迹象，头重身沉神志不清只能卧床。于敏顺有些为难了，那么多人在场，若不能给赵世录一个交代，只恐他下一步把王府和自己一起告到朝廷，那样的话，不仅饭碗不保，圣上一怒，怎么处罚的可能都会有。这事必须私下了断，确保赵世录能在年后正月初五上路。事情还必须在自己返京前处理好，只有六七天时间。

于敏顺跟王爷禀明情况，又把可能出现的结果做了分析。

王爷说："容我想一想，也把宴席上的实情弄明白，禀报于你，再请你定夺。"

赵世录受了伤，朱知爦仍没觉得事情有多大。直到父亲跟他说，赵世录丁忧结束，本来准备年后到任，而眼下他可能会以身体不适不能上路作为要挟，他这才明白，事情有可能捅到户部，捅到朝廷。

"那怎么办？"朱知爦有点慌了。

"田村神母祠壁画上的神母像用谁做了模子？"王爷以问代答。

“他们说像杨鹂，我不知道是怎么回事。”

“你还说不知道，没出这事，壁画还可以改一改，现在改不得了，乐女成了‘神母’，‘神母’还为你生了几个孩子。如果这事也被上面知晓，那你别说做庆成王，去凤阳吧！”老王爷说的是事实，但可能出现的结果是他故意加重了的，他要借机处理掉住在东郭的杨鹂，“这事我不给你做决断，你自己看着处理。”

“那，赵世录的事呢？”

“我只好为你擦屁股了！”

朱知燫急忙上前替父亲续茶，道：“我甩出酒杯的时候，其他人是不是看到了？”

“那么多人，总有一两个睁眼的！”王爷道。

“可以说酒杯是朱表梃甩的，而且不是冲着赵世录，只是个误伤。”

“小儿伎俩，别人都是傻子吗？”王爷嘴上这么说，心里却是认同的。

让在场的两桌人都认定是朱表梃甩出酒杯误伤了赵世录，空口说白话恐怕不行。好在年根都要相互送礼，王爷打算把礼送得重些。并且让田教授一个人去，一个人的说辞，前后一致，各处也一致。

朱表梃自然要听朱知燫的，替世子爷担罪没有二话。朱知燫知道要给他点好处才能永远堵上他的嘴。朱表梃早就看上杨鹂身边的一个丫头，反正杨鹂也要打发，顺手给他就是。

打发杨鹂虽然有些不舍，可事情到了这个份上，不能因为一个女人耽误了做王爷的大事。杨鹂哭哭啼啼不愿离去。朱知燫说介休还是汾州的地界，策马就到，常去看你便是。可杨鹂心里明白，王爷世子爷是不可随便出城的。她是个知趣的女人，如果执意不去，那王府做出什么事的可能都有。

对于赵世录，王爷明白，伤不重要，主要是心病，他咽不下这口气。王爷让儿子带了朱表梃悄悄出城到赵府给人家当面道歉，赵世录没见他们。赵府管家客客气气接待他们，人家的话是这么说的：“既然是失手，那就请世子爷不必多心，等赵大人养好伤去给王爷回礼，然后再去户部复职。只是大人天天头晕，状况一日不如一日，只怕短期内难以行动。”碰了软钉子出来，朱知燫不知如何是好。朱表梃说：“这家人不好对付。听西府的人说过，当年因为坟地，也弄了个九进八出。”朱知燫再细问坟地出过什么事，表梃也不太明白，他们决定到西府打问一下。

朱新[illegible]说：“那还是老爷子手上的事，赵府的人难缠得很！”

“那当初是怎么对付他们的？”表梃问。

“咱祖上的坟地在田村，几代人后，得扩坟了，亲王府都认定的事，到了他那儿还为难上了。”

“占了他们家的地？”知爀问。

“是给守陵人盖屋子占了他们家的老坟，其实赵家已有几辈人不埋此地了，也没碍了他们的事，可赵家兄弟不依不饶，多少年一直耿耿于怀。哦，对了，父亲走后，我还在那茅屋里守孝住了三年。”

琢磨了两天，东府也没想出个办法去说服赵世录。老王爷只好让儿子去西府跟新墇商量，请他把那几间房子拆了，把那片地还给赵家。老王爷提出的事朱新墇不敢不听，但对付朱知爀，话长话短他就敢说了。

“为了世叔你，我是什么事都愿做的，但动坟地还是得请风水先生看看。我曾在那儿给父亲守孝，一住三年，拆了房子对父亲有些大不敬，心里也痛。不过，今天就依了世叔，把那几间房拆了吧。世叔你要记得侄儿的好，以后凡事提携着侄儿。”朱新墇事儿要做，丑话也得说到前头，朱知爀你欠了我人情！

“父亲在，我是你叔，父亲哪天走了，咱俩是汾州的两棵大树，有风有雨我们一起扛！”

跟西府把事情说定后，老王爷派了田教授去田村处理坟地，可赵世录根本没领情，也没见教授，只让管家说，知道此事了。

王爷大怒：“给脸不要！”

朱表栾给赵世录修书一封，让田教授带上书信和礼物再去，田教授临出门，王爷又让他稍等一下。想了想带了书信留下执柄不好，不如让田教授传话，轻重由他把握，自己落得干净，于是又把信要了回来，口授机宜。

一对玉麒麟装在锦盒里，打开摆在桌上。赵府管家一边倒茶，一边听田教授的话：“王爷说，探病本该带些吃食儿，但知道老爷体虚食欲差，送个小把玩让赵大人高兴，想必大人还记得庚戌年北京城被围时的情况，保了圣上的安全就是保了朱家人和全天下人，社稷安危关系重大啊！”

管家把原话复述给赵大人，赵世录捻着胡子呆呆地想了半天。当初从京城回来，跟不同的人说过不同的话，但话里话外的意思都站在仇鸾一边，似乎还说过他是皇上的金麒麟。王爷送来玉麒麟的意思再明白不过，难不成他还知道收了银票和金麒麟的事儿？不能因小失大，再硬下去会两败俱伤。再说，若闹到朝廷，皇上即便怪罪王府，大不了给个警示。而自己与仇鸾的事情败露，那后果就不可知了。

赵世录进城去察院找于御史，他说这两天身体渐渐恢复了，脑后的伤口也结了痂，年后可以动身，所以到户部告假的事就免了。还说东府世子爷带了肇事的朱表梃来认了错，既然是误伤，也就罢了，可能自己把事情想复杂了，给于大人添了麻烦。于敏顺说朱家人虽要强些，但在汾州他们还是有恩于百姓，有些事情看在皇上的面上，忍一忍就过去了。赵世录心想，汾州十几万人供养王府，他们的恩在何处？可话出口就变了味：“是啊，同一片黄土地上生活，一条汾河水养育着，那就是一家人！”

王爷给于敏顺的年节礼是遣人直接送到老家的，送礼的人早在于御史返京前就出发了。御史返京后要对王府的事进行评述并报于宗人府和户部。这一年汾州的庆成王府为当地做了许多事，捐文庙、修寺院，为卫所添置火器还与州府共同谋划修城筑墙之事。尤其是王爷对宗室的教化约束，有章法用情义，整年没有宗藩犯罪和禄粮冲突。

第二年春，朝廷颁旨：“皇帝敕谕庆成王表栾：山西巡按官奏称王仁孝谦和，乐善循理，修持愈笃，余泽有孚，王宜益敦善行，以永终誉。”

朱知爔只怕是自己听错了，直到看见王爷跪地接旨才恍然明白。他从鼻子里哼了一声，原来父亲出手为的是这个。先前一直说要为自己树威仪，也许就只是个说法吧。他在屋里整整躺了三天，胡子不刮脸不洗，晨昏也没去问安。王爷打发人来，他让来人回话，生病了！

第十八章　西安贩马　护镖返乡

朱知燫心情沮丧，杨鹂被送走后，连个能说得上话的女人也没有了。西府王爷遣人来邀他过府叙话，他带着朱表梃过去，原来朱新�童请他来看马。朱知燫一眼便看出那是草原来的良马，枣红的身体光滑油亮，四条腿细长结实，骨骼坚实，肌腱发达，最惹眼的是那浓浓的银灰色鬃毛，长长地披散着，在阳光下闪着亮光。

朱新�童看出他眼中的喜欢，摸着马背说："骑上试一下？"

朱知燫犹豫："算了，如果骑了喜欢，你又不送给我，心里岂不又急又痒。"

"世叔喜欢，养到东府就是了，再好的马放我这儿也只看看了事，你才配得上它。"

"马我不敢要，夺人之爱的事做不得。不过你的话，听起来顺耳，承蒙新王爷你看得起，在别人眼里，我算不上什么。在父亲眼里，我就是阿斗。"朱知燫半开玩笑半认真地说。

"燫叔有胆有谋，可惜没有出将入相的机会，也没有挑大旗的需要。不过，只要独当一面做两件大事，别人会对你另眼相看，王爷也会高兴。"

"不说这些了，这马身腰长大，毛齿相应，是边关马市上得来的吧？"朱知燫把话题又转到马上。

"我哪儿知道什么马市，是老岳丈送的。"

"蒙古俺答汗围了京师，目的是要互市。马市一开，他们得了粮棉，汉人得了良马，各取所需，好事！"朱知燫突然对马市来了兴趣。

"只可惜一年开市两次，不能满足蒙古俺答汗的需求，他们还要再来。"

朱知燫想起去年春节后，孔天禛与大家商议去陕西延绥镇贩马，他当即就反对，还说，山西大同就有马市，跑陕西干啥，说完扭头就出了门。

朱新�童的银鬃宝马让朱知燫心生羡慕，他的话也在理儿。无所作为，智勇

双全何用？成就大事方显文韬武略。他暗下决心，要做件大事让人看看。

回到王府他便去找父亲谈贩马的事。

老王爷说："去年正月就盘算，那时你听都不听是咋回事，一年过去了，谁鼓动你了？"

"那边确实有好马，值得跑一趟。"

"要去，就得先去西安跟孔天胤见个面。"

"先到西安，再从西安去延绥，两条路合起来是从汾州直接去延绥三倍的途程。"

"直接去，谁认你？别说还得隐姓埋名，就算你自报家门，蒙古俺答汗人也不会拿你当根葱。"

"我去买马，由朱表梃跟他们周旋，谈买卖的事，又不争个谁高谁低。"

"古人云：'居不隐，思不远，身不危，志不广。'你呀，胸无大志！"老王爷摇摇头说。

"又非建功立业，买卖上的事，也就是个大小之分，您说怎么做大，听您的就是。"朱知熑心中不悦。

"先去西安找孔天胤，他会给出建议，或者给你具体做法。"

朱知熑低头不语，老王爷知道他打小就跟孔天胤不对劲，一个学堂里念书，人家聪颖好学仿佛总碍着了他，人家金榜及第，他心中不爽，人家被皇帝点了榜眼，他不得不服，但心中有种说不出的怨气。王爷抬头看了儿子一眼，接着道："跟蒙古人交换货品的马市开了好几处，咱山西也有，陕西延绥镇比太原镇和大同镇远，如果没有孔天胤在陕西任右布政使，去陕西干啥？他是你表兄，孔府和王府的生意那是拧在一起的两股绳比儿时的你争我斗重要得多。"

西府的银鬃马让朱知熑心动，至于王府的生意，能成最好，不能成自有孔府的人张罗，无须太上心。近些日子，心里郁闷得很，州府为朱新�童立了牌坊让他不悦，汾州城有近三十座牌坊，怎么就不能有自己的一座？谋划好的事，又被赵世录村夫给搅了，该出去散散心。朱新壇说，若能独当一面做两件大事，王爷也会另眼相看。就听老爷子的话，去西安见孔天胤。

想到此，朱知熑又问父亲："此外，还有啥事该注意？"

王爷道："马要最好的，不怕价钱高，越好的马，弄回来越抢手，越卖得上价。"

"互市应该是物物交换，银子恐怕用不上吧！"

"这个我知道，跑那么远的路，不是要你去马市上拿米和布换牲灵。官府买回来的马，会出手一部分，所以才要你先去见孔府老大。他知道该怎么做。”

朱知爀点头，随后告辞出门。

孔府的管家帮他去州衙开路引，开回来后，朱知爀无论如何都不要。他不喜欢那个化名，用什么名号无所谓，不能姓孔。管家无奈，重新再去。

临行前他去西府知会王爷，朱新墇要他给孔天胤带一封信。

“我成驿使了，出一趟门，带了孔府、东府、西府三封信。”

“四个人上路带三封信，累不坏你。”

路上走了八天，其实完全可以更快些，但朱知爀不急，贩马只是个说法，有了孔天胤参与，能不能成，能贩多少匹回来就没那么重要了。

进了西安城，直奔布政使司衙门，穿过街前牌楼，他们才下马放慢脚步。朱表梃和其他人走向衙门东侧拴马桩，朱知爀在正门对面抬头仰望。衙署大门五间，右侧柱子立了竖牌，上书“陕西等处承宣布政使司”。从门口看进去，又是仪门三间。再往里看，堂舍对称，建筑稠密。只看近处的这两道门，就比汾州的州府衙门气派了许多。

朱表梃走了过来说：“爷，你说，这儿跟咱山西布政使司比怎样呢？”

“应该比山西太原的衙门更大，这儿管的人和事也更多。”

“那孔大人做陕西的右布政使，与同等级的官员比，权力还更大些。”表梃知道这句话朱知爀不爱听，但说一下好让他明白来西安是要找孔大人，没有他，什么事也办不成。

朱知爀没有接话，回头看着远处的牌坊，牌匾已看不清了，东西坊的字刚才还记得，转眼就忘记了，心里真是不爽。“你倒是快去招呼，让他们来引人哪。”他瞪了朱表梃一眼。

门子进去通报，从里面出来的人自报家门，说自己是书办，孔大人正在谈事，要他把各位乡谊请到鼓楼街的宅子里。

朱知爀以为会把他们请到衙门的后堂，按理说孔天胤应该是住在这里才对，去鼓楼街，又让他生气。

走了两盏茶的工夫，便到了宅子门口。没想到进入一个不起眼的大门后，看到的却是一处极好的院子。卷棚从进门处一直通到五楹大厅前，左右望去，小径、长廊、曲桥，让人有去走一走的冲动。书办说：“院里有个鱼池，里面养了各种各样的鱼，如果大人有兴致，饭后可以去看看。”朱知爀嗯了一声，还真没见过养在院子里的鱼。

书办招呼下人给他们张罗洗漱并安顿住房，让他们稍事休息后用餐。午饭简单而精致。饭后他们便去院子里看鱼。

书办说的鱼池是排放在一起的十二个大泥缸，每个缸里的鱼数量颜色不等。他们驻足观望时，走来一个鱼工，朱表梃便打问养鱼之事。鱼工从泥缸要养出青苔，说到隔天换水，再说到鱼病与草药，说到鱼种及辨别，又说各种鱼的习性繁殖等等。朱知熑没吭声，看着鱼，听着话，心里便有了回汾州在王府养鱼的打算。朱表梃早揣摩出了他的心思，所以问得多，了解得也细。他试探着说："我早就跟您说过，把峪道河原公泉的水引进府来，你就是不动手，否则我们也可以在王府养鱼。"

朱知熑弯腰看鱼："我们是为马而来的，先见了咱的孔大人再说。"

朱表梃继续道："汾州城至此还没人养过鱼，要不我们这次带人带鱼回去，咱也在府上养些鱼。"

世子爷没说话，朱表梃知道，那是默许。

太阳将落，他们才见到孔天胤。坐下一边喝茶一边说话，孔天胤问了路上行程食宿等，便说到正事。

朱知熑跟孔天胤说话毫不客气："汾州卫所需要两匹好马，上面给不了，安大人要父亲替他想办法；王府旧骑齿口大了，也想换两匹撑撑门面。我来西安看看这边马市上能否得来良马，得你帮忙！"

"去年说马，谁也没当回事，现在才想明白，可惜晚了！延绥的马市早关了。"

"关了？什么时候关的？那咋不早说呢？"

"没人在意，马市关不关我也就不说了呗。你来也不先写封信，怎么跟你们说呀？"

朱知熑叹了口气道："只当我是个驿使，专给你送信来了。"说着拿出了三封信。

"既然来了，就好好在西安住些时日，这儿跟咱汾州比，人多地大风水好，十三朝古都，值得逛一逛。"

朱知熑也这么想，又不好说自己也想到处玩玩，出口道："我是来贩马的。"

"贩不到马未必不是好事，这年头任何一点不合规矩的事都会让人抓了小辫儿。近年我身体不适，一直调理不好，不想久干了，递了'乞休疏'，请求致仕回乡，朝廷年内会有答复，在这个节眼上更不能出什么差错。"

"正是为官年纪，做得风生水起，不想往前走，却要致仕，你都想啥呢？

永远也不懂你！”朱知燫这句话说得真诚，俨然就是表兄弟过话。

“还往哪儿走啊？已是陕西布政使，按照国朝祖制，作为皇亲，我已是满秩，不可能再往高走了。你来了正好，这些年总还算有些积攒，金银珠宝虽不多，但古董字画还是你带着回去我更放心些。”

“带了这些上路，这不是把我置于危墙之下吗？”

“怎么能呢？我会找个标行护送，标车标箱都用他们的。我还敢让世子爷你出点什么差错？那我可没法跟王爷交代。”孔天胤也把话说得亲切又轻松。

标行的十六只箱子送到鼓楼街，朱知燫才知道，要带的东西真多。来的时候只带了三封信，回程却要跟标行在一起，他估算不出这些东西价值几何，也估算不出带这么些东西上路，要走多少天才能回去。

朱知燫带来的三封信孔天胤对照着看了。马市早已关闭，王爷和孔天禛仿佛都知道；让朱知燫押东西回汾，也是孔天禛与王爷商定好的。看来在财利方面，孔府与王府永远是分不开的。

朱新墇的信对孔天胤来说也很重要，信中说到：有两位宗人因为请名请封之事对庆成王府不满便越关奏扰。他们从汾州出发上京，在太原被亲王府的人拦下，亲王府让郡王府把人领了回去。不料事情被巡按御史知晓，朝廷暗察汾州的两个王府。虽没发现违反祖制或触犯律法之事，但被查总归不是好事。宗人的不满是因请名请封而起，但他没有就此说事，只说孔府的生意就是王府的买卖。新墇说致仕也不失为一件好事，就别再犹豫了，否则两厢牵扯，一头出事，两头都麻烦。

此外陕西布政使司的事难做得很。九边重镇屯兵百万，只在陕西的延绥镇和固原镇就有万余军兵，供给虽不归布政司管，但每年都有战事。而一有战事，布政司就得协助钱粮供应，每年都是艰难应付。而且朝廷的眼线多，自己遇事谨小慎微，常常感觉如履薄冰。早就想离开官场的暗礁险滩，回汾州择一地筑一园，吟诗作赋，读书会友，过闲适恬淡的生活。做决定时犹豫过，做了决定后悔过，新墇信中的劝告让他坚定了自己的抉择。

孔天胤不在鼓楼街的小院住，安顿好他们临出门又吩咐朱知燫：“西安城里除了一座亲王府还有十余座郡王府，出来进去总会遇到朱姓人，明天出去走走，就用路引上的假名，衣着不要变，商人模样最好，也不要跟人交涉，外地口音会引起别人注意。”

朱知燫嘴上答应，但心里并不在意，“马买不成了，又不干违律法乱纲常之事，没必要那么小心翼翼。”

上午在西安城里溜达，绕着城墙边走边看。朱表梃参与过东郭筑城，似乎

懂得更多些。他跟朱知㷉说："回去要把西安城墙的模样说给王爷和朱新墇听，他们一准会感兴趣。"

"你说，西安的城墙比咱汾州的高多少呢？"朱知㷉问。

"高不了多少，但这城墙里外都包了砖，看起来就坚固。这儿城墙上敌楼（城墙上御敌的城楼）的数量多，两个敌楼间的距离很近。"

"敌楼多，容兵就多，距离近，作用还更大。"朱知㷉道。

"啥作用呢？"

朱表梃这么一问，朱知㷉来了劲："你看，两个敌台间约莫四十多丈，其一半距离正好是弓箭、掷枪的射程，万一攻城的人上来，那两面都可以对爬墙人形成射杀。"

"爷，您是怎么知道的呢？"

"忘了？鸟铳上了汾州城墙，跟着卫所的营兵长了不少知识呢！"

"世子爷说得对，回去把看到的说给王爷，等大修城墙时，一定增筑敌台，增加敌楼。"

"此等大事，无须你费心。都过饭点了，赶紧找一个地方吃饭，这才是你该操心的。"

打眼望去，不远处就有蓝底儿白字的酒望子。两人紧走几步，进了那个小而雅致的食肆，落座后要了菜和面。几样精致的菜肴上桌后，小二问："两位客官要不要一壶酒？本店只卖柳林镇的秦酒，合着西安城都是头一份。"朱表梃看了世子爷一眼，朱知㷉点头，店小二道："二位爷稍等，我马上去烫！"

本来说好不喝酒，可经店小二一说，他们便想尝尝西安城头一份的酒，看看它比荣村的酒如何。

酒果然不错，清而不淡，甘润醇香，不上头不干喉，一壶下去又要了第二壶。

这个时候，邻桌有人跟他们搭话："二位先生也是跑买卖的吧？来了西安就得尝尝这儿的好酒。"

他俩朝搭话的人看去，只见那人商人打扮，外地口音，一人吃饭，两个小菜一壶酒，看上去朴实厚道。

朱表梃便放松了戒备："听说过柳林酒，果然不错。"

那人接话："北方人喜欢喝烧酒，我们南人喝黄酒，我喝过山西汾州的酒，确实好，不比这个差。"

朱知㷉来了兴致："先生去过汾州？"

那人抿了一口酒道："那倒没有，往大同镇送棉布，在那儿喝过汾州酒。”

朱知熑忙问：“先生是徽商吧？”

“好眼力，祖上几代人了，来往于安徽盐场与山西三关镇大同镇，棉布换盐引。”

一听说大同，朱表梃兴奋了起来，他去过那儿，还捡回来一个大便宜，让汾州城墙上有了鸟铳。“要不我们和他并桌一起聊聊？”他小声征求世子的意见，朱知熑微微点头。

并到一桌后，边喝边聊，说到晋商与徽商之不同，那人便大赞山西人：“你们山西人诚信节俭，这是安徽人没法比的。”

“商人言利，多为甘食美服，奢靡一些也无可厚非。”朱知熑道。

“花乡酒乡，兰堂画堂，安徽人的钱财使在这些地方。山西人赚了钱，便一人出本，众人共事商贾，谋更大的利益。”

“一人出本，众人合力，这在山西不是什么新鲜事，就连弃儒就贾也快成了风尚，这才是亘古未有的。”朱知熑听孔府二爷说过此事。

“读书人弃儒就贾，但生意场上，商儒不相弃，才有买卖。不懂仕商交融难成大事。在安徽盐场里，没有官帽罩着的盐商，盐引（政府发给盐商的食盐运销许可凭证）全要烂在手里。”

“先生祖上一直做盐买卖，这条道上顺风顺水吧？”

“祖上积了德，福报于后人。我单线跑山西，把你们山佑商人手上积攒久了的盐引收回来。先生要是有这方面的商友，荐与小的，在商言利，我抽份子给你。不过还没问先生，你做哪方面的生意？看你气度不凡，贵气逼人，买卖上一定是要风得风，要雨得雨的吧。”

“哪里哪里，这次来西安，本想做马生意，马市没了，生意也就黄了。不过，帮别人把货押回山西，也不枉来此一趟。”

“押货上路，那是险事，以先生的身价，一定要掂量值与不值。”

“说来也不是外人，可以算自家人的事，再说还有标行，无须担忧。”

知熑与徽商大有相见恨晚之感，言来语去，桌上的菜剩了许多，三碗油泼面也没吃完，但酒喝了六壶。临别，徽商让店小二拿来笔墨，记下各自住址，方便再联络，朱表梃揣好麻纸，三人拱手告别。

天黑前回到鼓楼街小院，只见十六只箱子，已有一半装了货上了锁，下人说剩下的第二天将全部收拾停当。

如果后天上路，那他们在西安城就只有一天闲逛的时间了，朱表梃说晚上早些息歇，明天早点出门。第二天一早，朱表梃起了身便来找世子爷，下人正

给朱知熑穿戴衣物，他二话没说，进门就把昨天安徽人留下的字条放到桌上。

“耷拉着一张驴脸，怎么了？”朱知熑问。

“你看看嘛！”

“你就说呗，吞吞吐吐的，遇到鬼了？”

“就是遇到恶鬼了！”

听了这句话，朱知熑才低头看向那张麻纸，上面没有住址，只有一行字：巡按御史吉澄。

“是昨天的徽商？”他问。

“是他亲笔写的。”朱表梃说。

朱知熑一屁股坐到圈椅里，朱表梃低头不再直视他。

“昨晚我喝多了，后来都说了些什么呢？”世子问。

“反正说了不少，我一个劲踢你的脚，你全然不理会。”

“快把麻纸收起来，去烧了它，不能让孔天胤知道此事！”

朱表梃连忙照办。

朱知熑感觉到了事情的严重，此人有备而来，根本不是食肆偶遇，他想打听什么事？想了解什么情况？孔天胤一心想致仕，是不是已经有了什么麻烦？

这一天他俩没有出门，朱知熑心里惴惴不安，他想赶紧离开西安，此乃是非之地，人地两生，根本没法预料会出什么事。

晚上，孔天胤来了，查看了箱子，并跟朱知熑做了些交代。他发现世子爷今天的态度极好，说什么都点头，嘱咐什么事都承应。也许是陕西布政使司这个大衙门和布政使这个官衔让他看到了自己的能力和气势。本该如此的，从小到大，没有任何一件事，世子爷能胜他一筹。

跟标行约好第二天黎明装车，太阳出山就上路。

清晨，浩浩荡荡的一行车队出了西安北城门，朱知熑算是松了一口气。如果没有官府的人来盘查，那上了路，无论遇到啥都不怕。赶路要紧，只要出了陕西的地界，那就天下大吉了。管他巡按还是巡抚，再有什么麻烦那是他孔天胤的事。回汾州继续做我的世子爷，哪用这么提心吊胆的。

第十九章　发粮风波　西府调停

从西安回来三天了，朱知㷿一直回想跟那个“徽商”说过的话，总有不祥的预感。孔天胤出点什么事他倒不在乎，但东郭孔府与王府是连体的，如果牵连到家里，让王府也跟着出事，真就引火烧身了。即便父亲能把事情处理妥帖，那一准又是花钱耗心的事，父亲对自己免不了又是一番怒其不争的教诲。朱知㷿心中五味杂陈，世子爷还能做多久呀。

他终于想起来该去西府了，早该把孔天胤的信送给朱新㙉。

坐了好半天，不见主人，下人说卫所的安大人来了。三杯茶后终于等到朱新㙉过来见他，他便有些不耐烦：

“新王爷真忙啊！汾州的事得你操心，难不成卫所的事也得用心？”

“你还别说，遇到一件事，与汾州卫有瓜葛，这事随后再说，先说说你的西安之行吧。”

“没什么好说的，马的事黄了，倒是替咱的布政使大人当了回驮夫。”

“西安城怎么样呢？去咱孔大人当职的布政司衙门了吗？”

“没进去！出了汾州，我只是个商人，没有进衙门的资格。”

朱新㙉笑了笑：“总归比我强，这几十年，我只在相亲时去过一次太原。”

“可一次你便出师大捷，抱得美人归。”朱知㷿也露出一丝坏笑。

“少跟我说这些！怎么样，西安城遇到美人没？”

朱知㷿又想起了“徽商”，心头不禁又泛起了担忧，他转移了话题：“与安大人有什么事？”

“跟他打听了一件事。”

“啥事？”

“我想收一块蒲县的军屯田。”

“你胳膊够长的。”

“说起来算是处理一件旧事，知道正德先皇帝的那个刘娘娘吗？”

朱知燫点点头。

朱新墭道：“当年刘氏得宠，娘家人骄横跋扈，鲸吞蚕食占有土地，单汾州卫的军屯田就划走上百顷。有一块屯田远在平安府的蒲县，也被刘氏据为己有。”

“多少？”

“四十多顷。”朱新墭脱口道。

“怎么就到了刘氏手上？”朱知燫问。

朱新墭道：“当年卫所逃兵众多，军屯田荒废了不少，荒田可以插标认领。蒲县的那块地，荒了好些年，王府想划过来，佃出去收籽粒充宗人禄粮，结果刘氏强硬，二话没说就收走了。”

“哦？好像听父亲讲过此事。”朱知燫若有所思。

“我的燫叔，这是三十年前的事。”

“对的，我记起来了，有一次他念道老辈子的事……”

朱知燫这么一说，朱新墭便觉得应该重新思谋这块地该怎么收，既然老王爷知晓此事，得跟他通个气。

从嘉靖二十九年开始，朝廷官员便向皇帝奏言，要求限制勋戚（有功勋的皇亲国戚）占有土地，皇上的答复不甚决绝，清查工作便敷衍了事。刘氏家族的土地几乎还是三十年前的数量，如果不是因为田庄管业人与佃农殴斗出了人命，那田产的事也不会露出水面。

刘氏的管业人弄出三条人命案，案发地在蒲县。因军屯田不属所在地管，所以命案便报到山西按察使司。按察使司里有亲王府的眼线，这事令狐长史自然就知晓了。老岳丈差人给朱新墭送信，说那四十多顷军屯田原属汾州卫，如果打通关节，把这些田还回汾州，遵律法，合情理。毕竟汾州有那么多宗人，为争禄粮，年年都要出点事。闯王府、闹官衙，彼此争斗，相携上京，可谓花样百出。永和王府完全有理由把四十多顷田归到府下以接济穷宗。

岳丈出谋划策，朱新墭开始行动。着手第一件事，先弄清楚这四十顷田的归属问题。卫所安大人说：“当初领了皇帝口谕，划走土地，没有履行过任何手续，地契也许还在卫所保存着，或许就没有了，后来国朝两次重造黄鳞册，卫所没再上报。”

朱新墭修书老岳丈禀明情况，令狐长史让他继续弄清此田是否记录在蒲县鱼鳞册上。派人去查，花了些银子就打听明白了，四十顷田也没入蒲县鱼鳞册。可以确定，原来的军屯田早已是无名田了。

原打算想办法接手这四十顷田，可朱知爃一句话让他不得不改变主意。既然东府王爷知晓此事，那吃了独食是说不过去的。虽然当年刘氏划走此田的时候，东府还是由老王爷的父亲主事，但那时的老王爷就像现在的朱知爃，世子爷要当王府一半的家。

给东府一半？心有不甘，到省按察司说话办事做关系靠的是老岳丈。不给？老王爷得罪不起，汾州地面上他是老大，万一以后遇到什么事，人家为难西府，自己还不敢求救于人，那才叫没办法。朱新墇左思右想，决定过东府跟老王爷直接商量。

听完新墇的陈述，朱表栾哈哈一笑，他早琢磨出小王爷话里的意思了。“新墇啊，这四十顷田按大明律法应该算没官田，抄没回来的田地应该归官府，所以很难乞请成为王府庄田。当然事在人为，这种可能性也有，但授人以柄的事又何必去做。所以这事你无须跟我商量，东府不参与。我也劝你好生琢磨一下，别因小失大，让朝廷感觉汾州郡王的手伸得太长。”

“这些事我没有经验，还得听爷爷您的。”

“你要知晓，本朝的民佃田多采用定额租，以便鼓励农户精耕细作，又因山西十年九旱，所以租额一向较低。刘家管业人为何与佃户结下人命官司，还不都是因为租粮吗！出了这等事，再接手了田，越发不能提高租额。还只能把土地佃给大户，然后再由大户转租给小农户，否则跟一个个小户打交道，你说得有多少麻烦事呀，可佃给大户，租粮会更少。”

老王爷的话句句在理，朱新墇听了，不得不重新考虑该怎么收这块地。他修书令狐长史，坦陈自己的担忧。经事多的人老辣，老岳丈给出的建议和他琢磨了许多天的想法不谋而合。按察使司找人，亲王府使劲，力争把田归到汾州，算作州府官田。有一个条件，要由省布政司驻汾州冀南道分守大人监管，确保收回的子粒作为禄粮分发给宗室。汾州州官自然同意，事情加紧落实。

朱新墇想：将来收回租粮优先分发给哪些人，必须将西府与东府的宗人一起考虑。以此让大伙都知道，西府王爷心里装着的是全汾州的朱姓人，而且还实心谋事。

年前，四十多顷官没田顺利划到汾州州府名下。第二年夏收后，官没田的租粮如数收回。

州府夏税征收完成，留足起运到边关和布政司的麦子，宋大成宋知州便与同知协商如何分发余粮。王府宗人的禄粮是最大部分，如果足额发放，那夏麦留存将所剩无几。官员吏目（知州下掌文书的官员）的俸禄，官府灯油火盏的

消耗，驿站迎来送往要银子，人匹马户都张着嘴，预备仓不能空着，养济院不能没粮。算来算去，僧多粥少，还是决定按着去年分发额度走。

朱新墡已经料到这种情况，事先他就让二武放风出去：除了官府该发的禄粮，收入较差的家庭今夏将收到补贴粮；产粮的田地是西府王爷从省按察司争取回来的；州府负责佃给农户种，收回租粮后，由省按察司驻汾州的分守道监督分发给宗人。许多人家都期待着。

发粮的当天，宋知州怕有争执，遣吏员数人到场维持秩序。不出所料，果然就出事了。宗人发现，所有人家领到的粮都与上一年相同。那西府王爷为大伙力争来的收益呢？州首领站出来给大家解释情况，说官府的收入少支出多，尤其强调宗人禄粮已占去存留夏粮的七成。这下惹怒了宗人，州府年年缺粮缺银子，这不是宗人的错。朱家人享禄，那是太祖成祖爷手上留下的规矩。汾州的宗室活到这个份上已算命运不济了，王爷为大伙谋来的利，官府还要克扣，干脆拼了命吧，反正都是一死，作了饿死鬼，到了阴曹地府见了祖宗都抬不起头。有人一煽动，人群就乱了，几个吏目上前，年轻的宗人便出手，两厢撕打起来。

朱新墡打发出去的下人回来报情况，新王爷不惊不慌。让他们先折腾，动静越大越好，有当初的约定，事情总会圆满解决，闹一闹，他们便会知道谁是主子，以后得听谁的。他让下人出去再看，有新情况再回来报。

东府老王爷也得了闹事的消息，这次他不好出面，于是便吩咐田成仁：不管知州打发谁来，一律不见，只说我卧床养病；宗人来报信，知晓了便可，别跟他们说不管，你去看一下了事。

打了，停下，争执，又打，宗人越聚越多，有人冲进粮仓，一脚将斗踹开，拿起粮袋开始装粮。这时，现场的局面控制不住了，大伙一拥而上，拥着自行装粮。有人扛着粮袋往外走，刚到门口，迎面撞上了朱新墡。

前面的人停下脚步，后面的人放下粮袋。这时，知州也到了现场，他跟朱新墡对视了一下，还没来得及说话，便听得有宗人叫喊："新王爷为大伙做主！"知州抬一抬下巴，想让王爷发话，朱新墡定了定神，环顾四周，清了清嗓子。

"缺粮缺钱，是吧？这个事实大家都知道，可古话说得好，君子爱财，取之有道，你们自己说说，拿了口袋自行装粮，这算是什么事呢？先利后义才叫取之无道！不要以为你们姓朱，就不能过苦日子，大明从先祖开国，享年一百八十余载，朱姓人等遍布天下，养活众人已让朝廷不堪重负。让天下朱家人都衣食无忧，各级官府着实难以为继。生在汾州，你们已算是幸运的了，咱汾州官府估计把收来的一半田赋都发放给宗人作了禄米。”

州首领插话：“王爷，是七成，七成！”

宗人接话：“我们也就差饿死了。”

朱新墰看了那人一眼：“饿死事小，失节为大。这节并非单指妇人之节，更指男人的气节，即便饿死，也得堂堂正正。”

“官府做事，怎么就不能堂堂正正呢？上梁不正下梁歪，自古就是这个规矩，说好这季要给没名号的宗室额外多发些，结果发到手上还跟去年一样，这算啥事？”这话又引起了一阵骚动。

朱新墰看向知州，该说的官话他都说了，他是王爷，几千号宗人要他来管，但分发禄粮是官府的事，当了官员的面，他要压宗人，私底下，他心里还是向着朱家人。

“要不，你们再跟分守道的人商量一下，我先让他们散了，免得说多了又闹事。”他小声跟知州说。

知州点点头，朱新墰转向大伙：“知州是咱的父母大人，即便为难，他也会先替宗人着想。所以大伙放心，等大人与同知、分守协商后，再做定夺。今天就先散了，不许再有人挑事。不按规矩来的，这季的禄粮先扣了，我来做恶人！”

宗人们把装进粮袋的麦子倒了出来，各自散去，挨打了的吏目们叫嚷着也散去了。朱新墰和知州一起回了州衙，与分守道的人商量半天，还是说按原先定下的规程走，禄粮照常发放，官没田收回的租粮酌情发放给穷宗。

经了这件事，朱新墰在汾州宗人心里的地位自然就抬高了。朱表栾从心里赏识他，但长他人志气的话，老王爷对外一句也没说。这种树威仪立形象的事，朱知燫一件也做不来，他不禁忧虑，自己百年之后，汾州会是谁的天下呢？

老王爷这么想的时候，朱知燫也有同样的感慨。跟年龄差不多的孔天胤比，自己读书差他一大截，打小一个学堂里，人所皆知。他能考秀才中举人，最终进士及第，而自己世子爷几十年，越做越没意思。现在又出来个朱新墰，虽然年龄比自己小，但做了王爷，倒一日比一日老练成熟。表面上看，他还跟小时候一样，时时处处表现出对叔叔的恭谦，但遇事却不把自己放在眼里。处理禄粮这件事，事前没有征询过他的意见，出事当天也没有让他知道。而以前遇到这等事，几乎每次都得东府摆平，每次都少不了他出面。难道这世事要反过来了？如果自己再无建树，那日后的太阳得从西边升起了。

朱知燫左思右想，是得做些事了。在西安看到人家城墙上敌楼那么多，他当时就想，汾州筑城也该这样规划。他将自己所见说给了父亲，想以此开始，图谋大事，彰显自己的重要。

父亲问他："你知道汾州城墙上现在有多少个敌楼？"

"有十几个吧？"他不确定地自问。

"西安城墙大约多远一个敌楼？"

"反正很密！"

"多远一个敌楼是合理的？"

"四五十丈吧。"明明知道的事，朱知爃说出口时便有些不确定了。

"我跟你说，咱汾州城墙，周九里十三步，高三丈二尺，除了城门和角楼，现有敌楼一十六座。需要加高，需要包砖，需要再增加二十座敌楼。这些问题都不知道，还聊什么筑城之事？"

"这些事，我总觉得不该是王府属意的。"

"那提敌楼干啥？"王爷反问时，分明已经生气。

"我……"朱知爃语塞。

缓了缓情绪，王爷接着说："城里人的安危系于城墙，筑城保安全是头等大事。蒙古俺答汗侵扰，祸接兵连，不想也就罢了，想起来就有剑在颈上、命悬一线的感觉，咋能说筑城不是王府属意之事？"

"那今年秋后，我们还是鼓动州府动手修城吧！"

"年年银钱紧，年年没盈余，我看呀，他们是越喊疼越疼，越叫穷越穷。"老王爷感慨着，说起筑墙，心里就烦躁。他动了动身子继续道："等着吧，蒙古俺答汗再来一次，把州衙察院劫了，再把卫所的兵砍几个，他们才会起心动念修城，我们就等着吧！"

既然父亲都说等着，看来也只能是想想而已了。买卖上的事现在孔府有意无意回避他。书院里那些人成天忙着修志，他对此不感兴趣。很少去那儿，写字也就免了。该做点什么事呢？要不就听表梃的，策划引水进府，估计这个不难实现。

自宋代以来，峪道河原公河的水，三分入城，七分灌地，入城之水供护城河、文庙泮池、州衙后花园。好些年前朱表梃就出主意，让朱知爃把水引进东府，王爷没有点头，事情就没办。西安鼓楼街的小院里，一池鱼游游转转，煞是好看。朱表梃又提引水，朱知爃着实动了心。最近一段时间，父亲心情沮丧，从说话的语气就可以听出来。引水进府，养一池鱼，也许能给他沉闷的日子带来些新鲜，让他老人家高兴才是做世子该有的本分。

朱知爃没跟父亲商量，先去西府找新王爷，朱新墥听了他的设想，当即表示赞同。

“嫌叔你的想法好，用水倒在其次，养鱼也没那么重要。俗话说流水解百忧，引一股清泉进府，顶好的事。”

新王爷巴不得东府世子在这些事上用心尽力。众人心里都有一杆秤，孰轻孰重自然会分辨。而朱知嫌还来跟他商量，那就得让他觉得做侄儿的永远跟他一心一意。

朱知嫌说：“修渠引水用不了多少银子，但需要不少丁役，这得去州衙跟他们解释，我说话言轻，不如你跟他们去说说。”

“嫌叔是东府的世子爷，他们应该知道谁是汾州地面上的山中老虎，你总看轻自己，又如何让别人看重你呢？遇事你要出头，不声不响不行，虎啸才震山。”

朱知嫌有点尴尬，论辈分，自己是叔，论年龄，还虚长几岁，反而由朱新�童来教导如何处事，确实有些优柔寡断了。

“我跟朱表梃琢磨过，原公水入城，现在只有一股，将来要分成两股。”

“哦，是不是把流向也看好了？”

“我想好些日子了。”

“那你说说，水分两股，分别怎么走？”

“水在西门入城后就分成两股，一股由南巷入西府街，进西府，然后再入文庙。”

“另一股呢？”

“另一股由鼓楼西街、鼓楼东拐入太和桥街入东府。”

“嫌叔，别忘了这股水原来是要流入州衙后花园的，如果改了道，也必入州衙。”

“这就是问题所在，我不想让泉水先入州衙再入王府，可无论怎么排布，还是先入州衙水渠更短，你说咋办？”

“修明渠还是暗道？”

“当然是暗道。”

“修暗道用工多，多修百步，都会增加不少工料。”朱新�童道。

“我正因此而犹豫。”

思忖片刻，朱新壇接着说：“就别在乎先入哪里了，先进州衙再入东府，修渠省时省力。”

“听你的！就这么办。但必须给他们限制，入了州衙的水，清水流入，清水流出，不得污了！”朱知嫌语气坚定地说。

“这个要求不为过，也不难做到！”朱新壇附和。

第二十章　引水入府　耽误筑城

想好了如何布渠，朱知爀便去州衙见知州。

这位宋大人知汾已两年，与王府关系不远不近。据说当初他被委任后，迟迟不到任，想换个地方做官。他出生湖广荆州，荆州城内有辽王府、郡王府以及将军、中尉、郡主、县主府第七十余处。他深知宗藩在地方上的行为状态。知府难作，官吏叫苦，繁重的差役让百姓疲于奔命。他希望到一个没有宗室的地方做官，可隔山跨河就被委任到了汾州。上次西府王爷收回军屯田，分发禄米时没按当初的约定走，着实也是官府银钱吃紧让他为难，否则他也不会跟王府产生过节。他始终告诫自己，强龙不压地头蛇，对王府要奉行三不策略，不接近、不得罪、不讨好。

朱知爀禀明情况，宋知州客客气气问："世子爷打算什么时候开工修渠？"

"看大人您的安排了，我倒是希望越快越好。"

"若能缓一年半载最好，你知道，庚戌年后蒙古俺答汗稍稍消停了一会儿，今年又是边患不断，三关要人要粮。太原亲王府修陵寝，又从汾州抽了夫役。现在正是农忙季，恐怕人手有些紧缺。"

宋知州没说什么银缺手短，说了朱知爀也不信，如果因夫役不足能将此事拖后，等自己任期到了，一走了之。你们移山挪水，想怎么折腾，都是你王室的事。

"大人牧汾，那就是我们的父母官，有事你可别推三阻四，冷了人心。"

"世子爷的话没错，可无米难为炊，汾州领平遥、介休、孝义，一州三县，二十五万生民嗷嗷待哺，我这个知州做得无奈，当不起这父母官之名。"

"常说难做官，又说做官难，真不知你们唱的是哪一出，既然难上加难，那为何还有前仆后继想出仕的芸芸学子？"

宋知州笑着道："一言难尽呀！世子爷衔着银钥匙来，终身享禄，衣食无忧。你是有福分之人，想象不出读书出仕之苦，体会不到仕途经营之难。”

“看看，我提点事，宋大人就跟我摆这么些难，那我还是收回吧！”朱知㸅已有三分恼怒，说话时脸上还有笑，但语气已不那么友善了。

“如果能往后挪挪最好不过！”

朱知㸅道：“什么时候都是人手不足！几乎没个痛快的时候。”

“今夏文湖水涨，入汾河的水道不畅，清淤补渠，人手短缺，还是用役夫银征了人力修的。”

“那就请大人还用同样的办法周全我的这点事吧！”

“世子爷，事情再急，也得等秋后。到时候，有人手，我直接指派；人手不足，我花银子征民夫。再说了，引水修渠除了用工还得用料，也需要银子，还得等秋后收了田赋。”

“年初驿铺有顺天府的官员路过，你们要我去参与招待，那排场，那阵势，不穷呀；春三月又一次，是什么官我都没弄清，一桌酒席天南地北吃，我回去说给父亲，那些美味珍馐他老人家都没见过，也不穷呀。看看那些宗人，或食不果腹，或衣不蔽体，亏他们还都姓朱。这会儿轮到我有事，你们又穷了。还说我出世就衔着银钥匙，看来，就算金钥匙，也开不了你州衙的大门呀！”

“世子爷让我汗颜，官场上迎来送往，耗费国帑，流弊已深。这是没法改变的状态，我也只能随遇而安！”

“我倒不太关心官场积弊和你的所为，你也不希望我有太多的关注，只说我的这点小事吧！”朱知㸅的语气强硬了起来。

这句话仿佛起了作用，宋大成顿了一下道：“这样吧，铺渠的砖和其他用料先赊，秋后再结账。夫役的事，我再跟他们协商一下，实在不行，就让衙门里关着的犯人出工，就在城里做事，也好管束。”

“那就有劳宋大人了，具体怎么做，我会让朱表梃跟你衙门的人交涉，事成，我必大礼相谢！”

“分内之事不言谢，能给王府出力，能替王爷和世子爷做点事，我高兴都来不及。”

开工后，朱知㸅偶尔也出去看看，朱表梃天天向他呈报情况。先挖渠，后铺砖，然后盖顶。盖顶的石板原以为也可以买，结果周边打听过，没一处有卖，只好进山采。派了一队人上石盘山，采了大石头然后再由石匠分成石片，进度很慢。朱表梃说他计算过了，就按这个进度，到入冬上冻前都完不了工。朱知㸅一听就急了：“你不知道周旋打点，该协商的协商，该使硬的地方使硬？”朱表梃听完，悄悄地退了出去。

石盘山采石处选了些刑期快满和温顺好管束的犯人，唯恐发生斗殴逃逸。本来劳作强度就大，朱表梃跟吏员交涉过后，又延长了采石时间，就连解手都一催再催，唯恐犯人恶意偷懒，结果采石场真出事了。有一名犯人被石头砸伤，走路一瘸一拐，行动缓慢，吏员上前怒骂，那人回嘴，小吏操起手中的木棍就朝他头上打去，犯人倒地，其他人一哄而上，扭着小吏乱出手，别的吏员见状，也跑过来挥动木棍打人。撕打中，有一个体壮的犯人拿了一块石头砸向小吏，小吏头上血流如注，片刻便断了气。一看出了大事，双方才停止了打斗。有人回城报信，不多时，来了一队卫所兵，死者被抬走，所有犯人五花大绑，一条绳子拉回城。

街上很快就有了传言，五坊一卫传几遍后，消息便扩大了：石盘山上打死了人，好几个呢，伤了一大片……

老王爷听到田成仁他们也在议此事，细问才知采石场的事与朱知爊有关，他立马让人找来儿子。

“采石场是怎么回事？”老王爷头也没抬。

“儿子也刚刚知晓，死伤的具体情况得去衙门问问。”

“我是问你采石干啥？采石场怎么就跟东府有了关系？”老王爷语气不紧不慢，面对这么大年纪的儿子，也不好蹬鼻子瞪眼。

“回父亲，采石原为做暗渠盖板，用犯人是宋知州的主意。”

“暗渠又是什么？”

“在西安看到孔天胤的小院里养了鱼，就想修渠引水入府，也养一池鱼让你摆弄，总比摆弄蜜蜂强。”

“这事咋不跟我说呢？”

“怕您不同意，也想给您一个惊喜。”

“所以你就自作主张？”

“我跟朱新�童商量过。”

“这么说，还有一股水要进西府了？”

“是的，原公水从西门入城后即分成两股，分别进东西府。”

“朱新壇非常支持，是吧？”

“是的！”

“跟官府交涉是你去的？还打了我的幌子？”

“是我去的，但没提您！”

老王爷抬头瞟了儿子一眼。

朱知熑接着说：“本不是什么大事，宋某人会给我这个面子。”

“他很爽快就答应了？”

“摆了许多困难，最终还是答应了。”

“糊涂！”老王爷提高了嗓门。

“引一股活水进府，有什么不好呢？养鱼浇园子，除了吃喝用井水，其他都可以用这泉水。”

老王爷按下火气，示意儿子坐下。

“打嘉靖十九年开始，我就心心念念筑城，没有一年敢忘怀，这是与咱汾州城上万条性命息息相关的事。事情年年说，年年拖，十三年过去了，一任一任的州官来了又走，走了又来，没有一个把修城当一回事的。城墙风吹雨淋，日渐损毁，去年我就打定主意，不再指望汾州衙门，直接上奏朝廷，工部会给个说法的。”

“全国这么多州府，筑城的事，朝廷会管吗？”

“这也是我的疑虑，可你知道吗？我人在汾州，却八方打听，只希望有这样的先例。”

朱知熑抬眼看向父亲，眼神中满是疑问：“有吗？”

“有！成化年间，湖广久雨江涨，冲决堤岸，襄世子上奏，经工部议后，命湖广巡抚、巡按及三司等官核实修筑。弘治年，荆州护城堤岸被冲毁，为患甚急，辽王请命，工部覆奏。”

“本朝有上奏请求筑城被允诺的吗？”朱知熑的问话里有不相信的成分。

“你总是感觉大事难成，想都不敢想，何谈实施？”

“儿子也想成大事，不过还得从小事着手做起。”

“你的小事耽误了我的大事！”王爷说着就来了气。

“怎么会呢？”

“人命案都出来了，如果不按下，这一滴墨会染黑一缸水，事因王府修渠而起，王府再上奏朝廷，言筑城之事，你说会有结果？”

“那我去衙门走一趟！”

“走一趟可以，关键是你要去说什么，做什么？”

“让他们把事情捂住，把吏员家人打点好了事。”

“银子呢？官府还是会叫穷，这些你要想到了。”

“事情是因修渠而起，但那是官府分内之事，总不该由王府承担此事，替他们擦屁股吧。”

“你不是事前就跟朱新墇商议过吗？这事我不管，你还是去跟他商量，别

说我知道这事。”

朱知燫基本上知道该怎么办了，自己前台唱戏，朱新�童后台也得出力。修渠跟起房修坟不同，出了事，没有先例可以比照着处理。事情不尽快解决，巡按御史如果介入，那出钱使银子，需要打点的就不只是死者的家人了。

泉水从暗渠流入东府就成明水了，前院进，后院出，汩汩流水让整个王府有了生气。老王爷顺着水道跟着流水前后走，前后看，十分欣喜。虽然奏请工部之事得暂缓一下，但也无所谓了。

王爷的态度给朱知燫添了后劲，有了活水，马上就开始张罗养鱼。他先到书院，让二武帮着找养鱼书，二武说一下子找不到什么书里讲这些，让他等两天，两天后二武果真就全弄明白了。

“世子爷，单讲养鱼的书有两本，一本是春秋时陶朱公的《养鱼经》，另一本是本朝黄省曾的《种鱼经》，可这两本书我们没有，也不易得到。《齐民要术》卷六讲如何养禽、畜及鱼，我们这儿有，可讲的内容与爷要的不一样。”

“这书院，什么用也没有！”朱知燫甩了一句话就离开了。

听说太原亲王府养了鱼，朱知燫让朱新�童跟令狐长史联系，希望找个养鱼人，有这么一个人，其他问题迎刃而解。朱新壇非常乐意帮他这个忙，东府世子用心在花鸟鱼虫、粉头戏子这些事上最好，老王爷以后，谁是真正的汾州王那就水到渠成了。可他把茶递给朱知燫后还装出为难的样子：“世叔，你的话我不敢不听，可跟岳丈提养鱼之事，会不会被认为玩物丧志？”朱知燫立马答话：“令狐虽是你的泰山大人，但你是宗室郡王，他不过是亲王府的九品官，按理是没有管你的资格，再说，这事你就禀明长史，是为我找人。”

鱼工来了东府，一切都可以开始了。西安鼓楼小院用泥缸，朱知燫不想用缸，他要养一池鱼，鱼工说：“养一池鱼倒是大气，但泥沙池养金鱼，鱼的颜色不红。”

“那就用砖砌个水池。”

“也不好，砌池得用石灰，鱼怕这东西，而且池子养鱼，只有顶部透气，鱼会憋气，还是陶缸最好。”

“陶缸里的鱼气儿顺？”因为有兴致，朱知燫便玩笑着跟鱼工说话。

“陶缸是有沙眼的，不漏水，但四面通气，养鱼的缸要口大底小。口大，鱼浮在水面容易呼气吸气，底小，沉积到下面的鱼粪和食物残渣就好清理，水干净，鱼就健康。”

朱知爔打算让朱表梃去介休洪山窑订制鱼缸。洪山窑有东府的份子，完全可以打发个小的去说一声，但他要朱表梃在那儿盯着。

“鱼缸的口径、高低、底子大小要严格按鱼工说的做，陶土使用，绝不能含糊。”他吩咐道。

朱表梃说：“世子爷也一齐去吧！窑上的事我管，你就在城里住两天。”

朱知爔明白了他话里的意思，杨鹂在城里，这个乐女还是能让自己快乐的女人。“好吧，回头我跟父亲说一声。”

鱼缸还没回来，杨鹂先回来了，住在了东郭。东府老王爷始终被瞒着，西府新王爷却很快就知道了。他嘴角露出一丝笑，真是天遂人愿。

朱新墇假意道：“世叔你养活十几条鱼，看着玩就行了，别弄太多。”

朱知爔给他计算：“十六个鱼缸，每缸养四到五寸的金鱼四条，那就得有六十四条鱼。”

朱新墇刻意表现出关注：“养四条鱼的鱼缸多大呢？”

“缸口横量，得有二尺多！”

“世叔，你说，养鱼这事，恐怕咱汾州，包括其他三县也是头一份吧？”

“如果家家都养，那还有什么意思啊？”

朱知爔有些得意，朱新墇巴不得他在这事上多上心。

“世叔你先弄明白，回头教我，我也养几条玩。”

鱼缸回来，鱼工说要拿薯蓣涂擦缸体，朱知爔不解。

“爷，是这样的，养鱼需要陶缸里有青苔。用薯蓣擦了，很快就能长出来。”

“为何要有青苔？”

“这个我说不清，是应天府的师傅教我的。”

“你去过南京？”

鱼工点点头，他知道王室的人不能出远门，也就不好多说自己走南闯北的事。

“既然如此，我让下人给你找薯蓣，这东西可是入药和进补的食材哟。”

“在南方，他们用芋头擦缸，咱们北方没有，只能用薯蓣代替，虽说有点奢靡浪费，但只要是王爷世子爷用了，怎么用，用多少都不为过。”鱼工说话要让世子爷喜欢听，要不单单养鱼怎么能对得起一年十二两工食银呢。

这话朱知爔爱听，引水，养鱼，只要让父亲高兴就行。

三辆马车从太原拉回四十条鱼。高头大马拉金鱼，别说汾州百姓没见过，就是王府的人都觉得有意思。三大缸水装在车上，里面几十条鱼不过十几斤，鱼怕颠簸，马便不能跑得太快。车夫说，这些鱼啊，金贵得很。

老王爷确实喜欢这一缸缸金鱼。金鱼每天喂食两次，每次喂食他都燃香看进食时间，以此控制投食数量。太阳大了，他督促鱼工赶紧搭凉棚，而这时还要抓紧晒水。换水的时候，王爷就站旁边看鱼工捞起鱼放入另一缸，唯恐他动作大伤了鱼儿。朱知燫总算是做了一件让父亲高兴的事，自己心里也快乐。可父亲还是以责备的口气问他："挖渠引水，买鱼雇工，还有鱼缸鱼食，用了多少银子？"

"引水进府那是宋知州的事，州府出银子。"

"无论谁出，你只说这一套事得多少银子吧！"

"约莫八十多两。"

"八十多两，哼！去年一年，修缮城墙花了不过区区十六两银子。"老王爷说起城墙就生气，而且因为修渠引水，原来谋划上奏朝廷筑城之事又得往后推，这更让他着急。

"引水进府，银子虽花得多了点，但以后祖祖辈辈王府都流水不断，不仅方便还是个吉祥有彩头的事。"

"蒙古俺答汗要是打进来，我看还有什么吉祥！"老王爷生硬地回了一句。

杨鹂很想到东府看看金鱼，但想归想，她不敢造次。朱知燫说："如果喜欢，让你养一条玩。"鱼缸仍是从介休洪山窑拉回来的，但这个放杨鹂屋里的鱼缸，就比放王府院里的陶缸漂亮了许多：敞口鼓肚，白底黑釉，水草图案。里面只有一条鱼，它体形宽短、全身银白，头部有红色肉瘤，眼睛周围有红圈，尾鳍宽大，游动时异常优美。鱼工跟杨鹂说，这鱼叫鹤顶红，因为有"鸿运当头"的寓意，所以名贵得很，汾州府不会有第二条。杨鹂问他好不好养，鱼工说好养。杨鹂记下他说的话。

有一天她跟朱知燫说："这么名贵的东西一定有人喜欢，喜欢就会出钱买了来养，既然好养，不如你多养些，卖给那些达官显贵，说不定还是个来财的好买卖。"朱知燫被点拨得开了窍，他一脸高兴："你呀，可惜是个女人，若是个男人，天下的钱都得让你赚走。"

朱知燫问询鱼工关于金鱼产卵、鱼卵孵化以及小鱼出卵后如何养育的事，他饶有兴致地跟鱼工开玩笑说："两个煮鸡蛋的蛋黄可以喂五十条小鱼，这个开支好大哟！"他想孵小鱼，试着做金鱼生意。鱼工说，金鱼春天产卵，着急不得！

可还在秋天，金鱼就闹病了。开始发现有的鱼游动缓慢、反应迟钝，过了两天那些鱼无论是白的、红的还是黄色的，身体都发了黑，排出的粪便是白色线状的，严重的病鱼轻压腹部有黄色的黏液流出。每个缸里都有病鱼，三四天就死了多一半。鱼工说，这病是食物或水引起的，食物没有变化，入缸的水都是养过的，换水量和次数都没变，一定是水里有什么不干净的东西，闻不到，看不到，但对金鱼有害。

朱知燫自语："水流十里自然清，原公水入城前是明水，入城后是暗渠，不干净的东西从何而来呢？"

"如果水里有石灰、有油或沤过麻，金鱼都有反应。"鱼工说。

"那我得去州衙看看。"

他和朱表梃去了公署，进了州衙后花园。流水经后花园而过，后花园前半部分是官吏公事之余休闲燕息之地，他们不会污了水。后半部到州衙墙根，是差役用水的地方，问题可能在这儿。可这儿看上去也没有什么异样的东西，再说也不可能时时都往水里倾倒同一种东西，环顾一圈也没发现异样的情况。后来朱表梃看到一排晾晒在杆子上的麻线，便去问差役，差役说，麻是买回来的，要捻成细绳给书吏装订文书，麻不顺，也不干净，就泡了洗。会不会是泡了麻的水，恰好在那天被鱼工接入缸里晒过用了？极有可能！

朱知燫从后花园出来去公署找宋大成，书吏说宋大人没在衙署。其实宋大成是在看到他们俩急匆匆入内后悄悄离开的，朱知燫来，准没什么好事，能躲就躲吧。书吏说："世子爷有什么事，如果方便就先说给小的，我一字不落转述给宋大人，您看可以不？"

"你听好了，入了衙门内的原公水，怎么进去怎么出来，别让衙门里的洗脚水流入东府，后花园不许洗物件，不许倒脏水，记下了吗？"

"记下了，记下了，一定转述，现在我就先去知会廨舍，保持泉水清洁，不得马虎！"

第二十一章　初次修志　王府不满

嘉靖三十三年，汾州送走了知州宋大成，迎来了一个叫崔世杰的新州官。他出身河南郾中，曾在山东德平做过县令，到任汾州，品秩齐升，但牧汾与做一地县尊相比，责任与难度都大。

他与汾州是有缘的，当年官场遇险，是汾州人赵世录拨正了他的官运。那年齐鲁大地旱蝗交作，夏秋两季米粮歉收，为了政绩，知府官员粉饰太平，拒报灾情，仍令各县以丰年课税。崔世杰体恤百姓，据实上报灾情，要求减免田赋。此举激怒了上司，知府停了他的职。灾情、灾民总归按不住，事情被山东布政司知晓，时任布政右使的赵世录亲临州县，考察灾情，澄清事实，最后革责瞒报的官员，崔县令官复原职。

他感念赵大人，也知道了汾州。没想到命运会把他安排到此地为官。因此，初来乍到，也没有陌生与违和的感觉。为官一任，造福一方，这是他读圣贤书时就立下的誓愿，而赵大人的恩德无以为报，又是他一直以来的愧疚。这次就任汾州，让他有了完成心愿的机会。他修书赵世录，呈报任职情形，并希望恩人就汾州人事给他提点，赵世录回信："郡有志，犹国有史也。修志！通过修志，对汾州做全面了解。"此外还将人选也一并推荐。

王纬收到了赵世录的书信，信中谈及修志对地方的重要性，建议他协助崔知州为汾州修志。王纬回信说："夫子之言，于我心有戚戚焉。"他几乎是摩拳擦掌，跃跃欲试。但修志是官家的事，他等待着。

崔世杰青衣小帽，只身前往书院，他要单独面见王纬，跟他做私下沟通。一见知州，王纬便知，此事能成。

稍做寒暄，话题直奔修志，知州道："王大人生于斯，开蒙教化都在汾州。是吗？"

"是的，三年在外做官，身体原因致仕，其余时间都在汾州。"

"赵大人信中说你对本地山川形胜、风物人情及降附始末比较了解，是修志的最佳人选。”

“话虽如此，但从平素的粗知到严谨的行文还需各处走访、实地澄清，需要投入时间和精力。”

“那是自然，这就得辛苦你了！”

“修志历来都是地方上的大事，再辛苦都值。”

“志为一方之典要，汾州前朝有志书吗？”知州问。

王纬道：“汾州方志的编纂，始于宋代的《汾州图经》，可惜到元代已经失传。永乐十六年，朝廷诏纂天下郡县志书，汾州当年即成志，到如今才一百三十多年，可惜连一卷也找不到了。这一百三十年中，有过两次重修的记录，但均未刊刻，也就没有保存下来。”

“实为憾事啊！”崔知州感慨道。

“冀南（冀南道）五州，汾志独无，若在崔大人手上完成这项大事，那名在当代，功在千秋。”王纬的话既是陈述也是鼓动。

崔知州便推心置腹道：“到任汾州，可以说两眼一抹黑，与其四下打问，不如组织编志。一部志书写成，我对汾州城池、里坊、贡赋、户籍、社学、军卫不就都了解了吗？动因也是一己私利。”

“大人打算何时动手？”

“得我们共同协商确定，需要的资费我来筹措，人手你选定。编修人员誊写抄录、校对考订需要个地方，你看哪儿合适？”

王纬脱口道：“就在这儿吧，书院里清静！”

“可这儿……”崔世杰没有再往下说。

王纬会意：“东府的人不常来，西府王爷朱新壋偶尔过来，此人言语温和，行为也算彬彬有礼，可以相处的。书院西边还有他的刻书坊，将来志成，请他们刊刻，就近方便。打理书院杂事的朱二武做事靠谱，有他，我就多出条臂膀了。”

“这些你说了算，资费的事，我来想办法。”

崔世杰决定从库银中支取修志费用，但动用仓库银钱米粮必须向上申禀，各级批复耗时较长，他便让王纬率众先行动手。两个月后，经各衙门批复的文书返回。布政司强调酌查以实，按察司要求勿烦里甲，巡按御史强调要委任得人，总理粮草的提督说未可草草。

总共三百两银子的费用，先行支取一半，笔墨纸张，膳食供应都得以解决。十几位编修，有致仕官员，有乡贤名士，还有儒学师生。二武全程参与，从数据文字渐次采辑，到条分缕析确定内容，做得一丝不苟。经过大家四个月的努力，志稿终于告成。

雕版印制费用是根据字数确定的，朱新壇跟王纬说笑：“为州府刻志，书坊一两银子也不赚，并且用最好的雕工，以‘八百里加急的速度’赶制。”

据志稿字数计，需雕版二千二百余块，如此算来，单书坊里的刻板印制装帧费用便超出了总共三百两银子的预算。

崔世杰打算请官员士绅捐俸出资。

王纬劝他：“若是劝捐，那少不了要动东西王府，捐了银子，就免不了要指手画脚，这是他们的一贯做派。”

崔世杰也想，到任第一件大事就是修志，如果第一件事就劝捐，那会让他们感觉不痛快，起始不痛快的记忆会影响以后的方方面面，不如自己捐俸，做件利郡利民之事，也能借此树自己的形象与威望。

数月，志成。

崔世杰将四册《汾州志》装入书套，用黄锦包了送至东府老王爷的书房。王爷要下人将书房外窗全部打开，让光线透过屋里，他要细细阅读。

主纂王纬作序，说他历四境咨访搜罗，对汾州山河形胜，人物遗迹，建制因革等，参看图籍，稽核典章，无不手录以至心力既竭。

王爷对此述言很是反感：“矫情！有必要在序言中言述自己劳苦功高吗？”他合上志书，“用这等人做主纂定然掂不出轻重，理不清先后！”等他慢慢把志书通篇遍览后，果然发现，问题不胜枚举。

他让朱新壇过府说话，新王爷不知何事，感觉情形不对。

“修成的新志，崔知州也让人给西府送过去了吗？”

“送到了的。”

“你看没？”

“回王爷，最近府上杂事多，还没来得及看。”

“新壇，修志数月，一帮儿人在书院干活，你参与了吗？”

“知道十几个人天天起早贪黑干，去过几次，我没插手。”

“看来你对志书一无所知。”

“怎么？有什么不妥吗？”

“你坐那儿！”王爷指了指书案前的椅子。

朱新壇不明白老王爷什么用意，听他的话，慢慢挪到书案前。书案上放着新志。

“打开第一册风俗卷，先读宋大成的《风俗利弊说》。”说完，老王爷走出书屋。

朱新�童翻书阅文，文章言表汾州的社会弊病，一说赋税太重，二说宗室扰民，前者是官府的问题，行文平和，后者措辞严厉。说宗室于民如鲸吞虎噬，言富宗兼并贫宗，还讲强宗放高利贷盘剥百姓，总结宗室顿于一城，相习为非，作奸犯科，无所不有。朱新�童脸涨得通红：“放屁！哪个王八羔子这么大胆！”

下人不知何事，进屋立在旁边候着，站了一小会儿，上前给他续茶。朱新壇余怒未消：“出去，出去！”新王爷很少这样义愤填膺，也很少出言不逊，志书里的文字让他恼羞成怒。

老王爷知道朱新壇会生气，不想看到他冒火的样子，便出去留他一人在屋里，估计他火气平息了才返回书房。

“看到了吗？”

“无良匹夫，在任没有作为，离任时羔羊美酒相送，南瓮城里还挂着他的靴子，该埋了作靴冢，让朱家人唾弃践踏。”

“对这种人，挫骨扬灰也不为过！”王爷语气平缓，但满满的都是愤恨。

“他还说汾州民性淳厚，俗尚俭约，是因为宗室渐流怙侈使得民间竟务奢靡。把所有的不是都按在我们头上，仿佛汾宗揭了他的祖坟。”

“好了，好了，人已离汾，生气也枉然。倒是土生土长的王纬，敢将此文刊于志书，着实目中无人！还有新来的崔世杰，这是给王府一个下马威嘛。”

“我先去找王纬理论，再去跟崔世杰讨个说法。”

“新壇啊，你这样子，倒像是朱知爀，风风火火，心里压不住事。别这样，我们想好要怎么做，说给他们，出了口的要求，就要他们必须做到！”

朱新壇听出了王爷话里的霸气，也看到了王爷遇事从容镇定，波澜不惊的气度。这是他该学的，也是作王爷应有的城府。

在书院找到王纬，他收住满肚子的愤怒，脸上挂着笑，平平和和说话：“王兄，此次修志，你劳苦功高，为汾州做了件大事！”

“新王爷过誉，无志，让汾州缺实要、失雅训，早该修的。”

“本王才疏学浅，学问不过一二，对修志更是所闻有限，你说修志的旁搜博采也要据事直书吗？”

“那当然了，王爷对志书……”王纬用疑问的口气说了半句。

“志书刊文讲宗室弊行陋习，还建议设宗正防范，我想跟王兄探讨一下谁做宗正，以及宗正该从哪些方面革弊除陋？”

王纬已经听出朱新壇的言外之意了。当初有人提议把宋知州的文章收入志书，他去请示崔世杰，崔知州不置可否。敲定书稿的时候，他用很短的时间做了决定，当初也没来得及想收刊的后果，事后也就将此事置之脑后。兴师问罪的来了，他一时不知该如何应对。

“王爷，跟你实话讲，新知州想修志，要得又急，我们几个人焚膏继晷、夜以继日，难免有疏漏错误。志书印制完成，我通篇阅览时才发现宋大人以前的文章有失偏颇，言辞也大为不恭，可惜晚了。”

“印制了多少？书分发到哪些地方了？”

“印制了五百套，本州各衙门和省三司都送了，太原亲王府也送了两套。”

“好！王兄，经你手，汾州宗室名播天下了，估计不久你就能看到王宗排了队回凤阳老家，入高墙，陷图圄。”

“果真如此，那王纬该死无藏身之地了。皇室与王府的事绝非官吏平民该过问的，我会跟崔知州尽力想出补救的法子。”

“书都出去了，还谈什么补救？”

“除了省布政司、按察司及都指挥使司送出的志书不好收回，其他地方，我将建议他悉数收回。”

“好了，王兄，我去知会一下东府王爷，让他早做打算，兹事体大，不能不想后路哟！”

王纬呆坐在圈椅里，来者不善呀！但是他想，即便把所有的书都收回，那又如何，宋知州的文章大家都看到了，再说，收回所有的书，不是那么容易的事。

老王爷让田成仁把二武带到东府，二武知道叫他的原因，心里打着鼓，他早已想好了应对王爷的话。

“你叫朱新增？”

“回王爷，是的！”

“请婚了没？”

“还没有。”

“你母亲身子可好？”

“托王府的福，还好！”

“书院里的活儿累不？”

二武微笑着说：“不累。”

“以后遇事要多操心，世子爷对你有什么不妥，来说与我。”

二武点点头。

“去吧！”

二武以为王爷会责难他，或者严重些会不让他在书院做事，那样的话，日子就不好过了，年长日久那么多时间可如何打发呀。他心里七上八下，也许有一天朱知爜会劈头盖脸来收拾他。反正他想好了，只要能在书院，怎么都行。没想到，什么事都没有。

接近年根的时候，孔天胤回汾了。头一年乞请致仕未准，随即由陕西右布政使升河南左布政使。今年冬月突然收到朝廷请他回乡"闲住"的文书，起因是陕西巡按御史发举其贪污，他不明就里，认为自己一心向善，虽然早已灰心仕途，但实不为恶，所以接到"闲住"令，未向继任者交接便愤然离任。

朱知爜是从父亲那儿得知孔天胤激愤之举的，再问原委，老王爷说，估计他内心坦荡才不惧其他。他心里犯嘀咕，此事是不是与我的西安之行有关呢？西安食肆里他到底说了些什么话已记不清了，反正那个自称徽商的人确是巡按御史，还留下自己的笔迹，大名吉澄。孔天胤不提河南也不说陕西布政司之事，大家也就不再言说他致仕之举，既已回汾，他更关心汾州的事。

老王爷跟孔天胤说志书里宋知州对宗室的贬损，孔天胤面无表情，王爷也不知他心里是怎么想的。为官久了，脸上看不出喜怒，但王室之甥，胳膊肘是朝里的，这一点王爷深信不疑。孔天胤把志书拿回家去阅读，许多天后又拿了书来跟舅王爷见面。

"舅，修志是汾州的一件大事，今之志，古之史，不仅可见人丁变化、赋役增损，还可以看出风俗贤恶，这么大的事，王府为何不参与其中？"

"我老了，久不出门，言路闭塞，外面的事知道得不全。"

"新墥刻书坊刊刻成书，那雕工也没言语一声？"

老王爷没吭声，孔天胤没再往下问。他换了话题接着说："还有若干不妥之处，我说与你听。"老王爷微微点头。

"藩封卷，列各个朝代藩封情况，国朝的王室在汾州历时最长，人口最多，对汾州的影响也最大，志书却只有一句'汾城建两王府，一庆成一永和'一笔带过，颇为不敬。庆成府到舅王爷已是五代，志书应该对五代王做更为详尽的纪录，彰显王室在汾州的重要。"

"整个国朝，除了两京，一十三省遍布王室，其他地方的志书对当地王室是如何纪录的？你知晓不？"王爷问道。

"曾看过一本湖广的府志，《藩封志》单列一卷，开篇是郡王传记及王的封邸，随后是每一位宗室成员所享俸禄的清单，最后是王府应该配备的家臣仆人数目、出行应有的旗帜乐器及乘轿规格。这样便于当代及后世人知晓宗室在地方的生存方式及生活状态。"

“此外，还有什么不妥之处？”王爷听得在理，便继续问。

“依我看，宗室的族系家谱也应列于志书，朱家的天下，王府的汾州。”

王爷感慨：“官府不这样看呀，‘率土之滨，莫非王臣’放他们脑后去了。”

“舅，你听我说，王爷的陵墓虽然与决定朝代更迭的古战场不可比，但在地方上，要比所谓名宦大儒的家宅旧坟更显重要，故而应被记录在《古迹》卷里。《汾州志》忽略不记，着实不妥。”

王爷说：“这个我没想到。”

孔天胤接着道：“我记得嘉靖二十八年，庆成府和永和府出资修缮灵岩寺，是不是还加高了药师塔？”

“是的，那年的事多，汾州口齿繁生，王气太重，圣心不悦，截塔、建塔都与王气有关，灵岩寺护佑了王府。”

“可是，我的舅王爷，灵岩寺一笔带过，王府供养的天宁寺点到为止，西府老王爷为皇上制丹的长春观，那儿的鹤鸣古洞那是古汾州八景之一，也草草纪录了事。而对散落在各村寨的小寺庙还描述其位置及修建年代等，个中原委，只有他们清楚。王纬其人绵里藏针、居心叵测。”

王爷深陷在太师椅里，听着孔榜眼言说，若有所思，能看出这么多的问题，这些读书做官的，都是心机之人哪！

他又问：“还有其他？”

“再看艺文卷题咏这一条，几十首诗收入其中，唐宋金元各代都有，国朝的多是御史知州，其中还收了我的一首，那是因为孔榜眼之名，否则我看他们也不要王室外甥的诗。舅王爷写过诗吧，两府历代郡王都写过诗吧，难道连三两首好的也挑不出来吗？关键是他们就没有这个打算。”

“没有人来跟我说过修志的事，还谈什么诗不诗，入不入志的事！”

孔天胤看出王爷脸上越来越多的不悦，他趁势往下说：“我看这志得重写！”

王爷往上挪了挪身子，又问：“官府有修志规程吗？”

“永乐十年颁布过《修志凡例》，共一十七则，六年后增到二十一条，成为各地修志之蓝本。再以后，有的省布政司或州府在此基础上制定了更为具体的凡例，供修地方志使用。”

“咱山西有吗？”

“没有，我要给山西布政司建言，明确州府郡县修志条例，让修志人清楚地知道，什么该繁，什么该简，什么该入，什么必写！”

孔天胤还在说着汾州志的时候，老王爷的想法已经走远了。这些年官场的磨炼让孔府大公子深谙世事、人情练达，如今致仕回汾，以后他在汾州的影响绝不会小。如果朱知爀还是和以前一样跟他别扭着，那不是让官府钻了空子就是让西府占了便宜，得将这个外甥永远跟东府捆绑在一起，让他做到不离不弃，这得使点手段。

重写州志，他们基本达成了一致意见，并且都相信凭着王府在地方上的威望，凭着朝廷从二品大员的名望，这点事应该能办到。

孔天胤走后，王爷还在琢磨此事，外甥如此上心志书，恐怕不单单是因为志书里恶意贬损王府，或有意疏忽宗室，也许还与志书对他这个皇帝钦定的榜眼只字未提有关。

事实上，孔天胤的想法还不仅这两方面，他也希望通过修志确立在汾州的士绅地位：王室之胄，金榜题名，封疆大吏，即便被勒令回乡，也不能让人感觉到是落架的凤凰。再者，此次修志与上次相隔一百多年了，下次再修谁也说不上是什么时候，如果没有本人参与，这是汾州的憾事，也是自己的憾事。细看志书，里面除了说给王爷的种种不妥，其他方面还真正存在一些问题，比如地理卷无图可查，田赋卷数目不当，人物卷记录有误，各卷均有繁略互失之嫌。如果是知州想通过志书对汾州有所了解，那此志足矣；若作为传世之志，那得完美无缺。从来即是良工不示人以朴，知州不会不懂这个道理。重新修志，并且要由我主导，孔天胤下定了决心。

第二十二章　东郭失火　拆房建庙

朱新壇希望孔天胤能常到书院来，他让二武打扫出一间屋子，白麻纸糊了窗，豆面糊糊裱了墙，搬进去书案、圈椅，还有一张弥勒榻，书案上一盏铜台凤头灯，两块乌木镇纸，笔排木架，砚卧书侧。

朱知㸅养鱼的事，二武一直放在心上，他四下搜罗养鱼书，从书中摘录了自认为有用的条目，数了数，上百条呢，他等着世子爷来，当面讲给他。这一天，朱知㸅真来了。二武把他领到那间书屋门口，朱知㸅有些不解，环看四周问道："这屋平时谁用？"二武说："是新王爷给孔大人准备的，但孔大人没来过。"朱知㸅一听就来了气，不就是一个致仕回乡的人吗？怎么总是被人捧着呢？他没进屋，让随从拿东西回府，准备第二天上太原拉鱼苗。

其实孔天胤并不想去书院，更不想面对王纬。打算重新修志，理由再委婉，还是否定以前总纂的工作，修志的事毕竟人家还是付出了时间和精力的。再者，新王爷给他准备了书屋，如果他去了，舅王爷不说，朱知㸅会以为他跟朱新壇的关系更近些，跟他们俩任何一个处不好关系，日后都是麻烦，所以他天天在东郭。生意上的事不用管，家里的事也不插手，读书、回信、写诗、作文，还看看朋友从外地寄来的州县志，日子过得很平静。

早上起来就到街上走一走，东郭的居民一年比一年多，商铺越来越密集。正街的店铺一家挨一家，街道长了，可越来越窄。街边有卖早饭的，小桌子几乎摆在了路中间。有的店铺开了门生火，青烟从门窗飘出来。抬眼街道两边，有的在下门板，有的在洒水，有扫地的，还有倒灰的。他想，前几年就说东郭住了三万人，估计现在都不止这个数儿了。人多就让繁华成为嘈杂，没有了以前有人气但不喧闹的舒适。转念又想，也许是自己老了，也许是心情有点阴郁，所以才有这样的感觉。若跟西安城比，这儿的人口密度也不算高。不过，从长计议，还是不能在此久住，他想筑一个园子。

这一天天刚蒙蒙亮，孔天胤起床，本想出去走走，又不想看到街上乱哄哄的样子，于是就在院里来回踱步，活动筋骨。突然听到有人高声喊："不好了，东头浓烟很大，好像着火了。"顺着声音的方向看去，府上的下人正从窑顶顺坡急速往下跑，院子里的人听到声音连忙围了过来。那人急促道："看来不好，那么多烟，要出大事。"管家走了过来："赶紧出去看看，这年年走水年年防，千万别又火烧大营。"孔天胤道："什么情形马上回来跟管家说，有事及时动手防范。"

府上重要的人都聚在上房堂屋，出去的下人不多会儿就回来了，他神色慌张，结结巴巴报："火起东边，今早没风，但火势不小。人们议论说铺子里倒出来的煤渣有火星，燃了垃圾堆里的茅草，火就起了。"管家问："火苗往哪个方向窜？"孔天胤问："铺面过火了吗？"两人同时问话，下人不知道该怎么回答，结结巴巴道："外面人多，七手八足乱作一团，我到不了跟前儿。"

孔天胤觉得他说不明白，不如自己去看看。多年养成的习惯，听到城坊安全之类的事，要全面了解并及时想出应对策略。他披衣出门，大步流星往人群集中的地方走，旁若无人。两个随从，紧紧跟在后面，在旁人看来，仿佛是他们家的铺子着了火。走近现场，孔天胤停下观看火势、察看水源，以此估计救火速度。他很快做出判断：这火一时半会儿扑不灭。在东郭与西安不同，事情不归他管，救火不用他来安排，不由他来用人，甚至想去递个法子都没人会在意。

人们在慌乱中各自保全自己，火势还很远，有的店铺已经开始往外倒腾货品，有的已在往城里的方向转运，其反应之快，远比扑火行动更迅速。

汾州春天风大，西北风有时会把窗户纸都刮破。前三天的大风，昨天黄昏时停了。如果有风，那西北风会让火苗一直向东，可今天偏偏没风，这样火向西卷的可能性就非常大。孔天胤快步往回走，沿路数步子测距离。

路边的店铺清一色砖木结构，耐火时间有限。而且店面全部连在一起，店铺间最大距离也就是屋檐滴水的尺寸。

从正街拐进一条小巷，前行约五十步他停了下来，这是朱知煉的房子，乐户杨鹂住在里面。这个宅院有一亩多地，二进院，上房三间，东西各三间厢房，柴房和茅房在外院，院子有点旧，但街门院墙看上去还算气派。上房后墙外是一户普通人家的小院，三间旧房。旧房后面有一大块空地，孔天胤想了想，好像是块公地。

再过一条街就是孔府，孔府占地大，人也多，如果过了火，损失会非常大。而且母亲年事已高，经不起折腾，只怕连惊吓也受不起。孔天胤环看四周，立刻做出一个大胆的决定。

放开脚步回到府上，他找来孔天禛，把决定说给弟弟。

“哥，你觉得火会往西卷吗？”

“会，一定会！”

“会吗？”孔天禛不愿相信。

“整条街，全是木梁房，万一起了风，风向再不确定，那火舌会一舔而过，到那时候再想办法就来不及了，所以一刻都不能等，必须马上动手拆房子，拆了朱知爔院子里和后墙那小院里的所有房子。”

“拆除后的空地足以隔火吗？”

“相信我，足够！”

孔天禛听取了兄长的意见：拆！刻不容缓，马上进行。

派了府上的丫鬟去叫杨鹂，说姑妈背疼，想让她来帮着拔火罐，现在屋里已经烧暖和了，只等她过来。

丫鬟在前，杨鹂在后，出了街门没走几步，就有两个孔府家丁上前一左一右把她的胳膊架起，她不由自主上了一辆马车，被拉到小南关孔家的一处宅子里。

从杨鹂出门到清理完屋里的物件，前后不过一炷香的时辰。几十个人，有府上的家丁，有铺子上的伙计，还有出出进进搬东西的丫头女佣。各种工具一齐上，目的就是很快把砖木结构的上房和东西厢房拆倒。后院那家还有三间房，房主还想听他们讲讲是个什么理儿，为何进门就下手。家丁们听了府上两位老爷的吩咐，三言两语讲原委，主家不啰唆，就让他们插手，讲不清或听不明，直接绑了，回头再说，结果那家男人女人因话多被强行送走了。没有时间商量行与不行，甚至连解释都来不及。若不是事态紧急，拆了杨鹂住的房子，不跟朱知爔商量，也得跟老王爷达知一声。可眼下只能说拆就拆，水火无情，时间就是财产就是人命。

正街上看火势的人，隔一阵就来报：“火苗往西窜了。”“过火地越来越多，街上大哭小叫。”“人手越发不够，水也跟不上。”

兄长的决定果然是对的！

“走，出去看看。”孔天胤边说边往外走。

小巷里尘土飞扬，有人高声指挥：“快洒水，院墙不动，街门也要拆倒！”

正屋和东西厢房倒了，木结构梁柱及椽檩堆在地上，有人正往上面盖土，“盖上土马上泼水！”指挥的人不慌不忙。

管家走了过来，孔天胤问：“外面院子里有堆放的柴薪吗？”

“不多！”有人答。

“两边院子里的柴薪，马上点着，看着烧，烧完即刻浇灭火星。”孔天胤被呛得咳嗽，但语气坚定，命令清晰。

管家担心是听错了，略显为难，孔天胤又说：“别怕，来得及，烧！你在场看着烧。”

管家明白了：“老爷您先回府，这儿有我！”

兄弟俩转身快步离开，管家让人先准备好灭火的水，然后才让他们点着柴薪。这个时候，他猛然听到一声大叫：“别过来！”声音很大，是焦急的命令。管家向大门的方向望去，就在他目光投过去的一刹那，街门轰的一声倒了，而正往里冲的一个女人被砸倒在地，“快，快来人……”他喊着跑了过去，低头一看，登时傻眼了，倒地的是杨鹂，身子被砖木压着，一条腿显然受了伤，鼻子和嘴角出了血。

管家想去抱她，可伸出去的手马上又缩了回来，她是世子的女人，再看看压在她身上的门框，一时不知如何是好。满脸是血的女人睁了睁眼，然后眼珠就不动了。

“她怎么在这儿啊？”

杨鹂糊里糊涂被拉到小南关宅院里，送她的人吩咐院里的下人，要她们看着不让她出门。杨鹂不知道究竟发生了什么事情，是巡按大人发现了朱知爊的事？但也查不到自己这儿的呀。孩子都送进府了，并且都已请了名。一个老乐女，谁还会在意她是不是世子爷的女人，一定不是这些事。孔府的人把自己送到这儿，是不是东郭出了什么事，难不成蒙古俺答汗又来了？是世子爷下令让东府保护自己吗？也不像，如果是那样，为何说是姑姑要拔火罐，想不明白，她有点着急。

朱知爊说过，无论什么时候，世子爷的女人都要从容，不着慌，不哭闹，不反抗，她就这样做了。小丫头送进水来，她问：“几时了？差不多午饭时间了吧。”小丫头说：“下人们都去东郭救火了，这边就留了几个人，午饭要晚点。”杨鹂明白了，东郭着火了。她接着琢磨，着了火为何不说清楚，却要把她送到这儿来呢？这理儿不对呀，她想，得回去看看。

“在这儿也无聊，人少，我也去厨房里帮忙吧，顺便说说话，免得心里慌。”

小丫头看她气定神闲，忙道：“好吧，不用你动手，你来看我们做事，心里就不慌了。”

到了厨房，她跟厨佣和丫头说这说那，仿佛自己不是乐女，不是世子爷的

女人，而就是一个与她们常在一起做事的下人。说着说着，那两人就忘了刚才府上主事人的吩咐，杨鹂说要去小解，她俩忙事，就让她一个人出了外院。杨鹂小心翼翼拉开街门，出门雇了一辆车，直奔东郭，没想到跑回自家小院就倒在了街门口。

管家派人回去把杨鹂的事简单报了老爷，孔家兄弟一听都傻了眼。

“管家要我来请二位爷示下，人抬哪儿合适？”

“小南关，回小南关！”孔天胤下令。

街上观火势的又进来报：“烧过来了，根本扑不灭，现在也没人再救了！”

“别再出去了，到世子爷那院儿看地上的木料全糊上泥了没有？看完回来报。”孔天禛吩咐道。

“这个女人真是命该归西，这下朱知𤇥该不依不饶了。”孔天胤叹了口气。

打出隔离带防火，他成竹在胸，东郭店铺不高，此刻又没风，一个院子宽度的隔离带他确定能行。现在的问题是拆了世子的房还弄死了他的女人，这是个麻烦。

火魔真就在那条隔离带前止步了，孔府那条街以及再往西的房屋安全无虞。

这次火灾，东郭过火面是近五十年历次火灾中最大的一次，正街上一片焦黑，死伤人数，官府还在统计。

孔天禛跟兄长说：“好多店铺都垮了，这场火烧了许多商户的元气。”

“未必！火越烧越旺！”

这句话像个提醒，孔天禛突然明白了什么似的问：“大哥，你说，木材会涨价吗？”

孔天胤点点头，为官这些年，说话不能直接，有话不说能透，这似乎已成一种习惯，但二弟明白。还是那老话说得好，上阵亲兄弟。孔天禛马上跟掌柜交代：“出城收木材，要快，附近现成的板材和干透了的圆木全部收回来，两天内完成。”说这话的时候是火灭后的第二天早上。

诸事安排停当，就只待朱知𤇥回来兴师问罪。可出乎他们的意料，世子爷回来，丝毫没有为难孔家兄弟。孔天禛把事情的经过一板一眼说给他听，管家给他交代搬出来的大件家具和金银细软。他只问了一句话：“那几条鱼呢？”他去小南关宅院看了一下棺木，然后跟孔天禛说：“你们看着埋了吧！”

孔天胤也摸不清底细，这人到底是怎么想的？孔天禛跟朱知爀交往多，对他了解多一点：“舅王爷不喜欢这个乐女，前几年勒令朱知爀把她打发走。杨鹂在介休住了几年，才接回来不久。估计朱知爀不想让王爷知晓她又回来了，也不想让人知道她死了。”听了这话，孔天胤倒对朱知爀有了一点同情，半辈子都活在父亲的羽翼下，虽然安全，但小心翼翼地活着，缺了点自在和洒脱。

东郭纠首组织商户和居民议灾后整修和重建之事，请了王府世子爷，还请了致仕在家的孔大人，地点在东郭关帝庙。商会去州衙门请官府的人，官府派了州首领。

朱知爀不太想去，老王爷劝他，还是去吧，听听他们怎么说，东郭还有两间受损的店铺，也需要重新修整。孔天胤打算去，否则会被认为不关心地方事务，但他打定主意，不发表看法，否则一个回乡闲住的人会让人耻笑。州首领是处在官场仕途最底层的官员，从九品，被称为末秩官。年轻的州首领知道，在那些圆润老道，八面玲珑的商家面前，他这个末等官算不上什么，而在世子爷和从二品大员面前，自己没有说话的份。

纠首是东郭商会的头儿，他陈述火灾造成的伤亡和被焚房屋情况，再说损失折合银两的数目。最后讲到遭此大难，是东郭的不幸，需要大家齐心协力，至诚合作，在商铺重建过程中把防火作为重要问题来解决。而今天请了这么多人，就是要群策群力，大家出主意想办法。

大家七嘴八舌私下交流，孔天胤跟纠首聊了两句便侧耳听别人说些什么。商家住户大多议论火起原委以及损失情况，看来这些买卖人不会全盘思考防火举措，更不会考虑置办共用防火物件。

纠首请大家发表看法，先说如何防火，再说资金筹措。有一年轻掌柜先站了起来：“我先说两句，虽然有这么多前辈，但这次救火我一直在场，亲身感受了缺水的无奈。当时我穿了湿棉袄冲进火中救出一个孩子，可抱出孩子时，外面连一桶水也没有，半天都灭不了孩子身上的火，急得我大哭。所以水是最重要的，我只说这一点。”

州首领站起来说话：“水源无非有二，一是置太平缸，二是掘井。市面置缸似乎不妥，东郭下湿，掘井应该可行！”

“再想想，再议议。”纠首道。

半天没有人起来说话，坐在前面的朱知爀手攥拳头，用指关节扣响桌子，轻声道：“沿东郭正街修水道，把原公河的水引过来！”

大家安静了下来，各自琢磨这个建议，引水是大伙都没想到的。纠首面带微笑看向朱知燫："世子爷说引水，可把原公水引到东郭，恐怕有点远水不……"他留了半句。

朱知燫顿了顿，慢声道："原公河的水是入了汾州城的，入城后分两股，一股进州府，一股进文庙，最后都往东流入文湖。既然都在东边了，就近引到东郭，在东郭挖水渠，明水过街即可。"

有一老东家站起来问道："世子爷说的原公河水从汾州城流过，可我这个老汾州怎么没看见过呢？"

"那是暗渠！"朱知燫简单作答。

才议几句就有了法子，纠首脸上有了兴奋的表情，道："这个提议好，王爷世子爷真是咱东郭的保护神。"

此话完全是过头的客套，孔天胤虽然觉得好笑，但他马上想到应该在此推波助澜。于是把手上的茶杯放下，放得稍重，大伙安静下来。

"世子爷不仅遇事有主意，而且重公益轻私利。"

他的话音刚落，纠首接着道："这次火灾东郭靠西北方向没过火，大家都知道，王府的院子作了隔离带，保全了西北面一大片人家，舍小利重大义，该给世子爷立个牌坊。"

前面说话的老者又起身："世子爷功不可没，商会牵头，向官府提个旌表请求，我们大家签字按手印，首领大人你看行不？"

州首领道："我完全赞同，官府各处我跑路递话。"

朱知燫动了动身子："这事，本不是我……"

旁边的孔天胤使劲拉住他的袖子，制止了他说话，然后自己道："当时火势紧逼，世子爷当机立断。拆除只用了半个时辰，屋里的东西都没来得及搬完，还算及时。"

纠首接话："拆房子的损失太大了，东郭西北片住户，或者整个东郭居民商户都该对世子爷叩首致谢。"

"不谈这个，不谈这个！"朱知燫摆摆手。

这时有人站了起来，大家都认识，他是东郭最大的绸布庄东家。这次火灾，绸布庄的损失，估计比正街七八个铺面合起来的都多。

"我来说两句……"人们看向他，他接着道，"汾州一城四郭，文庙武庙城隍庙应有尽有，三皇庙、三观庙，玄真观、仙槐观，乡贤祠、名宦祠不胜枚举。单咱东郭，除了关帝庙还有玄帝庙和圣仙庙，可唯独没有火神庙。汾州自古就被称作祝融城，却没有祠寺供奉掌火之神，以至城内郭外年年有火灾，或大或小，防不胜防。老夫提议，该由官府主持修建火神庙。"

州首领向那东家拱手道："老先生所言极是，此建言我当如实向知州大人禀告。要建寺庙，选址征地，捐资筹款都是大事，需从长计议。"

"这些年东郭年年有火灾，火神庙必须建在东郭。"年轻的掌柜又起身补充。

"东郭人稠地窄，寸土寸金，不好找到一块建庙的地，大家想想，你们居家买卖的地方，前后左右有没有合适的地儿？"纠首问。

半天没人说话，朱知爜又用指关节扣桌子，然后发话："我的宅院加上后墙外那个院子，还有再后面的一块公地，约有四亩，差不多够建一座寺庙。我将宅基地捐了公，想法子让后边那家住户让出院子，就在那儿建庙。"

众人面面相觑，世子爷如此慷慨，让人肃然起敬。

纠首接话："如果这样，就跟后面那户人家协商，把他家的宅院买下来，地就有了。"

刚才提议的老者站了起来："世子爷宅心仁厚，如此善举应该记录下来，让得福的东郭人和一城四郭的后人都知道。"

孔天胤心中纳闷，朱知爜的行为是一时冲动，还是早有计划？

之前朱新�童得了朝廷表彰，州府为他建了牌坊。东府王爷只怕西府占了上风，想为世子也谋个好名声。可事儿不仅没成，还跟赵世录有了麻烦。朱知爜一直谋着的事，不经意间就有了眉目，他明白，出点钱力就促成了。

孔天胤回汾不久，对朱知爜所想自然不甚知之，不过，世子愿意干的事，自己推一把，这样有利于修复情感、缓和关系。他起身站定，转向朱知爜，深作一揖道："我代表家住东郭的孔府上百口人谢过世子。"在场的其他人跟着起身，拱手致意："谢过世子爷！"

然后大家落座，继续议事。孔天胤给出一个建议：临街铺面之间均筑防火墙，砖砌，单坯，超过屋脊。没人见过这种样式的隔墙，大家担心会不好看，不知道能不能立起来。孔天胤说，回头我找样式图，并说安徽人建房都这样。

回到东府，朱知爜把关帝庙的事说给父亲，王爷点头表示认可。这微微的一点头，对朱知爜来说重要得很，从小到大，得到父亲的赞许非常难。本以为父亲还会说几句褒奖的话，没想到老王爷出口却说："这场火又把筑城的事烧化了，去年要上奏朝廷，请工部发话，因为你跟赵世录的事停了手。等到风平浪静，东郭大火又起，重建东郭该是今明两年汾州的重头戏，增高城墙又成了一个念想，包砖就更别提了。看来谋事在人，成事在天，不过，我就不信了，有生之年，我一定要看到汾州城墙修筑一新，让王府的地盘固若金汤。"

"会的，父亲！明年等东郭的事有了眉目就提。"

第二十三章　诗人来访　再议修志

年底，火神庙建成了。庙门五楹，坐北朝南，上面倒坐戏台，戏台两侧建有钟鼓楼。寺庙分前后院及东西偏院，火神殿在前院中心。火神身着金焰红袍，手持长柄大刀，红脸白须，目光端肃。所有人都期待着祝融及火部五神守护汾州，让东郭人免受火灾之苦。依照朱知㸅的提议，东院厢房布置了一间书房，还有一间大屋可多人议事。

东郭的商家住户也陆续完成了重建。

孔天禛在书房跟兄长念道这一年木材进出数目及所得银两："火神庙是大宗项，所用木材全是咱木器庄供应的，其他商户住户的木料买卖，咱占了五成。立柱横梁这些大材当时市面上不多，远处的没来得及去收，等西山的原木运下来时，价格就上去了，咱就没有插手，这些生意流失了有些可惜。"

孔天胤对家族生意不太上心，他敷衍道："做人不能太贪，买卖上的事要给别人留有余地，一家独大，赚了银子，丢了人气，自古道财聚人散，财散人聚。"

"哥，我想把这次木材生意所得全部给了东府，让舅王爷高兴一下，也弥补朱知㸅拆房捐地的损失。"

"那不如直接给了朱知㸅，让他自行处置！"

"一样的，把银子给到他手上，他也不会留着私用，一定是上交公账，然后禀明是跟我们合伙做生意所得。"

"你如何知晓他会这样做？"

"这一点我再清楚不过，讨父亲的欢心，得到王爷首肯，从小到大他一直如此。要做王爷不容易的，府上比他聪慧，比他能干的兄弟不会因为他是世子就放弃了做王爷的想法。"

"朱知㸅也难，在自家府上都得耍心眼，用心计。这件事你看着办吧！"

隔了好半天，孔天胤又改变了主意。

“要不这样，改天我去东府给舅王爷问安，先把事情说给他！”

孔天禛想：兄长即便是虎落平川，那回头一啸，也声震八方。不说经世韬略，只说诗文字画，在汾州也算翘楚。当年殿试，皇上以农桑为王业之本策问，兄长作答，颇合圣意，仅凭这一点，就会得到王爷抬举，他们联手，无人能望其项背。但朱知爗打小就与孔天胤较着劲，这也是明摆着的事儿，要在汾州地面上说话有分量，修复跟世子的关系非常重要。想到这些，他明白了兄长的意图。

“你先到舅王爷那儿给朱知爗报功！这样最好。”

孔天胤会意一笑：“好！就听二弟的。”

王爷面南上坐，请过安后，孔天胤落座西边。他先提修志之事：“去年上书布政司，请求他们重新厘定修志规程，终于有了结果，基本是按我提出的设想确定的。这下重修志书就有章可循，旁人不会说三道四了。”

“文书已到？”

“是的，分守道转给汾州衙门，崔知州遣人给我送去了。”

“有了王纬的底子，需要的资费和人手都不会太多，我们干脆自己着手办，不要官府的银子，文稿成册后让知州写个序了事，你看这样行不？”王爷主意已定，这样问，只不过是想让孔天胤点头。

“舅王爷主意甚好，就听您的，我们自己干。”

孔天胤开始考虑具体事项，他跟王爷分析：“撰文誉抄需要的人不多，但得有个地方。去书院显然不合适，毕竟王纬任山长，出来进去，低头抬头，见了面不说这事不行，说了又显尴尬。”接着问道：“哪儿比较合适呢？”

王爷顿了顿：“我听知爗说新修的火神庙置了书房和议事间，就在那里即可。”

孔天胤附和：“完全可以！不过要跟知爗说一声。”

“我来跟他说！”

孔天胤话题急转：“东郭遭灾，咱有两间铺面过了火，王府拆了房，捐了地，算有些损失，但起火当天，知爗就让人出城收购木材，到现在为止，损失早从木材生意上找补回来了。听天禛说货仓里还有库存，年内差不多就销完了，那就是净赚。收购木材占用了些银两，但时间不长，不足以计。”

“是知爗的主意？”王爷有些不解。

“确实是！”孔天胤回答得很肯定。

王爷半信半疑，想到儿子在东郭慷慨捐地之举，似乎有了些长进。以前杀伐果断里总有鲁莽的成分，现在遇事心里有了盘算，终归是好事。

几天后王爷问朱知爔："灾后就想到收购木材，算有远见，合情合理赚银子，这主意好！孔天胤说你参与了这事，是吗？"

"王府有损失，总得想办法找补回来嘛！火神庙所有的木材都是咱提供的，我跟州衙里管事的人打了招呼！"朱知爔这么解释，但心里仍犯嘀咕，孔天胤总是有意无意替自己说话，这是帮助？还是一种居高临下的施舍？施舍该算不上吧，自己是世子爷，是将来的王爷，就算他曾是从二品大员，在汾州地面上，还得仰王府之鼻息。

听罢儿子的话，王爷还是微微点头，脸上浮起淡淡的满意神情。其他人觉察不到王爷细微的情绪变化，朱知爔感觉得到。父亲高兴，他的心头便舒展得很。

"他们要修志，我让孔天胤带人去火神庙，回头你遣人收拾一下。这事需要尽快办！"王爷吩咐事情时常常是头也不抬。

朱知爔在火神庙辟了一块属于自己的地方，说是书房，其实那是储放心情的地方。杨鹂是个乐户，不仅不能做世子妃，而且不能是世子的妾。但她确实是他中意的女人，他时不时来这儿，读书写字次之，想想之前的事也是一种满足。他不愿别人染指他的地方。

"要不就让他们去北郭，到背郭园。你看行不？"

"背郭园，我不去，你也不常去，都废了吧？当初为了筑它，得了皇上的恩准，建了几年，年年跟官府扯皮。记得那个王炫王知州有一年给我送来他老家的蓼花糖，点心上面一层白霜，我还调侃他，让他别送银子来，赶紧把北郭的园子修起来，他说真希望自己是个幻术师，把那一大食盒糖果变成银子，好把园子修成江南园林的式样。这园子白白用了银子，费了工夫，着实有些可惜。"

"只要父亲高兴，一年去一次，也不算可惜。筑园时栽的三棵槐树，长得枝叶繁茂，前几年栽的梨树杏树都开花结果儿了，今年让他们多种些花！"

"如果孔天胤愿意，就让他带人去园子里修志吧，比火神庙清静！替他好好打理一下。如果愿意，长住那儿也行！"王爷又一次听了儿子的建议。

孔天胤非常高兴，得了信儿，他便来王府跟舅王爷道谢。

"谢什么呀，在家里就甭整那些客套，再说，这是朱知爔提议的。"

"知爔身上越来越显现出舅王爷的风骨，这年长日久的耳濡目染厉害得很哪！"

"但愿他将来坐镇领军，能够稳得起局势，应付得了官府，并能得这几千朱姓人的人心。”

“舅王爷，熑弟虽贵为世子，但骨子里还是和我从小打闹着长大的兄弟，人说姑表亲辈辈亲，我现在虽然势单力薄，但适当的时候扶知熑一把，兴许着力点正好。”

“这样最好！孔府与东府两股绳儿拧在一起，那是经拉又经拽的！”

孔天胤不喜欢东郭的市井繁华，住在府上，杂事听不听都在耳朵里。早在起火前他就有想法，择一处地方，筑一个园子住里面，种树养花，吟诗览卷，或邀三五知己，略具酒茗，谈古论今，那才是真正读书人该过的日子。

舅王爷的决定正合他的心意，第二天他便去了背郭园，园子占地不小，但略显荒芜。住着的园工因为不常来人，打理便有些懈怠。靠北的三间瓦房，虽也宽敞，但没什么家具陈设，显得空荡荡的。好好整理一下，就在这儿修志，估计得几个月的时间，人多正好盘活园子，有了人气，花草树木都长得快。

添了几位花工，园子很快被打理一新。修志的人搬进来后，王爷也来了。

孔天胤把王爷迎进书房，递上茶说话。

“住了舅王爷的园子，天胤这是鸠占鹊巢。”

“哪里话！这园子只配你住，只要你愿意，以后住着，愿意住多久都行！”

“我想把园子里各处题些名，你看行不？”

“背郭园就是随口起的名，俗了些，你在里面题些雅致些的名更好。”

“舅王爷，我住的这个小院儿题为‘寄拙园’你看如何？”

王爷听不出这两个字的雅致在哪儿，不过既然让他住就由着他吧。“你喜欢就好！你们文人的喜好我不懂。”

说到文人，孔天胤想起一件事，这事得跟王爷商量，于是赶紧递话儿：“早些天接到谢榛书信，他打算秋天来汾小住，在哪儿安顿他比较好，我琢磨再三没有确定，搬进园子，才觉得在这儿安顿友人就不错，不过得请舅王爷示下，您同意才行。”

“谢榛？就是坊间常说的脱鞋诗人？”王爷问道。

“是的，就是他！字茂秦，号脱屣山人。”

“你跟他有交情？”

“他曾寄诗于我，希望游历汾州，我和诗邀约，本以为他会在晚些时候来，但他最终确定秋天即至，时间仓促，让我有些措手不及。”

“这不还有几个月时间吗？哪儿那么紧张呀？再说，不就是一个诗人吗！”

“舅王爷还别小觑于他，此人出身寒微，也未曾入仕，看似总在挟诗卷游四方。但他以诗言志，家国情怀在诗中。他还仗义执言，敢言敢为，响当当一个英雄侠士。”

“是吗？果真如此，那到时王府宴请于他，我倒看看，一介布衣，能有多大能耐？”

“谈不到能耐，但他好名远播，若能为王爷所用，倒不失为一件好事。此人诗文俱佳，哪怕就是为王爷您写篇传记，或给知爤写几首诗，也算王府借力好风。”

“天下是朱家的，庆成王府在汾州繁衍生息，吃皇粮、享福禄，需要吹鼓手吗？”

“也非绝对需要，对您来说，歌功颂德是锦上添花；就知爤来看，扬名立万很有必要。人生在世，雁过留名，西府新�童就很看重这些。”孔天胤不紧不忙说。此话既是恭维，也是道理，顺便带一句朱新壇，意思很明确，意在提醒王爷，一山不容二虎，将来谁在汾州独大，你儿朱知爤还是有对手的。

王爷看了看孔天胤道：“知爤身边也没什么顶用的人，朱表梃聪明而不大气，遇事格局太小。书院里的二武是我为他着力培养的人，念书请名请封都得益于东府，这孩子表面上也把世子当成主子，但就是缺乏点跟王府一心一意的执着，就像隔着点什么。知爤需要一个臂膀能给他鼎力相助。”

“我在西安跟朱表梃说过话，此人聪明有余而忠诚不足，遇事会先考虑自己的利益，格局不大。朱二武我也知道，他归东王府管，但和所有那些枝头树梢的朱姓人一样，他们需要王府又不满王府，二武对王府对知爤既不会全心全意，也不可能真心实意。”

王爷道：“所以需要你，你们俩就是再不合卯，那也是姑舅亲，打断骨头连着筋，大事你帮他看个方向，小事点个醒，知爤就勉强做得了这个东府王爷。他的那些兄弟是指望不上的，他们个个巴不得他永远扶不上墙。”

“舅王爷您一百个放心，我掂得出轻重，分得清里外，知道该在什么事情上用心，懂得谁才是真人！”孔天胤说着的时候，脸上的表情轻松自然，其实他的思绪早在另一件事上了，“我搬进园子，随身要带不少书，需要人帮忙，眼前儿还没个合适的人，我看二武不错，可不可让他跟我一段时间？”

“可以的，当初把他放到书院就不太合适，应该让他跟着田教授在府上管事，可他不喜欢，在书院他跟新壇接触多，久了心就难免往那边靠。想过把他安到府上，迟迟没动手，你若需要，正好让他过来，新壇也就没话说了。”

二武非常乐意跟着孔大人做事，他曾经无数次想象自己能像孔天胤一样，得到皇上青睐，做封疆大吏，施展自己的抱负。虽然不具备经天纬地之才，历练久了，也许就有了惩恶扬善、匡世济民的能力。可自己偏偏姓朱，学得文武艺，货与谁呢？眼下能跟着孔大人，也许会有出头的日子。

到了背郭园，他跟孔天胤说：“有件事得大人通融一下。”

“有什么事，说吧。”

“书院里还有些事没做完，孔大人这儿不忙的时候，我就回书院把手上的事了一了，也许拖的时间会长些，您看行不行？”

“不想跟我说是什么事？”

“答应了别人要保密，先生就不用问了，反正是件好事。”

孔天胤笑了笑，这个孩子有意思，脸上的质朴和言语的真诚，有别于官府王府孔府的任何一个人，有主见但不张扬，敢表达而不失礼。早在书院时，孔天胤已看出来，二武出身朱门，皇家的高贵，在他身上演化成了一种沉着；普通人的家道生计让他的亲和自然随意；品性中的善良体现在与各色人交往的言行中；最为可贵的是，他的精神世界有一种向上的需求，而自己恰好可以给他引领。

孔先生没再追问他书院里到底还有什么未了之事，他猜测得到，这事要么与朱知爀有关，要么是朱新壇的私事，而且与朱知爀有瓜葛的可能还大些。

收拾园子，安顿住所，整理书房，等把这一切都搞定后，谢榛来了。修新志的事先放一放，反正人已找好，随时开工即可。

孔天胤在门口等待远道而来的朋友，谢榛骑驴而至，主人拱手相迎：“茂秦兄远道而来，一路辛苦了！”

“一路上走走停停，访友途中还四方游历，何谈辛苦！”

“先生请！”孔天胤侧身指道。

“汝锡兄享有这世外桃源，神仙日子哟！”

“哪里哪里，蓬门今始为君开。”孔天胤道。

进了园子，走到小院门口，谢榛的目光落在了门匾上，对孔天胤道：“‘寄拙园’，这三个字别致得很！”

“没啥别致，余有拙以寄其生，又有园以寄其拙，就这么个意思！”

“先生过谦了，远离尘寰，不闻车马喧闹，拙也好，愚也罢，结庐城外，寄情诗酒，陶然悠然啊！”谢榛的话总是能说到听者的心坎上，就凭这个，他才周游于王府贵胄之间，几十年如一日，过着锦衣玉食的生活，才可以著书写诗，游历天下。

有朋自远方来，背郭园变得多姿多彩，主客游园赏菊，饮酒抚琴，吟诗唱和，感叹世事，这是孔天胤从得到“闲住”的旨令后过得最快乐的一段时光。

快乐总是稍纵即逝，烦心的事接着就来了。

有人给儿子孔阶提亲，女方家是汾州城王家大院长房女儿，提亲的人先说女孩的家世，说到她父亲王缉，孔天胤就觉得婚事应该能成。王家世代为官，王缉进士出身，现今南京户部任职，至从二品。汾州城官至从二品的人不多，满城人都知晓王缉，孔天胤自然也知道这家人的底细。孔府在汾州固然是名门望族，可自己的儿子体弱多病，只要姑娘外表过得去，能生会养即可，栽根立后当为第一要着。他修书王缉，说到儿女婚事，便以男方家长的口气略带恭谦陈述请求，并委婉描述儿子文雅柔弱，最后提到自己已致仕回乡，将守家在地。王缉回信，非常乐意与孔大人做儿女亲家，并说孔姓是天下第一人家，能与孔府这样的名门望族结亲，是女儿的福分，也是王家的造化。自己在外做官，有了孔大人和孔大公子，那不仅是女儿有了依靠，整个王家府第都会因此蓬荜生辉。

在双方父亲那儿，婚事就这样确定了。但缔结婚姻需要经过几个步骤，纳采过后是问名，孔公子和女孩八字相合，然后是纳吉。本来该由媒人去送礼物，表示男方认可，婚姻的事可以继续往下谈。慎重起见，孔府还是让孩子的二叔孔天禛随了媒人一起去，女方接待也得有一个同辈人，恰巧也是女孩的二叔王纬，事情在这儿起了变化。婚姻的事由媒人说合，双方的叔父坐一起便谈一些题外话，说到书院，说到讲经，说到修志，这时便不愉快了。王纬说侄女知书达理有主见，若高攀了孔府，那遇事不能自作主张，只怕有了嫌隙，不如事先讲清了，经了学堂开蒙启智的女孩，希望在府上能与公子平等相处，说话、议事都参与其中，对外自然会恪守三从四德。

孔天禛越听越觉得不舒服，受兄长之托来送礼，没有必要言语冲突，但王纬的要求，着实有些不近情理。家里有事，男人女人一起商量可以，但什么叫平等相处呢？女人从父从夫，这是天经地义的事，如何讲究平等呢？

把疑问收回肚子里，他跟王纬说，一定把话带给家兄。

孔天胤听了二弟的话，开怀大笑，他明白王纬话里的意思，这是借题发挥，还是在修志的事上打转转，他知道该如何处理。为了百病缠身的儿子，得跟王纬低个头。

他让二武陪着去书院，事先想好了说辞。遇到王纬，那就说替远方来的朋友谢榛找一本宋版书，并邀请他参加背郭园诗会。若他能来，便有机会解释修志之事；如若不来，那就给自己一个台阶，说邀请人是谢榛，受到大诗人邀请来不来都很有面子。结果王纬婉拒，孔天胤怅然若失。

隔了几天，王爷准备设宴招待谢榛，请汾州文人作陪，并拟定邀请人选，要孔天胤主张此事。孔天胤以王爷的名义给王纬送去请柬，王纬知道在汾州地面上，不能驳庆成府王爷的面子，于是如期而至。

偌大的堂屋，摆了两张八仙桌，供十四个人就餐，王爷和世子分坐两桌上座。四盘水果点心上齐，然后是四碟凉菜、四盘鲜案、四个扣碗。最后一道清炖鲋鱼上桌时，荣村的王府家酿已经喝了两坛。王爷请大诗人赋诗打结，然后共同举杯，结束饭局。

撤走饭桌，左右两侧的乐工将乐器搬至屋子中间，饭桌上的主宾移坐周边的条桌后，水果茶点上桌，丝竹管弦重奏。

谢榛坐王爷左侧，而孔天胤有意坐到王纬旁边。开场一段雅乐合奏，接着便是乐女唱曲，谢榛细听，那是自己的一阕旧词。

“在下旧作，不足为乐！”他对王爷说话时，略显谦逊。

王爷道：“先生位居七子之首，诗词歌赋，都是在座各位的标杆，我不懂诗词，但知道自谦可不是时下文人之风。”

“王爷见笑，再别提七子、八子了，爱诗、读诗、写诗、论诗，本无高低先后，多事之人弄出个七子，而我还成了领首，可名士大儒又如何能容得一介布衣高高在上呢？这样会折了别人的颜面。不如我飘游江湖，诗酒为伴，唱和友人，这才是真正的快意人生。”

“今天就请以诗为伴，开怀畅饮！”

言罢，王爷让人重新上酒。美酒斟杯，歌舞再起。朱知㸅提议大家即兴赋诗，酒酣诗兴浓，众人兴会淋漓。

这时，王爷和谢榛说话，得提高了嗓门：“我这个老朽应付不来这样的局面了，人生七十古来稀，枉活七十有六，写不出像样的诗文。”

“王爷的为人和能耐，谢某早有耳闻，可谓玉在山辉，珠存川媚。本想为您写诗颂功德，可唯恐笔钝纸短，该为您详文立传记录您对汾州的影响。”这个意思是孔天胤先前透露过的，谢榛此时说出来恰到好处。

“这样最好，为我写好墓记铭，留备百年之后用！”

两人举杯相碰，表示相互认同。

另一旁，孔天胤主动跟王纬搭话，而且直奔主题：“王兄，有一事得跟你做个澄清，早就想当面解释，可迟迟开不了口，借了酒我就直言不讳了。”

“孔大人请讲！”王纬的客气里有些戒备。

“修志你是费了心力的，重修对你来说不公。但官府和王府有这个意思，

委任于我，我若接了，对不住兄弟，不接又不好推托。为难之际，来了谢榛，此人游历的地方多，学问好见识广，他提醒我，近年南方有府县修志，违了规程被朝廷责难。我让谢大诗人把南方府县的事转述于王爷，王爷肯定会达知州府，改志的事他们自然会放一放。至于以后，我是说我们这辈人之后谁去修它，那就是别人的事了。”

话是这样说给王纬的，但孔天胤心里想的却是另一套方案，等婚事成了，再谈重修州志，此事一定要办！

王纬听了，不禁心喜，便道：“修志那是官家的事，我尽力而为之，时间仓促，难免有疏忽，当时你要在汾州就好了，你是高人，有你指正，会避免许多不必要的错误。”

“王兄说远了，汾州城一起长大，我们是同一方水土养育的，再者，以后成了儿女亲家，那还分什么高人低人呀？”

“家兄年底回家，到时候坐下来细谈儿女婚事，希望到时候你别有什么大事缠身。”

“哪里哪里，我翘首以盼！”

乐女的曲儿，唱了一支又一支，朱知爃想起了杨鹂，他不写诗也不说话，端着酒杯，目视前方，乐女的脸幻化成杨鹂年轻时的样子，含情脉脉与他对视。

孔天胤瞟了他一眼，心头又有了一个主意。

第二十四章　震后粮荒　抑价筹粮

宴后回了园子，却不见二武，发现桌上有他留的字条，说去了干河村，东府世子爷的差事，今晚不回来了。孔天胤想了想，大致知道他干什么去了。第二天中午回来时，他满身泥土，一脸疲惫。

“先生，我……”

“先去洗脸换衣，然后慢慢说！”

孔天胤是猜对了的，二武去干河村拓了块唐墓志。

之前他总提起碑拓学问，还常发些议论，若干次后，孔天胤便大致知晓他隔几天就离开背郭园是去干啥了，但始终没问。今天二武自己忍不住跟先生讲，出去是到各处拓碑。

事情是朱知爀起的头，要二武帮忙，结果变成了二武主做，朱知爀只了解一下去了哪儿，拓了什么内容，至于是碑碣、墓志铭、造像石还是经幢、石匾、石联，他都懒得听。现在二武越做越有兴致，朱知爀却问也不问了。二武主动跟他讲，他只一句话，知道了。

“之前为什么不跟我说？”

“先生，我帮着世子爷做事，他不太愿意让人知道事情都是我做的，我也不能抢功。”

孔天胤面无表情：“你做得对！”

话都说开了，二武便可以直接跟先生请教碑拓学问了。

先生说：“我没上手做过，只懂点皮毛。不过我见过中国最古老的刻在石头上的文字。”

一听说最古老的，二武便来了兴致，对先生所见并有感触的，他越发有兴趣，便问：“您在哪儿见了宝物？”

“北京，国子监。”

“啥时候看的啊？先生！”

“嘉靖十一年，我在北京殿试完毕，专程去的。”

“什么样的石刻呢？”

“十块刻有大篆的石头，人们叫石鼓，唐代大文学家韩愈为此作诗，曰《石鼓歌》。”

“请先生说细些，好让我弄明白。”

孔天胤低头微笑，他喜欢这个有强烈求知欲望的二武。

“早在唐贞观年初，陕西宝鸡陈仓一牧羊老人在野外发现了十面怪异的大石。这些石头外形似鼓，圆而见方，中心微凸。大石上的泥土被清除后，居然显露出大量的神秘文字，那是常人所不识的大篆。”

“什么内容呢？”二武急切地问。

“记述秦始皇统一前的一段历史，为后人所不知，多言渔猎之事，后来被称为《猎碣》。”

“这种石碣，应该有拓片传世吧？”

“文人墨客慕名而至，惊异于上面的文字，便拓下遍寻名家研究，石鼓的名声因此而更大。”

“看来碑拓是很重要！”二武感慨道。

“是很重要！昨天我还琢磨此事！”孔天胤自语。

他又去东府见王爷，跟老王爷说：“知爔喜欢书法，而且对碑拓有兴趣，日后若能刊行一套汾州石刻大全，会流传百年，人也因此流芳百世。不如先请谢榛写个序言，留待以后用。”

“到什么时候？”

“什么时候刊印都行，就先让谢榛把序言写了。”

老王爷说：“他做这事，只怕贻笑大方。”老王爷在外甥面前，毫不掩饰对世子的不满。

“舅王爷别这样说，他是世子，要做有别于他人，且高于他人之事。”

“你看着安排吧！”老王爷停顿了一下继续道，“如果人手不够，从府上挑两个精灵点的丫头放屋里让谢诗人使唤，我安排田教授打点些银两，你看多少合适就跟田成仁说，这事就不用再跟我商量了。”

“打点他的事，不用舅王爷操心，我来张罗即是。”

王爷不再接话，庆成府与孔府那永远是一条藤蔓上的两个瓜。

送走谢榛不多几日，就进腊月了，天气奇冷。十二那晚，北风狂啸，街上很早就没了人。子夜，各家院子里的狗狂吠，叫成一片。这一夜，陕西华县发生了特大地震，汾州城也跟着摇晃，人们被摇醒了，不少人坐到天明。第二天街上都在议论，说夜里门窗吱吱、锅碗叮当地响，还有人说公鸡子时就打鸣，以为来了黄鼠狼。所幸城里既没房屋倒塌，也没居民受伤，事儿很快就被忘了，反正地震隔几年就有。

王爷让朱知燫出去看看城墙有没有事，朱知燫稍做犹豫："城墙本该官府在意，震塌震垮都该由他们管。"

"这个道理还用你说吗？谁在城里住一辈子呢？"

这个理儿他也懂，只不过想发个牢骚。

出去不多会儿，朱知燫回来跟父亲报："城墙西南角楼旁有土坯落下，角楼没受影响，守城兵说地动时木楼响得厉害，他们以为会倒，结果也没事。"

"什么没事，土墙会被震松，再不修，真快出事了！过了正月我就去找他们！"

年后不断有消息传来，西边发生了大地震，死伤不计其数，有的地方，全村人瞬间就被深埋；有的地方洪水没过，淹死冻死许多人，尸横遍野。人们又感慨，汾州就是块宝地，虽也有地震，但扫一下过去，从没造成太大的损失。

正月初，街上人少，许多铺子关了门。从南边陆续来了逃难的，那些衣衫褴褛、贫病交加的人出现在街上特别醒目，有人觉得他们可怜，便施与粥饭，或者给件旧衣御寒。到正月十五街上闹红火时，人们才发现，难民太多了，街头巷尾、前后左右，隔几步就能看到，而且根本没有要走的迹象。这些人刚到城里时还只是乞讨，要不到食物时，路边的商家铺子，就不安全了，尤其是小饭馆子。有一饭铺在门口卖早点，刚出笼一屉包子，几个难民上手就抢，看到有人抢到吃食，远处的也跑了过来，包子被抢完，笼屉掉在地上，店小二退回馆子，关上门大叫："掌柜，掌柜……"

晚上的灯会，零零星星几个人，城里很不安全。

从早上太阳升起到傍晚关城门，一天内不断有难民进城，官府慌了。进了城的赶不出去，外边的不断涌进来。

朱新�童问王府教授："最近有没有收到太原府的书信？"

正说着，有下人进来，手持托盘回话："亲王府长史大人的信。"

朱新�童急忙拆信，老岳丈说永和府教授要求致仕，可以让他回乡了，已物色了一名教授，姓严，即日到汾。另外提醒他，陕西地震百年一遇，灾情严重，粮价将大涨。

如何应对呢？朱新�童一时想不出主意。

腊月十二地震，皇上二月初才得到传报。陕西华县地震，波及陕西大部及山西、河南多个州县。渭南、华州、朝邑、三原、蒲州山崩地裂，水漫平川，官吏、军民死难八十三万有奇。山西的平阳府和泽州灾情严重，汾州府很快接到山西布政司令，为平阳府蒲州筹粮。

各衙门官吏被灾民搅得不可开交。先得安顿进了城的人，天寒地冻，饿死冻死在街头看不下去，于是搭了窝棚，让他们住在里边。又在城外支锅设粥棚，让那些走得饥肠辘辘的人有口热粥。城门口喝了粥的人，眼见有食儿，就不打算再往远走了，城外聚了许多人。守城兵接了令，不让灾民入城，他们硬冲，就只好关上城门。有人想顺着城墙马道往上爬，掉下去摔死在城壕里。

筹粮的事更是难上加难，三边的粮一粒也不能少，宗人的禄粮可以往后拖，若数量上再往下压，难免又有人闯衙门，遇上悍货，拼命的可能都有。夏粮还没熟，这粮怎么筹啊！崔世杰在方砖地上踱着步，这时，王爷推门而入，知州行礼，王爷落座。

“这些日子，灾民让你们头疼，我路过衙门，进来看看，又违禁了。”

“您老说哪儿的话呀，您来看我，是王爷抬爱，不论公事，违的哪门子禁？”崔知州不知王爷罐子里装的什么药，先把他的嘴挡上。

“城墙根下摔死了人，估计你听说了，城墙经这一震，土坯都松了，上面天天都有巡兵来回走，要出事的，想听听你打算怎么弄？”王爷单刀直入。

崔知州一点打算也没有，但他不能如实说，只好先说筹粮的事：“王爷你也听说了吧，此次地震，陕西死难者甚众，咱山西平阳府深受其害，地动山摇使得房倒屋塌，流离失所者成千上万，如果没有赈济粮，那外出者还会多，据说官道上饿死病死冻死的，隔几里就能看到！这个状况下筹粮赈灾那都是捡命，可咱汾州哪有余粮，再征，农户也会出人命的，所以修城墙的事，我连想都不敢想！”

“去年风调雨顺本该修墙，手一松，就过去了，今年雨水充足，夏季应该有个好收成，你又跟我讲官话叫穷。”王爷语气轻松，但话很直接。

“王爷错怪我了，城里城外那些灾民你也看到了，上面要五千石粮，筹粮的文书我可以拿出来让您过目。”

“不必！那是你官府的事，一屋不扫，何以扫天下，我一无能老朽，保汾州城都心有意力不足，哪管得了平阳府、大同府呀！”

“王爷息怒，等我腾出手来，我们共同想办法，在您的地盘上，我要对得起您才行！”崔知州笑嘻嘻道。

王爷没话了，出了衙门，他让轿夫抬他去西南角楼看看受损的情况。

粮价确实涨了，而且还在上涨，官府、王府都知晓情况。崔知州派人出去打探其他州县的粮价，几路人得回的信儿是一致的：略有上涨，但还算平稳。看来汾州的粮价猛涨是本地粮商所致，崔知州一拳砸在书案上：“无耻！”

如果粮价乱了，其他物价跟着也就乱了，怎么办呢？预备仓从古至今就是丰年低价买进，歉年平价卖出以调节粮价，而且少有空仓，可布政司的筹粮令来得急、要得多，只好动用储粮。长益仓的那点库银，得供全年调用，哪个地方不用银子能行？万不敢随便就使完。崔知州没有办法。

他站在书案前焦躁不安，州首领立在旁边回答问话。

“城里有几大粮商？”

“有三四家，最大的一家在东郭，叫盛益粮行。”

“东家是什么人？”

“东家姓宋，东村人。”

“是问你此人家境如何，人品德行怎样。”

“不是豪门巨富，但人很精明，用的掌柜伙计都是东村人。”

“德不配位！”崔世杰骂，“昨天是他亲自接的文书？”

“是的，他还说粮行做的是长久生意，稳定最重要，但有人抢购，要扼制这个风潮，涨价是迫不得已的。”

“文书送达后，粮价降下来没有？”

“早上挂出歇业的牌子，关了门。”

“纯粹就是抗命不遵！”崔世杰非常生气，“其他几家粮行呢？”

“都开着呢，可店里没有小麦和黄米，只摆了黄豆绿豆糯米等，这些粮的价格也涨了。”

“买不到粮，人心会慌。”崔知州自语。

“是！”州首领不知如何回话，补了一个字。

“是什么是？把东西府王爷都给我叫来，一起商量。”

州首领退了出去，崔知州捻着胡子琢磨，也许这两条地头蛇有办法化解当前的燃眉之急。

一个时辰后州首领回来报：“东、西王府都去过了，庆成爷生病，永和爷说后晌他出去了解一下情况，如果方便，晚上请您到王府叙话。”

“那老的是真病还是假病？”

“我进去的时候，府上的教授要接帖子，我说知州要我面见王爷，好说歹说他才把我领到上屋。”

"到底是不是病了？"崔知州焦急道。

"也看不出病没病，王爷斜倚在榻上，旁边有两个小丫鬟伺候着！"

"那他说什么？"

"他说身体欠安，若着急就让您差遣世子，如果不急，就等他稍好些后再说。"

"老狐狸！"崔知州从牙缝里挤出一句。

西府上屋，朱新壇和新来的严教授说话。虽是岳丈荐的人，但走马上任不久，王爷还摸不清他的底细，留个心眼，不是所有事情都能全盘托底。

事实上，这个举人出身的教授精明干练，出乎朱新壇所料。

"这几家粮行下午我都走了一遍，心里大致有了底儿！"

"你说说情况！"

"东郭的盛益号，是有来头的，估计汾州的粮市和粮价基本上是由他们掌控着，其他几家体量不大，做的都是大路买卖。"

"怎么看出来的？"

"我初来乍到，出去是个生面孔，铺子里问问有没有货，问问价格，多问几句就什么都清楚了。"

朱新壇挺直了身子，他对严教授的话很感兴趣，"难不成盛益号是……"他只出口了半句话。

"我感觉这个粮行一定跟那边有关。"说着用大拇指向东边指了指。

"怎么可能呢？不可能，你可千万别这么想！"

其实朱新壇的想法跟严教授是一致的，他早有觉察，东郭盛益号十有八九是孔府的。不过，既然东府不愿意说，孔府也不想人知晓，那自己就不能揭穿，哪怕就是跟府上的教授，各自可以心知肚明，但一定不能说出口。

严教授抬头瞟了王爷一眼，他也明白了，只可意会，不可言传。

晚饭后，崔知州的轿子抬到了西府门口，门子被吩咐过，没有通报，直接就把老爷领到王爷的书房。

崔知州开门见山说事：

"我遇到了难事，在汾州只好求救于二位王爷，不巧，东府老王爷生病，我只能靠你了。汾州的事根根把把你们都清楚，粮市买卖，官府不好硬着来，你倒替我想想，这种情形该如何应对。"

"现在最大的问题是什么？"

"市面上的粮食一天一个价，涨得有点猛，官府下了文书，结果没粮卖了，越是没粮，稍放一些出市，价格就越发高。关键是人心惶惶的。"

“你官府不能只是下文书发告示嘛！”

“如果官府的预备仓有粮，我拿出来平市。可眼下，预备仓和广益仓两边的粮食合一起也凑不够布政司要的救灾粮，这事都愁不过来，哪还有平抑粮价的能力。”

“赈灾天经地义，可救灾粮该由户部想办法，问各州府要，这算起运粮还是存留粮？”

崔知州也不明白，他说：“我的王爷呀，现在只要求筹粮，等粮食筹备齐，跟着就会有新政令，一定是增加救灾田赋！”

“咱摸着良心说句实话，本地有灾，苦那些种地的，外地有灾还是苦那些土里刨食儿的。”

“现在顾不上悲天悯人，我要先解决粮食问题，这几个粮行，王爷你能不能递上话，官府奈何不了他们，王爷威望高，还得请您出山。”

“大人千万别这么客气，虽是你衙门的事，但在汾州，就算为这几千口朱姓人，东西王府也有责任做力所能及之事，不过，这事得认真合计合计。”

朱新壇说完便看向严教授，严教授会意，便接话道：“听外面人说，刚得到西南边地震的消息，盛益号就开始收购粮食，其他粮行跟风，也收了些，但大量屯粮还在东郭。粮市的价格实际上是他们控制着。”

“所以，只要稳住盛益号，问题就基本解决了？”崔知州问话时，这个正五品的朝廷命官像个儒学庠生。

“对，应该是这样！”朱新壇边思索边回答。

“只要盛益号与王府没什么关系，那我就可以强硬对付他们！”崔知州道。

“关系倒是没有，但强硬对付也不好，不如另想个法子。”朱新壇说。

三人缄默。

少顷，严教授开口：“若有两全之策，既平抑了粮价，也能为官府筹到粮那该多好。”

朱新壇一拍脑门大声道：“有了！”

“快说！咋办？”知州催促。

“严教授你把书房的门关上！”

第二天，朱新壇过东府跟老王爷过话，话题还是粮价。但他只是跟爷爷辈的王爷讨教关于现在粮价上涨，宗室会不会受到影响，会不会又闹出什么事来。还问王爷认不认识那几家粮行的东家掌柜，需不需要以王府的名义知会一下粮行，哪怕就是口头干预一下也行。老王爷跟他说："与粮行的东家掌柜都不熟，也没有必要出面干预粮价；等秋粮下来，各地的赈灾粮也到了位，粮价自然就回落了。至于说会不会有穷宗闹事，那不单是粮价的问题，也没必要过于担心。兵来将挡，水来土掩，遇上什么事处理什么事吧。"

其实朱新�童问话是假，他要让王爷向他表明，盛益行跟东府没关系，跟孔府也不沾边。万一计策实施出现纰漏，或者被怀疑到西府，他便可以说，确实不知道粮行真正的主儿是谁。

街头巷尾，人们都在议论大同府那边蒙古俺答汗入犯之事：据说有十几万人马，铺天盖地而来，毁了七八十座边堡，大同总兵参将引兵击敌，形势不容乐观。这十几万人往南打，山西又要出大事！皇上对庚戌年蒙古俺答汗兵临京师心有余悸，这次要主动出兵迎敌。赶上陕西华县天灾，上百万人需要赈济，征集兵粮成了问题，听说朝廷要向民间借粮，打完蒙古俺答汗后还。

本来市面上就缺粮，朝廷还要借粮，一城四郭三十六厢家家念叨，人人担忧。随即，在州府衙门前的照壁上贴出了告示：蒙古俺答汗入犯属实，朝廷借粮为误传。

借粮的事到底是真是假？官府辟谣的告示可不可信？孔天禛和粮行宋东家反复琢磨。

宋东家说："我看呀，官府辟谣的告示靠不住，不过是想稳定人心。"

"蒙古俺答汗十多万人犯边倒是真的，汾州卫增援三边的卫所兵已经走了上千人。"孔天禛想根据了解到的情况，估摸形势发展。

"皇上不能二次受辱！"宋东家补了一句。

"为蒲州筹措赈灾粮，汾州官府勉为其难，估计现在山西、山东、河南各州府都在为赈灾粮而头痛。由此看来，若要打仗，那肯定要借粮。"孔天禛道。

宋东家接话："街上有了风言风语，只不过是些浮言，官府那么着急就辟谣，却把事情坐实了。"

他俩你一言我一语分析情况，总感觉朝廷借粮不只是个传说。

"我们也不着急下结论，等两天，回头我跟王爷和大哥再商议一下。"孔天禛说完，宋东家便告辞。

又过了两天，朱新�童二进东府。跟上次一样，还是为粮食的事讨教王爷。

"严教授从他乡谊那儿得到信儿，说皇上下决心大举反击蒙古俺答汗，大同府已陈重兵，不日开战，可能会从民间征借粮草。还说王公贵胄、外戚勋臣，国难当头均有献粮草之义务。也不知此话是真是假，王府会不会受累其中，有点存粮，还指望着备灾荒，我们该怎么办？”朱新壇声调低缓，语气沉重。

“这事我也拿不准，把蒙古兵往北赶，实在是时下的头等大事，年年防，日日防，防不胜防，长城再长也挡不住他们，城墙再高也无济于事。”说起蒙古兵，王爷的气就不打一处来，城墙是他的心病。

“爷爷，你说咱们府上的那点存粮会不会被强行征借？”朱新壇表现出焦急，并让王爷感觉到他迫切想知道该怎么办。

老王爷回过神来：“新壇，你别太着急，再了解一些情况，然后我们分析一下做决定。”

从东府告辞出来，朱新壇脸上有一丝不易察觉的笑，虽然没有怎么办的结论，但目的达到了：他要让老王爷知道，除了街上的浮言，还有别处的消息，确实要打仗了，朝廷征借粮草板上钉钉。

东郭盛益号开门营业，米粮的价格比关门时略低，但买粮的人很少，三三两两的都是买了下锅的。宋东家有些坐不住了，看来借粮真不是浮言。

朱新壇派出人到东郭和城里的粮行看价，回来一报他便记在心里。

“继续看，随时报！”

两天后又报：“米粮价降了一成。没有大宗生意。”

隔了一天，报：“又降一成！”

朱新壇放下盖碗，下令严教授：“跑一趟州衙门，禀告崔知州，收！”

东郭盛益号的米粮是直接从东郭拉到州府衙门的，现银现货。

“谢天谢地，终于都出手了，虽然低于进价卖出，但总比被征走强。九边借粮，啥时能还？猴年马月说不准。”宋东家跟孔天禛说这话时小心翼翼的，毕竟是赔了银子的生意。

“闭上你的嘴吧，打掉牙咽到肚里就算了，别再夸味道不错了。”孔天禛愠怒。

州衙买粮的银子是从西府暂借的，崔知州答应先还一半，收了商税补齐，子金按民间借贷的数额走，一分不少。之所以借用西府的银子还有一个重要的原因，低于市价收购回来的粮，不能按实价入了公账。按上一年的粮价计账，也不算是以公谋私。差额部分算是赚到的银子，跟朱新壇分掉！就此事他们还推让了半天，崔知州说收益二八开即可，朱新壇愿意多给一份，三七开，最后按三七折算了事，有情有义！

赈灾粮在规定的时间内如数备齐，这件事对崔知州至关重要，三年考满，这一条是重中之重。日后官运亨通，得有汾州永和王府新王爷的一份功劳！

朱新墇想，刚刚听到西边地震的消息，老岳丈就提醒过，大灾过后，粮价必涨，当时储粮的想法一闪而过，别人下手倒快，又如何呢？风水轮流转，不可能永远都是东为上，西为下。

第二十五章　酿酒遇禁　施计独营

天无绝人之路，华县大地震后第二年，山西就是个大有年，汾州的夏麦丰产，秋天桃黍长得饱满，收成出奇的好。

买卖上遇到大事，孔天禛得跟老王爷禀明，有的必须得到他的同意。现在筹谋酿酒，该算一件大事，他到东府来见王爷。

“舅王爷你躺着，我还是跟你细说一下粮行一出一入的折损吧。”

“烦心的事就别再念叨了，说说怎么弥补亏空！”

“这个我也想好了，得您首肯！”

“说吧！”

“今年的桃黍颗粒饱满，价钱也合适，我想增加荣村烧锅。哪儿跌倒就在哪儿爬起来，粮食上损失的就从粮食上找补回来。”

“光有桃黍就能酿酒？夏天没晒曲，冬天才想起增加烧锅，晚了吧？”

“其实夏天我就想好了，大麦和豌豆比往年收得多，伏天制曲时也比往年多晒了些。”

“荣村的事我咋不知道呢？”老王爷身子往榻上靠了靠，语气里有三分不满。

“荣村制曲、收粮还跟往年一样，夏天我把师傅请到东郭，踩曲、晒曲都在这边完成的，当时只想看看，不用原公河的水是不是也能制出好曲，如果能，那城里和乡下就可以两头开工。”

“结果呢？”

“师傅说，曲会差一些，但出了酒，一般人品不出来。”

“什么？品不出来？曲是酒之骨，曲不好，出的酒怎么会品不出来呢？再说了，想在城里酿酒，就在东府后院里支烧锅，水不还是原公河的嘛！”

“我觉得东府里支烧锅不合适，你的蜜蜂闻不惯，知㸌的锦鲤受不了，只怕你也不会喜欢满院的酒糟味。要加烧锅，就还在荣村加嘛。”

“那你试的个啥呀？”

“舅王爷，试曲是想把烧锅支到汾州以外的地方。”

“支到哪儿？”

“汾州三县各支一口烧锅！”

老王爷慢慢起身，双腿下垂，端坐榻边。丫鬟听到动静，从外屋进来，王爷抬了抬脑袋，女孩便明白，走近王爷，蹲下身子，帮他穿好鞋。王爷站起来，一边踱步，一边活动着胳膊，显然，孔天禛的计划让他有了兴致。

“荣村酒坊我只去过两次。头一次是因为出的酒不够醇，怎么弄都不起作用，他们要我去祭酒神；第二次是有一年太原晋王府、大同代王府还有潞州沈王府同时要酒，那一年先帝四处巡游，各王府都说要为先帝备着好酒，指不定什么时候就御驾光临，好着急呀，到荣村犒赏锅头曲师，让他们出酒，要快要好。这一晃都几十年过去了，先帝在世时，他和他的宰辅都是咱庆成王酒的拥趸。”

“那当今圣上，喜不喜欢咱汾州的酒？”

“这个我就不清楚了，反正每年都有酒通过晋王府进贡，如果不喜欢汾州的酒，又会喜欢哪儿的呢？还有哪儿的酒比咱的酒更醇厚更柔绵。”

“咱荣村酒可谓酒中上品，但不方便长途贩运，所以我打算在外地试试，看同样的大麦、豌豆，用不同的水制曲，出的酒差距有多大。只要不是差得太远，那就说明是酿酒的工艺好、匠人的手艺高，在哪儿都会出好酒。这样的话，我们走一处，支一处，烧一锅，卖一锅，这生意就大了！”

“别在汾州其他三县试，直接把烧锅支到大同府去！”

“大同府？”孔天禛疑惑道。

“先在大同府试，大同兵多，天气寒冷，昼短夜长，烧酒需要量大。当地有些小酒坊，酿的酒没法跟汾州的比，而且数量也有限。”

“还是舅王爷目光长远想法大。”孔天禛有些兴奋。

“这事跟知嫌提过吗？他不是对酿酒很感兴趣吗？”

“提过，他说要先跟舅王爷商量妥再议其他！”

“哦。”老王爷低头思索，又问，“人手呢？”

“烧锅上的师傅至少得两人，一人制曲，一人兼作发酵和蒸馏。荣村有一伙计跟着师傅干了七八年，出了师的，发酵和蒸馏都行，能单独上锅。酒坊也有一个制曲的伙计，算年头不少，但人差次些，怕是一个人拿不下来。我想，如果今冬就开始，那就从汾州带曲过去，而荣村得加紧把这个曲师带出来，力争明年能在那边上手。”

“这事交给知㸅去做，让他也学一手打草鞋般的本领，若能制得好曲，改天换地都饿不死。”老王爷还是想到世子，但这个说法让孔天禛觉得奇怪，世子爷，那是将来的王爷，怎么能跟匠人一般学这些呀？王爷的悲观又是从何而来呢？

荣村加了一口锅，盖了新曲房，跟介休洪山窑订了新样式的酒罐，增加了磨桃黍、出酒糟、装罐贴标记纸的散工，酒坊变得红火起来。

大同的筹备工作做得差不多了，当地原来就有铺子有人，还有银子，再赁地盖房、制办家什，虽然头绪多，但张罗起来后，进行得很快。汾州的人带着曲上了路。

荣村动手也快，新粮收上来还没有筛检，便用存粮开锅酿酒。先是破碎桃黍、加水软化，然后上锅蒸，出锅放凉，再加曲入地窑，发酵时间大约得一个月。就在这个时候，突然一纸公文送到荣村，山西布政司下文转传上谕：陕西、山西、河南遭遇地震灾变，粮食紧缺，此三省禁止开锅烧酒，不得有违！

送文书的吏目出了门，朱知㸅站在屋子中间，双手叉腰大骂：“我去你祖宗！”烧锅上的头儿吓得在一旁抖擞着劝阻：“世子爷息怒，兵来将挡，水来土掩，回头想想办法，惹了官府反倒不好！”

“官府？我怕官府？一定是他们歪嘴和尚乱念经，我大明从成祖爷开始，一百五十年经了八位皇帝，没有禁止烧酒的先例。”

“爷也不急这一时半会儿，打听一下情况再说。禁止烧酒的事，太祖爷手上有过，当时连软米都不许种。”

“后来怎么样，不是不行吗？酒这东西，禁得住吗？”他理了理衣服大叫一声，“回城！”

朱知㸅说过他喜欢酿酒，但他说的喜欢跟老王爷认为的喜欢是两回事。要掌握整套工艺，那必须从头到尾跟着看、跟着学，他没那么多耐心。不过话已出口，父亲又让自己了解制酒的流程，只好硬着头皮上了。他想，也许学了手艺，将来还能派上个大用途！于是天天跟着师傅学。一磨、二润、三蒸、四酵，看着看着还来了兴致，可还没等到五馏、六陈，这就禁了，算什么事啊！

朱知㸅从荣村回来，直奔上房。此刻王爷也得到了禁酒的消息。

“到底是上谕还是本省布政司的令？”朱知㸅问父亲。

“我天天在府上，大门不出，二门不迈，如何能知晓！”

“禁酒，真是少有的事。”朱知㸅的愤愤然是因为上心做一件事，刚有了点兴致，又让停手。

“什么少有的事，历朝历代都有。最早是仪狄给大禹献酒，大禹饮过美酒感慨说，后世必以酒亡国，果然，桀和纣酒池肉林，成了以酒亡国的典型。”儿子的话唤醒了王爷记忆中关于酒的传说。

“王府家酿，供自家和山西省几处王府的朱家人享用，这与亡国不亡国有啥关联？”

“大同府烧锅出的酒是为王府的人享用吗？”

“父亲今天说话怎么都往外想呢？”朱知爀大惑不解。

“只是想让你知道，皇上圣明，禁酒是应该的，酿酒靡谷耗粮，再加上大灾过后，粮价踊贵，确实宜禁天下酒业，好事！”

朱知爀越发不懂了，他又问：

“只是禁酿呢？还是同时禁酤、禁饮？”

“问得好，得去衙门里弄个明白。”

得了父亲赞许，朱知爀继续道：“禁绝此事很难，中国人有千年的饮酒历史，哪儿能说禁就禁得了。”

“不是你说的那回事！唐代，以酒禁坐死的，不计其数；宋朝，一户犯禁私酿私酤，会连累相邻数家人；元朝违禁制酒，罪及子女。如此种种，怎么会禁不住呢？”

“本次禁酒，对违规者会如何处置？”朱知爀问。

“这也是要你去衙门问清的事，还有一条必须弄清。”

“哪条？”

“问一问，如果全面禁酒，那官府会不会榷酒？”

“榷酒？”

“就是官府专营。”看了儿子一眼，王爷又道，“如果没有官营这一说，那再了解会不会指定酿酒作坊。”

朱知爀一脸不解，老王爷有点急有点气：“这样吧，你跟孔天禛一起去，直接找知州，让姓崔的给你们解释。”

朱知爀到了东郭，前后院都没找到孔天禛，管家说可能是去盛益行了，他转身直奔粮行。后堂里，孔天禛正跟宋东家说话，宋东家正小心翼翼地回答真东家的问话。

“夏天收的大麦和豌豆你认为多久能销完？”

“到明年夏天能出去一半就算不错。”

“我的意思是到明年新麦上来之前要全部出去！”

“那价格就得往低走！”

“这话等于没说！”孔天禛的语气里全是不满，他又问，“桃黍呢？一共收回来多少？”

“是……是往年的三倍。”宋东家有些结巴。因为他不能一口说出数额。

孔天禛低头沉思片刻道：“所有货都入仓了？”

“没有，荣村附近的农户，都是先付了定银，等需要的时候再让他们送货，对这些人，当初给的价位还稍高些。”

“那这部分粮可不可以……”

孔天禛的话还没说完，宋东家就接话：“如果毁约也不是不可以，但定银就不好收回来了。”

“这也不行，那也不行，你得替我拿主意呀，你是东家！”

“二爷，我知道我是谁，端您的饭碗，替您谋事，我怎敢不尽心呀，可眼下……”

朱知燫进来时，孔天禛正盯着宋东家想发火。宋东家趁势给世子爷问安，也就打住了孔天禛的话。

“宋先生先下去吧，我们说几句话。”朱知燫把他支了出去，才对孔天禛说，“父亲让我来找你。”

“说禁酒的事，是吧？”

“要我们去崔知州那儿走一趟，了解一些情况。”

“了解什么？”

朱知燫把父亲要他们弄清的问题又重述了一遍，这时，孔天禛一拍脑袋，仿佛顿悟了什么似的。

“知燫，禁酒令，对我们来说，也许是个好事。王爷早明白这一点，他老人家的想法永远高出你我一大截子。”

“我的孔大人，你说说清楚，禁了别人，我们就有一家独大的可能，是吗？”

“王爷没跟你说清楚吗？”

“他什么也没说，只让我们去打问情况。”

“那我们今晚设宴醉春风酒楼，请崔知州吃饭。”

“喝酒不？”朱知燫笑嘻嘻地问。

“你说呢？带上荣村的十年陈，喝不喝都听他的。”

醉春风雅致的小屋，陈设简洁，一壶茶两个杯子，孔天禛和朱知燫品着茶等人。店小二推门带人进来，崔知州拱手致歉，然后搓着手道：“路上遇到御史大人，言语了几句便耽搁了。”

“初冬季节，天黑得早，外面已经很冷了，除了卫所的巡城兵，我看也就只有御史还在外面溜达了。”朱知㷲脸上一丝冷笑，显然是不相信崔世杰的话。

崔知州低头岔开话题：“前晌还艳阳高照的，擦黑天儿就这么冷了，早晚冷热差得真多。”

“可不，难对付得很。”孔天禛加了一句。

朱知㷲让店小二加个茶杯，店小二说菜已准备好了，孔天禛让他把茶杯拿来再上菜，崔知州说就不喝茶了，直接上菜。孔天禛从旁边的褡裢里拿出两罐酒放到桌上，并说酒楼不酤酒，我们自己带，茶杯拿上来喝酒用。店小二见状，应声出门。

崔知州低头看了看黑釉陶罐上的麻纸标记，上书“庆成王府家酿”六个大字，右下角的日期是嘉靖二十六年。放下陶罐，他笑着道：“这么好的酒放眼前，真是考验我，不喝对不起二位的心意，喝了又怕上负天恩，下失众望。”

“有那么为难吗？”朱知㷲面带微笑。

“世子爷有所不知，布政司的文书明确要求，禁止一切私酿私酤，而且不惜厉刑峻法，治内若有酿售，州县官一律受责。所以两杯酒下肚，身上没摇晃，头上的乌纱先就晃上了。”

“此言差矣，我们就在这儿喝两杯，酒不是现酿的，也不是现买的，不靡费粮食，不违背律令，自家旧有的酒，喝不喝都在那儿，什么时候喝，在哪儿喝，这点自由还是有的吧？”孔天禛的分析显然就是劝酒。

“难不成从此以后，全山西人都不再喝酒了？”朱知㷲问。

孔天禛加了一句：“禁酒令只针对陕西、山西、河南三省，是吗？”

“是的，但也不是从此这三省上千万人口就再不喝酒了，怎么酿，怎么卖，怎么喝，有了新规程。”

菜上来了，他们停了说话，朱知㷲让店小二斟酒，小二犹豫了一下，左右看了看，然后麻利地把酒倒入三个茶杯。

“什么样的新规程呢？”朱知㷲问。

“世子爷对这个感兴趣啊？”崔知州故意这么问。

“不是感不感兴趣的问题，我荣村的酒坊，酿的酒供省内各王府，十年陈酒由太原亲王府送宫里，这烧锅能不能点，我得明白呀。”

“世子爷说话别急，暂时不能点，对吗？”孔天禛的目光从朱知㷲转向崔世杰。

崔知州答非所问："省布政司是这样筹划的：太原府、平阳府由官府主张开两个酒坊，大同府、潞安府还有汾州、泽州、辽州、沁州各开一个，全省十个酒坊，总量控制、专产专卖，目的还是要确保粮食能用来充饥果腹。"

"一个酒坊的量哪够一府、一州用啊？"朱知燫感慨发问。

"提高酒价，把它当成奢靡物来酤售，喝的人自然就少了。"崔世杰解释。

"哦，是个好办法，这样一来，你官府增加了收入，明年就该修城墙了吧？"朱知燫见缝插针。

"世子爷呀，官府只是为人作嫁，酿酒卖酒赚的银子，如数起运省布政司，据说是充大同镇和三关镇的军饷。银子送到太原，用到什么地方都不关州、府的事。话说回来，大同镇、三关镇不出事，汾州城墙修不修都一样。"

"世子爷，城墙的事我们再议，老爷子的心病，啥时候转到你这儿来了，说点别的吧！"孔天禛拉回了话题。

"哦，对了，醉春风招待崔某，不会只是来品王府的十年陈酿吧？有什么事，知会一声，我去府上嘛。"知州说话时看着世子。

朱知燫和孔天禛对视了一下，有的话不宜说得过早，操之过急反而对事情不利。

"有个为难事，想讨知州您的示下。"朱知燫说。

"您说！"

朱知燫摆开阵势："我先给你讲讲酿酒的过程。"崔世杰看着他，他清了清嗓子接着道："制曲在先，夏天晒好备用，烧锅点上，先蒸桃黍，出笼扬片，和了酒曲入瓮发酵，一个月后点火蒸馏出酒，再入窑贮藏。"

知燫的话还没说完，知州便插话打住了他："世子爷文采炳焕，酿酒技艺也炉火纯青。朱家人本可以不耕而食，不织而衣，可您福慧双修，裁月镂云般技艺随身。"说完竖起了大拇指。

"技不压身，艺不养人，本人生来姓朱，没法跟您一样修齐治平。"朱知燫随口说了个道理，崔世杰感觉这人可能真懂酿酒。

"说，你接着刚才的话题往下说。"知州催促道。

"问题在这儿，官府的文书没下来之前，我荣村的酒窖里和了酒曲的桃黍已发酵了二十天，再过八到十天就能蒸馏，你的吏目放下一纸文书走人，多轻巧呀，我抓瞎了，怎么办？再过十天，我蒸还是不蒸？蒸，我犯了律令；不蒸，糟蹋了粮食，我得听你一句才好定夺。"

"世子爷，这点小事又何必来听我说啥呀，王爷如何决定都是对的，这一点我信得过老爷子，估计老爷子也信得过我。”

孔天禛在心里骂：“滑头，说了和没说一样。”

“回头我倒有一事得求您世子爷。”

“我？”朱知熑有些惊奇。

“官府要开酒坊，汾州州衙、分守道、加上察院，再加上卫所，估计没有一个人懂酿酒。若能延聘你来，才好动作。不知世子爷意下如何？”

孔天禛赶紧说话：“说到酿酒，世子爷那是根根梢梢都懂，曲师、锅头的活儿一并拿下，可你的酒坊设在哪儿呢？世子爷可不能走远的哟，这是祖制。”

“等我有了成熟的想法再具体议，上边要求两个月内就办妥，要考虑的事还多。”

听了这句，孔天禛转了话题：“崔知州老家，这次地震影响大不？”

“河南有影响，我的老家靠近洛阳，有些受损。跟陕西华县比，不算什么，就河南来看，损失算比较大。”

“洛阳什么地方呢？”

“新安县。”

问话答话，大有深意，三人心里都明白。

从醉春风酒楼出来时，天已大黑。东府大门外的牛油灯已点上了，朱知熑和孔天禛一同回府直奔上房。屋子里暖暖的，老王爷还在椅子上抽着烟等他们回来。

“没喝多吧？”

“没有！”两人齐声道。

“崔世杰纯粹就是个滑头，官场滑头！”朱知熑愤愤然。

“不是人精，怎么能对付得来那一大摊子事啊！他们也不易。”王爷不急不慌，只说事实不做评论。

“舅王爷，有个好消息，官府要自己支锅酿酒，可既没地方，也没人懂，我寻思把荣村的酒坊让给他们或借给他们。”

“让？借？”老王爷低头沉思道，“不，酒坊得永远是咱王府的，既不借给他，更不能让给他们。”

“那还说啥？”朱知熑嘟哝道。

王爷直了直身子道：“官府不是要自己支锅吗？我们让他弄不成，必须靠东府，这样主动权就在我们手上，酒权就在我们手上。”

孔天禛的思路跟得王爷很紧，他马上接话：“对，先控制人脉！汾州的酿酒匠户有一部分轮班在南北直隶，住坐汾州的曲师和锅头就那么些，而且手艺参差不一。我们都能找到也说得上话，这些人好对付。逐一面谈，要他们按王府的意思说话行事，好让官府觉得，凭这些所谓的匠户不一定能酿出酒来。”

朱知熑插话：“锅头说过，汾州真正的酿酒高手，根本就不是户部管辖下的匠户。”

孔天禛接着道：“谁酿的酒好，谁是真正高手，这时就不重要了，我们说谁是谁！”

“无论对匠户还是对手艺人，都别使歪招儿，好说好商量，尽量用银子解决问题。”王爷吩咐道。

孔天禛继续：“令荣村的师傅放话打保票，三个人就能出佳酿，让他们感觉，眼下只有聚在一起的东府匠人是可用的。”

朱知熑道：“荣村的师傅也要跟他们交代清楚，对外要说王府酿酒的关键技艺在东家手上。比如晒曲点霉厚度，发酵桃黍时用曲的数量，只有我懂。这样，他们便知道，没有荣村的师傅不行，而荣村的师傅没有我也不行。”

“知熑设想得对，我们从人到酒坊，一步一步把官酿引到荣村，让官府不得不用我们的地方和我们的人，最后就变成我们烧出的酒卖给官府，官府上市专卖。”孔天禛说着的时候便有些兴奋。

“这是件大事，姓崔的也不能一个人拿主意，同知、通判、州首领都会参与，分守道会过问，朝廷的巡按御史也会关注，各个关节都得打通。”王爷道。

“崔世杰的老家是河南洛阳新安县的，府第就在县城，我会派人走一趟。”孔天禛道。

“这事可以快点，其他事需稳得住。要官府没办法来求王府，而不是我们上杆子找他，这里外相差很多。”

孔天禛和朱知熑同时点头。

“现银收的粮多还是预收的多？”王爷话题急转。

“应该差不多！”孔天禛答。

“按知州要的那个酒量计，粮够不够呢？”

“应该差不多，或许还缺欠点！”孔天禛略做思索道。

“独家造，独家卖，没了比较就没啥好次之分，头茬、二茬、三茬，如何勾兑咱说了算。”朱知熑说话的时候一脸得意。

王爷没吭声，孔天禛和朱知熑对视了一下，会心而笑。

第二十六章　叼肉失手　二武救人

儿子孔阶准备成婚，孔天胤要回府住一段时间。二武帮着收拾好衣什杂物，带上要看的书，随先生的轿子出背郭园向东而去。

先生在前，二武跟在后面进了孔府大门。院子里气氛有些异常，几个下人脚步匆匆，穿插来往。

孔天胤停下脚步问："怎么了？"

下人上前，弯腰低头回话："是，是府上的人在路上……"

"在路上怎么了？"孔天胤追问。

下人瞟了二武一眼，孔天胤会意，转身跟二武说："东西放下，你回背郭园吧。"

二武把手上的东西交给下人，离开孔府。

下人解释："府上派人去河南新安，路上出了事。"

"去河南新安干啥？"

下人吞吞吐吐道："这事小的不知，是二爷派的活儿！"

孔天胤打算把多年留存的信件刊印成书，他回府期间，二武在园子里将书信分类整理。

南来北往的信件装在两个大藤条箱里，二武小心取出来，把它们按时间顺序排好，然后再根据书信内容列出明细。谈诗、论道、交流心得，探讨流弊等，要分门别类。二武惊奇，先生原来寄给友人的信，都是留有底子的，要把去信和来信组合一起，才能读出来言去语。先生是个有心人，他懂得，即便一生浓墨重彩，唯有诗文才会让人流芳百世。

孔先生与友人的书信，有的叙述赴任回乡途中所遇及各地风土人情；有的分享研史读经所得；有的交流济世安民策略。他们有时候是文人角色；有时候是官员身份；有时候仅仅是单纯的友人、同年、乡谊。以不同的身份与不同的人书信往来，比为著书立说而写的文章更随性，更有趣。二武常想，自己爱读书，甚至可以说博闻强记，虽然从没出过汾州，但知晓的天下事不比走南闯北的人少。无奈生在朱家，学而优也难为仕，别说建功立业，就是吃饱肚子都得仰仗别人。越是看多了孔先生的书信，越是感觉自己珠沉沧海，做这些事虽也有趣，但分明就是汗血盐车。他暗下决心，一定要做点自己的事。

主子没在，园子里的下人们歇得早。二武吹灭油灯，脑子里还想着先生的书信，想着自己的心事，突然听到轻轻的叩门声。

“谁啊？有什么事？”他问。

“是我。”

“谁？是赵老爹吗？”二武以为是园子里的门子兼花工。

“是我！”

他起身开门，借着月光才看清楚，门口站着的是朱新垛。

“新垛，你来干什么？怎么进来的？”

“翻墙进来！”

“有啥事啊，为何不能天亮的时候正出正入？”

“二武，出了点事，需要你帮个忙。”

“你的事我能帮什么？是要写书信还是要写对联？”二武觉得自己能帮别人的事仅此而已。

朱新垛一屁股坐在条凳上，二武点上灯，披衣听他说话。

“小鸽子甜瓜出事了，被孔府抓了起来，估计得挨打，你跟孔先生说说情，那孩子还小，才十四岁，别给打坏了。”

“你们一次又一次火中取栗，不出事那才是怪事。”

“没有办法嘛，如果只为自己，那我干一单就可以过三五年，可情况你又不是不知道，有这个需要嘛。”

“你们几个人一起去的？”

“三个。”

“那为何单单甜瓜被抓？”

“你这样问，就有点看不起我了。咱们一条街上的，我什么为人，你清楚，我不会不照拂下面的人，只是出了意外。”

“是不是弄出人命案了？”

“那倒没有。”

“到底怎么回事？”

“弹弓手的铁丸打偏了，对方一人假装受伤，另一人上前救治，我看见他们耳语，可没在意。我们从山坡上冲下来，正准备施蒙药，那两人同时发力，拳打脚踢，我看他们身手不凡，便大喝撤退！转过身我顺上他们的褡裢，撒腿就跑，一口气跑到树林里把东西藏起来，然后到约好的地点等他们。没等到甜瓜，才知道出事了。”

“后来呢？”

“后来我们只好带着褡裢返回大路换人，东西先给了他们，人没换回来。”

“那你怎么知道甜瓜在孔府？”

“向阳铺的驿递知道他们是孔府的。”

“你们不是说只叼官府老爷的‘肉’吗？怎么就做到孔府了？”

“鸽子探错信儿了！”

情况都说明后，朱新垛就低头不语了。他跟二武住同一条街，打小就认识，虽然来往不多，但个人的事和家里的事彼此都清楚。他要二武帮忙去说个情，却丝毫没有求着他的意思。

“东西如数还给了人家，估计孔府也不会对甜瓜下狠手，也许关几天就放出来了。”二武不太想管这事。

“甜瓜他妈急得要疯了，哭哭啼啼求我，我也没办法。”

二武这才想起，昨天送孔先生回家，院子里的人看上去是有点不对劲儿。孔府在自家的地盘上遭了劫，如果不收拾住，那以后这买卖还怎么在汾州做，说起来都丢脸面。事情不会轻易了结，甜瓜可能会被打。可怎么帮呢？总不能去跟孔先生说，鸽子叼肉的事，自己清楚，那些鸽子我都认识吧。

“容我想想。”

“二武，你就帮帮这孩子吧，都不容易的。”朱新垛的语气里没有祈求的味道，听起来还有点强硬。

“这等事，没法让人同情，想帮你们，实在难以启齿！”二武的话说得很直接。

“别这么说话，你我好歹还有个名儿，还能吃饱饭。咱姓朱的，请不到名，请不到封，请不到婚的人得有多少呀，所有的事都不许做，总得吃饭呀。”

关于祖训，关于宗室之难，关于朝廷对宗室的约束以及官府对宗室的无奈，二武比朱新垛更清楚，所以他才对这些叼肉鸽子不赞成也不反感。

“你让我想想，贸然去说情，反而会坏了事。”

“好吧，那我走了，等你信儿！”说完朱新垛转身出门。

“从园子大门出去吧。”

“你别管，我怎么进来怎么出去。”

躺下睡不着，一直想这件事，第二天也没想出个好主意，怎么都不好跟孔先生开这个口。晚上，园子里的人都睡了后，朱新垛又来了，二武有些生气。

“你就白天大大方方从大门进来，谁也不会把你当坏人，这样反而让我也跟着你做贼似的。”

“做贼？二武你别这么说话，我这个叼肉鸽子，官府可以叫我贼，你可不能这样说，我们可都是一姓人啊！”

“天下姓朱的数以万计，不能因为是同一个祖宗就得默认他们所作所为吧？”

“他们是谁我不管，你别把我当贼即可。”朱新垛有些不高兴，“怎么样，去说没有？”

二武犹豫了一下：“没有，还没想好说辞。”

“你天天鞍前马后跟着孔先生，说点事有那么难吗？”

“你们叼错了肉，是因为把孔府的生意人当成了官府的人，可你知不知道，孔先生原来也是官府的人，我不好张口，原因在这儿。”

“怕府上狗腿子们对甜瓜下狠手，你快点想办法。”

“世子爷知不知道这事？”二武问。

“估计不知道，如果孔府跟他说了，那世子爷一定会让朱表梃找我。他不知道最好，只要放了甜瓜就没事了。”

“我明天去东郭孔府。”二武答应。

第三天下午朱新垛真就大大方方从园子大门来找二武了，二武说还没去，朱新垛一听就生气了。

“这点事你都不帮个忙，我重新花银子找人吧，不过，银子还得你出。”

“这话说得没道理。”二武抬头看了朱新垛一眼。

朱新垛从棉衣口袋里拿出一张麻纸，铺平放在小几上。二武走近，伸手去拿，朱新垛用胳膊挡了。

“什么东西？神神秘秘的。”

“可以看，不许拿。”

二武一看，那是一张借据，借债人是自己的父亲，借债金额，五十两银子，借债时间，嘉靖十六年。

二武目瞪口呆，嘉靖十六年，他才五岁，无论如何也不会知道这借据是怎么回事。

看出二武的疑惑，朱新垛说："你别犯疑，借据绝对是真的。"

"家父谢世十几年了，期间谁也没跟我提过借贷了银钱，你这会儿有事，拿出个借据来，我就得相信它是真的？"

"你昨天或今天帮我这个忙，借据我根本就没想拿出来。"

"朱新垛，我倒问问你，嘉靖十六年，你多大？我父亲会跟你借银子？天大的笑话！"

"来、来、来，你再过来看看，你父亲是跟我父亲借的银子，与我无关。不过父债子还，虽非律令但世人都是按这么个理儿做的。我来找你还银子，走哪儿都说得过去！"

二武懵了，三分信七分疑。

"父亲因何事跟你家借银子，你知道吗？"

"这还用问？一定是为了给你们兄弟请名。"

"那这些年为何不提还银子的事？"

"名没请到，你父亲一命呜呼，后来也没见你们家有过起色，还要什么呀？"

"我回去问问母亲。"

"你去问，随便问。只要你母亲还没糊涂，她不会忘记。"

二武低头沉思，七分信三分疑。

"五十两银子也不是小数目，你们家如何能拿得出来？"

"叼肉，不是从我手上才开始的。这个你不懂啊？实话跟你说吧，这样的借据从我父亲到我手上多了，反正钱也是路上得来的，有人来借，只要是正道上的事，我们都借，只不过要写借据，还不还那另说。"

"哦，难怪汾州城许多人都知道鸽子干什么，你们却没遭唾弃。"

"所以你要叫我贼，我还就听着不受用。"

"借银子和说情两件事分开讲，我跟母亲落实一下，确有此事，银子我来还，求孔先生，我明天一大早就过去。"

"你得快点，怕那孩子经不住打，有个三长两短，我心里得难过死。"

二武不知道该如何看这个人了，厌恶他又着急替他去做事。也许是因为有些同情甜瓜，他这样想。

问过母亲后，他知道那借据确实是真的，心里更是百感交集，可怜父母为了孩子有个名字而举债，可怜哥哥连个名也没有就命丧黄泉。无论如何，二武还是决定硬着头皮去孔府。

孔府长房大公子孔阶的婚礼将在两天后举行，大院里的人已经忙开了，迎接远道来的亲友，安排吃住，张罗婚礼当天的席面，窗户上贴喜字，米粮仓外贴红纸，上上下下忙作一团。

二武在上房找到孔先生，这会儿，孔府三代人都在屋里，新郎躺在炕上，看上去像是生了病，屋子里还有药味。孔先生问他有什么事，他拿出一封信："这是昨天递铺送来的，以为您在园子里。"孔天胤接过信看了一眼，见二武没有走的意思便问："还有其他事吗？"二武凑近先生说："借一步说话好吗？"走到外屋，他俩站着说话。

"有个叫甜瓜的毛贼被府上的人抓了，我认识他。"

"怎么认识的？"

"一条街上住着，小时候一起玩。"

"你想给他说情？"

二武点点头："他妈天天哭。"

"他可不是什么小毛贼，抢大单的。"

"也没得手，就请先生……"

"府上办喜事，他们刚才已经放人了，估计他前脚出门，你后脚进门。"

"那好，那好，皇上遇到喜事，都要赦免天下，谢谢先生美意。"

"前言不搭后语，不像平时的二武啊！"

二武没有作答，笑了笑跟先生道别。

回到背郭园，二武再也不想整理那些书信了，一个人在园子里转来转去。赵老爹问他有啥心事，是不是看到孔府大公子结婚，自己也想娶媳妇了？他苦笑了一下说，我哪有钱娶媳妇呀。其实他有钱没钱都不能随便娶媳妇。

听到身后有脚步声，他一回头，发现又是朱新垛。

"二武，谢你啦，甜瓜回来了。"

"我去的时候……"

"别细说那过程了，放回来就好，如果这事让世子爷知道了，那更麻烦。"

"我是说……"

"什么也别说了，这个我现在就毁了，你认我们是自家人，我们当然把你当兄弟。"说着他从怀里拿出借据，递到二武眼前让他看清楚，然后三抓两抓撕了个粉碎，空中一扬，碎纸片就四处飘走。

"甜瓜受伤没？"

"不要紧。不关几天，解不了他们的气，关起来免不了要挨打。我去跟其他人知会一声，走了……"说完他大步流星离开了园子。

婚礼那天，二武去府上帮忙，其实更多是跟在孔先生身边听他差遣。看到孔先生忙于应酬，有时连喝茶的工夫都没有，他倒好茶，不冷不热时递到他手上，稍有时间，就督促先生小憩片刻。二武还把汾州城里的来人姓啥名谁，或是哪个衙门公干，或经营什么买卖，小声说与先生，免得他弄错闹了笑话。喝酒的时候，他也跟在先生身后，先生跟熟人开玩笑说，这是二武，我的二儿子。

婚礼结束了，一切归于平静。可先生一直没有回园子，二武想知道先生的情况，便去了东郭。孔天胤问他有什么事，他说只是挂念先生，来看看有什么事没有。孔天胤觉得二武实实在在，又有情有义，家里的事就不免跟他多说几句。

“孔阶身体不好，结婚一折腾，病情加重了。以前惠民药局开过方子，没啥效果，西府王爷托人从太原晋王府请了太医，吃了几服药，也不见起色，府里上上下下都在着急此事。我得在家里多住些时日，等孔阶稍有好转再回园子，那边你帮我打理好啊！”

二武点点头，他想，穷人富人都不容易，贵为朝廷二品大员的皇亲国戚，也免不了为难之事。

“先生要注意身体，这段时间您看上去憔悴了许多。”

“要不你别回园子了，就在府上跟我一段时间。府上人多，但没一个用习惯的。”

“听先生吩咐！”

孔阶的病丝毫不见好转，他是长房长孙，是先生的独子。儿子被病折磨，先生为儿子的病煎熬。

所有的方法都用尽也没有留住孔阶西去的脚步，丧子的痛苦把孔天胤打倒了，文也不做、信也不回，茶饭不思，夜不能寐。老夫人说，如果想去园子就过去吧，那边清静，看看书，写写信就把不愉快的事忘记了，需要人手就多带几个。身边的那孩子用得好，就别吝钱财，多花点银子，人是最重要的。孙子走了，老夫人担心儿子垮下来，得让他赶紧从悲哀中走出来，她希望儿子过得舒心些。

回到园子，二武把两箱信拿出来，在条几上排开，每天挑几封给先生读，有时也问些事，让先生开口说话，好让他忘却儿子的事。

“这封信是北直隶安州的张知州写给先生的，先生在北直隶时做祁州知州，怎么就跟安州的知州有了交集？”

“没什么交集，多是书信往来，不过，祁州跟安州距离很近，就像汾州与平遥。”

“哦，怪不得燕地有民谣，‘有所疑，问安祁，莫忧竦，有张孔。’我这才弄明白了，安祁是两个州，原以为安祁和张孔是四个人。”

“看来读万卷书行万里路同样重要！”

“可惜我连汾州城也出不去！”

“出不去也好，就在背郭园里，在这儿最好。”先生有气无力说着。

“要不写一首诗吧，写咱园子！”二武研好墨，掭好笔，铺好纸，挪开椅子让先生坐下。

孔天胤坐在书案前，抬眼望向窗外，凝思片刻，提笔写道：

咏背郭园

退耕从所好，苟简故随缘。
茅结观书地，林开晒药天。
疗饥瓶口粟，买醉杖头钱。
了此一生事，宁须二顷田。

“好诗，好诗！”二武像个孩子般高兴，孔天胤眼前浮现的是儿子的脸，那个多灾多病的孩子从来就没有这样欢快过。

“先生，天气若好，我们出去走走，你不是早说过要去长春观吗？我也想去鹤鸣古洞，听听到底是不是真像传说的那样，击掌回音，似鹤悠鸣。”

“城西几里的地方，你没去过？”

“长春观是去过，但没有击掌试过。”

天气晴好，太阳晒在身上很舒服，他们两人出了门，朝城西方向去。四个轿夫抬着绿呢小轿跟在后面，远远地看着他们边走边聊。二武的话比平时多，问这问那，先生不得不回答，说着说着仿佛就有了兴致。鹤鸣古洞里二武击掌，也要先生跟着他玩，有了回音，他们就站定凝神屏息地听。出门确实让先生心情爽朗了许多。同时，二武周身洋溢着的活力感染了孔天胤，慢慢地，他从丧子的悲痛中走了出来，也因此对二武另眼相看。

“做我的儿子吧！”有一天，先生突然冒出这样一句话。

二武停了看书，顿了一下道：“以后跟着先生，照顾您起居，陪您出门，给您读书，我会像孝敬父亲一样孝敬您。”

“不，二武，我是说你真正给我当儿子，姓了孔！”

二武心里是十分喜欢的，打小就没了父亲，几乎没有享受过父爱，二十多岁了，能给自己敬重的人做儿子，该是幸事。可回头又想，自己怎么着都是朱家的人，这事能成吗？

“先生，我是请过名的，你不记得了？我叫朱新增。”二武用玩笑的口吻说。

“我知道你请过名，请过封，没请过婚。”

二武点点头：“我打算攒够银子就请婚，晚了些，不过，我也不急。”

“就不请了。”孔天胤道。

那天晚上，二武翻来覆去睡不着。父亲和叔叔都过世了，哥哥走得早，他们这一门，就只有自己独苗一根，如果改了姓，那是不是对不起祖宗，母亲会不会同意。即便给孔先生做了儿子，自己也绝不会有其他贪念，以前怎么样现在还怎么样。不过，只要姓了孔，那自己的前程事业就可以重新考虑了。以现在的学问，去参加院试，中取秀才不在话下，成为州学的庠生就有资格参加乡试。乡试三年一考，到了大比之年，入秋闱，中桂榜。然后再会试高中，最后殿试，金榜题名。这不就是先生的老路吗？借了孔府的祖荫和门风，我朱新增说不定真有出人头地的一天。想了考取功名的过程，又想象自己像先生一样为官，无论是学问还是威望都是一等一的。远离汾州，异地做官，造福一地，名垂千古。

晚上想，白天有时候也想，二武的心像竹片拨过的琴弦。可好些天过去了，先生再也没提这事，先生不提他便不好问，唯恐让人家觉得自己的急迫里有其他不该有的想法。

孔天胤感觉到，提过这件事后，二武反而不像以前那样天天阳光灿烂了，仿佛怀春的姑娘，没说出口的心事都在脸上。不过，他做事更快，省出时间便看书。

过了半月余，先生跟他提起了这事：“二武，东府王爷认为让你改名换姓不妥，毕竟你是在宗人府上了玉碟的。不好更改，也不好抹去。”

“世子爷怎么说？”打小就为朱知㸌做事，二武想知道世子的意见。

“王爷说行，世子就会说行，王爷说不行，那他的理由多着呢。”按理，在小一辈人面前孔天胤不该这样说，但显然他把二武看得比表兄弟更近了。

“看来这事就不行了。”二武小声道。

孔天胤说：“你就跟着我，还是姓朱，我们做义父义子。”是实话，也是安慰。

“那就没必要了，能跟着先生做事，也是我前世修来的福。”

“哦？”孔天胤有些惊奇，没想到二武会这样说，他认为二武看重的是他这个人，想认自己为父，其他都不会在意。

二武一本正经地给他解释："如果先生认我为儿，我非常愿意更名改姓。成了孔姓人，就可以参加科考，我有底子，也会上心研读，再加上先生教诲，一定会走您的路，不敢奢求进士及第，但蟾宫折桂我是满有信心的。"

先生看着他的眼听他说话，没想到二武想法高远，而且骨子里的自信不比当年的自己差。

二武继续说："如果不能姓孔，那做不做义子，对先生对我都一样，陪您读书，照顾您生活，不会有半点差异，我尽心竭力即是。"

"现今文人入仕，大多难有建树，哪怕身有济世之才，入了官场，纷繁世事会耗尽人的精力，长此以往，意志就磨灭了。况且大小衙门无不贪墨成风，身在其中，跟不跟风都是麻烦，心累。不如就在背郭园，你想读书、想写文章都行，做学问比做官简单而更有意义。"孔天胤的话是半生实践得来的经验，但对二武来说，显得有些轻描淡写。

二武现在还没有心情读书做学问，白天跟着先生做事，晚上秉烛疾书，十几天后，一篇万言书成稿了。他跟先生说母亲身体欠安，想回家照看几天，先生当然应诺。但孔天胤没想到，二武这次撒了个谎，他母亲没生病，他离开背郭园也没回家。

第二十七章　上京受阻　算学未刊

二武走了七天也没回来，孔天胤惦记着他，尤其是晚上一个人灯下枯坐，觉得没那孩子给他读书，屋里少了些人气儿。也许是他母亲病得厉害，孔天胤打发赵老爹带了炉食点心去探望，也看看二武什么时候能回来。结果他妈妈根本没有生病，二武也没有回家。

先生没有责怪二武说了谎，只关心他到哪儿去了。“能上哪儿呢？”他在地上踱着步问自己也是问赵老爹。

“老爷，前一段时间朱新垛来过，是不是跟他们在一起？”赵老爹道。

“朱新垛是什么人？”

“我也不太清楚，只知道城里许多人都听他的。”

孔天胤的心立马揪了起来，千万别让那些无赖祸害了这孩子。

“你能找得到朱新垛吗？”

“找得到，常见。”看出孔先生脸上担忧的神情，赵老爹又补了一句，“这人不凶狠。”

回去约一个时辰，赵老爹回来说：“见到朱新垛了，二武没跟他在一起。”

二武妈妈来了背郭园，赵老爹把她带到先生书房，他们一起去了二武住的小屋。炕上的被褥叠得整整齐齐，油灯灯盘擦得锃亮，桌子上有几本书，还有几封先生与友人的旧信。李宜人环看一周，然后低头在地上四下找寻，先生问她找什么，她说看看儿子的鞋在没在？她知道儿子有两双鞋，现在一双也没有，可以断定，二武离开汾州了。

“不可能！离开汾州，需要路引，没有这东西，他走不出百里地。”先生口气肯定地说。

“如果没打算远走，那他就不会带鞋。”李宜人猜测的口吻也很肯定。

“官府不会轻易给朱姓人开出路引的。”

“去东府和西府打听一下，看看二武之前是不是到衙门为府上的人办过路引？”二武妈道。

“那不如我干脆去问问衙门，看看他是不是去开过那东西。”赵老爹有些着急。

“这千万使不得，让官府知道了，那事儿就弄大了，能私底下把他找回来最好，千万不能惊动官府。”李宜人不慌不忙道。

孔天胤心想，这么聪敏的母亲，难怪会生出二武这样的孩子！

可眼下这孩子会去了哪儿呢？他朝老太太问道：“你想想，外地有无亲友，他可能不可能去？”

二武妈想了想，然后惊恐地说：“可能去京城了！”

“京城？”孔天胤更奇怪了。

“这父子叔侄一样，身子里有一股不安分的血流动！他叔叔当年……”

孔天胤猛然想起，前几天二武天天在屋里写东西，如若顺着他妈妈的思路想，那一定是到京城某个地方送他写的东西去了。

“哦！这样！”他想起四个字：越关奏扰。

本朝律令对宗室上京私奏有明确规定：凡是宗室违例上奏，如果不是机密重情，朝廷不仅俱不题覆，还要对教授等人严加究治。此外礼部还有未曾行文的规程：宗室往来，驿递不得私给口粮夫马，私闯硬住，所在官可即时收捕。

“他这样会让自己受了苦，甚至失去自由身，弄不好还得连累东府的官员。”孔天胤略带愠怒道。

“我的儿，你上京城，要去说什么？你图个啥呀？”二武妈无奈地说着，眼泪流了下来。

“不要着急，我来想办法。”孔天胤安慰李宜人，“让赵老爹把你送回去，有了情况，我告知你即是。”

孔天胤没跟任何人说这事，他派了四骑人马顺着官道往京城走，吩咐这四人：“路上能够找到最好，若找不到就往京城赶，然后把住内城的三道南城门，在城门口等，一定能等到。”

孔天禛对兄长的行为不甚赞同，二武虽是朱姓人，不过就是个书房里的下人，有必要这样人匹马夫，耗费银钱吗？倒是老夫人对长子既能理解也更宽容：“你哥用得习惯，就由他遣人去找，花点银子算什么，甭说他自己还支付得起，就是需要府上开支，我也主张出这钱，老大不容易！”孔天禛再无二话。

二武几乎是由孔天胤派出去的人绑了带回来的。四人在北京内城南面三大城门等了几天，终于看到了二武。他衣衫褴褛，憔悴疲惫，但进城、去宗人府的意愿极其强烈。大伙你一言我一语，无论怎么劝都改变不了他的主意，只好绑了返程。

他回来就在背郭园睡了一天，起来换上衣物，先生来跟他过话。

“说吧，干啥去了？”

“先生明知故问。”

“我知道什么呢？”

“我写了万言书，誊抄了两份，打算送到宗人府和户部。”

“东西呢？”

“在包袱里。”

“赵老爹，你去拿出来，送到我书房。”

二武向门口张望，生怕赵老爹弄坏弄脏他的东西。

“我问你，知不知道越关奏扰是犯禁的事？”

“知道！我二叔当年就出城上京，可惜他鲁莽了。”

“当时你多大？记得？”

“隐隐约约记得，当时不明白的。”

“总知道是违规的行为吧？”

“东府老王爷说过，二叔骨子里的不屈，那才是真正朱家人应有的气魄，做男人就该这样。”

“什么时候说的？”

“说过好几次呢！”

“京城上书我不是为自己着想，而为朝廷和官府考虑，当然也为宗室的利益。没有人能比我对宗室内部的问题，对宗室与官府的矛盾看得更清楚。我要告诉他们，这些问题和矛盾该如何解决。”

这话让孔天胤很惊讶，老王爷为何三番五次提朱知烘呢？

如果不是有违禁令，这孩子是个挺挺的大写的人，他的行为可圈可点。

从二武小屋出来，孔天胤三步并两步走到书房，他要看看这万言书里到底写了些什么。看几段，他就抬起头来琢磨，也联想致仕回乡后所见。

因为人祸，老王爷把修城、筑墙当作人生目标；因为天灾，朱知爀东郭捐地，众人合力建庙。西府追名，东府逐利。庆成王府、永和王府没有人想过大明最大的祸根是二武万言书中说的宗室问题：浩齿繁生，宗禄不足；请名不易，请封艰难；富者骄奢淫逸，贫者以身犯险。而解决办法有二：或读书入仕，或从四民之业。如此这些二武看到想到并写成了万言书。

东府老王爷有眼光，挑了这个孩子想让他成为世子的左膀右臂，朱知㸌没看出他的品性和能力，也许这孩子的言行就不是他喜欢的样子。所幸他在背郭园，在自己身边。

接下来的日子，他们几乎天天都在园子里，先生看书写诗，二武整理书信。需要收入书中的信件甄选出来了，其中的内容有的需要删减，有的需要稍做改动，这些事几乎不用先生插手，他觉得二武上手远比他亲自动手来得更快。

一日前晌，赵老爹来报："来了一位外地人，要面见先生。口口声声说有重要的事，问他什么事，也不说。"

"什么样的人？士农工商，看上去像干啥的？"二武问。

"像个穷秀才！"赵老爹不很肯定地回答。

"带进来吧！"先生道。

来人二十五六岁，身形匀称，眉目清秀，看人时下巴上扬，显得有点傲气，进来便四下打望，脸上浮着一层狡黠。拱手见过先生后，他便自我介绍："我叫王治笠，从北直隶奔孔知州而来，谢先生能见面于我。"

孔知州的叫法，让孔天胤听起来有些奇怪。为官二十多年，做知州不过三年，而且距今已过二十年。当时从陕西左迁祁州，知祁三年，可能这人是从祁州来的。

"从北直隶来？"

"回先生，是。"

"哪个县？"

"饶阳县。"

"素未谋面，因何事来找我？"

王治笠小心地从怀前掏出一个扁布包，打开布皮，里面是一张发黄的麻纸，上面蝇头小楷，字迹清晰。他双手递了过来，二武上前接着。

"你先大致说说上面写了什么。"先生道。

"说来话长，我出身饶阳，算北直隶人，虽不会说汾州话，但我的祖先埋在汾州，父母都生长于此，我的根在汾州。"

二武觉得他话多，有事该直接说明来意才好，先生却让赵老爹给他看座。王治笠便有些摸不准这三人的情况：先生一身素色布衣，看不出官老爷的气派，二武像是下人，但脸上神情自若，丝毫没有下人的卑谦，老人衣着整洁，引他进来说明是个下人，但又被唤作老爹，这个敬称似乎与他身份又不合。所以他说话，而或看向先生，而或看着二武，眼神想顾及几个人时就显得有些飘忽不定。

“我有个伯父，名曰王文素，字尚彬，成化年间离汾，随父到饶阳做买卖，以后便定居于此。”

“请你直接说最重要的。”二武催促道。

先生看向二武，并嗯了一声，意思是不能这样缺乏礼节。

王治笠看了二武又看看先生，接着道：“伯父熟读经史，虽未得中功名，但他长于算法，留心通证，以一生精力完成了一部算学巨著，不敢说是大明算学之翘楚，但一定是汾州著书立说之人未曾企及的境地。”

二武不喜欢说话夸大其词，如此狂妄，又把先生这等进士及第的饱学之士放哪儿呢？他扫了一眼孔天胤，先生脸上没有表情。

“什么书名，可不可以让我开开眼界？”孔天胤问。

王治笠突然扑通一声，直跪在先生面前。

“这是何意？无论什么事，不需要虚文浮礼，赵老爹扶他起来。”先生道。

赵老爹上前去，只是弯腰比画着，但没上手去扶。

“请起来说话！”二武上前伸手扶他起来。

王治笠起身站在先生面前继续道：“伯父的书稿定名为《新集通证古今算学宝鉴》，成稿于嘉靖三年。老人在世没能付梓，成为终身遗憾，临终他留有遗言，让家父带着书信去祁州找孔知州，希望岳牧祁州的同乡能仗义疏财，让他的书稿刻木广传。可惜当家父带着全部手稿到祁州时，孔知州已任满离祁。家父区区一个杂货坐贾，既没有财资能将伯父的书稿刊刻成书，也没遇到贤人君子捐资助力，书稿一放就是四十年。父亲临终，将此事慎重交代于我。我从书稿中找到这封写给孔大人您的信，带上它来到汾州。”

二武试探着问他：“饶阳离祁州有多远？”

“该有百里路。”

“百里之外，你的伯父如何知晓祁州的知州姓啥名谁？”

“据我父亲说，当年保定府有两位博学之士，一是安州张知州，二是祁州孔知州，读书人都讲，‘有所疑，问安祁。’可见二位大人才学之隆，声誉之广。伯父作为一个读书人，知晓孔大人也是情理之中的事。”王治笠说完，抬眼看看先生又看看二武。

“你伯父的书稿你看过吗？都是些什么内容？”孔天胤问。

王治笠赶紧答话：“大致看过，因为字数较多，部分内容比较深奥，所以我读得不够仔细，但它肯定是前所未有的算学著述。”

“大约有多少卷多少字？”二武问。

“书稿主要内容共四十二卷，大致算应该有五十万字，不包括里边的一些算列图草，另外还有十二卷算学诗词。”

二武看向先生，先生的脸上微微露出惊讶的神情。这一丝表情被王治笠捕捉到了。

他接着说：“伯父在卷首的集算诗里说他铁砚磨穿三两个，毛锥乏尽几千根。”

“算学书里还有诗？”二武问。

“是的，里面有算学诗三百多首，通俗易懂。”

“你伯父当年做何生计？何以安家立命？”二武问。

“伯父早年经商，终生未娶，潜心算学，晚年蒙馆授书，《算学宝鉴》就是他全部的生命寄托。”

“书稿在饶阳还是带回汾州了？”孔天胤问。

“带回来了，只是年代久远，又长途驮运，纸页多有受损。”

“可不可以拿来一读？”二武问。

王治笠犹豫片刻，想了想道：“可以的！”

“那让赵老爹套车跟你去拉，小心别遗失损坏。”孔天胤道。

先生这么一吩咐，王治笠却又站着不动了，二武立马道：“你信不过我们？”

“不，不，我千里迢迢回汾州，目的只有一个，就是能将《算学宝鉴》付梓广传，我马上去，马上去！”

他和赵老爹出了门，二武感慨：“这人看上去不诚恳，但敢那样说，估计书稿不会有假。”

“管他是什么人，先看看书稿。”先生不动声色地说。

赵老爹和王治笠把几大摞书稿从车上卸了下来，二武也上手，三个人把书稿搬进书房，小心打开包皮，然后按回目排放在条几上。

“跟我去洗洗手，然后喝口水！”赵老爹带着王治笠出了书房，先生和二武开始翻看。

果真是泱泱巨著，从序一、序二开始，卷首有算诗八首，图二十四，之后是子丑寅卯辰巳午未申酉戌亥十二本的目录提要。全书一千二百多问，多是现实生活中的问题，诸田求积、迟疾行程、平地望竿，就场抽分、牙税求原等，无不与田亩、堤坝、旅行、课税等实际生活紧密相关。里面的一些题目，二武不懂，先生也不甚明了。除了实用知识外，求证那些算学难题有无意义、有无价值，先生一时也想不明白，他想留下书稿请人来看看，研判一下。

二武跟王治笠说：“留下书稿，先生想请人来看看，可以吗？”

“要不，你让先生写个条据，我留个字条更好些，不是信不过先生和你，要不……万一……”

“好，好，我写给你条据即是。”

二武麻利地写了条据，落了名儿还签了日期。王治笠看了一眼又说：“最好落先生的名儿，还是请你……”

二武心里有些不耐烦，但还是很有礼节，他收回条据，进了先生书房，随后出来，把落了先生名儿的条据交到王治笠手上。

“你把住所告诉赵老爹，我们这儿有了说法就去知会你！”

“好，好！”王治笠答应着出了门。

孔天胤请来四个人：朱新壃因有刻书坊，见识会多些；孔天禛带了府上的何掌柜来，在算学应用方面，老人经事多，应该更有发言权；王纬举人出身，礼、乐、射、御、书、数六艺俱佳，现在跟先生算是亲戚，在汾州，因姻亲建立起来的关系更稳定，更实在。

看过排在条几上的书稿后，何掌柜先说话：“不容易啊，把古今算学书上的难题解了个遍，荟萃算法，纠偏改错，绘图作诗，歌诀描述，先问后答，是心血之作。”

朱新壃道：“何掌柜所言极是，本王算学不精，对于书稿中难题之解看不明白，尤其是作者所言开方、勾股，还有正负方程，那是完全不懂。这种书稿也许有价值，但成书后，不会有人读，或许是用来传世的。”

王纬还在琢磨文稿，他把何掌柜拉过来细看了一段文字，然后道：“根据他的算法，无论解啥，仿佛珠算都能解决，筹算可以全身而退了，先生再看，是不是这么说的？”

何掌柜再看后，慢悠悠地说：“应该是这样的。珠算完全可以代替筹算了。”

孔天禛面向朱新壃道：“你说既然书稿如此不同凡响，那作者在世为何不将它刊行？”

答话的是兄长：“汾州外出到北直隶的小行商，资费不足，他的自序有句话说得明白，‘有意刊传财力寡，无人成就恨嗟多。’”

孔天禛接话：“汾州在北直隶的买卖人那么多，尤其是遵化，一半生意都是汾州人做的，咋不就近去找老乡？”

“你看看，序言有二，第一篇是他人所做，此人说过，有过一个杜姓人答应出资付梓，但事未成。也许杜姓人就是汾州商人。”孔天胤对书稿看得更细致些。

“估计耗资不菲！新王爷你能不能大致估出用银数量？”孔天禛转向朱新�童问。

“多少卷，多少册，多少字？”

旁边立着的二武答：“五十四卷，订为十五本，约五十万字！”

朱新�童心算半天，给出一个数字：“印五百套计，大约需要文银三百两。”

二武表现出惊奇：“哦，这么多呀！”

孔天胤看了他一眼，二武便收住了话，这个场合，他不该多言，不过，先生的眼神里没有丝毫责怪的意思。

“隔行如隔山，刻书只有新王爷懂，用工多少，用料几何，应该是算得清的。”何掌柜道。

“我给你们讲讲哪些地方用银：枣梨板料钱，写工、雕工费用，纸张、油墨钱，印刷、装订工食钱。其他板料打磨，腾挪搬运人工没算，还没有把税银和利润算里头。”朱新壇俨然是个商人。

何掌柜低着头，脸上微露笑意，朱新壇仿佛读懂了他的表情：“书坊倒是不用课税，当然王府书坊也不是为赢利而刻书。”

“一套十五册书，按市面的书价，定价多少合适？”孔天胤问新壇。

朱新壇想了想：“不能超过二钱五分。”

“如此算，要卖出一千二百本书才能回来成本。”何掌柜道。

王纬接话：“这样的书，一般人不会买来读，汾州若能卖出五十套，都是不错了。”

“我认为银钱事小，它应该是汾州扬名当代，并留给后世的一笔财富。”孔天胤道。

“那去找官府，看看衙门会不会出资付梓。”孔天禛接了话。

王纬道：“官府就别指望了，什么时候就是一个字，穷。”

朱新壇说：“宗室人众，把汾州拖垮了。”

孔天胤道：“让宗室自立，或读书出仕，或事四民之业，这样地方上就轻松多了。”说着他还看向二武。

二武却把话又拉回书稿的事上来：“三百两银子是不少，我知道六两银子就可以买个丫头。”

"是啊。一个翰林院编修年禄不过九十石米，折合银子区区五十八两半。"孔天胤也感慨。

孔先生这么一说，何掌柜听出他打退堂鼓的意思，他觉得书稿不得付印太可惜，便道："要不我们众人捐点钱，把它刻了吧！"

何掌柜的话，倒让孔天祯不好意思了："兄长请大家来看书稿，说明他看得上眼，大家鉴定有无价值即可，银子的事不劳诸位操心，让孔府柜上出资把它印了即可。"

"是啊，天祯说得对，五经六艺方面的事，孔家人当仁不让才对。"孔天胤补充道。

事情确定后，赵老爹去找王治笠，二武吩咐赵老爹："跟他讲清楚，是先生要跟他面谈。"

还是在书房见面，二武跟他讲："先生决定出资将书稿付印。"

"小的替伯父谢过先生，老人在天有灵，一定会助力，让《算学宝鉴》为天下算人所识，也让汾州因此名扬天下。"

"先将书稿付于枣梨，至于以后的事，那就顺其自然好了。今晚你就烧一炷香，告慰先人吧。"孔天胤道。

这时，王治笠又跪地叩首："不怕先生笑话，小的自从打算回汾州便省吃俭用，好不容易才凑足盘缠，在汾州住店都赊了账，店小二催我交钱，好几次了，我哪还有买香的钱。"

二武瞅了他一眼，心中有点不悦，孔天胤跟二武使了个眼色，二武明白意思，转身向里屋拿了铜板出来。

"二百文钱，你留着用！"他双手递给王治笠。

"除了铜板，再拿一两碎银子。"孔天胤吩咐道。

二武稍做犹豫，先生又道："去切吧！"

二武还未转身，王治笠又开口道："先生，伯父毕生心血凝成的书稿从此就归您了。以后如何刊刻、印成书如何去卖，都是您的事，我概不过问。不过你得付我一百两银子，伯父写成它不容易，这么精贵的东西保存这几十年也不容易。"

"什么？"二武惊得张大了嘴。

"小先生你不知道，我带着书稿从饶阳到汾州走了二十一天，不容易的。"

"可你知道吗？刻印此书五百本，我们不是为了赚钱，也赚不了钱，只是想把它保存下来。"二武道。

“一百两银子不算多！先生有眼识得金镶玉，你们为官作宰，家里一定是庄稼兼买卖，不会在乎这点银子吧？”

“如果我不出这一百两银子呢？”孔天胤有点不高兴。

“那我只好……”他的话没说完，但意思已经很清楚了。

二武看向先生，先生的脸灰沉沉的，停了片刻，孔天胤低声道：“二武，送客！”

二武看向王治笠，真不知该跟他说什么好，这么好的机会错过，会是千古遗憾的。他把目光转向先生，先生没抬头。他只好摊手，做了个动作请王治笠离开。

第二十八章　水车风波　人心如面

王治笠一百两银子的贪念，让《算学宝鉴》错过了现于枣梨的机会，这算是谁的损失呢？离开背郭园，他再也没有找到愿意接手书稿的人。也许还有人看过书稿，也明白它的不同凡响。但那年冬天，山西很多地方没雪，到第二年春天，汾州一直没雨，旱年又来了。赶上歉收的年景，便没有人会再乱使银子，吃饱肚子，能活着，这才最重要。

知州三年一任，此次考满后，年后即可离汾。崔世杰满心期待能官升一品，并赴京就职。

这个时候赶上旱灾，对他来说，算是流年不利。省布政司下文，受灾州县的岳牧全部留任一年，他长叹一口气，看来必须与汾州患难与共了。

上面要求各州县呈报旱情，并预估歉收数额。在这件事上，崔世杰与新上任的吴同知意见不同，话不投机。两人相处时间不长，但芥蒂已深。

同知和通判是州府的佐贰官。同知从六品，品秩低知州一级，但委派与调动却归巡按御史管。而知州的任命和督察是属省布政使司。这样的隶属设计，相互制约，避免了上官一言堂，但也使佐贰官与主官摩擦频生。

崔知州对旱情不愿做过坏的预判，他不打算要求减免田赋，或请求发帑赈济。作为地方官，不论什么原因，不能如数上缴田赋，就是失职，就是上升通道的障碍，他深谙此理。

吴同知将在任三年，他有自己的盘算：崔世杰留任，也许一年，也许几个月，说不定哪天上面一纸文书，人就走了，自己没必要跟他刻意交好，倒是与王府多走动走动将利大于弊。于是他投帖自报家门，请求过府问安。

王爷这一辈子遇到的饥荒年，一只手都数不过来，古人讲："六岁穰，六岁旱，十二岁一大饥。"虽然自己没有饿肚子的记忆，但灾年乱象见得多了，最不忍看到饿妇饥儿流落街头，至于那些卖儿鬻女、易子相食的说法，他都不愿意入耳。

吴同知谈到旱情，他主张全面估计灾难，据实上报，并想好应对之策。

“去年秋天，麦子没种下去，今年不会有夏收，明显的灾年，咋能不如实上报？”王爷略显生气。

“‘小满桃黍芒种谷’，眼下芒种已过，马上就是夏至。即使现在下一场雨，播种大秋作物也已经迟了，只能种黍、豆等，歉收是肯定了。小暑前后下一场饱雨，种这类作物还会有收成。如果到大暑还不下雨，那秋庄稼也将绝收。女魃（中国古代神话中的旱神）已展示出可怕的前景，百姓也几近绝望，可知州衙门至今无动于衷。还得您老跟崔知州谈谈，该马上合计合计，想想办法了。他明年任期一满，可以拍拍屁股一走了之，可汾州十几万生民的嘴都朝着衙门呐！”吴同知不卑不亢道。

王爷倒没想十几万人的嘴朝哪个方向张，单这几千朱姓人就够他操心的。粮食歉收，田赋收不上来，势必影响宗室禄粮发放。到缺粮断炊，等米下锅时，朱家人也一样不讲礼节，甚至就不讲廉耻了，啥事也干得出来，到那个时候，王府的安虞都无法确保，事情必须早做安排。

遇上大事需要众人商议，官府的人到王府，或王府的人进衙门都不合规制，王爷召集大伙到文庙，这是老规矩。

崔知州料定同知跟王爷沟通过呈报旱情之事，如何应对，他早有准备。分守赵祖元是浙江人，曾在陕西任提学官，虽没跟孔大人打过交道，但同在一地任职，总感觉关系近些，估计议事时能跟自己站一边。两府王爷是根深蒂固的本地人，汾州的四季风雨与粮谷丰歉与他们息息相关，他们的想法自然一致。孔天胤被邀请后，去与不去他犹豫不决，最后到王府面见舅王爷。王爷说，是他主持大伙议事，非官府所为，你致仕与否都算本地士绅，参与议事，没有不妥。本来请了巡按御史，不巧被临时召回京城，没有他的参与，事情向上条陈便难以实现，所以王爷要求州首领全程记录议事内容，到时候呈给他过目。

官府、王府及其他人陆续到齐，王爷便起身说话，直接进入议题。

“大旱之年，生计成了当务之急，召大伙议事，实在经多了饥荒，看怕了灾难，心里着急就顾不上祖制规程。只为稻粱计，也就不怕有什么僭越之嫌。不过，我只能张罗，具体操办还是靠大伙，尤其得崔知州用心。”

崔知州不得不站出来说话：“民以食为天，天不遂人愿，实为不幸。身为知州，留下来与大伙共度艰难，是朝廷的意思，也是本人职责所在。古人云：‘泰山崩于前而色不变，麋鹿兴于左而目不瞬，然后可以制利害……’越是危难之时，越要沉着应付。眼下，也只有尽人事而听天命。本知州一定和大家同心协力，多方谋划，把干旱造成的损失降到最低。”

王爷甚是不满：这种套话永远没有错，但于事无补，等于没说！他斜瞥了崔知州一眼道："知州大人说得对，及早筹谋，免得到时候手足无措，眼睁睁看着上天收人。"

崔知州环看大伙道："山西多地干旱，布政司就算有心赈济也可能余粮有限，所以我们必须自力谋生，大伙都想想办法，有啥点子说出来商议。"

朱新墇道："每有灾难，必是开仓放粮，搭棚施粥，然后就是惠民药局发放草药，预防瘟疫，再没见有其他招数。"

"每遇大灾，官府也必劝捐劝赈，咱汾州历代都不乏慷慨解囊之富商和捐米献粮的乡绅。"老王爷补充道。

赵祖元道："眼下还没到缺粮断食的时候，但秋后就难说了。所以要把免夏税秋粮的请求赶快递到省布政司，别到时候其他地方还指望汾州的田赋救急。依现在的情形看，州衙提出请求，巡按御史和我签字署名，察院和分守道合力而为，上面会允准的。"

"这事估计有点难，还是等咱的御史大人回来再定夺！"崔知州接过话头，他不能再"麋鹿兴于左而目不瞬"了。对州官来说，田赋交少了不是好事儿，如若夏秋两季都不交，那是自毁前程。哎！

老王爷接话："劝捐也得跟御史大人通个气。"

"有这必要吗？"朱新墇不解。

老王爷解释："嘉靖七年，汾州大饥，乡绅王志可，出谷豆一千石，用于赈济。皇上敕谕褒嘉，赐羊酒，旌其为义民，一时传为佳话，也为后世立了个义举标杆。国困民贫的时候行此义举之人，理当受到朝廷旌表，这就需要御史这条通道。"

听到这儿，孔天胤道："除了大家说到的这些常规之举，还有两种方法可以借鉴，地方官可以提出请求，等朝廷恩准后施行。第一是捐官，捐散官筹银，这种做法，其实历朝历代都有，朝廷一般不愿施行，但比较有效，算应急之举。第二是预度僧道。僧道享受免除徭役等特权，故而朝廷不允许臣民擅自出家，必须取得度牒，方能成为朝廷承认的合法僧道。因此遇到灾年，鼓励愿意出家入道之人捐谷捐银换取度牒，虽为权宜之计，但非常有效！"

吴同知听得出神，他有疑问："有此要求的人不会太多吧？即便有，本地遭灾，唯恐有愿望而无粮食。"

孔天胤继续道："此举并非只在本地实施，汾州即便有这样的人，也不会太多，杯水车薪，无济于事。须在全国范围内施行，方能见效。此事有先例，就我所知，成化二十年，咱山西和陕西大旱，朝廷令江浙等处愿为僧道者输粟赈济，给以度牒，此次共预度僧道六万余人，筹得不少粮食。我在河南任职期间，也用过这个办法。”

“恐怕这个方法难以实现。两京一十三省，沃野千里，生民百兆，年年都有受灾的地方，年年都有挨饿的人，朝廷不可能年年捐官，也不能有灾就预度僧道。如果大小灾情全都照应周全，估计朝廷也无能为力。所以还是要靠本地，还得我们自寻出路。”王爷道。

崔知州接话：“我看孔大人提的法子可行，比伸手向朝廷要粮更容易实现。大家还有什么办法都提出来，哪条能实施，我们都琢磨一下，这才真正叫未雨绸缪。”

赵祖元沉思：孔天胤所言捐官和预度僧道，根本就不可能实施，这等方法属无奈之举，非大灾大疫朝廷不会轻易使用。汾州干旱确是灾难，但绝收地域及受灾人口，与华县地震这等大灾不可相提并论。老王爷倒是个明白人，他知道朝廷万不会用捐官度牒之法解一地之难。孔天胤不可能不懂，他说这些，不过想让人知道他见多识广。而崔知州的话，纯粹就是没用的官样文章。

议事堂里一时沉寂下来，老王爷勉强露出一丝笑容，扫视着众人，朱新墇低头沉思，孔天胤仰视屋梁，吴同知开始打哈欠，崔知州表情焦虑而凝重，看上去他最关心汾州旱情，最心忧黎民百姓。

赵祖元忍不住了，他一针见血道：“夏季肯定是没收入了，产量高的桃黍已经过了下种时节，即便现在能下一场饱雨，也只能寄希望于黍、豆这些低产作物，可雨到底哪一天下，那是老天爷的事。加上汾州自古及今，十二年一大饥的魔咒就少有破了之时，所以现在议赈济，根本就不是未雨绸缪，而是临渴掘井。”

崔知州涨红了脸：“那你说怎么办？”

“我有一个想法，但不成熟。”

“只是议事，有啥想法，说出来大伙议一议，无须藏着掖着，没谁要求你意见成熟后再拿出来。”顿了一下，崔知州又道，“莫非是锦囊妙计，不能轻易示人？”

赵祖元听得不顺耳，心头一下蹿起了火：“知州大人这话从何说起，我只是没考虑成熟，怕说出来影响大家正常议事。好歹读过几天圣贤书，冠冕堂皇的话谁都会说，关键是要解决问题。我不会只为自己的官帽着想，心底无私，天地可鉴。”

这几句话戳痛了崔世杰，他用食指敲着桌子道：“赵大人话说重了，忠君体国是你我人臣之本分，难道谁有私心不成？”

“崔大人何须激动，有没有私心，大家心里清楚，谁不知崔大人您心底坦荡，忧国奉公，心系百姓呀！”

王爷拿茶杯敲桌子：“好了，好了，都少说两句，大家坐一起议事，要解决问题，不是要针尖麦芒辨忠孝。朝廷命官，都是读了孔孟书的人，都懂大局为重！”

孔天胤也打圆场：“遇到难事，一时无计可施，免不了烦躁，争执于事无补，只要大家和衷共济，所有问题都能迎刃而解。”

“王爷，要不散了吧，等御史大人回来咱们再议！”同知征求意见。

“散吧！”王爷冷冷道。他召集议事，本指望集思广益，寻条出路，不曾想这些人自己打自己的小算盘，话不投机，还议个啥呀！

赵分守起身离开。其他人各自散去。

“赵大人……”孔天胤在后面喊了一声。

从尊经堂到棂星门，赵祖元跟孔天胤并肩走着，他讲了心中所想：“没有绝对把握，说出来怕他们反对。当年我在平阳府太平县时曾做过水车，在山西境内是头一份，县令刻碑勒石记之。造车匠是我从江浙请的，他教太平县人造了七架水车，缓解了当年旱情。汾州与太平县都是汾河流域，不同的是汾河穿太平而过，而只擦汾州之边。即便如此，仍可为之。去太平延请造车师傅，估计他们会给个面子，我有信心将此事做成。”

“北方用水车较少，咱山西中北部几乎不知水车为何物，会造车的人稀缺。你先跑一趟，看看能否找到人，如若不行，再到江浙延请。”孔天胤道。

“多谢孔大人，你能支持我的想法，我就更有信心了！”

“谢啥呀！救民于危难之时，能挺身而出，献计献策，跟捐粮千石一样，都是义举。”

“可那人……”

“好了，不提他了，这事你先跟御史大人做个呈报，然后再做计议。”

“谢孔大人！”

孔天胤对赵祖元虽然了解不多，但短短几句话已听出他的言外之意，造水车固然是为百姓计，但刻石记之也是不可少的。

事实上，赵大人为官多年，每到一处一定为地方做前所未有的大事，他期望一生每走一处，都留下自己的大名，百年之后，有若干州府把他请进名宦祠。

州衙在城隍庙举行大规模祈雨活动，供品齐备，仪式隆重。崔知州设坛斋沐，仰吁于天。之后几个大汉将三尺多高的城隍塑像抬出寺庙，鼓乐声中，沿街而行。庙内支起一个大铁锅，点火熬油茶，糕点供品被揉碎加到油茶里。几百人顺次上前，一人一小碗喝下，完成全部祭祀仪式。

那天夜里，果然下起了小雨，天亮的时候才停。城隍显灵，官民同乐。种桃黍的节令已过，但黍与小豆现在还来得及下种。农户们忙了起来，男女老少都下了田。先种下去，只要能长出苗苗，哪怕就是谷粒长不饱满，秋收总还有点盼头。

种子散下去了，雨却再也没下，希望一点点成了泡影。

赵祖元从平阳府带回来两人，木作匠户和他的儿子。匠户当年造过水车，手上还有水车简图。

安顿好匠户，赵祖元准备去找崔知州。找到造车匠人之前，事情没把握，也就没有细说的必要；现在请来了造车师傅，可以跟知州商议了。至于言语上的冲突，他觉得过就过了，男人心里要容得下对味不对味的各种东西。他估计崔知州不会太赞同，但只要不提银子的事，也不会太反对。

没想到崔知州极力反对，而且觉得造水车的想法简直是异想天开。

“我的赵大人呀，这个时候才想起来造水车灌田，你觉得来得及吗？”崔世杰说话的语气仿佛他们从来没有冲撞过。

“是有些晚了，如果多找些木工，先做十几具，那根据太平县的经验，应该能灌田两千亩。”

“种下去黍和小豆，本身产量就低，下种的时间又晚，天干地旱，等不到你的水车造出来，就都死光了。”

“造水车并不难，难的是我们本地的匠人没有见过水车。如今请来了师傅，他带来了草图，有他指导，本地匠人很快就能掌握这项技艺。我们多组织匠户，并以资鼓励，三五天内就能造出十几具水车。十天半月灌溉两千亩地应该没啥问题，这样，就大大减轻旱情。退一步讲，水车并非用一季了事，即便赶不上浇今年的黍与小豆，那秋后种麦前灌了地，也能保证明年夏麦有收成。”

崔知州听来，赵祖元的话全是想当然。他问：“去汾河湾看过没有，跟正常年景相比，水量小得很，冲击力不够，你的水车提得上水来吗？”

这个问题赵祖元没想过，他低头琢磨了一会儿，觉得只要在河边垒石拦水，增大流水落差，就能解决冲击力不够的问题。

崔知州见他眉头紧锁，便说：“不要异想天开了，我们要稳住阵脚。秋庄稼有没有希望，就看城隍开恩与否了。”

不料，赵祖元却坚定地说：“只要河里有水，就能够提得上来，昼夜不停上水，会起作用。”

崔世杰语重心长道：“赵大人，现在这个时候，每个铜板、每一粒粮全用来救命都得掰成两半、分成两顿，把银子造了水车，水车还不知能不能起作用，这事我万万不能做主。”

赵祖元作为山西布政司派出的分守道官员，钱谷事务，只能协助知州管理，若不能说服崔知州，造水车的事只能搁置，他决定求助于巡按御史。巡按御史听命于皇上，对官民有监督权，遇事有处决权，所以说话的分量自然比别人重。崔知州像所有州县官一样，对巡按御史一是要服从，二是要讨好。

灾荒时期，御史在各处只能做短暂停留。杨御史到汾当日，赵祖元就去察院找他，呈报造水车之事。御史听了，也没给个定论。

第二天，御史召集大伙议事，请了东西府王爷。特殊时期，议事就在衙门进行。

杨御史开门见山：“请诸位大人，是为商讨应对旱情的措施。劳烦崔知州说说灾情，现在的情形和以后可能出现的状况都说说。”

崔知州早有准备：“夏粮绝收，秋粮只种下一小部分，都是生长期较短的小秋作物，苗是长出来了，能不能有收成还说不清，看老天爷这样子，秋粮能有往年三成的收入算不错，灾荒已现。预备仓的粮还没敢动。断粮户陆续出现，十天后开始施粥。”

话音刚落，他又急忙补充：“哦，对了，劝捐略有收效，共募得捐银一千二百多两。”

御史起身，清了清嗓子道：“朝廷的赈灾款随后就到，数额不大，要与地方上筹措的银两一并考虑、合理使用。”

大家的脸上泛起喜色，这是救命的银两。

“就如何使用赈灾银两，我可以说两句吗？”东府王爷的反应速度，让人看不出他已八十有二。

御史道：“王爷请！”

“山西十年九旱，每岁必有受灾民众。汾州地处山西中西部，经年累月苦于蒙古兵犯边，这双重困苦让汾州百姓喘息着生存。大同镇、山西镇的长城挡不住蒙古兵时，各州县的城池便无安全可言，修城筑墙，是个需要不断进行的事。如今朝廷体恤汾州百姓之苦，拨下赈灾款，若能利用此次赈灾的国帑募银实行以工代赈，加高墙体、增加窝铺敌楼，或者直接包砖，则一举两得，解燃眉之急，也行防范大计。不知御史、知州及各位意下如何？”

朱新墡在老王爷开口之前，已猜出他要说的内容，这个时候他必须支持：“我同意王爷的意见，这样让每一两银子都使得物有所值。再说，汾州所辖三县，平遥的城墙大修后，可以说固若金汤，介休、孝义新近也有过修缮，唯独咱汾州城墙，华县大地震后就一直说修啊修，结果到现在还是老样子。”

王爷在御史面前提出问题，可以毫无顾忌，他不用考虑政绩，只要不违祖制、不犯律典，说什么做什么，皇上及他的巡按御史听之任之，何况修城墙的事，也不是只有益于王府。

崔世杰则不同，他考虑问题，决定对策，先看是否能安邦利民，再看能否让朝廷满意，两者同样重要。他在地方上的作为，将由御史转给朝廷，无论做了什么事，合皇上的心意才行。当今圣上崇道，人所共知，嘉靖七年制定了《明伦大典》，并开始大规模建造坛庙进行祭祀。他认为在地方上营建道家宫观，颇合圣意，若再能合民心顺民意，那便是两全之策。所以听到两位王爷一唱一和说筑城之事，他马上提出了自己的意见。

“城隍之祀，莫详其始。我大明太祖归整祭祀体例，使得城隍之神重于天下。明有礼乐，幽有鬼神，明幽共治，天下太平。可惜汾州城隍庙年久失修，使阴阳不相表里。前些天诸官率众祈雨，上天显灵，降下甘霖，才种下一小部分庄稼。所以我想，若要以工代赈，不如修缮城隍庙，塑城隍金身，求得城隍庇佑地方，恩司其民。”

王爷对崔世杰厌恶到了极点：为官一任，既不为百姓操心，也不为社稷着想，心里只想着讨好圣上、升官发财。总有一天，大明的天下要毁在这种人手里。他看了崔世杰一眼，冷哼了一声。

杨御史思索片刻道：“你们都说以工代赈，可这两件事，没一件是只用工不用料能成的。这档口上的银子和粮食必须合理使用，两件事都不成。”

御史大人说话是代表皇上的，不能说落地为钉，但别人再反驳，也起不了什么作用。无论王爷和崔世杰心里打什么小九九，意义都不大了。

赵祖元觉得自己造水车的提议也可能被御史否决，毕竟也得用工用料。但还是提一提吧，造车的人都带回来了，哪怕先造一台，能从汾河提上水来，让官民知晓此事，以后再做打算。

“我有一个想法，用工用料才能成，自以为是个创新之举，请各位大人过目，议议是否可行？”说着他拿出一本书，举在手上告诉大家，“这是元代王祯所著的《农书》，里面有关于水车的详细介绍，且配有图谱，我想根据书中所绘样式造出叫筒车的提水设备，安到汾河上，让它日夜不停地从河中提水上岸。”

《农书》从老王爷手上传给崔世杰，他看过又传给朱新墇，朱新墇看完递给杨御史，接着同知、通判也看了草图，大家都没急着发表议论。崔世杰本来反对造水车，但发现御史对草图看得仔细，也就没急着发表意见。两位王爷和御史都是北方人，没见过水车，心里没有见地。同知和通判是南方人，该是见过这物件的，但御史没有发表意见之前，他们不便开口说好坏。一时大家缄默。

赵祖元继续道："我在平阳府太平县时，也提议造车，知县主持造出七部筒车，干旱年起了作用的。"

御史产生了兴趣，他问："既然元代书中有载，那说明之前已有使用，什么时候就有了这东西？北方咋就没有呢？"

赵祖元道："唐代诗人徐来军有一首《调笑令》，我读给大伙听，'翻倒，翻倒，喝得醉来吐掉。转来转去自行，千匝万匝未停。停未？停未？禾苗待我灌醉。'说的就是筒车。这种水车在江浙用得多，一来南方多种稻，二来水系丰富。北方山地多，水流少，水车便不常见。"

"造一台需要多少银子？"老王爷问。

赵祖元道："水车有大有小，怎么讲大小呢？就说轮辐的尺寸吧，大的长十几丈，小的也有七八丈，大小造价不等。"

"你说简单些，分开讲，大的、小的一天可提水多少？"杨御史问。

"没细算过，书上讲一般大水车一季可灌田六七百亩，小的也可灌溉一二百亩。但根据我在太平的经验，造二十台大水车，能灌田四千亩。就整个汾州来说，四千亩田，数目不大，但灾年时，一把谷子或许能救活一条命。"

"造一台大水车得用多少银子？别是这点赈灾款还不够你造几台水车！"崔知州问。

"估计得八十到一百两银子。"赵祖元道。

东府王爷着实不愿看到城里的宗室因为灾荒而变得穷凶极恶，到那个时候，王府的安危也没法保障了，若有法子能让地里长出粮食，那没有不支持的道理。

"先造一台试试，这个银子东府出，如果能行，再说下一步的事。"王爷道。

"先造两台吧，西府也出一份银子。"朱新墇跟着道。

"二位王爷的义举，杨某记下了。"

其他人再没话，造水车的事就这样定了下来。

杨御史的目光扫过崔世杰的脸，他的脸上有一丝笑，笑得意味深远。

第二十九章　调虎离山　军粮被盗

水车先造了两台，后来又造了十几台，可对汾州上万顷地来说，实在是杯水车薪。夏粮绝收，秋季或多或少见到了点粮。入冬后天气奇冷，老人们都说入冬时天儿冷，三九、四九下雪的可能性就大。经了干旱，人们盼雨盼雪那就是盼着老天爷给条生路，可这个冬天就难熬得很。

乡下许多农户断了炊，城里宗室一样得节衣缩食过日子。卫所里发不出粮饷，跑了不少募兵，再这样下去，汾州卫就形同虚设了。

卫所兵丁分两种：招来的募兵和军户出身的营兵，募兵强壮，有战斗力，但不稳定；营兵相对可靠，但无论是年龄、体格以及作战的经验都不及募兵。卫所军兵的数量，只有指挥史安和捷才准确地知道。而汾州官府、王府只知道卫所编制及大致人数。至于军兵在卫还是在京，是被调往九边还是转到其他营卫，这些属于兵部管的事，地方衙门不好过问，王府就更不需要知道了。

安和捷秋后就把讨粮的文书递到了山西都指挥使司，上边迟迟没有回音，隔了些时日，他亲自上了太原。

都指挥史是四川人，说话口音重、语速快，安和捷得竖着耳朵用心听："汾州干旱歉收，其他地方呢？平遥、介休、交城、蒲州不都有屯田吗？"

"平遥、介休、交城的屯田子粒都收不上来，蒲州稍好，但那边田亩不多。"

"各州县供卫所的粮送到几成？"

"不到两成！卫所发不出粮，那些募兵就留不住了。经年累月不支粮、不支棉，营兵也有逃亡。"

"也有？"都指挥史反问。

安和捷没有听清上司的四川话，他抬起头，脸上现出不解的表情。都指挥史没再追问，他心里清楚，卫所缺粮缺饷是真，但屯田收入及地方供应真正养活着多少人马，就是一笔糊涂账了。

“粮银折算发放的新规程年初下发到卫所，是不是照此执行了？”他换了个问题。

“回帅主，一石米折铜钱二十文，折钱本就很低了，可仍没有到位。再说，这年头铜钱买不到粮，我得用米粮喂饱军兵的肚子。”

“把你汾州卫的人马数目，需要接济多少粮草列个清单留下，回去等信儿。”

“请粮的文书里我已写得非常清楚，请大人上心！”安和捷变化着称谓，表达恳切之情。

半个月过去了，上边没有动静，卫所的存粮眼看就完了。安和捷遣千户李福临到太原打探情况，李千户在都指挥使司没看到好脸，却得到一个好消息，从平阳府调往汾州卫的军粮已经上路了。他快马加鞭回汾告知了安指挥史，消息很快就在千户所传开了。过些天就能吃上纯米纯面的饭食了，军兵们都盼望着。

这个消息当天晚上就传到朱新埰的耳朵里去了。官府的人有粮吃，卫所的人也饿不着，凭什么朱家的人吃了上顿没下顿，天下哪有这样不公的事。如果有田产，朱家人也长了手的，如果可以做买卖，那城里的生意如何能轮得到其他商贾，不让读书出仕，不让上马杀敌，也都罢了，不让吃饱肚子那就不行了。朱新埰决定叼这口肉，他招来其他鸽子商量。

“这事要不要让表梃叔知道？”大个子鸽子问。

“最好不让他知道，人老了，胆子越来越小。”大胡子道。

大个子接口：“若不让表梃叔知道，那世子爷也不会知晓，可万一有了麻烦，我们自己处理不下来就没辙了。”

甜瓜胆子小，他说：“以前我们只叼衙门官老爷的肉，这次不同，卫所的粮是养活兵丁的，要下手就得让表梃叔知道吧！”

朱新埰手托下巴，一只脚踩在条凳上说：“那万一世子爷不同意呢？”其实这才是他一直担心的事。

“我们先问一问表梃叔，听听他的说法。”甜瓜坚持他的意见。

“好，就听你的！”

朱新埰摆出十二分殷勤，赔着笑脸说出想法，朱表梃坚决反对：“若让世子爷听到，先给你一顿皮鞭。警告你们，不许乱来，千万不能跟卫所结下梁子。”

“表梃叔，你不知道吗？咱好多人家要么冷火冷灶，要么清汤寡水，入了冬隔三岔五就有老人离世。”

“新垛，我告诉你啊，别乱来！打卫所的主意，这可不是你叫我叔，叫我爷这么随意的事，惹了麻烦谁也救不了你们。”

“表梃爷爷，我又饿不死！”

“你饿不死得了，别救活几条命，赔上自己的还搭上别人的。”

“我就是看不惯这个世道，饿死的饿死，撑死的撑死。”

“城墙上有卫所的兵，黄皮刮瘦的，像是能撑死的人？”

朱新垛没再反驳，不做也罢。这年头，卫所运粮，除了车夫，一定有军兵押送，而且人数不会少，很难得手。

可连续三天，每天都有到新垛家来借米借面的人。说是借，其实什么时候还谁也不知道。来借粮的人低眉顺眼，眼神和语气里满是哀求。甚至有一邻居居然称他殿下，这个叫法倒也没有什么大错，但在汾州，殿下的称呼只偶尔被用于世子爷，其他人几乎不用。朱新垛又好气又好笑，给了面打发走了事。

晚上，安在卫所的眼线来报：“平阳府的粮到了，放卫所后院粮仓。分给城外千户所的粮，明后天运走。卫所里的头头们今晚喝酒庆贺。”

“还庆贺？”朱新垛问。

“后晌还杀了鸡！”

朱新垛打发走眼线，心里有了主意，他打算把那肉叼一块回来！而且要做得干净利索，不让表梃叔知道，更不能让世子爷知晓。

“运往永宁千户所的粮明天天亮出城，驮队前后都有兵丁。”朱新垛把这个消息传给了一个劫匪头头。这个人称李大头的秃子，手下有些人手，分散在各村。他们下手只要钱财，不要人命，这一点是新垛认可的。饥荒年头，一听说有粮在路上，那些人跟打了鸡血一样兴奋。

“有银子没？”李大头问。

“别太贪心，图些粮过冬即可。惹出了人命大事，你这辈子就别想在我这儿得到有用的信儿了！”

“是，是，垛爷，事成，一准有你的份儿！”

“别先许愿，事成再说！”朱新垛冷冷地打发走来人。

头天晚上喝了酒，第二天起得晚，李千户吃过早饭，沏了茶刚刚喝了两杯，突然有人跌跌撞撞进了屋，他的随从跟在后面叫喊：“沈成你有啥事，咋往里闯呢？”

这个叫沈成的人是一个小旗，手下领军兵十人，有事他该去报百户长，但一方面事情急，再一方面，卫所里谁主事，谁说了算，大家心知肚明，遇事也就没了那么多章程。

“这么慌张，咋了？蒙古俺答汗来了？”李千户不喜欢这种遇事就惊慌失措的人。

“是、是、是！”

“是什么是？你慢点说！”随从看他的神情，感觉是有事。

“是蒙古俺答汗下来了！”

李千户放下手中的茶杯，盯着沈成道：“看到了吗？人在什么地方？”

“我们早上出发，押了粮往永宁千户所送，在向阳匣遇到了劫匪。”沈成的情绪慢慢稳定了下来，说话也没那么急促了。

李千户听得又着急：“是遇到劫匪了还是遇到蒙古兵了？”

“先是劫匪抢粮，跟我们的人打了起来，粮被抢了些去。后来从官道方向来了三个蒙古兵。”

“我们的人有死伤吗？”

“有受伤的！”

“后来什么情况？”

“三个蒙古兵骑着高头大马，冲进了人群。劫匪见势就四散而去，蒙古兵没要粮，也没恋战，掉头往西去了。听见其中一个说，这儿有东西，要把他们的大队人马转下来，还说太阳落山前就要赶到。”

“你听到的？”

“是我亲耳听到的，所以我赶紧回来报信儿！”

“是蒙古兵吗？”

“肯定是，身着皮袍，头戴皮帽，两个拿着刀，一个背着箭，说话的声音怪怪的。”

听到这儿，李千户真急了，消息必须马上报给安指挥史。卫所的人马装备他非常清楚，如果不马上行动，只怕蒙古兵来了，轻而易举就能入了城。到时候，抢了东西杀了人，自己的命保得住保不住都难说，千户长是一定做不成了。

李千户稳了稳情绪去给安和捷报信儿，口气很肯定。安指挥史表面上看似乎很沉着，但他心里七上八下打着鼓。袭了父亲的官，这几年来没有遇到战事，这下事儿来了。东府老王爷常挂在嘴边的修城之事，不会没有道理，凭他的阅历和睿智，担忧与防范一定是有原因的。蒙古俺答汗来犯，万不可掉以轻心。他站起身来吩咐道：

“马上组织营兵，先把铜口铳准备好，鸟铳全部上城墙，不，留五支在卫所，火药和弹丸赶快上城。”

李千户问：“人呢？城上放多少？”

“这也得问？什么都问我，要你干什么？”安指挥史终于按捺不住自己的急躁。”

“好，我马上调人调东西！”李千户说着转身向外走。

安和捷大声问：“火药不会又是潮的吧？”

“我去看看！”他边走边答应。其实他早想到这个了，经久不用，堆在卫所里的火药百分之百是潮的。瓮城里的也许能用，但有多少也不太清楚。

很快，卫所的营兵就行动起来了，募兵一部分上城，一部分把守城墙四门，另分一部分到东郭守城墙。南郭的居民虽没东郭多，但里面匠人乐工，商贾儒士什么人都有，按理也该派人把守，但卫所人手实在紧缺，李千户不打算增派军兵，城墙上有民壮，应该可以应付。

蒙古兵来犯的消息很快就传开了，城里紧张备战，南郭有人到州衙找崔知州，要求增派守城的兵，崔世杰只好遣州首领去卫所见安和捷。论品级，安指挥史比知州要高，但刑名钱粮事多，便显出了知州的重要性，所以即便派了人去，安和捷也得给崔世杰面子。再说，给南郭的城墙上加派兵丁也是合情合理的事。

“安大人，今天两队人马跟着驮队和粮车出了城，如果三座城都派人把守，卫所就放空了。”护卫提醒安和捷。

“派吧，蒙古兵要是进了城，卫所留了军兵守着也是枉然。”

汾州一城四郭，五处城池三道城墙，西郭、北郭没有卫城之垣。

孔天胤在背郭园里还没听到街面上的消息，府上就派人来接他回家了。坐了轿子回东郭，远远地便发现城门口挤了许多人，一打听才知大部分都是北郭、西郭住户。蒙古兵来了，挤进东郭、南郭或者进了城，那就会安全许多。汾州城城门太阳没落山前就关了，人们只好往东郭、南郭挤。

既不知道蒙古兵什么时候来，也不知道会来多少人，人心惶惶。灾年本来就够苦了，再遇到杀戮，这天灾人祸会把官民都逼到绝境的。

做好应战的准备是卫所的职责，稳住民心是官府的责任。崔知州的心虽已提到了嗓子眼上，但他还是安慰大家：“请众人安心，有安指挥史，无须担忧。”高帽子都戴上了，安和捷只好接话：“对的！兵来将挡，水来土掩！”

下午到晚上，卫所军兵一直在紧张备战，太阳落山前蒙古兵没到，太阳落山后一个时辰也没有动静。此时，城墙上的军兵倒盼着他们快来，终究有一战，及早开始及早完成，省得提心吊胆坐卧不宁。天黑尽了，城门楼和角楼上

的火把都点了起来，敌楼上的兵时刻竖起耳朵听远处来的马蹄声，夜沉沉的，没有声响。子时过去，军兵们都疲惫了，小风呼呼地刮着，越来越冷。李千户让大伙靠在城墙垛背风的地方，稍事休息，但瞭哨的人必须保持高度清醒。丑时，仍然没有动静，李千户估摸这个时分蒙古兵不可能来攻城，为保存体力，他打算让部分军兵下城小睡，以待天亮后战斗。派了随从去征求安指挥史的意见，结果被骂了个狗血淋头，他只好让军兵把冬衣都拿上来，穿厚实些，就地休息。

安和捷一夜没睡好，早上起来第一件事就问外边的情况，护兵说一夜没事。他心里琢磨，也许是消息有误，也许蒙古兵改变了主意，无论如何，蒙古人没来叩城，让他心里轻松了一些。

这个时候，有人风风火火来报："昨夜粮库被盗，从平安府回来的军粮所剩无几。"

他勃然大怒："库子呢？"

来人报："两个库子被绑了，嘴被塞上，头上罩了套子，早上换班时才被人发现。"

"卫所的门子都死了？"

"卫所前门后门各有一人守着，都没听到动静。"

"几百石粮出了门，门子就没听到动静？"

"粮是从库房旁的围墙出去的，他们把围墙凿了个大口子。"

"他们，他们是谁？"安和捷几乎是在咆哮。

护兵给报信儿的使眼色，让他退下，又对安和捷说："大人，我去城墙上把李福临找回来！"

"城墙上你守着啊？"

"那我去粮库看看，问问库子看到听到了些什么？"

"快去！"

安和捷在房间里踱着步，焦躁不安。不多时，护兵回来了，一进门他便问："怎么样？"

"库子说一开始听到声音，感觉人挺多，后来就昏迷了，醒来就早上了，是换班的人把他们踢醒的。"

"就这？"

"就知道这些。"

"混蛋！"安和捷骂道。护兵也不知道他在骂谁。只听他又吩咐道："先上城看看，有什么情况回来报！"

护兵转身出了门，安和捷也出了门，他打算去跟父亲说说。

安悌蜷缩在炕上，一壶茶放在灶台上离火口最近的地方，壶嘴还冒着热气。早饭后喝酽茶这是多年来的老习惯。儿子进来，他便起身，安和捷一屁股坐在炕沿上，倒了一杯自己先喝了一口，安悌看了他一眼，他才递了一杯给父亲。

“真打进来了？”

“没有！”

“耷拉着脑袋，还以为全城沦陷了！”

“平阳府来的粮全被盗了！”

“什么？”

“昨晚的事，神不知鬼不觉的！”

安悌放下茶杯朝外喊了一声：“拿外衣！”然后穿鞋下炕，“走，一起去库房看看！”

出去看了一圈，他没说话，回到屋里喝了一口茶才开言：“把城墙上的军兵都撤下来吧！”

“你感觉蒙古兵不会来？”

“不会来，人家这叫明修栈道、暗渡陈仓。”

“谁干的？”

“这还用问？汾州城谁还有这能耐？你看看出粮的现场，那是有预谋且周密部署了的。”

“王府？”

“准确说应该是东府！”安悌肯定地答道。

安和捷的血往上涌，双手攥拳：“这事没完！”

“不要冲动，到王府见世子，先探探口风，别见王爷！”

“为什么？”

“你不是他的对手，如有需要，我去！”

李千户让城墙上、城门口的军兵回卫所的时候，已是午饭时分了，饭堂里准备了面食，可粮库被盗的消息让军兵们端着饭碗的手停在空中，送到嘴里的面也咽不下去。饭堂里乱了，军兵们叫嚷着一定把粮找回来，并且要赶紧找。报信的小旗沈成更是义愤填膺：“这比蒙古兵还凶！”

安和捷去了东府，他听了父亲的话，尽量压住心中的火，客气地跟朱知㸅过话。

“世子爷，蒙古兵没来，可昨晚卫所出了事，事儿还更大些！”

“咋了？”

“山西都司给汾州卫拨了些粮，那是我求爷爷告奶奶好不容易才办成的，汾州卫五个千户所均分，昨天白天走了两路，剩下的昨晚全被转移走了。”

“转移走了？”朱知爀反问。

安和捷注意察看他的表情，似乎有些不解，又有些惊愕。

“做得干干净净，没有一丝破绽！”安和捷补充道。

“被盗了？”朱知爀还在落实情况。

安和捷点着头，心里愤愤地骂：装，你给老子装！

“我没个头绪，也没脸说给他人，丢人呀！只好过府来跟世子爷讨个办法，汾州地面上你也熟，借半个脑壳帮我琢磨是谁干的。”

“你不会怀疑是宗人干的吧？”朱知爀问。

宗人？连自己肚子都喂不饱的那些穷鬼能把事情干得如此神不知鬼不觉？安和捷在心里反问。嘴上却是这样问的：“我实在是丈二和尚摸不着头，可能是那些禄粮不足的宗人下了手吗？”

经他这么一问，朱知爀倒有些怀疑朱新垛他们了。回头又想，鸽子叼肉只对官员的赃银下手，从不惦记其他人的财物。可这缺粮的年景，官府支付的禄米一年比一年少，没食儿的时候，也许他们就不顾念规矩了。又想，动卫所的粮，这么大的事儿，他们不可能不吭声就擅自出手。

他这么细想的时候，安和捷一直观察着，他觉得朱知爀跟他演戏，心里的火冒上来，压下去。

“昨天城里放进来许多人，会不会把蒙古兵也放进来了？”朱知爀这样问，他倒希望安和捷回答没有，排除掉这个可能，他就找朱表梃，让他直接问朱新垛。

安和捷觉得他还在演戏，语气里有些不快：“怎么可能是蒙古兵做的？那些粮他能运走？”

听完这个，朱知爀便打定主意让朱表梃去问朱新垛了，于是对安和捷说：“德胜兄你先回去，我立马帮你打听，有了信儿，就差人去卫所找你。”

德胜兄的称谓，仿佛有意拉近距离，这种亲近，让人越发怀疑。安和捷心想，别拿这一套糊弄人，卫所丢了的不仅是粮，还有朝廷三品大员的脸面。我要找回粮食，挽回面子。

朱表梃让人找来朱新垛，就在王府田教授的值房里，他坐着，朱新垛站着。

“新垛，你说老实话，昨晚卫所丢了粮，是不是你们弄了？”

“表叔，不是！”

“重说！”

朱新垛知道又喊错了，忙改口道：“表爷爷，不是！”

“别贫嘴，叫什么都无所谓，到底是不是你们做的？”

“爷爷，什么粮啊？你不往自己人脸上贴金，还往上抹屎呀，哪有你这样的宗亲！”

“这可不是闹着玩的，那是军粮，动不得！”

“爷，你表梃叔是爷，这么些年，做哪一单我们不达知你？再说，我们啥时候做过粮食？”朱新垛的表情和语气里透着被冤枉的无奈和委屈。

“你小子，脑子一刹那就转八个圈。”

“不信你到我家搜一搜，被盗的军粮不会是三斗五斗吧，能搜出来，我连脑袋也不要了。”

“是不是放别人家了？”

“爷呀，所有姓朱的人家你挨着搜，看谁家能搜出五斗以上的粮？我看有的人家，屋里不过几升米而已。”朱新垛心里清楚得很，城里朱姓大部分人家都得了粮，谁家也不会说出来，一来粮就是命，二来，说出去会知道有什么下场。

“世子爷动了怒的，有事你别瞒着，即便不是你们，也帮着打探一下，到底是谁下了手？”

“爷，昨天城里涌进许多人，店铺都住满了，很晚了街上还有人。”

“你怎么知道的？”

“昨晚不是说蒙古兵要来攻城吗？我睡不着，出来解手，听到街上有人声，也许是这些人下了手。”

朱表梃想，也有这样的可能。

朱表梃打发走朱新垛就去见世子，刚刚说完情况，就见下人进来，递给世子一封信，并说是卫所的人送来的。

信封上落了安和捷的大名，看完上面简单的几句话，朱知㸅把信摔在书案上道：“这个混蛋，怎么就认定是我们干的呢？”

朱表梃问：“上面怎么说的？”

“要告到太原都指挥使司，不行就到兵部。”朱知㸅气恼地复述。然后骂道：“爱咋的咋的，怕你不成，蹬鼻子上脸的家伙！”

“不理他就是了，去跟他掰扯反而显得多事！”朱表梃很冷静很理智。

第三十章　毛贼丧命　公公查案

沈成被关了禁闭，饿三天，他心里不服。

“驮队的人都看到了蒙古兵，也不是我一个人听到他们喊话，如果不回来报，蒙古兵真来了，你们还不杀了我？”

“你没长脑子？还是脑子里装了糨糊？”李千户瞪着眼问他。

“你去问问别人，看是不是跟我说的一样？”沈成还在挣扎。

“你就老实点待着，三天不吃饭也饿不死你！”

“凭什么？凭什么呀？”沈成的脖子上青筋暴出。

本来就饥一顿饱一顿，再饿饭三天，沈成窝火得很。李千户也觉得他冤，亲自给他送馒头，想安抚一下。沈成心里又有了一丝感激，事情也不怪上司，谁让自己赶上这背点呢！他突然有了冲动，既然安指挥史和李千户认为是东府干的，也就只差个证据了，就找个证据回来，他们不就得把粮吐出来吗？他把打算说给李千户，两人在一起商量了一个下午。

李千户把想法告诉了安和捷，指挥史说：“让他们多长个心眼，见机行事，不过无论对谁，都别提及我，否则出了差错就不好收拾。”李千户明白了头儿的意思，沈成他们应该叫私自行动！

沈成把手下的两个营兵叫到一起。

“我们几个一起押粮，事情经过都清楚，明显是被人耍了。粮库被盗，该分的米麦到不了手，还得被罚银，我咽不下这口气。”

“你打算怎么着？”

“嗅着米味，咱帮头儿把失盗的粮找回来，我们自己有得吃，安指挥史还得给咱发赏银，少了都不行！”

“用狗？”

“敢不敢跟我做？”

那两人对视了一下，既然沈小旗已经交了底儿，一定得说愿意。又想，成了事得了赏银，就求头儿给换成粮，现在的粮多金贵啊！于是他们又商议如何下手，什么时候行动等。

沈成养了一条狗，个头大，聪明灵动，嗅觉出奇的灵敏，他打算让狗从粮库那儿嗅着味儿找粮食的去处。他们把狗带到粮库，让它到处闻了，然后指着粮食说："找到它！找到它！"狗顺着墙根到了打过洞的地方，墙已被堵上了，能走到这儿，看来有希望。狗从外墙根开始往前搜索，离开卫所不远，却停下来，犹豫着不知去向何方，是不是这些日子把狗也给饿坏了？是不是时间久，味儿淡了？无论他们猜测什么，无论他们怎么吓怎么哄，狗儿再也找不着去处，只好牵着它回来。

海口已经夸下，此计不成，沈成决定再想一个办法。

他到东府，让门子给里面的护兵梁世贞传个话，说他的乡谊从老家回来带了口信，约他晚上见面一叙。

梁世贞的老家是云南，和李千户的老家相距十里路。兴许李千户又回云南勾军，见到了父母亲。这样想着，梁世贞兴冲冲地来到约好的小饭馆儿。

小二把他带进里屋，顺手拉上了门，屋里只有沈成和两个不认识的人。这些年来，卫所里的人他只见过李千户和沈成两个。之所以敢见李千户，还是觉得他是老乡，应该靠得住。沈成是李千户的手下，以前跟他见过一面。进了门，不见老乡，梁世贞马上警觉起来，"哦，是你呀，李千户呢？"

"临出门又有点事，让我们在这儿等你，他随后就到。"

自己本是卫所的营兵，潜在东府多年，李千户年年得了自己的好处，按理不会带外人来，这其中一定有诈。

"沈兄弟最近是不是跑外差去了？"

"是，是，去了一趟云南，勾军越来越难，带回来一个，不几天又跑了。"

"跑得多了，大家就习以为常。"梁世贞把话往有利于自己的方向说。

"除非家里没什么牵挂，否则，自己跑了，家里的人和族里的人都跟着倒霉。"

"梁兄家里父母兄弟都好，李千户说他都见着了。"

店小二推门进来："几位爷要点什么，说一下，好让大师傅准备着。"

沈成道："不急，我们还等人！"

梁世贞道："如果李千户来不了，不如我们改天再聚，我来付了茶钱。"

"不急，不急，梁兄，既然来了，谈不了你的事，我还正想打听点别的。"

"什么事，沈兄请讲！"

"既然我们是兄弟，我就直接问了，闹蒙古兵侵扰的那天晚上，你当值没有？"

"那天所有护卫全当值。"

"你在哪儿当值？"

"我在东院世子爷上屋门上。"

"那天晚上有没有东西进府上？"

"什么东西？"

"粮食。"

"这个我不太清楚，东府的储物库在正院。"

"你帮我打听一下，那晚是不是有粮入库，只要个信儿，回头我会感谢你！"

梁世贞一口就答应下来，"就这点事啊，好说，李千户照顾我和我家里人，这点忙该帮，我打听一下，说给你还是说给李千户？"

"都行，都行！"

回到府上，他马上就去见朱知爊，卫所丢粮的事他不知道，但打听府上进没进东西一定有什么不良企图。

朱知爊一听就生气了，安和捷你也太过分了！又是亲自来，又是传书信，不理你就罢了，还派人来取证。果真要是盗了你的粮，还有一说，这明摆着就是栽赃陷害、欺负人嘛。

梁世贞看他在生气，不知该说什么，"世子爷……"

朱知爊回过神来，"别怕，你的事，有我兜着，放一百个心到肚子里。"

"那我怎么跟他回话？约了明晚小饭馆见。"

"去告诉他，那晚有粮进来，小米麦子都有！"

还是昨天的地方，还是昨天的人。梁世贞进屋刚说了两句话，门被撞开了，冲进来七八个人，三下五除二就把沈成三人双手朝后绑了，嘴里塞了棉花，又给他们披上大氅。走出饭馆时，人们看到披大氅的人低着头闭着嘴，被小心地护着，护他们的人表情轻松自若。出了饭馆走到无人处，那三人身上的大氅被粗暴地拿走，人被塞进两辆马车，车夫一扬鞭，一溜烟朝东府奔去。

第二天，东府到衙门报官：昨晚有三个毛贼潜入府中偷东西，在灶间吃了毒耗子的窝头，死在了院子里。崔知州让通判带了吏员进府察看。只见三个死去的人盖了草帘，旁边有三个口袋，打开看，里面有金酒杯，银烛台，还有一个口袋里装着一条羊大脚。吏员掀开草帘，三人嘴角有白沫，脸色发青，分明就是中了毒，其中一个身上口袋里还揣着小窝头。府上的下人说，这种窝头里包了耗子药，放在灶间和祠堂里的。

梁世贞没想到，世子爷会弄死这三个人，他有点后怕。万一李千户知道此事，那后面不还得有麻烦事吗？搬走尸体、送走官府的人后，他又去找朱知㸂。他说卫所的李福临应该参与了这件事，说不定还是他出的主意，还是得想想该如何对付此人。

王爷把朱知㸂叫到上屋问话："到底是怎么回事，你给我说实话！"

"没什么事，就是毛贼被毒死了。"

"弄清死者姓啥名谁，是啥地方的人了？"

"那是官府的事，由他们去弄。"朱知㸂回答得干脆利落，王爷也就不再多心了。

李千户得到沈成死讯，脑子轰的一下，这头猪，真不该轻信他，说好的狗呢？怎么就变成偷东西的毛贼了呢？正生着气，护兵进来传话，说东府梁世贞递口信，约他晚上小饭馆儿见面。这个时候，梁世贞约他见面，而且还敢到卫所传信，难道不怕露了自己的身份？这后面撑腰的得多硬气。他让护兵去告诉梁世贞，说自己在外勾军，出门许多天了。

李千户把事情全都说给安和捷，希望头儿能有个挽回局面的万全之策。"你还是躲躲吧！我看东府这么狠，就是想以此掩盖盗粮的行径。抓不到执把，硬碰硬也不行！"

梁世贞回去复命，他跟朱知㸂说："如果李千户不知此事，那就会出来见我，躲着不见，一定是心里有鬼！"

"说不定害怕了，还会躲起来。"朱知㸂猜测。

"果真要躲，我倒知道他会躲哪儿。"

"会躲哪儿？"

"听他说过，孝臣村有卫所的草料场，那儿的土窑洞，挖得深，很隐蔽。也许他根本记不起跟我说过。"

"孝臣村，咱东府的老坟就在那儿。"顿了一下，朱知㸂又道，"去把表梃叔叫过来，我有事和他商量。"

李福临果然是躲起来了。因为假消息让全城人虚惊一场，事情办得有些窝囊；丢了粮更不敢声张；若再惹上其他事，他和安和捷都没有好果子吃。太原都司若出面，那事情就更不好办了。不如就此压下去了事，躲一阵子没事了最好。

可事情还是来了。孝臣村的土窑里，两个护兵伺候他吃过早饭，突然听到墙外人声嘈杂，接着就是急促的敲门声。“我到后面避一下，你们出去看看是什么人？”他吩咐完，就推开石门朝窑洞后面走去。

窑洞是靠山挖的，入深有五丈，前面是屋，有炕，后面几乎就是个地道。前后有墙隔开，墙是石板的，有一块活动着的是门，推开便可以前后出入。

他在石墙后听得清楚，原来是东府的祖坟被盗了。看坟的报了官，官府的吏员便挨家挨户查。两个护兵解释说他们是卫所的草料官，住这儿不会干那种揭人祖坟的事，更何况还是王府的祖坟。可偏偏在草料库里发现了铁钎、铁锹和短锄，上面还沾着泥土，泥土还没干透。大冬天不上工，上面的泥咋会是湿的，再说，看草料场的人也不需要上地呀。吏员头头大叫一声：“带走！”

“等会儿，我们是卫所的人，衙门管不着！”护兵叫着。

“你们就安生点吧，跟着我们走，如果真不是你们干的，说清了事，否则，等会儿王府的人来了，先揍你们一顿再说，又何必受那皮肉之苦！”

两个护兵对视了一下，不情愿地跟着衙门的人走了。

李福临从后窑出来，他想明白了，这一切都是在演戏。王府盗了粮，怕事情闹大，所以才不依不饶。如果这事不压下去，自己陷入什么麻烦的可能都有。还是回城跟头儿商量一下，到底该怎么办。

他偷偷潜回卫所，刚刚定下神来，又有护兵进来传口信，还是梁世贞约见。“说了在外勾军，再去告他一遍！”他冲着护兵大叫。

左思右想，理不出头绪。沈成到底说了什么，又做了什么，王府为何追着不放。太霸道了！这样是要把人逼上绝路的。

与其没了活路，不如拼死一搏。他决定不再跟安和捷商量，离开汾州，进京，宗人府告他们去！

带足了盘缠，他便上路了。卫所的千户上路，那是很方便的。驿站归兵部管，常年在外跑，清军、勾军、领兵、送兵，大明的驿传系统他非常熟悉。天黑赶到驿站，吃好睡好，第二天上路，路上小心翼翼，终于平安到了京城。

李福临使了银子、托了人才把状子递到宗人府。宗人府收状子时礼节性的告诫他：“状告王府，事情落了实，宗人也不过革爵、夺禄、发高墙等，如果事情坐不实，那诬陷王宗可是重罪。”李福临说：“不告，我会永远有麻烦，还有性命之忧；告了，替卫所死去的人洗了冤，也能保全自己。”宗人府的人说：“既然如此，那就告御状吧！”说完，人家便用眼神下逐客令。他琢磨再三，如果告不下来，那遭殃的是自己。要告就得破釜沉舟，索性就听宗人府的话，给皇上上奏疏。王府宗人下狠手，卫所的军兵被杀，皇上不可能不闻不问，不可能视而不见。

在京城等了一月有余，宗人府给了他个信儿，皇上派司礼监赵公公到汾州查处此事。

赵公公的到来，搅动了汾州的官府、王府和卫所。皇帝身边的人，得罪不起，别说怠慢，稍有不周，后果难以预料，这一点所有人心知肚明。崔世杰和两府王爷，恨极了告御状的多事之人，就连安和捷也对李福临严重不满。招来宫里的人，万一粮库被盗的事被上面知晓了，那得是多大的罪，死了几个兵，认了就算，又何必兴师动众。

赵公公住驿馆，崔知州下令加派了三名馆夫，又请求东府王爷把府上最好的厨役借到驿馆。吩咐馆役，火炕不能烧得太热，屋里温度不能太低。馆役说需要炭盆，崔世杰赶紧让人去衙门取了炭盆和木炭，并嘱咐要带白炭。棉被要换全新的，所有生活用具都备最好的。因为公公年龄大，还安了两个暖脚的女孩等着，若公公需要就上炕，不需要就在外屋伺候。公公说：“你们也别太费心了，我知道出来办差，没法跟宫里比，将就些时日吧！”

王爷找到朱知熑，让他跪下回话：“到底是怎么回事？死了三个毛贼，宫里的人会来？”

朱知熑觉得事情闹大了，再瞒老爷子是不行了，所以一五一十将三个所谓毛贼的事说了个清楚。

“愚蠢！卫所丢了粮，怀疑到东府，你干干净净的，怕什么呀？又急什么呢？”

“安和捷欺人太甚，亲自来问，书信吓我，又派了人暗中打探，还拿梁世贞要挟。”朱知熑低着头说。

“坟里又是怎么回事？说实话！”老王爷语中带气。

“卫所里有个叫李福临的千户是挑头的，本想抓了他，他藏在孝臣村的草料场，朱表梃用计，让官府捉拿，可还是让他逃脱了。”

“是他告的御状？”

“就是他，可恶至极！”

“起来，下去吧！”

这个时候再埋怨儿子也没用了，再说，儿子的做法也不无道理，如果谁想黑王府都成，那王爷的老脸还往哪儿搁呢。

出乎老王爷所料，赵公公遣人送来名帖，要求一见。王爷回了请帖，赶紧准备接待公公。公公是个明白人，虽久在皇帝身边，但没有一点骄横，言语行为妥帖得很。

“咱家到汾州，是领了圣上的旨，算是公务在身。拜见王爷虽有些冒昧，

但庆成王爷不同别人，前些年旌表你的文书咱家过了目，又送去批红，皇上当时说，汾州庆成王是宗室的楷模。既然万岁爷都这么说，我到汾州不来拜府，那他老人家知道了会不高兴的。”

老王爷千恩万谢，虽然年龄上还长了赵公公，但言行上的谦卑仿佛他就是皇上本人。

“汾州的事让公公费心了，不过，来一趟也好，把事情落实清楚，还大家个清白，也好让皇上放心。九州八方，遍地宗室，都给皇上添麻烦，那皇上得有多堵心啊！”

“是啊，这儿是宗室内讧，那儿是侵田霸女，要么与官府争执，要么就是与卫所冲突，总之，什么样的事儿都有。户部，吏部，包括宗人府，不少人提出要对宗室重新制定管束措施，万岁爷也动了心，估摸真要动动祖制了。”

王爷有点尴尬，只附和着说：“应该、应该。”

说到三个毛贼，赵公公更是义愤填膺，“你说，小偷送命，是个多大的事呀，不过，事情说大就大，说小就小，毕竟人命关天。”

“赵公公但查无妨，东府全力协助，掘坟盗墓的事，公公也得出面，要不朱家人颜面尽失不算，连祖坟都看不住，死后如何去见先人呀。”

“都要查！先说毛贼，衙门里讲，是耗子药中毒而亡，耗子药和其他毒药毒死皮肤颜色看上去是不一样的，这不难分辨，三个人虽已下葬，但天寒地冻的，走不了样，刨出来看看就清楚了。不过，若能说清楚，也就罢了，死者为大，就让他们安息。”

王爷早听出赵公公话里话外的意思了，事情看来好办。州官定了的案子，他们一定不愿翻过来，卫所安和捷只怕粮库被盗的事让赵公公知晓。所以只要赵公公一个人说案子没错，那就真没错了。

送赵公公出门，王爷道：“来到鄙府，实在拿不出什么来招待公公，汾州地瘠民贫，王府宗人只能读经史，临名帖，府上长子知爊新印了一本书，诗人谢榛还帮他写了个序，我代子垂询，请公公略陈固陋。”

在贿赂成风的明代官场中，以书行贿的风气早已形成。通常送书需用帕子包好，所以这些书当时便叫作“书帕本”。书帕之事，几乎就是个公开的秘密，比起直接送银子，送书听起来脱俗风雅，银票放里面还安全保险。

赵公公心想，庆成王远在汾州，但京城官府的做派都懂，真不能小觑了这位郡王，他接过书，转手递与小太监：“哦，是世子殿下的手笔，咱家得跟万岁爷说道说道庆成王府嗜学好礼、积善好施的族风。”

“多谢公公抬爱！”

“哦，对了，汾州的永和王府，咱家就不去拜会了，转述一下问候吧。”

送走赵公公，老王爷让朱知燫到西府跟朱新墇通个气，宫里来了人，得去关照一下。

“多谢燫叔过来提醒，要不，我少了这个礼数，日后遇事还真不好办了。”朱新墇这么说着。其实他早已准备好了给公公的礼，这样的机会他才不会错过。

议过两次后，三个毛贼的死因就确定了：误食耗子药送命。结案！而两个挖坟掘墓的盗贼流三千、永世不得再回汾州。安和捷把李福临打发到贵州勾军，他自己始终没有露面，一场风波就这样过去了。

朱知燫早上给王爷请安，王爷吩咐：“把朱表梃和朱新垛给我找来，让他们在后院等着！”

不到半个时辰，两人都来了。一张太师椅摆在院中间，朱知燫立在旁边，两人站在椅子前。王爷拄着龙头拐杖从屋里出来，坐到椅子上。朱表梃瞟到王爷脸上的表情，立马就跪下，还拉了一把朱新垛。

“表梃起来！”王爷厉声道，朱表梃缓缓站起。

“鞭子拿来！”听到王爷的声音，下人从屋里出来，把短马鞭递给朱知燫。

“给朱表梃！”王爷命令。

朱表梃接过鞭子，满脸迷惑。

“给我打！”王爷显得非常生气。

朱表梃很快就反应了过来，抄起鞭子朝朱新垛背上打去。

“用力！”王爷又发令。

朱表梃使足了力气，一鞭一鞭下去，朱新垛大叫。

“不许出声！”

十几鞭子下去，朱新垛大叫：“王爷，我错了，我说，我说……”

朱表梃的鞭子停在了空中等王爷发话。

“说啥？有话说吗？”

“我说，我全说。”

王爷摆手示意朱表梃退后。

朱新垛直起身子开始说话：“蒙古兵来的假消息是我传的，卫所的粮也是我们干的。米麦我没要一升，城里几乎每户朱姓人都得了，但我知道他们谁也不会出卖我。”他顿了一下。

“说！接着说！”

“卫所要那么多粮干什么？他们那里有几苗人我清清楚楚。”

“那是军粮！”朱知爀在旁边加了一句。

“军粮得有军兵吃啊，那天一听说蒙古兵来了，他们的人一部分上了城墙，一部分守了城门，东郭、南郭分别去了几个，卫所就空了。我们轻轻松松把粮扛走，分到各家，他们连屁都没闻到。”

“别张狂！”朱表梃又把鞭子举了起来。

“打吧，打死我也就这样说，他们吃香的喝辣的，凭什么朱家人要挨饿。”朱新埰说着，抬眼望向王爷。

“说完了？”王爷问。

朱新埰没吭声，朱知爀嗓子里哼了一声，又抬了抬下巴，看向朱表梃手中的鞭子。

朱新埰会意，赶紧说：“王爷，世子爷，以后我再不敢擅自行事了，大事小事一定听王爷世子爷的！”

“站起来说话！”王爷轻声道，“卫所的李福临你认识吗？”

“那是个怂包。”朱新埰来了劲。

朱知爀对父亲说：“他跟梁世贞熟，他们是同乡！”

“哪个梁世贞？”

“鸟铳，鸟铳那个……”

“哦，那就让他去跟李千户见个面，一个地方的人，把话说清楚好。都在汾州地面上，以后低头不见抬头见的。还有，去卫所跟安悌说一声，府上有宫里赏下来的酒，让他来尝一尝。”

这时已是中午时分，天气虽然还冷，但太阳高高地照着，也就不觉得了。

第三十一章　王爷受侮　含恨离世

老王爷让人去请安悌来喝酒，安悌只淡淡地回话，说自己入冬以来身子一直不好，再有些不顺心的事，身心倦怠，久不出门，只怕过去扫了王爷的兴，等春暖花开的时候再去拜府。

安悌的婉拒扫了王爷的颜面，过去可不是这样，云集响应的号召力和一言九鼎的影响力渐渐地没了。也许是年龄的原因吧，身子骨有些不做主，许多事不想再过脑子，该着手交代知㸅一些府里的事了。不过筑城的事他觉得交代给知㸅不行，交代给任何人都不行，这事得自己出面，而且还得抓紧时间。

这几天他总问，有没有太原亲王府来的书信。朱知㸅刚跟他说了没有，回头又问田教授，有没有兵部来函。儿子跟他说："您算算，文书送到太原亲王府，再转到兵部，至少得两个月，兵部议事定夺，少说也得两个月，就算各处都顺当，等到回信，最快也得五个月，你的文书才发走一个月就希望有了结果，不可能的。"

王爷听了，长叹一声："真让人着急！"

朱知㸅一直不明白，无论什么事都能理智分析、合理筹划的父亲，为何说到筑城就显得急躁，而且念兹在兹，耿耿于心。这一日闲暇，父亲也高兴，他便问起事情的原委。

"我四岁开蒙，到七岁一直读三百千千，没有朝堂、天下、蒙汉、家国这些知识。七岁那年，我的爷爷讲先皇帝英宗，说他土木堡兵败被瓦剌掳走，说当时明军二十余万人伤者居半，死者三之一，兵部尚书、户部尚书等六十六名大臣战死。当时也没懂这事有多严重，可从老人无奈的表情和噙着泪的眼里，我知晓了这是个大事。后来瓦剌部衰败，蒙古俺答汗崛起了。从嘉靖元年算，或者从我袭封开始算，蒙古俺答汗无一年不扰犯，战事年年有，长城年年修，田赋征收递增，国帑耗费日繁，可结果呢？庚戌年围了北京，倘若叩开北京城门，那现在是何状况，谁也说不清楚。那年赵世录丁忧在家，接了户部的令火速返京，回来时跟我说起蒙古俺答汗嚣张，朝臣无奈，让人不寒而栗。细想细算，我大明从太祖到当朝，历经十一帝、一百九十二年，从头到尾就是一部跟蒙古兵的战争史。你问我防备心什么时候就有了，那我告诉你，七岁开始就有了！”

“你说过，从辽东到甘肃，九边重镇，陈兵百万，长城还分内城外城，又何止万里。蒙古兵再彪悍，也过气了嘛。”朱知爗接话。

“大同镇你不去过吗？只说咱的铺子，大小潞绸什么人来买？咱的荣牌酒卖给了谁？这些人花的银子，那都是军饷！朝廷忌惮边患，出粮使银子，就养了些这样的人！还能指望他们像当年太祖一样把蒙古兵往北赶？像成祖一样御马亲征？不可能的事！”

“这话也就您敢说，要是我说……”

“就这么说了，难不成他们会把我送至凤阳，我去就是！”

朱知爗很少听到父亲这样愤愤然说话，妄议朝政，对于宗室来说，历来是不允许的。“您也别过分担心，咱汾州还有卫所，卫所有营兵有募兵，再不济也有些招架之功。您不必再心心念念筑城之事，把自己的身子调理好，这才是儿子的福气。”

“福气？蒙古俺答汗倘若打到家门口，谁的福气都没了。”

“等太原府返回兵部的信儿来，我就去找州府和卫所一起议，只要上边有说法，他们不会掉以轻心。”朱知爗安慰父亲。

老王爷心里也清楚，筑城本来不需要兵部准允，要这个程序只想让州衙卫所把事情提上日程。兵部下不下文书还是个疑问，不过，他还是充满期待。只是担心自己身子不做主，万一有个短长，加不高城墙瓮不了砖，死不瞑目！

还没等到文书，先等到了朱新�童。朱新壇说，过来给王爷问安，王爷知道他无事不登三宝殿。

“听说王爷爷近日咳嗽，也不知用过些什么药，疗效如何？”

“用过几服药，也没见明显好转，只待立春后阳气上升，身子也就慢慢缓过来了。”

“我得了一种果子，是从广西来的，用它烹茶喝，可以化痰止咳。据说效果好得很。”

“什么神奇果子？”

朱新壇让人把食盒拿了进来，取出一颗让老王爷看，“这果子叫罗汉果，原为一种野生果，广西永州县的僧人采来当供果。佛前香火烘烤让它油亮光洁，隐露佛光，僧人便以‘罗汉果’名之。因它甘醇甜润，天热时僧人就泡了接待善男信女，久了发现它不仅清热解暑，还化痰止咳。”

老王爷拿在手里看了看，“没见过这东西，《神农本草经》这些药书上有没有记载？”

朱新墥说：“也许没有吧，据说只有广西一个地方才出产。”

“你哪儿得来的？”

“卫所不是有从广西来的人吗？他们带过来的。”

王爷一听，他的思绪倒不在这果子上了。三四千里外带回来的东西，居然还能到了朱新墥手上，他跟卫所的人得有多近呢。显然，堂堂西府王爷不可能与军兵有瓜葛，该还是与指挥史、千户这些人有交往，这让王爷心里隐隐不快。请安悌来喝酒，只不过是个由头，不还是想把关系理顺一些吗？安悌没给面子，而卫所的人却把罗汉果送到朱新墥的手上，他还送来给我泡茶止咳，止得住咳嗽，止得住火气往上冒吗？王爷越想气越大。

“罗汉果留下，我慢慢喝，慢慢品！”

“还有一件事，我要跟王爷爷知会一下。”

“啥事？”

“我，我准备把西府扩建一下。”

朱表栾一听，立即从罗汉床上起了身，“哦？定下来了？”

朱新墥伸手想扶他一把，老王爷挥了挥手臂，示意不需要。

“定下来了，知州说银粮不济，让我先垫着，等明年夏税秋粮下来，再还西府。我怕州衙到时候找种种借口拖欠不还，所以先跟他们说清楚，我起房盖舍扩建府第，着实是需要，银两大部分是借支的，包括跟东府、跟太原王府。先跟王爷爷和知爀叔打个招呼，如若有人问起，你们还得帮我说句话。”

“新墥，你什么时候谋划扩府？粮还没种，州衙就答应你先支后还？”

“王爷爷，不瞒您说，这次赵公公来帮了我的忙。有事请他传话，比走亲王府，通过长史呈请更快捷，可以说事半功倍。此事是皇上点了头的。”

老王爷想问新墥，花了多少银子才跟赵公公套上了近，让素昧平生的公公为他在皇上面前进言，用了什么法子呢。但这话不能说出口，自己是爷爷辈的人。赵公公来汾州，东府只抹平了三个所谓毛贼的案子，都觉得银子花得值，没想到朱新墥把这机会用到了极致。朱知爀若能有这相机行事、见风使舵的能耐就好了。

“挪借银两的说法，回头你再跟知爀说一声，免得日后州衙的人问起来，他说错了话。”

“谢过王爷爷！”新墥恭敬有加。

“客气得像个外人。”王爷正色道。

“一个地方生活，一个祠堂里敬祖，怎么能是外人呢？哦，对了，这次扩府，我还打算趁势把王府宗祠也修缮一下。”

朱新�童每一句话都像重锤敲在朱表栾心上，管理宗祠从来都是东府的事，自己是宗长，可西府小王爷却要主张修缮，其意何在？

“哦？”老王爷先吐出一个字，他想让朱新�童继续往下说，于是接着道，“春秋两祭事杂人多，朱姓人丁兴旺，婚嫁频繁，这些年又疏于打理，祠堂是该整修一下了，你就主张此事，看看该怎么修就怎么修吧！”

“还得讨您示下。”

“新壇，完全不用！咱朱家人越来越多，全城皇明宗人共用一个祠堂祭祖议事，还有其他七七八八的事，着实窄了些。不如你另选一块风水地，重建一座支祠吧。”老王爷这句话是真心的，分开也好，省得日后朱知熑在祠堂里说事，有个碍眼的人。

朱新壇不加思索道：“不，不能这样，您是宗长，是全城朱姓人的主心骨。无论什么时候，我都会跟在您后面，就是跪在祠堂里，跪在祖先灵前，我也得在您身后。”

王爷说：“一般大家族，有一族合祀的族祠，族内各房往往还建支祠，奉祀其直系祖先。王府建支祠也是合祖制的。”

“虽然敬祖的事不能怕靡费，但建个像样的祠堂还是得些银两，为兄弟子侄们扩府，都把我榨干了。”朱新壇叹了口气。

王爷瞟了朱新壇一眼，心想，终于说到要害了，想另立门户，还希望我来出银子，真是精明得很，怎么可能呢！

“这事也可以跟州府商榷呀，或者走太原府递文书，或者再找找赵公公。”

“王爷爷，不用了，省着点银子，我们还是修缮旧祠吧，两档子事一起搞。银子的事，无论拖到什么时候，总得州府出。”

老王爷仿佛看到，若干年后，宗人在祠堂里议事，宗长是朱新壇，而东府的新王爷就立在旁边像个下人。想到这儿，五内俱焚。

朱新壇来过后，老王爷一直郁闷不乐，话也懒得说，饭也吃得少。他自己心里清楚，七十三八十四，看来过不了这个关节了。

他让人把孔天胤和二武找来，当了朱知熑的面，嘱咐再三，要他们永远听命于世子爷，并辅佐管理宗室事宜。

朱知熑心里不乐意，跟父亲说：“孔天胤经事多，以后帮我出出主意倒是可以，那朱新增算什么人，我还需要他？”

王爷说：“现在孔天胤跟朱新增在背郭园里，处久了，两人想法做派都趋于一致，这会让朱新增长进很快。再加上他本来就聪颖厚道，小觑不得，一定要让他为你所用。以前在书院，我就担心他成了朱新墇鞍前马后的人，多亏孔天胤要了他去。”

诸事交代完毕，朱表栾一天比一天衰弱，之前不出门，现在几乎就不下炕了，但他神志清楚。

朱新墇带了令狐妃来探病，女眷们在堂屋喝茶聊天，老王爷让朱新墇留在里屋陪他说话，他有许多不明白的事想弄清楚，否则就得把谜带到棺材里了。

“新墇，你跟我说说，赵公公那儿你怎么理顺的呢？”

“不是什么光彩的事，说来都难以启齿！”

“哦？”老王爷表示了一点惊讶。

“赵公公有个嗜好，喜欢跟妖冶悍妇嬉乐，任其鞭打折磨，享受痛中之乐，给他找了一乐女，正好合了他的口味。”

“且怜且恨，你又如何知晓他的口味？”

“太原府的公公们私下里议，府上的人就知道了。”

“我再问你，皇上那儿，你是不是也献了什么，才让圣上记住了你一个小郡王？”

“王爷爷跟皇帝一样圣明！此事也多亏了赵公公指点。听说皇上喜欢祥瑞，我准备了一个大灵芝，东西是从太原府讨回来的，结果公公说，那些东西老祖宗都不稀罕了。我说还有一块火浣布，八寸见方，上面裱了六十四张图，图上村夫村妇行乐，别有一番野趣。王爷爷知道，那些男男女女在一起的画在民间叫避火图，文人常放置于书架以防火烧书。我的那些避火图，裱在不燃的火浣布上，应该是个稀罕物件。我拿出来给公公看，公公说东西是好，只怕万岁爷起了疑，因春上西苑大火，是皇上一时兴起，跟临幸的美人在貂帐内放小烟火引起的。我看公公的眼睛一直没离开那些画，就说，如果公公喜欢就留下，放自己屋里避个火，公公谢了我。后来我又想起府上有块黄河观赏石，黑青底色，上面一只白鹿栩栩如生，也许皇上会喜欢。赵公公问我石头有多大，我就让人抬来让他过目，他说白鹿身型优美，体态端庄，底座精雕细刻，还是核桃木的，估摸皇上会喜欢。结果皇上真就喜欢，还问公公是哪个郡王这样上心。”

“新墇是个有心人呀！”王爷感慨道。

“打小就想跟您学，时时事事注意着，虽只学了些皮毛，但也够新墇再用

三十年吧。王爷爷您放心，您走后，我会把汾州替你管好的。”

王爷剧烈咳嗽，堂屋里的人听到声音走了进来，新�童正用手轻拍王爷的背，看上去像个精心服侍父亲的儿子。

“没事，倒杯热茶进来就好了。”朱新�童说。

服侍王爷喝了口茶，他又接着说：“王爷爷您就安心养病，府上的事有知㸂，外面的事有新壇，我们俩会把里里外外都打理顺的。”

听起来顺耳的话，让王爷急火攻心，却无法反驳，“那你就把咱汾州的城墙也撺掇他们修一修，做得到吗？”

“我知道，筑城是您老耿耿于心的愿望。我父亲在世时你们就议，几十年过去，墙没增高，楼没增多，偶有小修小补，多的年份不过用银三二十两。王爷爷在汾州也该是个呼风唤雨的人物，可这事就没遂了您的愿，这遗憾恐怕再也没法弥补了。”

哪儿痛就戳那儿，躺在炕上的王爷只好听着，“我双腿一蹬，祸福都是你们的了。”

“王爷爷放心，朱新壇一定替您完成这个心愿。到时候，我会把新城的样子画在纸上，把筑城的经历也写在纸上，烧了给您看。且让所有朱姓人都知晓，为他们安虞着想，又能办成实事的人是西府的王爷。”

王爷又咳嗽了两声，他闭上了眼，不想再听朱新壇那些锥心的话。

“哦，对了，还有一件事我也得跟您说道说道，但您有病在身，不必过于在意。”

王爷的眼皮动了动，他在听着。

“宗藩问题之多，你我如数悉知。朝臣们上疏，要求改变祖宗之法、革除宗室积弊，呼声之高，前所未有。有一条您得知晓，那就是关于花生子女（亲王郡王等与乐女所生孩子）之事。其实此事早在正德年间就严加禁止，这次仿佛力度更大。那些花生子女，已封的革去爵禄，乐工发边卫充军，辅导官、教授等一体问罪，也许对纳了乐工的世子、将军还有更重的责罚，此事得当回事斡旋一下。”

王爷睁开了眼，“这些你是如何知晓的？”

“令狐长史的侄子在宗人府做经历官，正五品。”

正说着，朱知㸂推门进来，叫了一声父亲，老王爷趁势说：“新壇你去跟知㸂说说这事吧。”把他们俩都支走后，老王爷坐了起来，使足了劲，一拳砸在炕桌上。茶杯倒了，里面的水流了出来。

第二天，王爷要田教授预备一篓麻油，然后带上陪他去地窖，田教授小心地问做啥用，他不耐烦地说，你准备就是了。

几天不下炕身子就软了，他拄着拐杖颤巍巍地走着，除了一个贴身的护兵，他不要其他人跟着，走到地窖门口，让护兵也留下，由田教授搀扶着顺着斜坡道往下走。两个下人抬着麻油在前面，他俩在后面。田教授说："我的王爷呀，地窖里阴冷，有什么事吩咐我们做就是，只怕你受了风寒，又咳嗽不止。"

"我这把老骨头还怕什么风寒风热，够本了！"

"王爷您千万别这么说，没了您，我们大家就没了主心骨，日子可咋过呀，您就是为了这一大家子上百口人，也得爱惜自己个儿的身子。"

"田教授，你来府上任职有多少年了？"

"您袭封后第二年来的，应该是嘉靖十五年。"

"二十四年了，难为你了，年轻时寒窗苦读，学成的文武艺就在汾州这片地方可惜了。"

"不，不，生活这么久，我已把汾州当故里，王府是我的归宿，您是我的亲人！"

王爷深情地点点头，"好！好！"

地窖是掏土而成的，面积很大，用青砖隔成几间，每一间放置不同的东西。靠出口的一间，有三个用席子卷起的储物仓，高高地立着，要三四个人拉手才可合抱，顶上覆盖了秆草，里面不知是什么东西。下人把麻油放下，王爷让他们把席子掀开，下人迟疑了一下，然后上前撕开了厚席子，霎时，红枣倾泻而下，满满地铺在地上，田教授不解："王爷，什么时候储了这么多干枣？我咋都不知道呢？"

"五年了，陕西华县地震那年开始储的，每年都往里加。"

"王爷，是从哪儿收回来的？"

"大部分是从临县驮回来的。地震后第二年，是个大有之年，临县的红枣便宜得很，我让人去收，收回来晒干就存在了这儿。"

"储它干啥？"

"原来想灾年的时候以工代赈修城墙，东府拿出大枣来，工地上分发，每人每天五个。等了五年，没成了事。这枣派不上用处了，我今天一把火烧了它，就再也不想修城之事了。"

"我的王爷，千万别，这都是银子哟。"

"那是我的命！"

“那不是更得护着吗？”

王爷不再跟田教授说话，他命下人打开油篓子，把麻油浇到秆草上，两个下人犹豫着看向田教授。

“王爷，咱不这样，行吗？”

“不行！”王爷把拐杖在地上使劲地戳着，手打着颤儿。

跟着王爷这些年，田教授很清楚他的脾气，没想明白，不做决定，一旦定下的事，别人是劝不回头的。田教授朝下人微微点了点头，那两人就抬起油篓子，把几十斤麻油浇到了秆草和红枣上。

“拿火镰点着！”

三个人同时叫：“王爷！”

“点！”

一个下人无奈地从地窖墙角拿来火镰，站在王爷面前。

田教授拉了王爷的胳膊，“我们退后，退到坡道上。”

“不，我要看着火着起来！”

“好吧，那等会儿，让他背你出去！”田教授指了指另一个下人。

王爷没吭声，算默许，下人在旁边做好了背他出地窖的准备。

大火熊熊而起，他们匆匆出了地窖。老王爷头也没回朝正院走去，田教授冲着下人大声命令：“封窖门！”下人不解，呆呆地站着，“封了门，火就灭了！”田教授焦急地喊。

听到田教授赶了上来，王爷用手背擦了擦流到脸上的泪。

三天后，他走了。

朱知爀正式主事，就从给父亲办丧事开始。朱新墭过来帮忙，朱知爀安排他上报太原王府，周知汾州衙门以及卫所指挥史、布政分守道等官员。汾州地面上的头面人物，朱新墭全都登门报丧，并以孝子贤孙的身份叩首。皇门朱姓的王爷这样做，合的是民间的礼仪，各衙门官员哪敢承受这样的礼节，连忙回礼。这一施一回间，人与人的心理距离就拉近了，朱新墭借机建立人脉，而且做得不露痕迹，这是朱知爀万万想不到的。

陆续有人来吊唁，本地官员士绅、商贾名流以及释道医儒轮番上门，汾州辖下平遥、介休、孝义三县的知县、县丞、主簿结队而来。说话应酬、陪着上香烧纸，让朱知爀应接不暇，虽然现在还是以世子的身份主事，但干的就是王爷的活了，原来王爷也不怎么好当。

第三十二章　两府暗争　查处禁书

老王爷的丧事把朱知㸌忙得团团转。应付外来上香烧纸的官客；照应请来的人役；对付那些表面顺从、心里却打着小算盘的兄弟子侄，可谓身心交困。幸亏有孔天胤与朱二武，俩人算是一心一意为他着想，替他办事的。

朱新㙉数日来一直在东府。有他参与对达官显贵迎来送往，既不失皇族地位尊贵，也显得王府礼数周全。即便是对僧正、道正、医学典科、阴阳典术以及驿丞这些人他也彬彬有礼、客气有加。丧葬期间的着孝子孙，对行香的人本应如此，朱新㙉虽贵为王爷，但也算重孝王孙，这样做既不屈尊，也不刻意，在众人面前把好形象演绎得到位得体。

老王爷的葬礼也让新㙉感悟良多。长春观的道长抬来三牲祭礼，带着十六道众，在府上设坛斋醮；天宁寺十六上僧诵《法华经》，做水陆道场；戏班为守灵伴宿者吹拉弹奏，搬演戏文；出殡那天，卫所的三十名军兵全副装束，衙门的二十名打路排兵护着灵柩和二百多抬轿子，还有坟头照管明器的护兵若干，他们不怠慢尽心力，图个啥？啥都没银子好使！他思谋着，银子才是硬通货，还是得想办法赚钱。王府禄粮越分越少，庄田子粒丰歉年不等，增加收入只有两个途经：一是扩大典当生意，二是书坊里增刊加刻。

孔天胤致仕回汾后历经两次刻书。由他主纂的《汾州志》是在王纬主纂版刊行四年后重新刻印的；《书信集》付梓后收藏的人多，书市售卖也好。近日，又将旧诗收集归并，打算出诗集。他来书院找朱新㙉商议此事。

“这有啥商议的？能给孔方伯刊刻诗文，崇文书坊求之不得。本王爷实在是不通枣梨，否则我都想亲自给你刻写刷印。”朱新㙉一半认真，一半嬉笑。

“印诗文与印小说不同，赚不了多少银子，只怕你接手了又后悔。”

“小说是走得俏，但孔榜眼孔大人的诗文，我还要赚板头银呢，说不定平阳府的大书坊都来抢货。”

“你听听，这是堂堂永和府王爷该说的话吗？纯粹就是坐地商！”孔天胤打趣着他。

“这有啥？孔府后人可以读书出仕，可以坐贾行商货通天下，我就该闲食五谷，老死府第？”

“哈哈，我的王爷，早听说了，你要扩大书坊，是吗？”

“扩建西府，把内囊耗空了，再不增收银子，便也得跟穷宗一样饔飧不济了。东府知王爷顾念西府，把东郭的南方书肆盘给我，想让我扩大书坊后多卖崇文坊的书。刻书卖书属无奈之举，孔大人您得帮我出出主意。”

“要说刻书，印书，你去福建建阳取个真经，那儿遍地刻坊，都以营利为目的。”

“印些啥书？”

“明初以刊印经、史、子、集为主，从正德年后多刻小说与曲本。”

“原稿从哪儿来呢？”

“人家讲究编写一体，亦刻亦销。得去看看。”

“别说福建建阳，我倒真想去平阳府看看那儿家置书楼、人蓄文库是什么样子，或者到太原王府看看也行！”

“不成的事咱别惦记，还是实实在在谋划能成的事吧！”孔天胤正色道。

“你说建阳书坊大量刊印戏文曲本，我头一次听说。”新墇道。

“是这样的，以前说印经史不如印八股，印八股不如印小说，现在印曲本更赚钱！”

“你这么一说，我倒觉得应该是这么一回事。现今作坊遍地，而文治教化日益废弛；货品买卖、银钱流通似乎成了头等大事。文人儒士无所寄托，写曲唱曲便成为时下盛行之业。加之州府庆典、民间庙会、家庭祭祀也将戏曲作为重要程式，世人的娱乐需求增多，曲本需要势必增加。”

“王爷悟性高。”孔天胤夸道。

“读了圣贤书，无有用武地。”朱新墇自嘲，然后他问孔天胤还有什么高招。

孔天胤建议他集思广益，博采众议，把相关的人找来，摆了席儿边吃边说。朱新墇问他请谁，他说就请在背郭园里议王文素《算学宝鉴》的那几位，朱新墇点头同意。定于二月二，西府见。

西府的厨役精心准备了四盘八碗十二个菜，并在午时正点开席，事先没说请客原委，但显然不是友人相邀，把酒言欢。开席举杯，朱新墇就直奔主题，说请大家来议议读书与刻书的事。

孔天禛接话：“聊聊天的事，还让世子破费，让我等诚惶诚恐。”孔家兄弟跟朱新壗走动多，关系比较近，说话自然随意些。

“一个正月蜷缩在府上，连个说正经话的人也没有，请你们来，让我也开心一下。”朱新壗低调的时候，就像个隔壁邻人。

“今天二月二，是龙抬头的日子，王爷抬头舒展一下身子，春天就来了！”二武微笑着说。现在的二武与在书院时不同了，跟着孔天胤来，不仅与王爷同桌而坐，而且说话也比以前更加轻松随意。

“能不能抬头还得靠诸位帮衬，想多印些书，可我井蛙之见，目光如豆，印啥书，卖给谁，心里没谱。”

何掌柜放下筷子道：“我从年轻起，就跟着府上的驮队跑买卖，早些年去过不少地方，遇到的难事很多，走弯路、遇劫匪，这些不说，有些事看起来不大，但非常麻烦，比如路过人家村子没有下马被拦下，比如钱多钱少都雇不到挑夫等，若能有本为商人所用的书，写明水陆路线、驿站递铺，还有码头市场等，那出门带着，得多方便呀。”

“你们往南方跑，这类书，那边有没有？”朱新壗问。

“见过类似的册子，以某地为出发点，图文标明到其他地方的里程、船运时间和费用，以及到达地的物产等，在当地比较实用。”

王纬接话：“天顺年官修的《大明一统志》，以两京十三布政使司为纲，以一百四十九府为目，记载山川形胜等，应该是比较详细的地理资料吧。”

孔天禛道：“错误百出，不足为信。”

王纬道：“除了商用书，其他人外出也需要路书。三年乡试，次年会试，读书人上路需要路书；现在士绅游历人次越来越多，外出看名山大川，感受异地风情；妇人出行都不是什么新鲜事了。若有书册记载各地风景名胜、寺庙古迹、特色物产，不仅能满足出行的需要，不出行的人看看，也当人在家中，心游天下。”

“我写信问问南方的友人，看看有没有类似的图程路引商用书，若有，就请他们通过递铺寄来一读。”

孔天胤在外几十年，认识的人自然比其他人多。他接着道：“除了路书，民间需求最大的实用书，应该还是方济类的药书，是不是这样？新壗你要是关注了售书情况，就能明白的。”

“什么书走得好，书肆掌柜比我更清楚，今天该请他来。”

“现在就遣人去请嘛，抬了轿子去！”孔天胤有点喧宾夺主。

朱新壗马上打发下人出门，不多时，掌柜来了，这个中年男人，个头不高，却很敦实，以为出了什么大事，还用王府的轿子抬他来，进门来见几位喝

酒聊天，气氛蛮好，心就放下来了。加了碗筷酒杯，坐下先喝酒。

“董掌柜，你跟大伙说说，咱书肆什么类型的书卖得比较好？”

董掌柜犹豫了一下，这是不得外泄的商家机密，怎么好当了大家的面说。

“都是自家人，你就说吧。”王爷吩咐道。

“卖得最快的还是小说，尤其是市井言情类的，庠生儒士读，贵妇秀女也读，衙门里的大人们也会偷偷来买。”

“历史传记类的，卖得如何？”二武问。

“《三国演义》《水浒传》永远有人买。”

“公案类呢？”孔天禛也问。

“这类书比三国水浒卖得还好。”

“除了小说，其他呢？实用性的书什么好卖？”王纬问。

“好的药书走得也快，可像《普济方》这等大部头就无人问津。从平阳府回来两套，放三年了。”

朱新�童问：“好的是些啥？”

董掌柜道：“这类书我们少，若有书放眼前，我看看就知道哪种会好卖，但跟《普济方》同出一府的《救荒本草》《保生余录》《袖珍方》，这些就不要考虑了。”

孔天胤与朱新�童对视了一下然后道：“只要知道类种，不难从外边找回来，这事我来替王爷经办！”

王纬道：“读书人都知晓，各藩府刻书，多以内府所赐宋元书为底本，少有篡改之恶习，再加上纸墨上乘、刷印考究，所出书常被誉为佳刻。崇文堂的书不能少了这个传统。”

“对的，大字宽行，蓝绫包背，这才是王府风范！”孔天胤顺口接着。

二武说：“书只放在书肆，知晓的人少，若在州学县学旁有卖、或在县试府试期间摆放于考院、在城隍庙会时也立个书摊，一定有人来买。许多人想买书，或者没有机会，或者不好意思进书肆，这样的人还不少！”

董掌柜不太同意：“咱刻书卖书，那是读书人的事，咋还能去城隍庙呢？”

二武回话：“皇帝该读经史子集，可咱正德先皇帝还就偏喜欢看小说。皇上喜欢的书大多是从民间搜罗来的。”

“新增，咱不妄议圣上啊！”孔天胤对着二武说。

朱新�童道：“算不上妄议，听说当今圣上也喜欢看小说。”

“看小说，听戏文，养戏班子，从内阁首辅到六部九卿，一直到州官县令，有啥条件就做啥事，故而印小说，刻曲本，一定赚钱。”孔天禛道。

“不仅要刻，刻出来面了市，还得让世人知晓，传布之事也很重要。”何掌柜不紧不慢地说。

董掌柜立即反驳：“这是王府的书坊，王府的书肆，设书肆是为书院筹措费用，怎么好到处传布书讯呢？”

“好了，我们不说这个话题了，重新温酒来！”朱新�童把话题引到酒菜上，大家正儿八经开始吃菜喝酒。其实该说的都说清楚了，他心里有了底。

朱新壇让严教授找到两家戏班，各花十两银子让他们排一出短剧。没有曲本，没有唱词，大致意思是秀才娘子发现秀才天天往外跑，一走几个时辰，偷偷尾随，发现男人进了南方书肆，后女扮男装进去，只见秀才立于书架前看小说，书肆伙计不闻不问，自己也随意翻看，一看就放不下。以后秀才一走，她便更衣出门到书肆，天天如此。一日看到兴头上禁不住笑出了声，秀才惊讶地听出是自己的内人，揪着她的胳膊就下场了。

严教授跟班头约好，只要有人请戏，无论看的人多人少，加演短剧就付纹银一两，班头当然同意。不到一年工夫，城里乡下，本州外县，通过这个滑稽剧人们知晓了南方书肆，那儿可以买到小说，还可以站着看书，天天去都行。

与此同时，朱新壇又雇了写工一人，刻工两人、刷印匠、杂工各一人。严教授负责梨木、纸张、油墨的采买，他多方比较，仔细了解材料性价，所得物料货真价实。书坊的生意，一天比一天好。

朱知㷾从孔天禛那儿得知二月二他们去西府吃饭说事，心情不爽。他不满朱新壇，书肆是东府盘过去的，讨论刻书的事，请的都是东府的人，却把自己撇在外，是何用心！后来又听说戏班里总演秀才和秀才娘子在南方书肆的滑稽戏，他便打发朱表梃去看书肆里到底有啥故事。朱表梃回来说人多书多，生意出奇的好，还说孔大人的诗文和书信集，摆在显眼的地方，进去就看得见。朱知㷾心里不是滋味，一肚子不满却说不出口。

突然有一天，南方书肆接到衙门的令，让他们关门歇业。一个时辰后巡按御史便带着手下来到书肆，董掌柜吓得全身筛糠，回答问话时声音哆嗦着词不达意。御史要查看账目，他问可不可以把东家请来再看，御史说人要找来，账目也要马上看。掌柜让伙计到西府请王爷，巡按大声呵斥：“不是请王爷，把西府的教授找来。”巡按大人一页页查看账目，手下前后屋、上下架翻看书籍，不一会儿，从后屋搬出十几本书，放至台案前。御史停下手中翻着的账目，捡起一本看，《剪灯新话》，又捡起一本，《如意君传》。他瞟了掌柜一

眼，掌柜低着头，嘴巴想动，却说不出话来。

严教授进来，先跟御史大人行礼，然后才问书肆有什么不对。

“有人举报南方书肆！”

“请大人明示，犯了啥禁？”

“一个书肆，还能咋的，出售禁毁书籍！”

“不会吧？严教授看着台案上的书，略带惊奇地发问。”

“你自己看！”御史拿起一本随即又摔下。

严教授翻了翻那几本书：“咋会有这等小说呢？”边说边看向董掌柜。

董掌柜扑通一声跪在了地上，“大人，这小说是我私自……”

“你私自……”严教授生气地问道。

“是我的一个朋友从平阳府带回来的，托我帮着销一些，收益我们俩对半分！”

“卖多久了？卖了多少册？”严教授追问。

“三个月了，卖得不多，这书是不敢摆出来的。”

严教授摇摇头，看向御史，“南方书肆卖的书大多是崇文坊刻的，还有一部分是太原王府来的。王府的书，版心上有宝贤堂、志道堂字样，崇文坊的书，版心上都有崇文二字。这书是野路子来的，版心无字，封面封底都没有标明书坊大名，这等淫秽读物，真正有辱王府书肆的清誉。”

御史不理会他说什么，喊着问下人：“还有什么不宜读物？”

“回大人，没了！”两人不约而同答道。

“你起来吧！”御史对董掌柜说。

“我认罚！”董掌柜这句话说得清晰明白。

“有人举报你们书肆出售王守仁《传习录》。”御史厉声道。

“大人，冤枉啊，王阳明是何等人，他的心学是何学问，圣上早有明示。追夺他的爵位，禁其邪说以正人心，天下读书人人尽皆知。我就是有八个脑袋也不敢让书肆摆出他的书。退一步讲，我就是把脑袋别在裤腰上，西府王爷也不会用我的脑袋撞破王府对圣上的忠心，着实冤枉啊！”

“无风不起浪！”御史道。

“可这偏偏是无风三尺浪。”严教授无奈地说。

“掌柜你如实说，卖过《京华日钞》《策略》这类八股文选没有？”御史问话不再疾言厉色。

“大人，小的做书生意二十年，头一次受人所托卖了些禁毁小说，虽也违禁，但小说与八股文选不同，低趣味娱乐大众，不影响科甲之事。朝廷唯恐士子侥幸决科，于是对一应时文，烧毁禁绝，我明确知晓，绝不会干出这等有背朝廷，无利家国之事。”

“是什么人这样别有用心？站出来举报，可具实名吗？”严教授痛心地说。

“再别玩这些曹氏煮豆的游戏了！”御史边说边往外走。

“这些书怎么处理？”手下冲着他的后背大声问。

“带上！”

“去哪儿？”

“刻书坊。”

听到声音，严教授带人紧随其后往文昌庙方向赶。

书坊里，几个匠人埋头做事，忙而不乱，光板和上了字的板子摆得井然有序，印好的书页和装好的书册均整整齐齐，作坊里飘着淡淡的油墨味。他们几个人进来，匠人便停下手中的活儿，起身说话。

“刻的是什么书？”御史问。

“回大人，是御制《敬一箴》。”

御史半信半疑，示意手下取一块来让他细看，雕版上的字是反的，写上去的和已刻成的都不好辨认，他又跟匠人发话：

“把你手边板子上的字读给我听。”

匠人摆正木板，断断续续地念：

“圣贤法言，备见诸经。我其究之，择善必精。左右辅弼，贵于忠贞。我其任之，鉴别必明。”

“好了！”他挥了挥手，然后问严教授，“用过的旧板和印成的新书在哪儿放着？”

“都在西屋的小库房里，我这就带你去看。”

西面两间屋，一间码放雕版，分门别类，多的几百块，少的十几二十块，每一组上方都摆了边料做的木条，上面正字刻写书名，拿起来一目了然。另一间存放的书不多，都在离地三尺的架子上，窗户开着，门窗上都挂了草帘，里面通风而不透光。御史让人摘下草帘，书库里亮了起来，他的手下拿着禁书目录，对应着看木板和存书，全部看完，没发现禁刻禁读的。崇文书坊不像有违规行为，这告发可能是无中生有！

客客气气送走巡按御史大人后，严教授回到府上，朱新[illegible]在书房里喝着茶等他。

教授简洁明了汇报刚才发生的事：“书肆里找到十几本禁毁小说，董掌柜

依吩咐认下是他个人行为。”

“书坊里呢？”

“那就更没事了，事先把皇上的《敬一箴》倒腾出来摆上，他们来的时候，雕工正上手刻。”

“他说什么来着？”

“别的没什么，只有一句，我听了不顺耳，也不顺心。”

“什么话给咱严教授添堵了？”

“他说，这是曹氏的煮豆儿戏！看来就是东府王爷他们……”

朱新�童脸上露出一丝冷笑，随即便收了起来。

“我们既不轻信人言，也不妄加猜度，什么时候都应该是血浓于水。”

“王爷您宽厚淳良，豁达大度，真是属下的楷模。”

“别说这些没用的，去后院让他们开工吧！”

“得咧！”严教授兴致勃勃地答道。

设在文昌苑的崇文书坊正常运转，雕刻刷印的要么是从太原王府接回来的活儿，要么就是像孔天胤诗文这样的书，无论谁去，但看无妨。

新雇的人手安在府上，这儿的匠人多，出活也多，书的品种繁杂。大部分书是从南方或从平阳府买来的，翻刻时既不要版心也不加崇文书坊名，只照刻原书内容。市面上什么卖得好就出什么，有时就照顾不过来是不是朝廷禁读的了。再说，禁得住吗？《水浒传》新老皇帝这个要禁，那个不管，到底能不能卖，可不可读，没有张榜公告的事，谁也弄不清楚。这会儿是《西游记》扬佛毁道不能卖，下一会儿又是《金瓶梅》影射先皇不让看，这倒好，越是不能卖，越是不让看，卖得就越好。

永和府那是王府，是郡王府，州府衙门的人不能随意出入，就是御史大人也不能无故搜查。里面做什么只有府上的人知晓，准确说是府上一部分人知晓。朱新�童想好了，就这样干，印书赚钱怎么也比质铺里典当赚钱更体面。

第三十三章　万言上疏　祖制变革

对朱知爔来说，这一段日子特别重要，也特别难熬。从老王爷离世到世子袭封需要一段时间，短则一两年，长则四五年，期间出现什么变故的可能性也有。老王爷在世，他镇住儿孙，自己稳稳当当做世子；老爷子撒手人寰，自己不仅要为王府撑起一片天，也需要做出一些事让族人信服，让众兄弟打消任何问鼎王位的企图。事情还需做得漂亮，只能成功，不能有差池，不能留人以口舌。做什么呢？他想了又想，没个主意，派人去找朱表梃商议。朱表梃进门先跟他说赵世录死在任上，灵柩从山东发回来了。

“死了？他跟孔天胤的年龄差不多吧？”朱知爔惊奇地问。

“黄泉路上没老少，福禄尽了。”

“这人在山东到底任什么职？”

“山东布政司右参议，从三品，没咱孔大人提督学政正三品，右布政使从二品品秩高。”

“什么正三品，从二品，还咱？与你我有关吗？”朱知爔把自己跟朱表梃并列成了你我，显然是有意缩短他俩之间的距离。

“当然有关，我的王爷呀，老王爷临终不是当了面嘱托过吗？他该为你所用，你要用他！”

“你别乱叫王爷，我现在还是世子，是世子，你知道的！”

“规矩我懂，这不迟早的事吗？我先私底下改个口适应一下。”

“谁知道是迟是早呀，这期间我们得做点事，你帮我出出主意，做什么好呢？”

“我说还是稳一稳吧。事情做好，不一定起什么效，若做不好，反而有损你的威望。”朱表梃简单地下了结论。

“朱新壇那个时候可没闲着，故而他袭封顺利得很。”

朱表梃道：“既然是承袭先王的王位，那不如接了他老人家的衣钵，也把筑城当作大事。若成了事，全城人都得念你好，即便不能很快筑墙瓮砖，只要大家知晓你在为此事上心，也觉得老王爷没走远，跟着新王爷一样能够得到庇护。”

朱知㸅点点头：“甚好，甚好！”

但如何才能推进此事，朱知㸅连个头绪也没有，朱表梃不可能再有什么高招了，得与孔天胤聊聊。公正地说，他的想法远比自己高远。哎！那不都因为他在外做官多年，经得见得多吗？而自己困于汾州做世子，这才有了鸿鹄燕雀之别。是请他来，还是去找他，犹豫再三后，他决定先找孔天禛。

与孔天禛没有隔阂，说话就随意多了。

“来看看你，你倒是好茶招待呀。”

“那是自然，新王爷驾到，跪迎都不过。”

“那你倒是跪呀。”

“这不早了点嘛，是不，世子爷？还是上新茶吧。”

“其实吃什么喝什么，最近都咂不出味来。”

“别这样啊，人生苦短需及时行乐。你看看那个赵世录，做官多年，官至从三品，离家就任，不带家眷，死前身边只有两个家童，一命呜呼，富贵与他又有何干？”

“因什么病而死？”

“听大哥说，非大病在身，只是劳瘁太甚，形神俱衰所致。”

“布政司参议，需要做多少事呢？”

“据说山东大旱，赈灾中散粟煮粥，治疾防疫，禁囤粮，助农耕，这些事他亲力亲为，人身肉体，经不起几多折腾呀。”

“看来他还算是端平良正之官。盖棺定论之语，估计会是孔天胤给他下笔。是不是呢？”

“是这样的，大哥还建议州衙将赵世录列入儒学的乡贤祠。起先他父亲和儿子都同意，后来他儿子去背郭园找大哥，说赵世录在他书稿中表态，死了一不进任职地的名宦祠，二不进出生地的乡贤祠。”

“这人有点怪！”

“其实也不怪，大哥说他是个有脑子的人。”

“那又为何不进名宦祠也不进乡贤祠？”

“立两祠为的是崇德报功、教化人心，之前，州县名宦和乡贤同堂合祀，人数不多。后来大多地方二祠分祀，州府县便增加入祭人等，这一增加，就加进去些无大德无明功之人，名宦祠、乡贤祠在人心中的地位便走低了。”孔天禛道。

“让为臣者思忠，为子者思孝，不过就是为这个嘛。”朱知爔简单补充。

“现在不是这样了，机巧者凭势力钱财入祠，只为荣耀。刚正之士不屑如此，以致入祠者多为无良之辈。”

“入祠不需要官府堪合准允？”

“儒学的生员教官推举，提学官批准即可。”

“还是要由官府批准的嘛。”

“现在生员教官包揽词讼、说事过钱、鱼肉乡民，良者甚少。许多提学官，学问疏浅，尸位素餐、还贪墨贿赂。他们……哼！”孔天禛有点愤愤然。

“我说孔二爷，士别三日当刮目相看，一心做买卖的孔东家，怎么就变得这样家国在心了？再说，你又如何知晓这些事的？”

孔天禛笑笑答：“前两天在背郭园听大哥他们几个人聊来着。”

“我说呢？这些话不像你的说辞嘛。”

“小瞧人，我怎么了？本人也曾饱读诗书，若不是为了府上的营生，官至二品的可能都有。”

“对，孔天胤进士及第也就是个榜眼，没准你还被皇上点了状元！”朱知爔调侃道。

话说到这儿，孔天禛想起一件事，便问朱知爔：“你知道城东南那个状元坊吧。”

“知道，咋了？”

“那状元坊是正德六年为咱汾州宋元时的两位状元建的，五十年了，风吹日晒，已显残旧。前几日州官来与我商议，想把状元坊改为状元榜眼坊，看孔府愿不愿意。”

“这不明摆着要你出银子的事嘛！”

“但人家的话没直接出口。”

“你同意没？”

“起先我没同意，两状元加一榜眼，把状元坊加两字，怎么看都感觉不舒服！”

“不过你还是同意了，是吗？”

“我提议给咱大哥单建一座牌坊，他们又推托说，城内已有三十多座牌坊，有的街道立了几座，一时还找不到合适的位置。他们这样说，我就说那以后再议。”

“最后呢？”

"你急什么，听我给你讲清楚嘛。隔了几天他们又来，说勘测了街道，东营路口有个位置，可以立一座牌坊，并且说牌坊名称都起好了，就叫方伯文宗坊。"

"停一下，方伯文宗什么意思？"

"这你都不懂啊？布政使俗称方伯，提督学政俗称文宗，大哥不是曾布政河南，提督陕西嘛！"

"哦，那状元坊就不改了吧？"

"要改，他们的目的就是要府上出银子，重修那座状元坊，我只好答应。这样也好，咱汾州城有四座牌坊上书大哥孔天胤之名，这才是头一份。"

朱知㸅听了，心中一股无名火蹿了上来：不公！不公！但他还是咬了咬牙，挤出一句话："修成谢土揭牌时记得跟我说一声！"

"还早，汾州衙门提请，还要上报布政司，最后还得礼部允准才行。"

"那不就是个过场吗？无须他们拨银子的事，不难批下来。"朱知㸅的话里略带酸涩。

早几年，朱新墇受皇帝恩宠，州府为他立了牌坊，就在西府路口，朱知㸅心有不甘。老王爷为了给儿子树威望，也努力过，眼看事儿就成了，世子一个酒杯飞过去，赵世录坏了他的事。再后来东郭大火，拆了房，捐了地，大伙一时兴起，要请求官府对他旌表，火神庙起了，也没人再提建牌坊之事。世子多年，就要做王爷了，自己名不响字不亮，算个什么呀，想一想都觉得窝火。

到东郭本想跟孔天禎先聊聊筑城之事，聊了半天，又是赵世录不进乡贤祠，又是为孔天胤树牌坊，啥心情都没有了。告辞出来，他去了东郭火神庙，哎！要是杨鹂在就好了。

修一座，建一座，修过的焕然一新，新建的巍峨端仪。二武看了，除了对先生越发景仰，同时也心生愿望，什么时候能有一座属于自己的牌坊，那该是多增光开眼的事呀。

先生说过，要让汾州人知晓朱新增，还说近期要将拓出的数百张碑碣文稿整理付印。二武认为事情是自己做的，但那是替世子做事，不好署自己的名字。先生说把朱知㸅放前面，后面一定要跟上朱新增。

这一日阳光正好，初秋天气不冷不热，树荫下喝着茶，翻着书，看渐渐发黄的树叶和园子里初开的菊花，孔天胤心情极好。二武也在看书，另有一个家仆在旁边茶水伺候。

赵老爹来报，东府世子爷驾到，孔天胤抬头时，朱知㸅和朱表梃已在眼前了。二武忙起身，慌乱间把椅子都碰倒了，他弯腰去扶，孔天胤大声道：“新增，带世子爷和表梃叔到屋里坐。”

“不用，就在外面坐吧，挺舒服的。”朱知烊说着已经坐了下来。

下人又搬来两张椅子，朱表梃坐下，可二武始终没坐，就站在孔天胤身后听他们说话。

换了一壶新茶，二武又让赵老爹点了艾叶，园子里飘着淡淡的艾草香，表兄弟开始说话。

“再过十天，富贵菊就开了，本来是种到园子里的，我让老赵移了一些到花盆里。打算再养几日给你送府里，这花花朵大，花期长，可没开之前不知是什么颜色，不过，无论什么颜色，摆你东府都增色。”

“父亲在世时，喜欢捣鼓这些。我只摆弄那些鱼，现在也没心情了。”

“做王爷，无论什么时候都得有心情有精神，你是王府的主心骨。”

“杂事多，不管不行，管又这样那样，总是不顺当，哪像你能有闲心在这儿读书。”

“实在理不顺的事，你说给我，一起梳理一下。”

“也没有太难处理的事，只是他们有点不习惯我，动不动就说，父亲在世时如何如何，爷爷在世时如何如何。我想，得做件事让他们知道，我就是按着老王爷的步子走的，表梃说还是把筑城的事提上日程，所以来跟你聊聊。”

“这个想法是对的，可筑城之事，需多方合力而为，得有头羊。”

“父亲曾上书兵部，希望他们发文书，督促咱汾州衙门牵头行事，可递上去的文书，如泥牛入海，再无音信。”

“如若没有可靠的人，兵部才不理会这等小事。全国两京一十三省，除了一百四十个府，还有一千二百多个州县，一个小小的汾州筑不筑城池，兵部管不过来的。”

“那山西布政司呢？如果他们督促，会不会有效？”

“肯定会有效，关键是央得动他们不？容我想想。”

孔天胤陷入沉思，朱知烊和朱表梃一边看着孔天胤等下文，一边喝着茶。几只叫不上名儿的鸟儿在枝头梳理羽毛，园子里静悄悄的。过了一会儿，孔天胤开口道：“随后我写几封信，应该会有办法。”

“如果能把这件事办成，那不仅会顺利承袭王位，而且众兄弟也将心悦诚服。”

“我会帮你！”孔天胤说得斩钉截铁，但脸上却有一个不易觉察的表情。还有一个只有自己才能听得到的感叹，哼！

这件事说定，朱知熑舒了一口气，他转向二武问道：“跟着先生在背郭园里都读了些什么书？”

“都是先生的书，手边有什么就读什么，也没个定准。”二武习惯性地对世子恭敬有礼。

孔天胤道：“新增想法大着咧，还想着将来有一天，汾州衙门为他也立一座牌坊。”

二武脸一下红了，赶紧纠正：“先生可别乱说，我只是随口一说而已。”

“有想法好啊，那就好好做事，总得做件让人刮目相看的大事才能树碑立传吧！”朱知熑一本正经道。

“新增上次写了万言书，力陈宗室问题，一针见血，直指要害，可惜当时没有送到户部和宗人府，如果有人能帮着递上折子，我看送到内阁，阁老也得正眼瞧瞧，指不定还要亲口转述给皇上呢。”

“先生言重了！”二武有些不好意思。

孔天胤面向朱知熑道：“最近，我正帮他修改润色那万言书。也通过书信了解到朝臣们对宗室问题的看法，还有他们给圣上条陈的内容。我相信，新增作为一个王府奉国中尉写出的建言一定比他们更切合实际，更具操作性。”

“先生快别说什么奉国中尉，又不是什么官儿！”二武道。

“从请到名的那天起，你就是朱家的奉国中尉，有什么不好意思啊，平日这个名号没用，但把你的万言书递上去时，它就有用了，朝里的人会先看是谁写的，此人是个啥来头。”

“可以递上去吗？”朱知熑问。

“这些年来，维系同年、同乡、同僚以及座主这些关系，也是我为官的重要内容，耗费不菲，但也值了。所以等考虑周全并修改完善就上奏疏，直接写给皇上。”

当了朱知熑的面，二武有些难为情，感觉先生说的事有点大。“其实万言书是我一时冲动急就的，对宗室问题的陈述虽真实，但原委与后果我也说不清楚。至于该如何变一变规制，说得不全也不透。若没有先生斧正文字、增删内容，那鄙言累句，不堪卒读。”

“能有想法已是不易。”朱知熑淡淡道。

“新增，你没有必要如此谦卑克制，你是我的……我的门徒，再说，皇家宗室，骨血高贵非常人能比。以后咱无论跟谁，一定要自信不疑，别动不动就说自己才疏学浅，孤陋寡闻。不能有老子天下第一的自负，但得有敢为天下先的自信。”

先生这话是说给二武听的，他真心实意希望二武能出人头地，同时也是说给朱知爀听的。但这剂药对的是二武的症，世子爷病不在此，他需要的是海纳百川的大气与包容，以及做王爷应有的机智与韬略。

日子慢慢往前走，朱知爀期待着的两件事，都需要耐心等待。袭封之事要等宗人府给晋王府复言；筑城之事，孔天胤已经给山西布政司、山西按察司分别上书，等回信儿。

其实孔天胤更上心的还是二武的万言书，二武能看到、能想到的事，他又如何想不到、看不到呢？所以二武的万言书也是他的万言书。

宗藩问题积重难返，呼吁朝廷改革宗藩弊政的人越来越多。御史上书，言当今积弊最大莫过于宗藩；礼部官员对宗室人口增长过快提出娶纳建议；户部尚书反映财政支出中宗室占额；宗人府、詹事府筹划变革祖制后的宗室善后之策。诸如此类，不胜枚举，宗藩变革势在必行，而且迫在眉睫。

在这个时候，从底层宗室发出变革的呼声，比京官们试探的声音更有力、更直接。万言书通过孔天胤京城的关系，在恰当的时间，通过正确的上疏渠道，送到合适的地方，很快便起了作用。

八个月后，一道圣旨从京城传到汾州，公公双手托着圣旨道："汾州庆成王府奉国中尉朱新增接旨，皇帝敕谕，近该山西巡按官奏尔乐善好学，端谨自持，心系宗党，忠君体国。乞要旌奖，该部议复相应，兹特赐敕奖励，以为宗藩之功。尔尚益笃善行，永保令名。故谕。"二武叩首接旨。

东府西府都为之震惊，一个小小的中尉，何德何能就能得到皇帝的旌表。汾州宗人倒是为他叫好，在他们看来，二武跟众人相差无几，只不过命运好，跟了孔先生，孔先生是谁呀，那是汾州城数一数二不得了的人物。朱知爀心里不是滋味，二武就是当年跪在父亲面前要让王爷把他哥哥的事说给皇帝的一个小孩，今非昔比，他也成人物了。

孔天胤的能力超出了朱知爀的想象，京城和地方都有相当好的人脉，他想做成的事，总会有办法。可这人为自己办事远没有为二武的事上心，姑表亲，也不过如此。

还好，朱知爀的不愉快很快就被袭封之事冲淡了，礼部复文到太原晋王府，晋王府派了长史官来，召集东西府所有的将军、中尉宣读文书。另，晋王府亲王有令，宣读完了事，特殊时期，不能有任何庆贺活动。

二武上万言书，提求旌表被恩准；郡王袭封要求低调进行。这两件事都基于一个原因，那就是朝廷真要对宗室祖制进行变法了。

很快，关于如何变法的《宗藩条例》下行到布政司、府州县衙以及全国各

地众多的亲王府、郡王府以及将军府。

背郭园里二武比孔天胤更着急看条例细则。看了半天，他推开小册子，胳膊肘顶在书案上，双手扶着额头道：“没有用，全是些没用的。”

“怎么会呢？六十七条都是没用的？”

“都是些关于银钱方面的更改和约束，我最希望的是让宗人参与开科取士，可只字未提。”

“那有没有让宗人参与四民之业的说法？”孔天胤边翻看着册子边问。

“没有，都没有。”

二武的话音一落，孔天胤就把册子合上放一边去了。“治标不治本！纯属隔靴搔痒！”

朱知爊和朱表梃也在一起琢磨那些条款。

“王爷你看第二十三条，郡王、将军岁禄改为三分本色，七分折钞，这算什么事啊？那七分折钞，几乎就和砍掉是一个意思。直接说支付三成就得了呗！”

“那中尉呢？”

“四分本色，六分折钞。”

“这还好点！”朱知爊随口道。

“王爷，你再想，以前衙门拖欠禄粮那就是个常事，累多了就免除不付，实际上那些中尉能到手的不过四成。现在四分本色是硬性规定，可往后的情况是，官府一拖，宗人连四成都拿不到手了。至于宝钞，那就是废纸。”

“看来以后的王爷更不好当！”朱知爊叹了口气。

“您再看，郡王和郡王妃合计每年三百八十两的仪仗费也免除了。”

“这下好了，王爷的威仪何在？跟贫宗一样穷酸，又如何服众呢？”

“王爷，第四十条，你看看！”

“说吧，我懒得看！”

“你看吧！”朱表梃把展开的册子递到朱知爊手上。

朱知爊扫了一眼，“这与我何干，我又没有花生子女！”

“我多事！”朱表梃轻轻地打了一下自己的嘴巴。

西府里，朱新�童和严教授也在研究条例，或者说在辩理儿。

王爷道：“条例通过宗支奏报、参查玉牒以及妾媵限制来控制宗室人口，不会有效的，人口底子大了，增长只会越来越快。”

“人口底子大，只折钞一项就为朝廷省下上百万石粮。”严教授道。

“省下的这些粮将用到哪儿呢？”

“谁知道呢？也许到了九边，也许被大小官吏贪墨掉。”

“府上的官员护卫跟着我，也难为你们了，跟外面的知州知县们比，所有王府官都是清官。”

“王爷你看，原来规定给郡王、将军的冠服银和房料银一概免给，永为定例。大河有水小河满，上面把王府的费用都紧缩了，我们也就别指望荣华富贵，能平平安安伺候您就烧高香了。”

“不要这么想，我朱新�童以前不太懂银子是人的骨头，以后我会想办法，让府上跟着我的人都过好日子！”

“这我倒相信王爷，前几年扭着州官扩建了府第，多明智呀，若听了他们的话拖几年再说，那就什么也别说了。”

“严教授，今后我们做买卖赚钱一定格外小心，授人以柄的事一点也不能有。”

“对，包括东府！”

“不是包括，是要特别小心东府。”

严教授点点头道：“条例最后一条规定宗室各享禄爵，尊容兼备，应该恪守祖训，不得私放钱债，若有人参奏，轻则停止禄米发放，重则革掉爵位，王府官员一体问罪，挑拨之人发边远充军。这条可厉害了。”

“那你就在质屋的事上多加上心，无论对任何人都不能说质屋与王府有关系。典物时价钱不要压得太低，赎物时也掌握个分寸。这样吧，还是把掌柜请来我再做叮嘱。”

“掌柜有个女儿，到了谈婚论嫁的年龄。想与王府攀个亲，跟我提几遍了。”严教授趁机说事。

“可以考虑！”王爷不加思索道。

第三十四章　课收商税　泄湖造田

朱新�童接到令狐大人信，信中说司礼监赵公公不日到汾，要给公公在城内找一处住宅。院子不需要很大，但位置要好，门面要气派，屋里家具和日常用品都置最好的。银钱先由西府支，无须惊动官府。朱新壣不明就里，公公来汾要长住，有什么事呢？岳父应该说清楚，揣摩半天，也得不出个结论。

赵公公进了城，在驿站住下后才让人去西府知会王爷，朱新壥急匆匆赶到汾州总铺，公公已经用过午餐。小太监说赵公公需要小睡片刻，朱新壥只好等他醒来再说话。

坐在外屋等着，心中不是滋味。洪武初年，太祖将儿子们分封各地，别说太监，就是地方官员路遇都得行跪拜之礼。现在倒好，朱家子孙得坐着等公公，什么世道了！

赵公公起来，当了朱新壥的面就呵斥小太监，说怎么能让永和王爷在外面等呢，早该叫醒自己。

朱新壥连忙道："公公车马劳顿，一路颠簸，实在是辛苦，我赶过来本想陪公公用餐，可还是来晚了。"

"咱家最怕麻烦别人，本就是伺候人的主儿，别人陪着倒觉得不自在，世面上的那些虚礼就免了。以后咱有事说事，没有各忙各的。要不，时间久了，谁都会累。"

"多谢公公体恤，不过，来了汾州，我若不尽到地主之谊，那对不起您老人家，老岳父那儿也交代不了。"

"哦，令狐大人跟我几十年的交情，虽不能总见面，但就没断过联系，熟识得很哪！"

"岳父让我置办的小院已经办妥。房子是一户大买卖人家的，祖上受开中法之益，现在还做盐引生意。长住安徽，房子空着，我接手过来，打理了一遍，但愿能合您的心意。"

“屋里的下人你不用管，我带了小的们来，院子里留两个粗使的就行。”

“汾州地方小，比不上京城，没什么乐子，怕公公冷清，找了个唱曲儿的，就是上次那个乐女，她的调调公公应该喜欢，若不合您胃口，我们再换。”

“上次那个就合适，王爷费心了！”抿了一口茶，公公的脸上略带微笑。“我们就说正事吧，我这次来打算多住些时日，你也别怕麻烦，咱家是为皇帝来课矿税的。山西出煤，各地都去了人，咱汾州矿不大，但辖下孝义矿大，产煤多，我不想去那小县城住，就在汾州，也该能管着那边的事。”

“哦，这样啊！公公是替户部办事吗？”

“咱家只替主子办事。”

“那……”朱新�童把想问的话收回去，宫里的事不是他该过问的。

“你是想知道，课税所得将用到啥地儿，是吗？”

朱新壣笑而不语。

公公道：“课税所得要贴补光禄寺，光禄寺你知道吧？”

“名儿知道，只是……”

“哦，那儿掌管祭享、打理宫廷膳食，最重要的是为圣上提供一日三餐。”

“皇上御膳房是天下最重要的事，祭拜之事又与礼部有关，想不到经办这事的光禄寺也缺银子！”朱新壣笑着道。

“缺，很缺！”

公公的话让朱新壣轻松起来，“我等远离京师，汾州王府四合院里长大，孤陋寡闻，想来户部给光禄寺拨银子，总不会像官府给宗室发放禄粮一样吧。”

“你能看到的只是宗室的难处，可咱家看到的是万岁爷的难处！皇上宵衣旰食、朝乾夕惕，可他一日三餐，常常都吃不齐。光禄寺光厨役就有四千多人，竟做不出让皇上可心的食儿，我们这些人看不下去，有时自己动手，做了让他老人家吃。就这样光禄寺都一直叫穷。穷的时候不说，富的时候也没见他们做出过像样的吃食。京城有句顺口溜，说四不靠谱，估计你们也听过吧？”

朱新壣接口：“翰林院的文章，太医院的药方……”

“对，还有武库司的刀枪和光禄寺的茶汤。”

说完两人相视而笑。

“你看，我说什么来着？好事不出门，坏事传千里嘛。咱家领了命，在汾州一年收六千两银子的矿税，去补贴光禄寺，也不知难不难。”

“这个我着实不知，不过，倒要看这税怎么个收法。”

“万岁爷爱民如子，从来都是低税收，尤其是商税，几乎就跟没收差不多，这才让你山西和安徽的商人们发了家。这次收矿税也下了令，三十三取一，不得超过这个额度。”

“如果收不够呢？”

“大矿收不够，那就把小矿出的煤也一并来收。”

“我倒有个主意，不知对不对，说出来公公您掂量。”

“永和爷您说！”

“矿税该怎么收就怎么收，尽量收。公公刚才提到的商税也同时收，汾州城加上东郭的商税一并收来，不在少数。还有平遥，介休，孝义三县，对了，介休还有不少陶窑，出产的陶制品全山西都用，我想，光商税就能收够你期望的那个数。”朱新墡说着的时候想到的是东府若干的商铺，以及东郭的织坊，介休的陶窑。

“王爷的主意倒是不错，可咱家还做不了主，得问问当家的。”

“当家的？”朱新墡问。

“就是我们的头儿，宫里宫外叫掌印太监。”

“我倒有个主意，不知当不当讲。”

“王爷你就说吧，跟我不要有那么多忌讳。”

朱新墡说：“公公可以假托汾州的煤矿产量小，收不上什么税，这样说掌印公公就会同意。”

赵公公竖起大拇指：“不愧是太祖爷的后人，智慧得很！”

“这不替公公着想吗？没法在宫里安安稳稳过日子，出来受苦受罪，总得有点好吧！”

“难得王爷这样为我着想，我也学着江湖上的人仗言一句，我们有福同享，有难同当！”

六百里急递，从汾州到京城，再从京城到汾州，掌印公公的回复很快就到了赵公公的手上。等汾州各衙门知晓此事之时，税课司的牌子已经挂在崇文书肆门口了。

赵公公打发小太监们去汾州的各个煤矿，住在当地，出多少煤收多少钱，中规中矩。城里及东郭南郭的所有城门都设了收税点，所有进出货一律按三十三取一来收。

书肆腾出一间大屋给税课司用，赵公公时不时会来，来了就找本书看，有时候一看就一两个时辰。

有一次，他跟朱新壜打趣道："你书肆里的买卖这么好，是不是也该交税呢？"

这句话提醒了朱新壜，那些当地出产，当地售卖的东西不是就没有收税吗？比如东郭织坊产的小潞绸，就在东郭的铺子里卖，没有进出城门，也该收税的呀，他立刻就向赵公公提出建议，对类似商户进行收税。

"按理，这种税是州县衙门来收的，过去叫门摊税。现在各处都比较乱，有的地方收，有的地方不收。有的州县许多年不收，商铺都不知有门摊税这个叫法了。"

"那就是说，收不收都不违禁犯律，那我们就收。"赵公公接着说，"依王爷看，州县衙门会不会站出来说话。"

"赵公公下车伊始，得让他们支持您，以后的事才好办。这事我以您的名义去打点，我们还可以把收上来的门摊税分给衙门一部分，明面上也说得过去。"

"能收多少？又分多少给他们？"

"收得手紧些，给他们嘛，就参照往年他们收的商税来。"

"往年收多少，我们又如何才能知晓。"

"这个好办，看看他们新修的《汾州志》，里面是载明了的，这书我手上有。"

"有你，我轻松多了，令狐大人真是有眼光！"

这一年，经朱新壜谋划，汾州一州三县上缴商税计六千六百两白银，从商户那儿实际收了多少，只有赵公公和朱新壜知道。

第二年开春，赵公公从京城回汾，他悄悄问朱新壜："你知道去年户部总共收了多少商税？"

朱新壜摇摇头，赵公公伸出两个手指头比画了一下。

"是二百万两？"朱新壜猜。

"不，我是说，汾州的商税是全国州县平均水平的二十倍。"

"那户部到底收了多少银子？"

"十五万两！"

朱新壜瞪大了眼睛。

赵公公说："这事只有宫里的几个人知晓，咱就不提了！"

头一年该交的都交了，新的一年不知他们又怎么收，何掌柜和孔天禛翻着账本说事。

“看起来三十三取一的数字不大，但总额还是不少，今年我们得想想办法。”何掌柜道。

“如果一是一二是二，那税银一两也少不了，还没人情。不如我们私底下跟赵公公修好，这样咱们少交些，他个人得一些，两全其美。”

“礼轻了，宫里的人看不上，礼重了，他敢不敢收呢？”何掌柜道。

“哪还有敢不敢这一说呀，我看给座金山，只要扛得动，他也敢背回去。”

“要不去背郭园问问孔先生吧，官场上的事他见得多。”何掌柜道。

没想到孔天胤的意见是该交多少就交多少，年前节后，走动走动，打点一下，有个人情就行了，不必大礼相送。

“真没必要？”孔天禛问。

“你想想，要在汾州收多少商税，上面给赵公公定了数额。倘若收不足，他会如实反映。收得多，他也只会交足定额了事。多出的银子怎么处理，那是他个人的事。去年的商税一定是大于定额的，所以他一声不吭。你们明面上课税和私底下送银子，对他是一样的，他只要足额的银子，其他什么辙都别想。”

孔天禛的不满都在赵公公身上，多少年做买卖，没有什么商税、门摊税，突然就冒出来，明抢钱跟强盗无异。

朱知㷿更看不惯西府朱新壥，凭什么税课司就设在他的崇文书肆，凭什么他就跟赵公公走得那么近，他是不是也从中得利了？是不是东府的生意他每一笔都得了红利？

他把这些疑问说给了朱表梃。

“能怎么着啊？那阉人就认他，有什么办法呢？”

“那你说，他的崇文书肆和东郭的南方书肆要不要交税呢？”

“王爷呀，肯定要交，掩人耳目的事，朱新壥会做得滴水不漏。再说了，两边加起来又能交几个钱？老太监和他绑在一起，这一年指不定捞了多少油水呢！”

朱知㷿咬着牙，攥着拳，恨不得朱新壥就在眼前，给他一拳。刻印禁书，私通太监，这些行为，难道就没人能管？实在是气不过！

不久又发生了一件事，更让朱知㷿生气，甚至感到王爷都做得没了意思。汾州的官府王府共商大事，居然没有他参与，这些人没把王爷放眼里，以后又如何得了啊！

事情是这样的，秋天连续下了几天雨，城东的文湖水涨，淹了周边不少农田。文湖周边有西府的王田，佃户便跟管田人商议要求免除田租。管田人本也同意，只要跟府上教授或王府通个气，他们不会不同意。但那些佃户只顾着讲道理，没跟管田人私底下融通一下，哪怕是仨瓜俩枣也是个情义，结果管田人拖着没跟府上说。

佃户们心急，在村里申明亭议论，七嘴八舌乱说一通。无论是受灾的还是没受灾的，心里的火都被点燃了，一年到头辛苦，总不得温饱，这账该算到谁头上呢？收田租就是最大的不公，于是他们约定，反正是灾年，就一粒粮也不交。

这下为难了管田人，淹了田免交，也算是开恩，没受灾凭什么不交粮呢？管田人一急，就说不管淹没淹，所有王田一粒租子也不能少。村民急了，争吵一阵就打了起来，打了一通也没解决问题，村民们约了进城告官。通判三下五除二就断了案，参与打架的人受罚，淹了田的免租，没受灾的交粮。

淹田受灾之事，让西府王爷想到文湖的沧海桑田。他翻看《汾州志》，又找府上的老宗人和文湖周边的乡老聊老辈子的事，还去背郭园请教孔天胤。把文湖的过往都摸清楚后，便去州衙找知州张同佩，跟他商议修渠泄湖之事。

知州一听，连忙否决，这么大的事，不能乱来。他根本没细想泄湖之利弊，任职三年，平安了事，泄湖有无危害，得益于谁，他都不想知晓。但没过多日，又一场雨，文湖周边几个村被淹，人畜都有损伤。

知州又重新考虑西府王爷的建言。他带了同知到文昌苑找朱新壇，王纬也在书院，他说把孔天胤也请来吧，恰巧赵公公也在崇文书肆，也就一并请了过来，几个人坐定议事。

“今年秋天文湖水患，淹田让银粮受损，淹了村子，关乎人命，我牧汾一年，对之前的灾害不甚了解，近些年来，是不是水灾频繁？”

王纬先开口：“文湖因为地势低，俗称潴城洼。洪涝之年，必有漫延，但咱汾州十年九旱，近十年应该是头一次淹田没村。”

朱新壇道：“陕西华县大地震后那一年，雨水充沛，全省都是大有之年，可咱这儿文湖暴涨，水害极大，汾州的丰产地和受灾地一均，田赋收入估计比常年还歉些。”

孔天胤心里笑道：这个朱新壇，知道知州最在乎什么，拿田赋说事，虽是小伎俩，但不失聪明。

赵公公不熟悉当地情况，他随口问道：“文湖的水咋来的，怎么还能下雨就淹田地、淹村庄呢？”

王纬生长于此，最懂汾州，“文湖水源有四：大头是文河水，还有三股是咱汾州境内的十八涧水、向阳匣水和原公水。雨水多时，主要是本地的水从西向东流入，导致涨湖。”

“这水患，古代咋治啊？”公公问道。

孔天胤读书多记性好，“传说，大禹都来汾州治过水，所以才有禹导河、禹门河的地名，有记载的是宋金反反复复的泄水蓄水。”

张同佩想知道历史上的治水经验，他问：“孔先生可不可细说一下？”

“文湖在《水经注》里便有记载，唐代也有文字载明，宋的河渠志记录，先废湖为田，后复之。金重复宋的做法，先浚渠引水入汾，后塞渠积水于故地。元代没有记录，但估计也有过反复。”

公公问：“入汾，是指汾河吗？”

王纬解释道：“是汾河，距文湖东岸不足十里。”

朱新墇接言：“修渠泄湖，开渠不过十里，永除水患。”

张知州：“不先下结论！”

朱新墇不悦，泄湖对他来说，利有二，一是让湖周王田免受水灾，二是泄湖得田后，他要请赵公公帮忙向皇上呈赐田请求，他觉得皇上会恩准。《宗藩条例》六十七条，没有禁止请田之说，而郡王禄粮三分本色，七分折钞让王府收入锐减，请将荒田改为王田，皇上念亲亲之谊，应该不会拒绝。

同知是陕西人，他知道缺水的严重性，于是插话：“平常年，湖水可以灌田，也还是有利于民的吧？”

孔天胤略做思索道：“浚渠引湖水入汾，不影响灌溉，文水终究要流经汾州，旱时直接灌田。”

张知州问：“旱时，文水会不会断流？”

没有人说话，其实可以想见，干旱时文水即便不断流，水量减小也不足以灌田，文湖蓄水，就跟丰年贮粮，荒年赈灾是一个理儿。

议了很久，知州心里有了主意。遇上水患，湖边村民巴不得泄湖免灾，王府提议，乡绅力主，官府就没有反对之理了。得了地，补田赋之不足也有了指望。

从冬到春五个月的时间，文湖东岸到汾河的十里路上，集中了上千夫役，他们不紧不慢挖地、挑土、筑堰。他们也聊文湖，有人觉得可惜了，湖边有草，湖里有鱼，湖心有岛，岛上有鸟，泄了湖，这景致也没了。有人反驳说，淹田毁地，村民防不胜防，让看景的人住湖边七里十一村试试。有人计算泄湖会让多少水田变旱地，有人议论得了新田谁受益。说归说，干归干，渠堰终成，湖水流向汾河，数天后，人们看到了湖底地面。

有老人在湖边大哭，还念念有词说惹怒了河神，汾州将遭厄运，还说历朝历代，每次泄湖都是官民之恶兆。官差把他抓了去，官府让他不要乱放厥词，若不缄口结舌，那就以扰乱民心论罪，老头离开时还不住嘴：“等着看！等着看！”

张知州下令，切勿拆除文湖堤上的神庙，传令的人下去时，庙已拆完。作为补救，张知州率众在原神庙地址大加祭拜，并向神灵许愿，无论湖干湖满，无论庙废庙立，敬神之心不改，每年的祭祀必有。

两万三千多亩地，凭空就多了出来，头一年下湿难种，逐渐风干了时，地面现出盐碱，是片瘠地？按理久蓄湖水，应该是块膏腴之地，人们没有经验，只有等着看。

朱新墰的请乞书已由赵公公转呈；知州盘算增加田租田赋后的收益；没想到分守大人已将所得田亩数额如数报到山西布政司。

地没干透，尚未下种，汾州衙门就接到了布政司文书，令州衙将新土地之粮产如数上缴，以补泽州、沁州及潞安府等地一部分瘠薄山田无法收取的税赋。大家傻了眼，各自的小算盘全落了空。

得到这个消息的时候，官府正筹备第二天揭碑谢土，已经知会了各衙门和东西王府以及儒生乡绅人等。无论如何，定了的事还是继续往下走吧。刻石两块，大石碑文由孔天胤撰写，赞知州不动声色而开万世之利，称此宣泽通气之举，犹若四川之都江堰及关中之郑国渠。小石碑上刻有为沿湖之村订立的每岁冬季浚渠修堰的规程，两块石碑将同时立起。

这次，东府王爷朱知爍也被邀请了，冷眼看他们自说自话，而此事与自己毫无关系。他想起那年父亲约了安悌在湖边试鸟铳，那时湖光潋滟，清波粼粼、颧鸟伫洲、天光水色，一派南国风情。朱新墰提议泄湖，事就成了，为什么别人想的事总能成，而父亲想的筑城之事一拖几十年没成呢？后来得知新田的产粮将如数上缴，心里还有些许快意。想到他们谋划事情，把他这个王爷放一边不当回事，就在心里狠狠地啐一口，“活该！”

他跟朱表梃念道此事，又发感叹。朱表梃跟他说，朱新墰善于收买人心，孔天胤孔大人都为他所用，而你是抱着金碗讨饭吃。朱知爍骂他放屁。骂归骂，骂完再想，朱表梃的话也不无道理。看来必须和孔天胤站在一起，要服众就先筑城，而筑城之事，必得他帮忙，这件事还得去催，让他尽快与布政司联系。

第三十五章　城起开关　人心归附

王府护兵奉朱知爔之命，去背郭园请孔天胤。来人行过礼尚未开口，二武便问何事？护兵看了二武一眼，觉得他问话唐突，犹豫之时，孔先生也问同样的话，他赶紧答道："王爷请孔大人听曲儿，如果大人有空，王爷就安排，时间由您定。"

"听曲儿？"二武一脸疑惑。

"给王爷回话，我明儿后晌到。"

护兵退出，二武忙问："先生要去？"

"朱知爔指不定有什么事，听曲是个借口，我去看看。"

果然不出孔天胤所料，王府里二十七户乐人该如何处理，朱知爔要听听孔大人的意见。

"你就直接说有什么事嘛！"

"怕请不动你孔大人。"

"你是王爷！哪敢让你请不动。"

"东府朱家人的王爷，岂敢向孔方伯发号施令。"朱知爔玩笑着说。

孔天胤不紧不忙，拖长声调道："既然如此，那就听曲儿吧。"

"听啥呀，朝廷强令遣散乐户，我正为此事烦心。这些人在府上许多年，如若散了，有的可能会充作官府乐工，有的就流落到市井做了民间艺人。可惜了啊，都是经教坊乐师精心调教过的，男记四十大曲，女记小令三千，不是一天两天的功夫。"

"《宗藩条例》是强令遣散还是停止给付工食银？"

"要求裁革乐工，男乐着籍当差，女乐从良改嫁。"

"你是想留下他们，对吗？"

"条例载，王府若有迎接、拜进、朝贺等事，用奔赴吹鼓手。可祭祀用乐，那必须严格依照规程来，不能每次都用吹鼓手吧，让神灵不悦，罪莫大焉。”

“你打算全留还是只留一部分？”

“府上乐女会唱曲儿，像《山坡羊》《闹王更》《黄莺儿》《银纽丝》这些，汾州就没有比她们唱得更好的。有的能演杂剧，身段扮相都是一流的。”

“这样吧，你喜欢哪些人，列出名儿来，我跟二弟说一声，让他买下，继续留到你东府用。这样既不违制，也不给人留下话柄，你看行不？”

“这样行吗？”朱知爍反问。

“怎么不行啊？现在官宦人家或是买卖人家养戏班的多了，汾州也有，孔府养个戏班，谁也不会说啥。”

“那需要多少银子，我如数给二弟。”

“这事你跟他说，我就只帮忙出个主意。”顿了一下，孔天胤接着说，“那今晚就听听《银纽丝》和《闹王更》，怎么样？”

“还有一件事，得催你了。”

“修城墙，对吧？你别急，事情在我心上呢！跟山西巡抚杨巍写了信，过些时日，我会去太原见他，然后再邀请他来汾。”

朱知爍喃喃道：“这事越早越好！”

“我的王爷，你说的事都重要，但现在最重要的是开办宗学。接到上边的文书后，西府朱新壇都找过我两次了，他上心得很，你也该当回事。”

“这事有田教授筹划即可，不过，我倒想知道，朱新壇找你说什么？莫不是要你孔榜眼到他府上当教授吧？”

“你还别说，真是！”

“啊？”

“想让世孙朱敏洇拜我为师。”

“你答应了？”

“你说我能不答应吗？”

“去他府上？”

“来我背郭园。”

“世子世孙读书与宗学没啥关系。”

“除了这个，他还请新增给他的宗学做宗正！”

一听这话，朱知爍就急了，孔榜眼是自己的表兄弟，孔府是与东府割不断的姑表亲，孔天胤怎么能为他朱新壇所用呢？还有二武，那是父亲为自己栽培的下手，期望着他能襄理东府事务，又咋能去西府做宗正？

“朱新壇真是无孔不入！二武答应了？”

“没有，新增有情义，知道远近！我建议你把宗学交给他，省你好多心呢！”

如果没有朱新墇先提起，朱知爃断然不会让二武当宗正，即便有人提出来，他也得思考一下，可现在是朱新墇抢人，他立马就做了决定：“那行，就听你孔方伯的！”

那晚在东府，他们看了戏班乐户杂剧演出，田教授也来了，听说他喜欢杂剧，几个剧本的唱词能一字不差记下来，哪个乐人的唱腔错一点也听得出来。

回到背郭园时已是子时，二武不悦，淡淡地说：“先生累了吧，早点歇息！”

“新增，我为你谋了个差事，保管你满意！”

“伺候先生，就是我的差事，此外我别无他用。”

“东府宗正，你干得来干不来？”

“宗正？先生你是说让我来做宗正？”

“是的，朱知爃都同意了。”

二武高兴得手都颤抖，天大的好事呀。刚听说朝廷要在各王府办宗学，他就想，亲王府办宗学，别城的郡王府会不会也办呢？后来知道汾州的庆成王府和永和王府就在头一批办学的王府名册里，他又在心里盘算，希望到宗学做个师儒。跟先生说起过，先生笑了笑，不置可否。事情过去很久了，突然就说让他做宗正，非常意外。

“是东府王爷提出来的吗？”

“我提的！”

“他就同意了？”

“是啊！”

“这么容易啊？”

“我说朱新墇让你去西府做宗正。”

“可西府王爷没提过这事呀？”

孔天胤笑而不语，微笑着看二武，二武恍然大悟。

“先生您真是二武的贵人。”

“重说！”

二武低着头，有点羞涩，但遮不住那满脸喜色。他岔开话题问道：“先生，我能胜任吗？”

“跟你说过若干遍，想做事便需要有足够的自信，相信自己能成事，那事情就真能成。”

“王府宗正要做哪些事啊？”

孔天胤笑着道：“我没做过，也不知道，睡觉！”

那天晚上，二武怎么也睡不着，他想父母，真想把这事告诉他们，让他们知道儿子读了书还有了用。他想到哥哥，如果他那次没出城，或者没在东郭丢了命，那东府老王爷既不会给自己请名，也不会让我去读书。而那个嗜书如命的叔叔，死得太不值。这一切都是因为他们的血缘离郡王越来越远，离亲王越来越远，离皇上更是越来越远。还有一件事他也想了很久，朝廷让王府开办宗学，让年满十岁的宗室弟子全部入学读书，这是个好兆头。总有一天，读了书的朱姓子弟们会提出要求，希望能跟普通人一样，或参与开科取士，或从事四民之业。到那时即便自己没了机会，能实现万言书里的请求，也算是为王府、为宗人说了话，为朝廷、为皇上谋了事。

二武白天去宗学，晚上回背郭园，回来就跟先生聊府上的人和事。近些天，天天都说到田教授。因为资历老，在老王爷手下当差多年，深得王爷信任，现在新王爷也看重他，他便觉得东府里朱知爀第一他第二。对二武这等打小跪在他面前说话的宗人，根本不放眼里，即便做了宗正又如何，去跟他请示事情或汇报情况，他爱答不理就罢了，还常常当了人的面让二武下不了台。二武怕失了威信不能让人信服，但又不好跟他说强话，只好回来跟先生发个牢骚。孔天胤既没站在二武一边说点田教授不应该之类的话，也不帮着想个办法。二武以为先生要他自己处理这些事才能成熟圆润起来，或者说先生根本就没把这些事当个事。

隔了些天，二武回来跟先生说：“东府来了个新教授，姓许，名义，之前是汾州州学训导。”

“人怎么样？”

“这我倒不知，汾州学宫的人来送他，有几个年轻庠生看上去不舍得很。他说话和气，对人彬彬有礼。”

“那叫敬贤礼士！”

“我可不敢那么想。”

“你就要这么想，也不枉我为你铺路搭桥。”

“先生，这人是你选来的？”二武听明白先生的意思，惊讶道。

孔天胤点点头，“许义在汾州州学任职五年，学问人品都没问题。他深谙教育之道，让学子知礼、知义、知学、知文，讲学育才齐头并进。与他相处，跟他学习，你将大有裨益。”

“先生选了这个人来管宗学，我会轻松许多。可我想知道，你是如何让他

进了东府的？”

“任期满了，从训导到教授，从未入流到从九品，是被擢拔了。再者，王府做官，山高皇帝远，只要跟王爷处理好关系，那是一辈子的金饭碗。”

“田教授呢？”

“很快就到致仕年龄了，再混几年就告老还乡，他迷恋杂剧，而且跟一位妙龄乐女打得火热，朱知𤏡让他提前致仕，然后去管戏班子，也算对得起他。”

“如何管宗学，如何做宗正，我可以跟许义讨教吗？”

“朱新增，你姓朱，你是王府宗人，你的大名写在宗人府的皇家玉牒上。所以不是讨教，许义教你做事，还会非常尊重你。做两年王府宗正，汾州衙门要为你在大路口立牌坊的。”

二武心里乐滋滋的，“会吗？”

“怎么不会呢？有我，有许义，还愁没人给你写提请文书吗？汾州官府不会驳我的面子，山西的巡抚大人跟我有交情，最后走到礼部难吗？不难，一定会成的，你就好好做事，其他别管！”

这一年，官府、王府一切都顺利，雨水足，乡下庄稼好，可秋天蒙古俺答汗又来了。蒙古俺答汗骑兵一路往南，到岢岚县大掠，而岢岚没有及时向石州报警，敌骑离城七十里，石州城才得到消息。官兵仓促上城防守，城破。

从石州顺着大道再往东南就是汾州，汾州提前得到信报，防御刚准备妥当，蒙古俺答汗就打过来了。城门紧闭，军兵严防死守；有早年被屠掠的惨痛教训，东郭和南郭的守卫较多，防备工作也做得扎实；北郭与西郭没有城墙，蒙古俺答汗所向披靡，因而人财受损严重。孔天胤的背郭园被践踏损毁，最可惜的是先生的若干宋版书被付之一炬。蒙古俺答汗兵士围城八天，日夜攻打，守军顽强抵抗，久攻不下，他们只好放弃汾州，转平遥文水而去。这次兵患促成了州县大修城墙堡镇之举。

回到背郭园，孔天胤痛心不已，抢掠过后，园子里一片狼藉。住房被烧了，屋里有些书跟着自己从陕西到河南最后回到汾州，有的书是从浙江带回来的，千里迢迢啊！蒙古俺答汗兵士不管这些，他们要铁器，要金银，要绸缎，要珠宝，其他东西在他们眼里一文不值。二武心里难受，但他不愿看到先生为此难过，“还好我们早早就回到府上，若在背郭园，那现在说不定就驾鹤西去了。”本想舒缓一下气氛，可先生依然一脸悲愤，他说：“离开背郭园，应该把那一套宋版《武经七书》带上，那是北宋时由朝廷作为官书颁行的，是古代

第一部兵书典籍。”二武说：“亏得烧了，要是让蒙古兵士读懂，那城就得被攻破。”孔先生笑不出来，他心下琢磨，早该听了朱知熑的话，跟布政司进言，若把北郭城墙筑了，哪有这事！得尽快上书巡抚大人，把筑城增兵之事好好说说。

写给巡抚杨巍的书信头一天到，第二天孔天胤就到了太原。杨巍是他左迁祁州做知州时从祁州出仕的，那一年孔天胤主持修建了祁州的孔子庙。庙学集祭祀与教学两方面的功能，那是读书人安顿身心之所。后来又创建了书院，亲自延请德才兼备的士儒讲授学问，杨巍得益其中。作为读书人，他是感恩先生的。所以看到孔天胤书信中请求筑城修堡之事便极为重视，先生到来一席长谈，他决定帮先生这个忙。

经山西巡抚提议，户部免去了石州，汾州，以及其他蒙古兵士所经各县的税粮，并责令汾州衙门牵头，会同卫所、王府大修城墙。

布政司又遣人到汾，要汾州衙门起北郭城墙并修缮王府花园。没有文书，是口头传的信儿。

先生带着二武搬回东郭，二武不想在府上住，盼着早点回到背郭园。他催问先生：“总不动工，这园子什么时候才能再建起来啊？”

“快了。”

“快了是什么时候啊？”

“修城墙前一定动工，先修背郭园，再修北郭墙，最后才干城墙大工程。”

“是官府给咱修吗？”

“当然是了！”

“先生您真行！”

“不是我能行，背郭园是东府的家业，修缮王府园子本该州衙出工出粮。”

“若不是您去太原，那这事能成吗？”

“你说呢？”先生看了二武一眼。

二武笑笑又问：“修了北郭城墙，我们的园子就不会再遭劫难了，这事也是您提的吧？”

“我若不提，官府才不会主张，对他们来说，多干无益，少干无害。”

背郭园动工后朱知熑才知晓此事，被蒙在鼓里，他有些生气。但孔天胤说：“不是不告诉你，你是王爷，修个园子，根本无须你操心。”

“北郭的城池都修吗？”

“那当然了，修了城墙，必修护城河，城壕不仅能增加城墙的防御性，若遇暴雨，还兼具泄洪排涝功用。”

“官府没要求捐银捐粮吗？”

“没有，朝廷免了汾州的税粮。”

“有了这耗银用粮之事，你等着看，今年的禄粮发放又将出现问题。”

“对了，这才是你王爷应该关心的事，安抚宗人，督办宗学，让人心归顺，别动不动就冲击官府或上京奏扰。”

州衙要找一个能写会算的人，还须懂物料人工之事。西府朱新壥推荐了严教授，说他在西府扩建时，经手砖石，接触匠人，计工计方，公允合理。有这么一个人参与，算是西府对此次筑城的最大贡献。

汾州城城周九里十三步，高三丈二尺，城坡均筑于城门内侧，呈“之”字形。此次修城将增高城墙至四丈八尺，包砖也在计划中，但要等第二年、第三年夏税秋粮收上来后才能进行。

一切准备停当，筑城开始了。匠户农户以及卫所军兵，上千人参与。城墙四周同时开工，各处拉土和泥，上沙运灰，一片繁忙。挑担抬筐的来往穿插，压土打夯的四面声响，工事进度迅速。

修墙筑寨，既是造福一方之举，也是加官晋爵的业绩。知州招呼各衙门官员以及两位王爷到工地，他要周知工事进展情况，并请大伙上北城门观看。此外，官员与王爷出面，将鼓舞士气，以期工事顺利完成。

北门城坡道上，拉土送沙的车靠左上下。他们一行七八人，靠右登城。几个人三三两两，边走边聊。朱新壥与严教授落在了后面，他俩埋头说事，声音很小。突然一辆人力推车下行时失去了控制，车从民夫手上脱开，自行下滑，不偏不倚朝他俩滚了过来，来不及躲闪，朱新壥和严教授被撞倒在城坡边上，车滚下了坡道。前面的人听到声音，急忙回头，见两人躺在了地上，便快步朝着他们的方向跑，就在那一刹那，只听轰的一声，城坡塌下去一大块，朱新壥和严教授随着土坯落了下去。人们不由自主往坡道里侧退。有人高声喊：“王爷掉下去了！”

人们都慌了，手忙脚乱把王爷刨出来，只见血和着土，土粘在他头上，人已气息微微。严教授很快就睁开眼，自己爬了起来，活动一下胳膊腿，好像没伤着。

王爷被小心翼翼地抬回了西府，头被清洗过后，发现伤口不大，血也止住了，但人还在昏迷中。令狐妃守着他，只盼着他快点睁开眼。一直到第二天早上，在旁人没注意的时候，他伸手拉了拉王妃的衣袖，张嘴想说话，但舌头是僵硬的。喂了一点水后，发出的声音稍微清楚了些。他让王妃把世孙朱敏洇找来，还要把孔天胤也请来，后半句话说了两遍大家也没听明白，他在女人手上写下个孔，令狐妃才明白。

孔天胤匆匆赶到，“到底是怎么回事？”他问严教授。

“土坡道的边墙不高，有的地方已开裂，有的地方已坍塌，经过多日上土，路面被碾压走型，坡边的土松软了。就那么不巧，王爷和我站的位置是路面最松软的地方。”

孔天胤长叹一声！

上屋，令狐妃拉着世孙的手站在王爷床前。见孔大人进来，她示意世孙上前说话，孔天胤将朱敏洇拉了过来。王爷让几个儿子全都跪在外屋地上，又看了看旁边的椅子，示意孔天胤坐下，孔天胤明白了他的意思。

王爷费了好大的力气抬起了身子，含糊不清地说：“以后听先生的，给先生磕头……”儿子们忙弯腰磕下头去。而他把憋着的那口气放松后，人就倒在高高的枕头上了，任所有的人哭着喊着，再也没有睁眼。

谁也没想到，王爷就这样死了。

世子早逝，他让世孙拜孔天胤为师，满指望把他培养成真正有胆有识的人，等他长大的时候，自己安然离世再无牵挂。可世孙才八岁，自己便遭此横祸。如若没有先生辅助，那他的叔叔们明争暗斗，只怕这孩子成了他们争权夺利的牺牲品。好在临终交代清了，儿子们跪地领命。

朱知爊带着兄弟子侄过府上香，一切都按郡王府的丧葬规程来祭奠。看着两边这么多宗室男人按辈分及年龄跪拜行礼，朱知爊想，以后在汾州，你们都得匍匐在本王爷的脚下。

分守道衙署里，众官员商议该如何处理王爷后事。只要王府把死伤事故按下，事情就过去了。如若王府觉得此事需要上报，那宗人府或宫里说不定会来人查实，那样的话麻烦事就多了。西府也没个明确说法，他们的心是慌的。有人建议请东府王爷来问问情况，立马就有人反对，与其跟他商量，不如请孔天胤来。

孔天胤是用分守的轿子抬来的，客套几句后，他直接解答几位的疑问。

“可以劝说西府，人已归西，命不能复，就让他们按下，只报死讯，不报死因，我将尽全力做到。但筑城之事，便得重新议了。”

“我们已经议过此事了。”

“议出什么结果了？我这个局外人可以听听吗？”

“先生不是局外人，东西两府离不了你，官府也需要你！”

“哪里哪里，心里装着这块土地上的生民，王府和百姓那是手心手背。”

分守站起来说话：“城坡坍塌，可见城墙雨浸风化，已严重松软，只加高不包砖不解决问题，而且这事拖不得了。”

孔天胤道：“对，这也是我想提的，去年蒙古兵攻城，城墙上兵多人杂，损毁严重，好在没有开炮，若铜口铳开几管，将土坯震落的话，出啥事的可能都有，墙体必须包砖了！”

知州说：“还是得请西府严教授再核算一下，到底需要多少物料、多少人工。”

等严教授把砖木灰石的用量呈给大人们时，他们都瞪了眼。各项物料折合成银，计一万九千至两万两，工匠役夫银计七千至八千两。尽管用银用工较多，但大家还是同意咬咬牙上，不足的银两腾挪借贷，一定把城墙里外全包了砖。

那年二月兴事，到第三年六月完工，历时两年零四个月。完工后官方在北门举行了谢土仪式。那天正好是朱新壚三周年祭日，分守让大家低头行礼，默思先贤，并大加赞美西府王爷的高风亮节以及为汾州带来的福祉，却只字未提东府王爷朱知㸂。

就在这一年，明王朝与蒙古达成和议，朝廷封蒙古俺答汗为顺义王。九边各处开放了马市、民市、月市等十一处。

朱知㸂听到这个消息的时候，说不出心中的滋味。蒙古人通过互市获得生活必需品，从此边境安宁，军民乐业，大修城墙的意义何在！

又是几年过去，明穆王旌奖汾州庆成王府奉国中尉朱新增。后汾州衙门为他立了一座牌坊，名曰褒端谨贤孝坊。牌坊位于城西北太和桥近旁，与先前庆成王府两位王爷的牌坊前后并列。